EL SEÑOR DE MONTECRISTO

COLETTE GALE

*E*L *S*EÑOR DE *M*ONTECRISTO

Titania Editores
ARGENTINA - CHILE - COLOMBIA - ESPAÑA
ESTADOS UNIDOS - MÉXICO - PERÚ - URUGUAY - VENEZUELA

Título original: *Master – An Erotic Novel of the Count of Monte Cristo*
Editor original: Signet Eclipse, New York
Traducción de Diego Castillo Morales

ISBN: 978-84-96711-87-7
Depósito legal: B-23,347-2010

Fotocomposición: A.P.G. Estudi Gràfic, S.L.
Impreso por Romanyà Valls, S.A. - Verdaguer, 1 - 08786 Capellades
(Barcelona)

Impreso en España - *Printed in Spain*

Para todas las mujeres que sabían que Haydée
no fue más que una crisis de los cuarenta.

Nota de la biógrafa

Poco después de terminar de recopilar la documentación que dio lugar a *Unmasqued*, novela en la que conté la verdadera historia de *El Fantasma de la Ópera*, tuve la suerte de poder adquirir algunos efectos personales que me permitieron entender otro relato muy conocido desde una perspectiva nueva: el de *El Conde de Montecristo*.

La novela de traición y venganza de Alexandre Dunas describe la historia de Edmond Dantès, que fue tremendamente agraviado, y su lucha por vengarse contra los villanos, sus amigos, que lo enviaron a prisión durante catorce años. Esta historia ha sido adaptada por el cine y la televisión, y traducida, reeditada, resumida y diseccionada de diversas maneras desde que se publicó por primera vez, por entregas, a mediados de los años cuarenta del siglo XIX.

Sin embargo, tras la adquisición de los diarios personales y las cartas de uno de los personajes centrales de la narración, descubrí que la historia que contó Dumas, así como sus otras adaptaciones, están incompletas y son engañosas.

Tuve el placer de estudiar y organizar los diarios de Mercedes Herrera, el primer y verdadero amor de Edmond Dantès, y dar cuerpo a un relato cronológico. Para mi sorpresa, mientras realizaba este estudio, descubrí que ella había sido tan víctima de los acontecimientos contados por Dumas como el propio Dantès. Tal vez incluso más.

Sus diarios, junto a sus cartas personales dirigidas a Valentine Villefort, y otro diario que pertenecía a la sirvienta de Montecristo, Haydeé, nos muestran una crónica muy diferente y mucho más precisa de lo que ocurrió durante los años en que Dantès estuvo encarcelado. En particular, las cartas y el diario también exponen otros acontecimientos que se produjeron cuando Edmond regresó a París transformado en el rico, instruido y poderoso conde de Montecristo.

De este modo, en esta novela intento hacer pública la verdadera historia, con todos sus detalles explícitos, desarrollada directamente a partir de los efectos personales de Edmond Dantès y Mercedes Herrera, dos amantes separados por la codicia, los celos, la tragedia y la venganza.

Ésta es la historia del conde de Montecristo como nunca antes se ha contado.

Colette Gale
Mayo de 2008

Prólogo

Prisionero n° 34

1819
Château d'If
Cerca de la costa de Marsella

Conocía cada piedra gris de su celda, cada juntura rellena de argamasa que las unía, y cada variación de la topografía del inmundo suelo sobre el que apoyaba sus pies sucios, fríos y descalzos.

Dejó de contar el tiempo desde que había sido encarcelado cuando llevaba cien días. Ya no le importaba registrar lo que se había convertido en una eternidad de pan negro lleno de gusanos, agua sucia y una soledad oscura y terrible.

No hablaba con nadie desde hacía muchísimo tiempo. Desde el día en que se había vuelto loco preguntándole al carcelero cómo había llegado allí, qué había hecho para estar encarcelado, qué crimen había cometido, quién lo había enviado a ese lugar, y qué horrible error se había producido. Pero la única respuesta que recibió fue verse arrojado a esa celda, incluso más pequeña y oscura que la que ocupaba antes.

Casi había dejado de recordar su propio nombre.

Edmond Dantès.

Sus labios se movieron en silencio pues nadie lo podía oír.

Pero un nombre llegó a sus labios como un murmullo suave y silencioso, como una cuerda de salvamento para un marinero que se ahoga, el talismán al que se había agarrado todo ese tiempo, todos esos años.

—Mercedes.

Lo repitió casi como una expiración en su mundo silencioso.

—Mercedes.

¿Cuántas veces había dicho su nombre?

Al principio con angustia… había sido apartado de ella, de la mujer con la que se iba a casar, sin tener la posibilidad de despedirse.

Después con desesperación. ¿La volvería a ver? ¿A tocarla?

Con dolor. ¿Lo esperaría? ¿Había intentado buscarlo?

Durante un tiempo, los únicos sonidos que emitía eran las sílabas de su nombre, desesperadamente sollozadas dentro de una inmunda manta roída, con los labios resecos, agrietados y sabor a suciedad. ¿Lo recordaría?

Al final… reverentemente. Como si su nombre y su recuerdo fueran una luz en la oscuridad de su vida. Algo a lo que aferrarse, que añorar y por lo que vivir. Un talismán para mantenerse cuerdo.

—Mercedes.

Cuando su mente se acercaba a la locura, cuando ansiaba acabar con su vida aunque no tuviera ningún arma con que hacerlo… cuando abandonaba toda esperanza, recordaba sus ojos vivaces y oscuros, llenos de inteligencia y alegría. La curva suave y dulce de sus brazos dorados, el óvalo de su hermoso rostro que le recordaba el de la pintura de la Virgen María que colgaba de la Église des Accoules, la iglesia en la que se suponía que se iban a casar.

Sus labios… Dios los había hecho grandes y rojos, seguramente diseñados para que se acoplaran perfectamente a la boca de Dantès. Los vio abiertos de felicidad el día en que regresó del mar y le contó que lo habían nombrado capitán de su propio barco… y más tarde esa noche, los sintió suaves y flexibles cuando se unieron a su boca.

¿Cómo iba a saber que lo iban a separar de ella sólo dos días después?

¿Quién se lo había hecho? ¿Quién lo había traicionado?

Recordó sus propias manos, endurecidas de sujetar las cuerdas en el mar, acariciando sus brazos cálidos mientras la arrastraba a la colina escondida para hacer una fiesta en su boca, y que esos labios sensuales y prometedores soltaran gemidos de placer. Pero también su intención era intimar cariñosamente con ella hasta poder ver la luz del amor en sus ojos color chocolate, justo antes de que parpadearan sus espesas pestañas que se cerraban modestamente como las persianas de su casita azotada por el viento.

Incluso en ese momento, Dios sabe cuántos años después, Dantès seguía aferrándose al recuerdo de ese beso resbaladizo, y el ritmo de su lengua uniéndose a la de ella en esa caverna caliente y húmeda que era un reflejo de esa otra, con olor a almizcle, que se apretaba entre las piernas.

Nuevamente estaba allí, mientras sus manos le quitaban la sencilla blusa de campesina de lino arrugado color crema que resaltaba contra su piel bronceada por el sol, y descubría una simple cruz de oro y dos pechos encantadores que desprendían un leve aroma a humo de cocina mezclado con limón. Sus pechos… del tamaño de las naranjas, con la piel granulada en torno a unos pezones morenos que apretaba con sus manos, apuntaban hacia el sol cuando la amó sobre esa hierba cálida, y unas camomilas aplastadas.

Mercedes se arqueó hacia él cuando le pasó las manos por su espalda estrecha, la inclinó hacia arriba, y su gran cabellera color castaño cayó sobre sus hombros. Cuando Dantès se agachó para cerrar sus labios en torno al pezón que le ofrecía, se llenó de deseo al oír los suaves gemidos salir de su boca, convertidos en profundos quejidos por la urgencia de ser satisfecha. Ella movió las piernas, las abrió ligeramente pegada a él, y restregó un muslo desnudo contra sus pantalones de marinero incrustados de sal. Dantès ni siquiera se había molestado en cambiárselos antes de llevarla a su encuentro en esa colina apartada.

Chupaba, lamía y giraba lentamente su fuerte lengua alrededor de la punta del pezón, tomándoselo con toda calma. Sentía la agradable pesadez de su miembro que se agrandaba e hinchaba. Ella, se había soltado la cinta que le mantenía su cabellera atada; y cuando él se inclinó hacia arriba cayó por su cara como si fuera una cortina.

Mercedes desató las cuerdas de su camisa, y su respiración se volvió a acelerar en cuanto deslizó su mano para cubrir su otro pecho. Extendió los dedos por él, y después lo acarició suavemente con el dorso de las uñas, a la vez que le iba pellizcando el otro. Ella se movía inquieta y se estremecía de placer mientras él jugaba. De pronto sintió el sol caliente en su espalda repentinamente desnuda.

—Edmond —murmuró atrayéndolo hacia su cara, apartándolo de sus pechos para poder mirarle a los ojos.

Su expresión lo llenó de tanta alegría, tanto deseo y amor que casi lloró cuando le guió la cara hacia la suya. Se elevó bajo él, le ofreció la boca, y sus labios hinchados y predispuestos ardieron acoplándose y deslizándose junto a los suyos. Entonces lo sorprendió pasando una mano por delante de sus pantalones.

A Dantès en ese momento el tiempo se le hizo confuso, como una vorágine de sensaciones: los dedos de Mercedes acariciaban su pene caliente, sus bocas se entremezclaban, los gemidos graves y profundos de ella, y el calor sedoso de su piel desnuda.

Entonces se puso de espaldas, y vio el brillo del cielo azul recortado por la silueta de un olivo. Ella se puso encima de él, y su torso delgado y sus pechos gloriosos quedaron parcialmente cubiertos por su gran cabellera oscura. Sus labios rojos se separaron y mostraron su magnífica dentadura, a pesar de que tenía un diente ligeramente torcido, lo que aliviaba un exceso de perfección.

La ayudó a ponerse a horcajadas sobre él, y sintió que su sexo húmedo se iba ajustando a su expectante erección. Vio cómo sus ojos se entrecerraban y su sonrisa burlona se entregaba maravillada a las sensaciones de placer.

Oh, el placer.

Al principio se movía lentamente debajo de ella, cogiéndola por las caderas, sintiendo sus muslos junto a su torso. Ella elevó los brazos hasta que sus dedos tocaron las hojas de olivo más bajas. Con los pechos levantados volvió la cara hacia arriba, separó los labios y comenzó a jadear. El mundo de Dantès estaba centrado en ese lugar en el que se habían unido; pegajosos, calientes y rítmicos. Él se movía, ella se movía, y la belleza del momento se iba desenrollando lentamente, como un cabo que es arrojado con su ancla, hasta que los dos chillaron a la vez, se estremecieron dulce y cálidamente, y al fin se colapsaron sobre la hierba.

«Mercedes», recordó que había susurrado mientras le apartaba el pelo de la cara, «te amo».

Ella se levantó un poco para volverlo a besar, con los senos apretados contra su pecho, y él le acarició los hombros con sus manos curtidas por el trabajo.

«Siempre te amaré, Edmond.»

Cuántas veces había revivido esos gloriosos momentos en su larga estancia en la mazmorra. Los recuerdos y las imágenes lo habían mantenido cuerdo esos primeros años… y ahora… ahora tal vez lo estaban arrastrando a la locura, un pozo profundo al que daba la bienvenida, pues seguro que era un alivio estar loco antes que tener que imaginar que nunca más vería la luz del sol.

Rogaba poder morirse.

Dejó de comer.

El cuarto día desde que se había propuesto suicidarse, miró fijamente la bandeja de pan negro y la taza de agua salobre. En su mente vacilante y enferma vio dos tazas, y después tres. Y múltiples trozos de pan que se mofaban de él. Juraría que había visto una luz en su celda. Sintió que Mercedes lo tocaba, y también vio la cara de su amado *père*.

Y entonces, oyó que en alguna parte rascaban suavemente.

Y unas largas horas después, una pequeña sección de las piedras que formaban uno de los muros de su celda, se desmoronó, y se asomó por detrás la cabeza de un anciano.

—Soy *Abbé* Faria —dijo—. Y veo que por aquí no está la salida.

Capítulo 1

Un bolsito de terciopelo rojo

Diez años después
Marsella, Francia

Mercedes Herrera Montego, condesa de Morcerf, dobló hacia el amplio pasadizo que conducía a la entrada de Casa Morrel, una conocida compañía naviera.

Tal vez no pudiera hacer nada para ayudar a la familia, pero el señor Morrel había sido tan generoso con Edmond cuando navegaba en sus barcos, y con su padre y con ella misma, cuando fue detenido, hacía ya más de catorce años, que se sentía obligada a estar con ellos en ese trágico día.

La familia necesitaba un amigo.

Llevaba en el brazo una cesta de naranjas recién compradas en el mercado, y algunas cintas y lazos que había traído de París, que seguramente le gustarían a Julie. Sencillos regalos que la familia apreciaría, pues eran demasiado orgullosos como para aceptar cualquier ofrecimiento monetario.

Los últimos años, la mala suerte y la desgracia habían golpeado el negocio, como mostraban los pasillos vacíos y silenciosos de la empresa que en otros tiempos había estado muy concurrida. Habían perdido cuatro de sus cinco barcos en el mar, y ahora el futuro de esa compañía que llevaba veinticinco años funcionando estaba en peligro. ¡Qué mal habían tratado los años a los Morrel desde la época en que Edmond navegaba en sus barcos!

¡Qué mal la habían tratado los años a ella misma!

Ahora ya no era la joven sencilla que esperaba a que su amor regresara del mar. Tenía treinta años y se había convertido en condesa. Había aprendido a leer, a dibujar y a tocar el piano. Había contratado profesores para que la ayudaran a hablar en un francés más correcto, así como en italiano, griego y latín. Había aprendido geografía y matemáticas, y estudiado literatura, actividades más bien masculinas, pero formándose se distraía de años de tristeza, rabia y oscuridad.

Después de saber que Edmond Dantès había muerto en prisión hacía ya casi catorce años, aceptó casarse con su primo Fernand Mondego, que había ascendido socialmente tras su estancia en la armada francesa hasta convertirse en el conde de Morcerf. Vivían en París en una hermosa casa en la *rue du* Helder, más grande que nada a lo que hubiera podido aspirar si se hubiera casado con Edmond.

Pero hubiera preferido quedarse en la pequeña casa de *père* Dantès, aquí en Marsella, con una sola ventana torcida y un pequeño patio, o tal vez navegar por los mares en el barco de su esposo, tal como siempre habían planeado Edmond y ella. Para ver el mundo. Juntos.

Julie Morrel, la hija del naviero, estaba mirando por la ventana cuando Mercedes apareció por el pasaje adoquinado. Le hizo señas frenéticamente para que la esperara, y después desapareció.

Momentos después reapareció por la parte de atrás del edificio caminando rápidamente por el camino con la cabeza descubierta y sin guantes. Hacía demasiado calor para ponerse una chaqueta o una capa; ella, para taparse del sol, llevaba una sombrilla con flecos blancos en vez de sombrero.

—¿Mercedes, señora de Morcerf, qué estás haciendo por aquí? ¿Y sin chofer? —preguntó Julie deslizando su brazo en torno a la abombadísima manga de Mercedes, y haciendo que volviera la espalda al camino de donde venía.

Julie era una hermosa joven de ojos oscuros y chispeantes, y una figura ligeramente rellenita; ahora tenía los ojos sin brillo y preocupados.

—Me acordé de que hoy era el día en que había que cancelar la deuda de tu padre —contestó Mercedes mientras caminaba junto a la joven con sus amplias faldas haciendo frufrú a la vez.

A pesar de que las separaba una década de edad, se habían hecho amigas y confidentes, y Mercedes se había enterado de la inminente tragedia porque Julie le había mencionado en una carta reciente los serios apuros por los que pasaba su familia.

Y esa carta era la causa de que ella estuviera en Marsella.

—¿Cómo está el señor Morrel?

—Se ha encerrado en su despacho y se niega a ver a nadie, ni siquiera a Maximilien. La deuda se ha de pagar hoy a mediodía, y ya son más de las once. Ya no tenemos esperanzas.

—Pero ¿adónde vais a ir? —dijo Mercedes preguntándose por qué una hija tan cariñosa habría dejado a su padre en un momento así—. ¿Y dónde está tu hermano?

—Maximilien está andando de un lado a otro ante la puerta del despacho de papá, pero no puede hacer nada. Pero... tengo una pequeña esperanza.

—¿Adónde vamos?

—A los Allées de Meilhan, a una casa que hay allí.

Mercedes miró a la joven sorprendida pero siguió caminando junto a ella.

—Julie ¿qué vas a hacer?

—Ya sabes que hoy hay que saldar la deuda de mi padre, pero no te he contado toda la historia. La deuda realmente debía haber sido pagada hace justo tres meses, pero ese día ocurrió algo extraordinario. Mi padre recibió una visita, un hombre que se presentó como lord Wilmore, que venía a comunicarle la noticia de que había comprado su deuda. Mientras estaban en el despacho nos llegó la noticia sobre el *Pharaon*.

Mercedes sintió una oleada de tristeza. El *Pharaon* había sido el último barco en el que había navegado Edmond. Cuando hacía catorce años regresó a puerto, Morrel lo había nombrado capitán. Ese fue el día en el que Edmond y ella hicieron el amor en la colina, y dos días después fue arrestado por las autoridades durante su fiesta de pedida.

—¿Qué le pasó al *Pharaon*?

—Se perdió en un huracán. Cuando lord Wilmore estaba con mi padre, llegaron con la noticia los tres marineros que sobrevivieron. —Julie miró a Mercedes y se tapó la frente con su mano regordeta—. A mi padre, a pesar de que era su último barco, y la única esperanza de salvar la compañía que le quedaba, lo único que le preocupó fue las muchas vidas que se llevó. Pagó los sueldos de sus buenos marineros con el último dinero que tenía, y dejó un pequeño estipendio para las viudas de los fallecidos en el mar. Después volvió a hablar con lord Wilmore.

—Pero no pagó la deuda, ¿verdad? Si hay que saldarla hoy, eso significa que sólo le dio una prórroga.

Julie asintió e hizo un gesto a Mercedes para que giraran por la Vía Meilhen. Las casas estaban completamente encaladas, y tenían pórticos estrechos y pasadizos irregulares. De una de las ventanas próximas salía olor a pan horneado.

—Mi padre no se rebajó a pedirle una prórroga, pero lord Wilmore se la ofreció y él la aceptó agradecido. Pero tenía poco que hacer. Fue a París a ver al barón Danglars. ¿Lo conoces?

Mercedes de hecho conocía a Danglars. Había sido sobrecargo del *Pharaon* junto a Edmond, y ahora hacía negocios con su marido.

—¿No navegó una vez para tu padre también?

—Sí, pero ahora se ha convertido en un exitoso banquero, y mi padre pensó que debido a sus pasadas relaciones comerciales le podría avalar un préstamo. Pero Danglars le dio la espalda. No tenía a nadie más a quien acudir.

Los labios de Mercedes se apretaron mientras caminaban a toda prisa. No le sorprendió lo más mínimo que ese hombre astuto de ojos estrechos y dedos buscones se negara a ayudar a alguien que lo necesitara. Especialmente si era alguien para el que había trabajado. Había sentido mucha envidia cuando dieron la capitanía del *Pharaon* a Edmond en vez de a él.

—¿De modo que los tres meses de prórroga no han servido para nada?

—Tal vez. Pero hay más cosas que contar —dijo Julie—. Y, *voilà*, ya hemos llegado.

Mercedes siguió a su amiga por un corto pasadizo, y se sorprendió cuando ésta abrió la puerta principal de la casa y entró.

La siguió con más cautela, pero cuando oyó un gritito de Julie, que había entrado en la siguiente habitación, corrió hacia ella deslizándose con sus delicadas zapatillas por el suelo de madera pulida. En la habitación vio que su amiga estaba delante de la repisa de la chimenea sujetando un bolsito de terciopelo rojo.

Estaba sollozando.

Mercedes le pasó un brazo por la espalda y le dio un fino pañuelo de encaje para que se limpiara las lágrimas. Ciertamente tendría más cosas que contarle.

Pero cuando Julie levantó la cara para mirarla, vio que más que de tristeza, sus lágrimas eran de felicidad. Sonreía entusiasmada.

—¡Nos hemos salvado!

—No entiendo.

Julie le acercó el bolsito, y Mercedes lo agarró.

—¡Ya he visto este bolsito antes! Es el que tu padre dio a *père* Dantès lleno de dinero cuando Edmond fue detenido. ¿Cómo ha llegado hasta aquí?

—Simbad el Marino —dijo Julie crípticamente mientras sonreía entre sollozos—. ¡Me envió una nota hace sólo una hora! Vamos, tenemos que regresar antes de mediodía. Se lo he de enseñar a mi padre para evitar que suceda algo trágico.

Mercedes abrió el bolsito y dentro vio dos papeles... ¡y un diamante! ¡Del tamaño de una nuez!

—¡*Dios mío*! —dijo en español, su lengua materna.

Sacó los papeles. Uno era una letra de doscientos ochenta y siete mil quinientos francos, que tenía inscrito: *pagado*. Y el otro era una nota escrita a mano que decía: *Para la dote de Julie*.

—¡Ahora me podré casar con Emmanuel! —dijo Julie tirando del brazo de Mercedes para arrastrarla fuera de la casa casi bailando por el pasadizo.

Agarrando el bolsito de terciopelo rojo, Mercedes se apresuró para seguir a la extasiada joven sin apenas poderse creer lo que llevaba en la mano. ¿De quién podía ser? ¿Y quién era Simbad el Marino?

Mientras volvían a toda prisa a Casa Morrel llenó a su amiga de preguntas mientras sus faldas ondeaban por la velocidad. Pero sólo se enteró de trozos y partes de la historia que le iba soltando Julie, pues casi iban corriendo.

Por lo que Mercedes había podido entender, lord Wilmore había hablado brevemente con Julie el día de su visita y le había contado que tendría noticias de un hombre llamado Simbad el Marino, y que hiciera exactamente lo que le pidiera.

—¿Y ese Simbad te dijo que fueras a esa casa de los Allées de Meilhan? —preguntó Mercedes incrédula—. ¿Y tenías que ir ahí sola?

¿Hubiera hecho ella algo tan insensato y a ciegas cuando tenía la edad de Julie?

Y de pronto se acordó que se escapaba a hurtadillas para encontrarse con Edmond cuando éste la cortejaba, evitando la dura mirada de su madre y mintiendo a su primo Fernand, que tenía que haberla acompañado. Los catalanes hispano-moriscos eran muy reservados y se mantenían alejados de los residentes franceses de Marsella, a pesar de que vivían a las afueras de la ciudad. Vivían y se casaban entre ellos, y mantenían sus propias tradiciones y costumbres. Si se hubiera sabido que ella se citaba con un no catalán habría recibido una fuerte reprimenda.

Sí, ella hubiera hecho lo mismo. Entonces era joven y aventurera. Todo el mundo, y sus posibilidades, estaban a su disposición.

Las dos mujeres irrumpieron en Casa Morrel, y si hubiera habido algún espectador, se hubiera quedado paralizado ante la sorpresa. Especialmente por ver a una distinguida condesa con su fino traje parisino, corriendo y pisándole los talones a una mujer joven menos elegante.

—¡Papá! ¡Papá! —gritó Julie mientras resonaban los peldaños que llevaban hasta las oficinas de arriba—. ¡Papá, estamos salvados!

—¿Qué vais a hacer? —preguntó Maximilien Morrel que estaba al final de la escalera.

Era un joven de diecisiete años, a punto de ser adulto, aunque Mercedes observó que su hermosa cara estaba demacrada de preocupación, y sucia por la transpiración.

—No te dejará entrar, ¡y sólo falta un minuto para el mediodía! Juro que oí el chasquido de una pistola, pues como bien ha dicho, morirá para ser recordado como un hombre desafortunado pero honorable.

—¡Papá! ¡Tienes que abrir la puerta! ¡Estamos salvados! —gritó Julie aporreando la pesada puerta de madera.

—Mira esto —dijo entonces entregando el bolsito de terciopelo rojo a Maximilien—. Tiene razón… estáis salvados.

El señor Morrel entreabrió la puerta. El bondadoso señor, que llevaba su cabello gris muy bien peinado, y la cara bien afeitada como si fuera a ir a la iglesia, miró hacia fuera.

—Julie…

En ese instante, Maximilien empujó la puerta y la abrió por completo.

—¡Papá, baja el arma! Julie tiene razón. Estamos salvados. ¡Mira esto!

Poco después de que el señor Morrel abriera el bolsito, y asumiera su contenido, y toda la familia compartiera lágrimas de alegría, Mercedes comprendió que ya debía marcharse. Colocó el cesto de naranjas y el pequeño paquete de lazos en una mesilla al comienzo de la escalera, y salió hacia la soleada calle.

¡Qué milagro! ¡Qué cosa tan milagrosa le había ocurrido a una familia tan buena!

Cuando Edmond fue arrestado por los funcionarios de justicia durante su propia fiesta de pedida de mano, el señor Morrel inmediatamente fue a la oficina del fiscal de la corona para alegar su inocencia, establecer la relación que tenía con él, y solicitar información sobre sus cargos y su desaparición.

El fiscal del la corona, monsieur Villefort, sólo pudo, o quiso, dar muy poca información a monsieur Morrel sobre Edmond, a pesar de que el naviero lo visitó varias veces. Lo único que le contó es que había sido acusado de ser un fanático bonapartista, y que su continua preocupación por el asunto daba una imagen poco favorecedora de sí mismo, y de su compañía naviera.

Monsieur Morrel visitó a Mercedes y al padre de Edmond, y entregó al anciano el mismo bolsito de terciopelo rojo lleno de suficientes francos como para que pudiera alimentarse durante algunos meses. Pero *père* Dantes no quiso seguir comiendo, y semanas después de enterarse de que su hijo estaba encarcelado, murió de hambre.

Fue una época oscura.

Y aún así, la vida de Mercedes se volvió aún más oscura después de visitar ella misma al fiscal Villefort para solicitarle información.

Unos gritos llamaron su atención, y se dio cuenta de que había entrado en el corto paseo que separaba Casa Morrel del embarcadero. Los mástiles de los barcos rayaban el horizonte alzándose por encima del grupo de embarcaciones atracadas en los muelles. El familiar olor penetrante de la sal le recordaba cuánto echaba de menos la simplicidad de su bulliciosa ciudad junto al mar. Pensaba que París estaba lleno de pretensiones, modas y falsedad, y que nunca se había sentido completamente cómoda desde que Fernand y ella se trasladaron allí.

Ésa era una de las razones por la que se dedicó intensamente a su propia formación. Era una manera de mantenerse distanciada de una vida para la que no había nacido, y que no comprendía del todo. Hubiera estado perfectamente contenta si se hubiera quedado en su casita de Marsella cultivando sus propias verduras y hierbas... o navegando con Edmond.

Los gritos se hicieron más audibles, y Mercedes inclinó la cabeza haciendo un esfuerzo para entender lo que decían unos hombres.

—¡El *Pharaon*! ¡El *Pharaon* ha vuelto!

Frunciendo el ceño, se recogió las pesadas faldas y el miriñaque, y corrió hacia los muelles. Julie le acababa de contar que ese barco se había perdido... ¿Cómo podía ser?

Pero cuando llegó al muelle, vio en el puerto la familiar imagen del último barco de Edmond. Estaba reluciente, como si fuera nuevo, dorado y con sus mástiles orgullosos. La gente corría, gritaba y miraba incrédula.

—¡Hay que decírselo a Morrel! —gritó alguien—. ¡Es un milagro!

Otro milagro para los Morrel. Seguramente al fin les había sonreído un ángel.

Mercedes sintió, sorprendida, que le asomaba una lágrima. ¿Dónde estaba su propio ángel?

Se sentía sinceramente contenta por los Morrel y su buena suerte, pero de pronto se vio superada por sus propios problemas y miedos. Echaba de menos a su hijo, Albert, que estaba muy cómodo y seguro en su opulenta casa de París, e intentaba pensar en alguna manera para traérselo con ella. Pero Fernand nunca lo permitiría, pues quería mucho a su único hijo.

Mercedes vio cómo Julie y su familia llegaban a toda prisa al muelle. Observó que *monsieur* Morrel se tambaleaba como si se acabara de despertar de un sueño. Y mientras avanzaba entre la multitud, que continuaba creciendo debido a la noticia del milagro, vio delante de ella a un hombre alto y de cabello oscuro.

Se detuvo y su corazón se paró un momento, pero después continuó latiendo de manera rápida y dolorosa.

Edmond.

Desde atrás, en esos momentos, ese hombre se parecía bastante a Edmond.

El hombre se volvió, y ella no pudo dejar de mirarlo mientras se movía elegantemente entre el gentío. Sus ojos estaban ensombrecidos por un sombrero que llevaba muy bajo sobre su frente. Tenía barba oscura y bien recortada, y bigote. Su atuendo no era el de un marinero común, pues llevaba una vestimenta suelta típica de Oriente: mangas y pantalones de seda color azul pálido con las muñecas y los tobillos apretados. Recogía su cabello oscuro en una trenza desde la nuca que le llegaba hasta bien pasados los omóplatos.

Tal vez sintió que ella lo miraba, pues se detuvo y volvió la mirada en su dirección. Mercedes sintió, a su vez, que la atención que ponía en ella era para descubrir por qué lo había estado mirando tan abiertamente. Antes de que sus ojos se encontraran, triunfaron los buenos modales, y ella apartó enseguida la vista hacia la encantada familia Morrel, y se desplazó entre la multitud de admiradores para acercarse a ellos.

Para ella, una distinguida condesa, todo eso era algo extraño: avanzaba empujando a la gente en medio de una muchedumbre, aplastando sus faldas, arrugando las amplísimas mangas de las que los expertos en moda estaban tan orgullosos, y estropeando sus zapatillas con ese suelo.

Catorce años atrás, a Mercedes no le hubiera parecido raro pasearse sola, o con un único acompañante; pero la riqueza y el poder exigían propiedad y restricción.

Un sentimiento de libertad que hacía años que no sentía se había apoderado de ella. Estaba en Marsella, la ciudad de los momentos más felices, y tristes, de su vida. Sola, sin obligaciones, sin un programa de actividades y sin expectativas.

Sola.

Un rato después, cuando volvió a mirar, el hombre ya había desaparecido.

Y se le volvió a apretar el pecho. La tristeza por la pérdida de Edmond se le abrió como si fuera una herida reciente.

Cuando terminó la fiesta por el regreso del *Pharaon*, pues en las húmedas tardes de verano los marineros y la gente de la ciudad aprovechaban cualquier oportunidad para hacer una celebración, Mercedes se vio empujada por el gentío, y sus pies se dirigieron a un camino que conocía bien.

Antes de que se diera cuenta, llevaba un rato andando en dirección a la estrecha y empinada calle que conducía a la casa de *père* Dantès. Allí la había cortejado Edmond, y la había sacado de su estricto mundo catalán para que entrara en el suyo. No pasaba por esa calle desde hacía más de doce años.

De pronto, se dio cuenta de que el sol se había puesto detrás de la irregular fila de casas que iban desde esa colina a la bahía, y la estrecha calle que hacía unos momentos estaba bañada por una suave luz dorada, ahora estaba más oscura. Las sombras caían en pesados bloques sobre la calle adoquinada dejando los pórticos de las casas y los patios completamente oscuros.

La calle estaba curiosamente vacía y silenciosa, y Mercedes sintió que se le erizaba el pelo por detrás del cuello. Un ligero sonido a pisadas tras ella hizo que se le aceleraran los latidos del corazón y que prepara su sombrilla para defenderse. Se volvió, y de pronto vio a tres personas que se encontraban apenas a un par de casas. Un hombre se apoyaba despreocupadamente en un muro bajo de escayola cubierto de hiedra. Y junto a él había otro, que llevaba el ala del sombrero muy metida en su cara.

El tercero permanecía en el centro de la calle vacía con las manos sobre las caderas.

Incluso desde esa distancia, Mercedes pudo observar que iban vestidos de manera muy tosca, y probablemente acababan de llegar de un viaje, o continuaban de fiesta tras una celebración nocturna.

¿Y dónde se encontraba todo el mundo? La calle estaba vacía.

Su corazón se puso a latir más rápido, y apretó los dedos con fuerza en torno a la sombrilla. Su punta afilada podía ser una buena arma, pero era todo lo que tenía.

Y obviamente iba a necesitar defenderse.

El hombre de la calle se puso a caminar decididamente hacia ella dando grandes zancadas, y Mercedes se levantó las faldas y se puso a correr. Pero cuando lo hizo, otra persona se movió entre las sombras y se plantó en la calle por delante.

Mercedes se tambaleó al detenerse, y se dispuso a doblar hacia el borde de la calle.

—¿Por qué tienes tanta prisa? —dijo el hombre que estaba detrás de ella arrastrando las palabras—. ¿No quieres darnos un poco de compañía?

—Por esta perra nos darán un buen rescate —comentó el que tenía justo enfrente—. Mirad cómo va vestida. —Dio un manotazo hacia ella, y agarró su generosa manga.

—Soltadme —dijo Mercedes con la voz mucho más calmada de lo que en realidad se sentía—. Si no me dejáis seguir, no recibiréis ningún rescate sino la visita de las autoridades. Mi marido es un hombre muy poderoso.

El hombre que venía desde atrás ya estaba mucho más cerca. Se reía y hacía gestos a sus compañeros para que se acercaran.

—Entonces, mi hermosa dama, ¿no queréis ver un poco de mundo? ¿Desde la cubierta de un barco, tal vez? Tenemos sitio en el nuestro, y zarpamos por la mañana.

Los otros se rieron, y repentinamente tiraron de ella, abrieron algo pesado y se lo metieron por la cabeza. Entonces una mano le golpeó la cara para que dejara de quejarse y se calmara. Aun así, consiguió dar un buen golpe con la sombrilla, pero enseguida alguien se la arrebató de las manos, y le ató los brazos con fuerza con la funda. Acto seguido, su pie, convertido en un arma, golpeó contra algo blando, pero no pudo disfrutar de ese pequeño triunfo, pues rápidamente la subieron a los hombros de uno de los hombres, con la cara tapada con un trapo de lana que le picaba.

Pero de pronto oyó las pisadas de un caballo y percibió tensión en el hombre que la llevaba. Aunque no podía ver, los sonidos le decían lo que estaba pasando. El jinete galopó con un traqueteo elegante hasta acercarse a sus raptores. Después oyó un agudo chasquido metálico, y enseguida una voz grave con un acento extraño:

—Lo mejor es que liberéis a la mujer o tendré que contarle a Luigi Vampa que habéis actuado fuera de vuestras fronteras.

Entonces sintió que la recogía otro hombre, su rescatador, que la sujetó por la cintura y la levantó apoyándola en sus caderas y muslos. En pocos segundos ya bajaban la calle a medio galope. Pero ella, desprovista ahora de su sombrilla, todavía estaba atada con esa burda tela.

El hombre parecía sujetarla con facilidad apoyándola en su pierna, con la cadera medio encajada en la suya, y con un solo brazo. Y si esperaba que se fuera a detener para destaparle la cara inmediatamente, y por lo tanto aflojar la tensión de su brazo, se equivocaba, pues continuaron así, dieron varios giros y vueltas, y siguieron cabalgando una cierta distancia.

Colgando de esa manera, en una postura tan desgarbada, Mercedes comenzó a preguntarse ¡si había sido rescatada para volver a ser raptada! Pero no quería luchar para no caerse bajo los cascos del caballo, o en alguna otra postura peligrosa.

Al final, cuando estaba casi lista para intentarlo, el jinete disminuyó el paso, y al final frenó. Mientras desmontaban, sintió una sacudida, y después un golpe, pues aquel hombre se la había subido a los hombros como si fuera un saco de cebada, que era seguramente lo que parecía, ya que todavía estaba envuelta con esa tela de lana.

En ese momento se puso a luchar y volvió a dar patadas, y por toda respuesta fue lanzada contra… no era el suelo… sino algo blando. Inmediatamente comenzó a quitarse la tela.

—No intentaba asustarla —dijo él con su extraño acento; no era ni inglés, ni italiano, ni nada que conociera.

Entonces sintió que se acercaba, y que sus manos seguras y cálidas la liberaban de su envoltura.

Miró hacia arriba apartándose los mechones de pelo que le tapaban la cara, y soltó un grito entrecortado. A pesar de la tenue luz reconoció que era el mismo hombre de barba con traje persa que estaba en el muelle. El que le recordaba a Edmond.

La observaba muy descaradamente, y ella lo miraba con la boca abierta.

—Usted —comenzó a decir—. Lo vi… en el muelle.

—Y yo la vi a usted. —Su voz parecía poco uniforme—. Fue una locura que se paseara sola. ¿Dónde está su marido?

Mercedes se dio cuenta que había sido arrojada sobre un montón de grandes cojines y almohadas, e hizo un esfuerzo para sentase recta.

—Él no está aquí —contestó firmemente al final.

—¿No está aquí? ¿Y permite que su esposa, la condesa de Morcerf, se pasee sola por Marsella?

Su voz ahora era más suave, y tenía un tono indudablemente burlón bajo su acento cadencioso. Aunque percibía la tensión que subyacía a ese tono sarcástico.

—¿Cómo sabe mi nombre?

Él se encogió de hombros y extendió las manos desgarbadamente. Ella advirtió que se había subido las mangas de seda hasta el antebrazo, y que en ambas muñecas lucía brazaletes de oro. Sus manos eran grandes, bronceadas, atravesadas por venas y tendones muy visibles, y estaban endurecidas por el trabajo. Completamente diferentes a las manos suaves y de color blanco rosáceo de Fernand. Pero muy parecidas a las manos de marinero de su desaparecido Edmond.

¿Qué sentiría si esas toscas manos volvieran a acariciar su piel?

—No es difícil conocer su nombre. Es amiga de los Morrel, y yo también tengo cierta relación con ellos.

Sus ojos oscuros, que estaban perfilados con una estrecha raya negra en torno a la línea de las pestañas, la miraban fijamente. Mercedes sentía que el espacio de la habitación se hacía denso, y que los presionaba para que se acercaran.

—Entonces quizá me debería decir su nombre —replicó ella fríamente.

Su corazón todavía latía demasiado rápido, pero su miedo comenzaba a aplacarse. Tenía la boca seca y sentía un pequeño hormigueo en el estómago.

—Me llaman Simbad. Simbad el Marino.

Tal vez no debería haberse sorprendido, pero lo hizo; al fin y al cabo, el hombre tenía el aspecto del legendario persa Simbad. Llevaba barba, y su piel parecía como si se hubiera tostado, y después bronceado. Mercedes se enfrentaba a una telaraña de pensamientos que daban vueltas por su cabeza, y tartamudeó el primero que consiguió detener:

—¿Cómo consiguió el bolsito de terciopelo rojo? ¿El que tenía el dinero para los Morrel? Pertenecía a *père* Dantès.

Simbad se cernía por encima de ella, y se fijó en el fibroso músculo de su antebrazo.

—Me lo dio un viejo abad llamado Faria. Y entonces condesa… ¿Dónde está su marido?

—Está… —Mercedes hizo una pausa. Si le decía que había dejado a Fernand en París, y que éste no sabía dónde estaba ella, ¿qué le haría aquel hombre? Si sabía que estaba sola y desaparecida ¿no la expondría a otro peligro?—. Llegará mañana de París, con nuestro hijo.

—¿Su hijo? ¿Qué edad tiene el futuro conde?

—Doce años —contestó automáticamente—. Tiene doce años.

—¿Y sólo tiene un hijo? ¿Y cuántos años lleva casada con el conde?

Mercedes pensó que estaba detectando signos de malicia en su voz; pero por alguna razón que no podía desentrañar.

—Casi trece años —replicó.

Trece años de tristeza, humillación y abuso. No, tal vez sólo doce años. Lo peor no empezó de verdad hasta un tiempo después de la boda. De todos modos, ya había conocido el dolor y la desgracia incluso antes de aceptar casarse con Fernand.

Pero eso no era algo que pudiera revelar a este desconocido, que la miraba con una expresión extraña en los ojos… una expresión que parecía cambiar del calor al enfado, o a la indecisión, y después se enmascaraba de manera burlona.

—¿Qué quiere de mí? —preguntó ella de pronto sintiendo que la tensión de la habitación se volvía a apoderar de ella.

—¿Qué? —preguntó con la voz clara. Apretó los dedos, y observó cómo arrugaban la ligera seda de sus pantalones—. ¿De usted? Nada mi querida condesa. No quiero nada de usted.

Pero su voz se había vuelto metálica, y la expresión de sus ojos dura.

Repentinamente Mercedes se volvió a asustar, aunque… seguía expectante. Inquieta y… sin aliento.

Sí, el pecho se le infló y se apretó, y no pudo respirar durante un minuto. Y entonces miró a lo lejos. Su corazón latía con fuerza, y escondía sus manos temblorosas entre los pliegues de su arrugada falda.

—Entonces seguiré mi camino —le dijo poniéndose de pie para dirigirse tranquilamente hacia la salida de la habitación en la que estaban.

Simbad dio un paso a un lado bloqueándole el paso. Era mucho más alto que ella. También robusto y musculoso, y olía a mar.

—Si no quiere nada de mí, entonces déjeme pasar —dijo ella con una calma que no sentía.

Tenía el corazón acelerado, las palmas de las manos húmedas y el estómago revuelto.

—¿No quiere hacer ningún gesto de agradecimiento hacia su rescatador?

Ella tragó saliva negándose a mirar hacia él. En cambio, centró su atención en los amplios hombros que tenía ante ella cubiertos por una seda color azul pálido, que colgaba sobre los músculos de su pecho como no lo hubiera hecho ni el algodón ni el lino. La camisa no tenía cuello, y se cerraba hasta la garganta con simples nudos de seda.

—Llevo algunos francos conmigo, pero tengo más en…

—Mi querida condesa, no me hace falta su dinero. En realidad es lo que menos quiero de usted.

Mercedes apretó las manos con fuerza a los lados de la falda sintiendo que los latidos de su corazón bajaban por sus brazos como el redoble de un tambor funerario. Cuando él habló, ella le miró la cara, pero el aspecto burlesco de sus ojos hizo que apartara rápidamente la mirada, y enseguida se fijó en su bigote, en la huella de sus finos labios.

Simbad sonrió, y esos labios estrechos curvados en los extremos hicieron que su bigote subiera y bajara haciendo un movimiento fascinante y sensual.

—Tal vez —continuó él con la voz grave—, debería preguntarle qué es lo que usted quiere de mí.

—Nada. Nada más que poder salir para marcharme.

—Entonces salga. No se quede ahí como un gato aterrorizado. Si eso es lo que verdaderamente desea, entonces adelante, condesa.

Ella dudó un instante, y después dio un paso hacia él, que se había situado justo delante de la puerta; la única manera de poder pasar era rozándolo, tocándolo con sus mangas de seda y que su falda campaneara sobre sus pies calzados con zapatillas.

—Pero no creo que ése sea su verdadero deseo… —susurró a medida que se acercaba.

Mercedes ya lo rozaba. Su manga de lino rosado, que se inflaba tres veces el ancho de su brazo, se aplastó al deslizarse contra la seda azul; y la falda también se arrugó al chocar con la pierna del marino.

Entonces Simbad puso su brazo entre ella y la puerta para detenerla.

—¿Verdad? —dijo girando hacia ella de manera que quedaron pie contra pie, pecho contra senos, y la seda rozando el lino.

Ella sintió su calor y percibió el olor de su piel, que tenía un ligero aroma a hombre mezclado con algo parecido a nuez moscada. Edmond. Igual que Edmond.

—Béseme, condesa —dijo suavemente mientras le temblaban los dedos que apoyaba doblados contra la pared—. Lo está deseando.

Lo deseaba… por el amor de Dios, cuánto lo deseaba.

Una mujer que nunca, a pesar de todo lo que le había hecho, había traicionado a su marido, quería besar a ese sudoroso marinero con sabor a sal y vestido de seda, que estaba frente a ella. Quería perderse en sus recuerdos dada la ligera familiaridad que le hacía sentir.

—Déjeme pasar —repitió—. Por favor.

El brazo de Simbad volvió a caer junto a su cuerpo. Dio un paso atrás y dejó el acceso libre.

—Es una esposa muy devota, condesa. Qué afortunado es su marido.

Ella se recogió las faldas y dio un paso rápidamente con el corazón todavía acelerado, y se encontró en la misma habitación en la que habían estado con Julie esa mañana. La misma en que su amiga había encontrado encima de la repisa de la chimenea un bolsito de terciopelo rojo que contenía el milagro que salvó a su familia.

Evidentemente era el hombre que alegaba ser: Simbad.

Mercedes se volvió, y vio que él la había seguido y estaba en la puerta que separaba ambas habitaciones. Permanecía apoyado contra ella con los brazos cruzados sobre el pecho, y con sus ojos oscuros, ribeteados por esas largas pestañas, entreabiertos. El fuego de la chimenea emitía un calor innecesario, pero era la única iluminación de la habitación, además de una pequeña lámpara de aceite.

Antes de darse cuenta de lo que estaba haciendo, Mercedes ya se estaba acercando a Simbad y la tentación que representaba: una atracción misteriosa e intensa, y el deseo de complacer sus pesares, tristezas y recuerdos.

Él se puso recto mientras ella avanzaba, y sus ojos brillaron comprendiendo lo que le ocurría, aunque no dijo nada. Sólo esperaba.

Le temblaron los hombros cuando ella le pasó las manos por encima. Sus dedos lo acariciaron deslizándose por la tela, y un poco, por su cálida piel. Él no se movió excepto para mirarla, y ella no pudo interpretar, a decir verdad ni siquiera lo intentó, la expresión de sus ojos. Simplemente levantó la cara, cerró los ojos y juntó su boca con la de él.

Al principio apenas se rozó con los suaves pelos de su bigote y su barba, y la suave línea de sus labios, sólo para ver qué le parecía. Le sorprendió sentir que su cuerpo temblaba mientras lo tocaba. Entonces se acercó más, y apretó su boca contra la suya ladeando la cara para que pudieran acoplarse mejor, separando los labios lo justo para que él abriera los suyos y poder sentir su sabor.

Ocurrió algo extraño, y una gran explosión de calor, una fiebre de emoción y deseo le recorrió el cuerpo como si se hubiera desatado. El marinero tenía el olor acre del mar en su cabello, y en su piel salada; sus labios se movieron bajo los de ella, que ya no estaban indecisos sino hambrientos y exigentes. Mercedes se perdió en el beso atrapada en un torbellino de sensaciones: pasaba sus dedos sobre la seda y la cálida fricción le permitía percibir el tamaño y la forma de los músculos que tapaba... la danza resbaladiza y caliente de sus lenguas... los dedos de él agarrados con fuerza a su cintura, clavándose en su piel... la dureza y pesadez de sus pechos bajo las capas del corsé, la blusa y el lino.

No protestó cuando la levantó en sus brazos, la llevó de vuelta a la habitación de la que acababan de salir, y la volvió a depositar sobre la gran cama de cojines. Sin embargo, esta vez se recostó en el colchón junto a ella, agarrándola de los hombros, como si quisiera asegurarse de que no se fuera a levantar para intentar marcharse.

Pero ella no tenía intención de hacerlo.

Todo eso, él, era muy parecido a Edmond, su desaparecido Edmond... Lo eran las rudas yemas de sus dedos agarrando la delicada piel de su cuello, y la sal de su ropa, el olor de su pelo cuando ella le tiraba de la coleta, e incluso el de su piel, húmeda en la unión entre el cuello y los hombros. La manera como inclinaba su cabeza para besarla... Y cuando cerró los ojos y se dejó llevar volvió a la ladera donde había estado con Edmond aquel día glorioso...

Las manos de ella se elevaban hacia las ramas de olivo que tenían por encima, miraba el torso oscuro y bronceado de él, que tenía una pequeña mancha de vello justo en medio del pecho. La sonrisa perezosa que le ofreció desde abajo, sus dientes relucientes y sorprendentemente rectos, la sensación de tenerlo completamente duro dentro de ella mientras se balanceaba hacia atrás y hacia delante. Sus manos curtidas sobre la delicada piel de sus pechos, y la sensación áspera de sus nudillos agrietados y desgastados cuando se volvían para acariciarla por el costado...

Ahora, sin embargo, de vuelta al mundo en el que vivía en el presente, Mercedes se dio cuenta de que este hombre, un completo desconocido, se esforzaba torpemente por desabrochar los botones de madreperla que tenía su vestido por detrás. Sentía que su corpiño se apretaba y se movía cuando lo estiraba y torcía, intentando soltarlo desde atrás, con las manos aplastadas entre su espalda y los cojines.

Al principio se puso tensa y volvió la cabeza para interrumpir el beso. No, no podía dejar que hiciera eso... Y él, como si sintiera su rechazo, se detuvo y movió las manos hacia arriba para levantarle los hombros y atraerla más cerca aún. Sus caderas presionaban la parte superior de los muslos de ella, que pudo percibir la erección bajo la seda de sus pantalones ligeros y sueltos. Entonces una aguda espiral de sorpresa y deseo se disparó desde su vientre hasta su sexo, que automáticamente hizo que se moviera permitiendo que él se frotara contra ella.

El marinero murmuró un suave gemido rozándole la boca, y deslizó una mano a su alrededor para sujetarle los pechos, balanceándose suavemente apoyado en ella. Mercedes comenzó a respirar entrecortadamente al sentir el despertar de su sexo que se hinchaba de deseo, y florecía y se excitaba después de estar tantos años dormido.

Había muchas capas entre las manos de él y los pechos de ella: corsé, blusa y corpiño, de modo que apenas podía sentir los pulgares que intentaban acariciarla por encima de todo eso, y aún así percibía que sus pezones se iban endureciendo, apretando y recibían una oleada de sensaciones. Se arqueó, inclinó la espalda, y se apretó contra sus manos, olvidándose de todo, excepto de la hermosa e intensa sensación que la atravesaba, y la obligaba a concentrarse en el húmedo latido de su sexo.

Mercedes tiró de los pequeños nudos que hacían de botones de la camisa del marinero, y miró hacia arriba. Él volvió la cara hacia el techo y liberó una larga y temblorosa espiración, como si al fin hubiese reconocido que ella aceptaba lo que estaba ocurriendo. Mientras Simbad levantaba sus brazos temblorosos, ella se encontró bajo la seda con su piel suave y caliente, y con sus músculos que se tensaban bajo sus yemas.

—Déjeme —dijo rodando hacia un lado, después salió de la cama, y la camisa ondeó con su rápido movimiento.

Se deshizo de la camisa, la lanzó detrás de la cama y después se volvió a arrodillar junto a ella. Mercedes contempló su pecho y las marcas del bronceado hasta el punto donde se remangaba, la uve que dejaba la camisa desabotonada, y la piel pálida del resto de su cuerpo que casi brillaba bajo esa luz tenue. Era alto y delgado, y los músculos fibrosos de sus brazos se entrelazaban hasta llegar a los brazaletes de oro de sus muñecas.

Tenía los hombros fornidos, y su vientre plano sólo mostraba una estrecha estela de vello que llegaba hasta por debajo de sus pantalones.

Tiró de ella para hacer que se sentara recta, y se desplazó para ponerse por detrás. Mercedes nuevamente sintió que su corpiño se apretaba y se soltaba... pero esta vez no dudó. Se quitó las zapatillas, se sacó las medias de seda y sintió que el corpiño terminaba de ceder. Cuando se abrió y se separó de su largo cuello y sus hombros cubiertos, se dio cuenta de que él ya le estaba desatando el corsé, tirando y empujando insistentemente como si no estuviese familiarizado con ese tipo de vestimentas.

Pero de pronto, dos manos cálidas y ásperas se deslizaron por su cuerpo y agarraron sus pechos por detrás. El frío de los brazaletes dorados la sorprendió cuando rozaron la sensible piel de la parte de debajo de sus brazos. Ella gimió... y se olvidó de todo salvo de lo que estaba haciendo.

Entonces sintió la caricia de los largos pelos de su barba, mucho más suave que el bigote corto y poblado de Fernand, y el calor de su boca junto a su cuello, que se dispuso a chupar y lamer justo detrás de su oreja, su punto más sensible... ¿cómo podía saberlo él? ¿Cómo podía haberlo olvidado ella?

Simbad mordisqueaba, chupaba y lamía, y ella jadeaba cerrando los ojos, sintiendo como se le dilataba su perla, consciente de que se le estaban humedeciendo las piernas. Él le atrapaba los pezones entre sus dedos pulgares e índices, y los retorcía y acariciaba suavemente. Jugó con ellos hasta que se pusieron duros y la respiración de Mercedes se hizo más intensa y acelerada.

Entonces se dio la vuelta entre sus brazos, con su vestido abombado y el corsé convertidos en un lío de telas, encajes y ballenas. Sus bocas se volvieron a encontrar, y ella deslizó sus manos entre ambos hasta llegar al pesado miembro que se apretaba contra la seda.

Dios mío, pensó ella... ¿Cómo puede un hombre disimular que está excitado con unos pantalones así? Era casi como si estuviera desnudo. Podía sentir el bulto de su cabeza mientras deslizaba los dedos por la dulce curva de la erección que se elevaba libremente. La seda se calentaba con la fricción. Simbad se tensó y paralizó cuando le tocó el prepucio, y percibió que tenía un hilillo de humedad. Pero siguió acariciándolo una y otra vez.

La respiración de ambos era pesada e irregular; la habitación había vuelto a estrecharse y el aire estaba denso. Entonces, de pronto, la apoyó de espaldas contra los cojines, le apartó sus manos juguetonas y le levantó las faldas. No perdió el tiempo y enseguida subió las manos por sus muslos, bajo las capas de faldas, el miriñaque y la camisa, hasta encontrar la humedad palpitante de su sexo. Mercedes dejó que sus piernas se abrieran y sintió en su vientre el peso de su vestido y su ropa íntima que Simbad le había levantado desde las caderas. Y enseguida se puso a acariciarle, delicadamente, aunque con firmeza, el interior de sus muslos, abriéndoselos justo hasta donde se unían, haciendo que su sexo quedara desnudo ante él.

Simbad deslizó su pulgar por delante del sexo, y lo dejó resbalar sensualmente a lo largo de los labios, entre sus pliegues, y hasta el apretado y oculto clítoris. Mercedes gemía, cerraba los ojos y empujaba con sus caderas todo lo que podía contra el incansable pulgar. Arriba y abajo, por alrededor, hacia dentro y hacia fuera, el dedo se movía lenta y tranquilamente... y ella sentía cómo aumentaba su sensación de placer, que latía con fuerza, temblaba y crecía.

Él murmuró algo. Pero ella no pudo entender lo que dijo. Era un sonido que se parecía a su nombre, y entones Simbad fue bajando las manos por sus muslos hasta llegar a las rodillas, como si se estuvieran despidiendo cariñosamente. Mercedes contuvo un gemido al fondo de la garganta, abrió los ojos y alcanzó a ver cómo se desataba de un tirón la cuerda que ataba sus pantalones, y aunque la luz era tenue, vio la silueta de su miembro completamente erecto que saltaba libremente.

Después de eso no había dudas. Le levantó las caderas, se agarró a sus nalgas y, arrodillado delante de ella, la penetró.

Mercedes gritaba, conmocionada por el inmenso golpe de placer... y después se retiraba, para volver a hundirse en ella, y así una y otra vez, dentro y fuera hasta que estalló. Ella se estremeció volvió a gritar, y se mordió una mano para evitar decir el nombre que tenía en los labios.

Edmond.

Simbad se arqueó una última vez, y con un grito intenso se derramó dentro de ella, y durante un buen rato estuvo temblando. Movía las manos por los lados del torso de Mercedes, se inclinaba sobre ella con la cabeza ladeada, con unos mechones enredados cayéndole por los lados de la cara, jadeando como si acabara de subir una cuesta corriendo.

Mercedes poco a poco fue volviendo en sí misma. Sus oleadas de placer iban decayendo poco a poco. Entonces él se apartó, salió de la cama y se puso de pie.

Enseguida se dio cuenta de que no la miraba sino que observaba por la ventana. Su perfil, en sombras pero vagamente visible, le recordaba clara y dolorosamente a Edmond; su nariz era larga y recta igual que la de él... aunque su barbilla sobresalía debido a su abundante barba, y su cabello caía en ondas a diferencia de Edmond que siempre lo había llevado corto, y se lo cepillaba hacia atrás desde las orejas y la frente. Aunque también era enjuto, este hombre era aún más ancho y robusto de lo que había sido su amante.

Recordar a Edmond le hizo volver a la realidad: no sólo a que se había terminado ese momento de placer, sino a su vida. Y a lo que acababa de hacer. Rodó a un lado de la cama y recogió su ropa. Era imposible que se pudiera vestir sola... ¿la ayudaría ese hombre silencioso y extraño?

¿Por lo menos la dejaría irse?

Su sexo todavía seguía latiendo placenteramente entre sus muslos, y sentía una extraña debilidad en las piernas. Por lo menos su cuerpo estaba satisfecho.

Cuando se levantó, Simbad se movió tras ella silenciosamente y la ayudó a vestirse lenta y torpemente. Pero sus manos estaban calientes, y ella todavía tenía escalofríos en la parte de atrás de los hombros. Y seguía preguntándose por lo que había hecho. Aunque no lo lamentaba. En realidad, no. Había recibido un gran placer, y había tenido la posibilidad de olvidar el presente y recordar su juventud.

Parecía que no había ninguna razón para hablar.

Simbad acabó con el último botón, y no protestó cuando Mercedes se dirigió a la puerta, regresó a la habitación de la chimenea, y se apresuró en salir para regresar a la pequeña posada donde había alquilado una habitación. Allí estaría a salvo de Simbad el Marino, y de los recuerdos, emociones y el placer desenfrenado que le había proporcionado.

Por segunda vez en un día plagado de acontecimientos salía de la puerta principal de esa casita de los Allées de Milheim y bajaba a toda prisa ese corto y desigual pasaje.

No miró atrás.

Si lo hubiera hecho, Mercedes tal vez hubiera visto al barbado Simbad siguiéndola silenciosamente, permaneciendo entre las sombras hasta comprobar que abría con toda seguridad la puerta de la pequeña posada.

A él todavía le temblaban los dedos y le bullía el cuerpo. Tenía los ojos húmedos, pero su boca seguía dura.

—Y ahora… despedida, bondad, humanidad, gratitud, nostalgia —murmuró viendo cómo ella desaparecía dentro de la posada—. Despedida, y esos amables sentimientos del corazón. Ahora dejaré que el Dios vengador me despeje el camino para que castigue a aquellos que me agraviaron.

Capítulo 2

El fin de un acuerdo

Diez años después
París

*U*na noche a finales de noviembre de 1839, se celebraba una espléndida fiesta en la gran residencia del conde y la condesa de Morcerf. La mansión de cuatro pisos de la *rue du* Helder 27 estaba llena casi a reventar con la crema de los vástagos de la sociedad.

Las luces resplandecían en cada una de las dieciséis ventanas que daban a la calle donde se alineaban los carruajes, y detrás de las que tenían las cortinas abiertas se podían ver las siluetas de las damas con brillantes vestidos y la de los caballeros con sus redingotes de cola larga. Hacía demasiado frío como para que todas estuvieran abiertas, pero había varias levantadas para permitir que entrara aire fresco, lo que dejaba que se filtrara el ruido de la fiesta. Cada vez que se abría la puerta para recibir a un nuevo invitado, surgía como una ráfaga la música de una orquesta completa, junto a estallidos de alegría y conversaciones.

Mercedes no había tenido un instante para tomar aliento desde muy temprano por la mañana. Aún así, no se le hubiera ocurrido escabullirse de la fiesta de despedida de su hijo si no la tuviese arrinconada el atractivo conde de Salieux cerca de una de las puertas del salón de baile.

—Mercedes, *mon amour*, llevo intentando apartarte toda la noche —murmuró Georges poniendo firmemente una mano por detrás de su delgada cintura—. Si no lo hubiese sabido, habría pensado que me evitabas.

Salieux la guió hábilmente para que salieran del salón lleno de gente, y pasaron junto a un pequeño busto de Julio César que se encontraba en el vestíbulo. Su familiaridad con la residencia de los Morcerf le ayudó a hacer que entrara apresuradamente en una de las salas vacías: en la biblioteca de los condes.

Ella se relajó, estiró hasta los codos el guante que se le había arrugado y lo miró. Quería haber evitado mantener esa conversación justo esa noche, pues tenía muchas otras cosas en la cabeza. Pero aparentemente no podía evitar a Georges, y si Dios la ayudaba, lo haría lo mejor posible.

Pero antes de que pudiera hablar, él se acercó aún más, la agarró apretándola contra él, y le dio un beso muy sensual en la curva entre el cuello y los hombros.

—Ha pasado tanto tiempo, *mon amour* —murmuró todavía pegado a su cuello.

Mercedes sintió que la suave aspereza de sus patillas le acariciaba una mejilla, y que su lengua le lamía rápidamente las volutas de una oreja. Cuando agarró el lóbulo con la boca, la gran esmeralda de su pendiente sonó al chocar con sus dientes.

—Georges —murmuró, consiguiendo disimular en su voz su irritación manteniéndola suave y baja—, debo volver con los invitados.

—Pero si hace tres semanas que no te veo —dijo mirándola mientras hacía un mohín masculino con sus sensuales labios. Los mismos que la habían atraído varios meses atrás. Pero ahora no le costaba rechazar los encantos de ese hombre—. Sólo he tenido de ti, para que me hiciera compañía, ese caro daguerrotipo en el que estás paseando por la Rive Gauche.

Era joven y enérgico, tenía diez años menos que ella y era claramente guapo. Georges además era más que bueno entre las sábanas, y en el carruaje, e incluso en la hierba húmeda de los jardines de verano de Chelvaulx, a costa de su vestido favorito de color lavanda. Pero ahora ya no estaba interesada en él.

Eso era, desafortunadamente, lo que siempre le ocurría. Se mantenía distante y retirada durante meses, a menudo años, ignorando los cortejos y galanteos de los hombres que frecuentaba. Había hecho de su severa soledad un escudo firme con el que mantener a raya a sus pretendientes, y a sus emociones. Pero al final, la necesidad de afecto y amor vencían su resistencia y sucumbía a la necesidad de ser tocada, amada y atendida. De este modo volvía a intentar encontrar lo que había tenido con Edmond, y fugazmente con el marino Simbad… ese despertar, esa conexión emocional, aunque breve, que la dejaba temblando durante horas, y que todavía, después de diez años, dominaba sus sueños.

—No veré a mi hijo durante seis meses —dijo Mercedes a Georges dando un paso atrás y liberándose de su firme abrazo—. Y no quiero que esta noche me vuelvan a apartar de su lado más de lo necesario. Se va mañana.

—Pero Mercedes, te he echado de menos —dijo George volviéndole a tomar la mano.

Ella lo evitó limpiamente alzándola para pasársela por su intricado peinado en forma de ocho que llevaba en la parte de atrás de la cabeza.

—Georges —dijo mirándolo seriamente—. Debo ser sincera y decirte que ha llegado el momento de que nuestra relación se termine.

Lo era, pues ella no encontraba lo que anhelaba, y su intimidad se había vuelto incomoda y sin sentido. Había comenzado esa aventura esperanzada… pero al final no había sentido más que vacío y decepción.

—¿Terminar? ¡No, no lo dirás en serio!

Esta vez ella no fue lo suficientemente rápida, y él consiguió atrapar su mano. La atrajo hacia él, pero Mercedes se resistió y le lanzó una mirada claramente enfadada con las cejas levantadas, parecida a la que le ponía a su hijo antes de regañarlo.

¡Su querido Albert! No se podía creer que se fuera a ir por lo menos seis meses para viajar por Suiza e Italia. Ahora tenía veintidós años y era un joven atractivo del que estaba absolutamente orgullosa. Su único hijo. Cómo había temido a ese día.

Cuánto lo iba a echar de menos.

¿Y qué pasaría después de que se fuera?

Sus conocidas náuseas le revolvieron en el estómago al acordarse de la manera contemplativa con que la miraba su marido esos últimos días.

Pero no podía pensar en eso ahora.

—Ahora Georges, por favor —dijo con el tono maternal que podía adoptar cada vez que quería.

Había algunos beneficios de ser una dama de cierta edad, y Mercedes había aprendido a usarlos cuando era necesario. Podía ser alegre y coqueta, aparecer fresca y encantadora como una joven debutante, o levantar una ceja maternal y adoptar una actitud severa cuando la situación lo precisaba. Como hacía ahora.

—Por favor, no lo dirás en serio —dijo Georges. Parecía completamente deshecho, y Mercedes sintió una punzada de culpa—. Por favor, Mercedes... No puedo vivir sin ti. Te amo.

Antes de que pudiera contestar, se abrió la puerta de la biblioteca.

—Ah, Mercedes —dijo su marido mientras entraba. Sus definidos ojos negros no se sorprendieron de encontrarla allí, lejos del festejo y con un hombre más joven, que de alguna manera le había vuelto a tomar la mano—. Y conde de Salieux.

Georges la soltó y se puso blanco de culpa. No sabía que a Fernand le importaban poco las actividades extramaritales de su esposa, un hecho que Mercedes había usado en su propio beneficio en más de una ocasión.

No, a ella no le preocupaba que los hubiera descubierto. Más bien fue la expresión especulativa de los ojos del conde lo que hizo que se sintiera como si se le hubieran congelado los pulmones.

—*Monsieur le compte* —lo saludó formalmente. A pesar de que su corazón le embestía contra el pecho, y bajo sus finos guantes de algodón tenía las palmas húmedas, se mantuvo fría y desenvuelta—. Estaba a punto de regresar a la fiesta. Si me excusáis...

—Claro. Sólo quería informarte de que ha venido el barón Danglars con su hija, Eugénie, y eso es lo que quería...

En ese momento hizo una pausa y miró con mordacidad a Georges, que había empezado a acercarse a la puerta con expresión de desconcierto.

Mercedes no estaba segura de si era por la finalización de su aventura, o por la aparición de su marido.

—Tal vez encuentre algo que beber, Salieux —dijo Fernand sin rodeos.

Georges salió de la habitación dando un aletazo con el faldón de su chaqueta, y los Morcerf se quedaron solos mientras la fiesta de despedida de su hijo rugía detrás de la puerta cerrada.

Mercedes miró al hombre con el que se había casado dieciocho meses después de que Dantès fuese llevado a prisión. No había querido casarse con él, pero no le quedó otra elección. Incluso el día de su boda, estaba segura de que su corazón roto la mataría, igual que le había pasado a *père* Dantès. Después de dieciocho meses de ser acosada y engatusada por su primo lejano, aceptó casarse con él, pero no porque lo deseara, sino porque no tenía recursos y se encontraba en una situación imposible. Dantès nunca iba a regresar, su padre había muerto, y estaba claro que Villefort no iba a hacer nada para ayudarla.

Fernand había sido un hombre atractivo, con el mismo aspecto catalán que ella misma: piel dorada, y ojos y cabello negros. Parte de la razón por la que lo había aceptado fue porque era una costumbre que los catalanes se casaran entre ellos. Era su cultura.

Pero incluso cuando Edmond aún estaba vivo, también le había pedido que se casaran; cuando Edmond estuvo embarcado en su último viaje, Fernand había ido a verla todos los días para intentar convencerla de que aceptara su propuesta. Pero ella sólo amaba a Edmond.

Lo amaré hasta el día en que me muera.

Se lo decía a Fernand cada día, y aún así se lo seguía pidiendo. Pero después, cuando se produjo el terrible momento en que Edmond fue arrestado durante su fiesta de petición de mano, Fernand no hizo nada.

Sin embargo, meses después se lo volvió a pedir, y ella lo volvió a rechazar. Y también cuando se fue con el ejército, y cuando regresó. Edmond se había ido hacía ya un año, y *père* Dantès había fallecido sólo un mes antes, convencido de que su hijo estaba muerto. Los dieciocho meses anteriores había ido a visitar a Villefort muchas veces para pedirle información, cualquier noticia, desesperada por saber cualquier cosa que le pudiera contar.

Cuando Fernand regresó del ejército como un héroe por su labor en Janina, le volvió a pedir que se casara con él. Pero en esa ocasión no le quedó otra alternativa más que aceptar. Y a pesar de que le explicó la verdad, y la razón de su consentimiento, la determinación de Fernand de casarse no vaciló. Como se dio cuenta más tarde, después de unos meses de matrimonio, ella le convenía porque su propósito era casarse con una mujer hermosa, y así proclamar, a la vista de todos, su virilidad.

De este modo, a pesar del vacío de su corazón, de la tristeza, y de saber que nunca amaría a Fernand, se casó con él, decidida a ser una buena esposa para su primo a pesar de no amarlo. Se lo debía.

Si entonces hubiera sabido sus verdaderas intenciones, y la verdadera causa por la que quería casarse con ella, todo hubiera sido distinto.

Fernand y ella llevaban siendo marido y mujer desde hacía más de veintidós años. Más de lo que había durado la vida de Edmond.

Mercedes se dio cuenta sobresaltada de que Fernand la miraba, y que había bloqueado la puerta con su brazo.

—¿Qué pasa? —preguntó manteniendo la voz firme.

—¿Tengo que suponer que Salieux es tu nuevo amante? —preguntó. Tenía los labios apretados bajo el oscuro bigote que se había dejado después de conseguir su título. Siempre lo llevaba muy corto, de manera que sus vellos quedaban duros y erizados, y le arañaban y pinchaban la piel. Ya le comenzaban a salir canas por debajo de los pelos oscuros—. Entiendo perfectamente que te atraiga. Es un joven bastante fuerte y de buena complexión.

Mercedes se negó a contestar su sarcasmo.

—Ahora, si me excusas, ya he estado retenida suficiente tiempo.

—Mercedes —dijo él. No se había movido, y ella no podía pasar, pues su brazo le bloqueaba el paso—. Esta noche tienes que mostrarte perfectamente encantadora con el barón Danglars. De cualquier manera, si fuera necesario. —Sus ojos oscuros, que hacía muchos años parecían suaves y amables, brillaban duros e inflexibles—. Quiero un matrimonio entre Albert y Eugénie, y necesito que hagas tu parte para asegurarlo.

Mercedes, que tenía los labios apretados y el estómago revuelto, asintió haciendo un gesto breve y seco.

—Puedes estar seguro de que seré hospitalaria y agradable con Danglars, pero no permitiré que me ponga encima sus toscas manos.

Conocía a Danglars desde que navegaba en el *Pharaon* con Edmond. Había sido el sobrecargo del barco, y Edmond el primer oficial en el viaje en el que el capitán se había puesto enfermo, y después había fallecido. La habilidad y la diplomacia de Edmond para traer el barco de vuelta a Marsella hicieron que se ganara la admiración del capitán Morrel, y que lo designara como nuevo capitán de la nave.

Desde que Edmond le contó la rabia y los celos que Danglars había sentido porque lo ascendieran, Mercedes no se fiaba de él, incluso antes de conocerlo. Después, cuando se casó con Fernand, se dio cuenta de que se habían conocido debido a sus negocios. Pero no le gustaba su comportamiento zalamero, y le producía mareos pensar que la pudiera tocar con sus manos, tan regordetas como el resto de su cuerpo, y con esas uñas tan recortadas y su suave piel blanca.

Lo había intentado. Oh, lo había intentado. Y Fernand…

—Haz lo que te digo, Mercedes —dijo su marido—. O lo lamentarás.

Con una última mirada muy elocuente se apartó de manera que ella pudiera salir de la habitación.

Se apresuró en hacerlo, pero se dio cuenta de que él estaba todavía demasiado cerca, de modo que su amplia falda en forma de cúpula y su pesado miriñaque rozaron sus pantalones.

—Mercedes —dijo Fernand justo cuando ella entraba al vestíbulo—, ahora que Albert se va a marchar, regresaré a tu cama. Mañana. Prepárate para recibirme.

Se quedó helada y tuvo que apoyar una mano en la puerta. Sintió una desagradable punzada en el corazón, y se volvió preguntándose si su cara estaba tan pálida como la sentía.

—Si ése es tu deseo, por supuesto, marido. Mientras vengas solo.

El conde estrechó los labios y también los ojos.

—Ya no estás en posición de hacerme demandas, Mercedes. Albert se va, y ya no tienes a qué agarrarte. Ahora sé agradable con Danglars y asegúrate de que se lleve a cabo este matrimonio, y, tal vez, consideraré tu petición.

—No es una petición —dijo con el corazón sobresaltado—. Es un requerimiento.

Ella se hubiera marchado corriendo, pero le agarró un brazo y la arrastró a la biblioteca. La puerta dio un golpe tras ellos, y Mercedes se vio empujada contra él. Una de las manos de Fernand llegó hasta su garganta, y la sujetó así, mientras con la otra le rodeaba una de sus muñecas.

—¿Qué le pasa a la tranquila, modesta y desesperada huérfana con la que me casé? —preguntó con la voz engañosamente dulce.

No la apretaba lo bastante como para cortarle la respiración, o dejarle marcas, no era tan estúpido, sino lo justo como para recordarle su fuerza… y el poder que tenía sobre ella.

—Eras tan sumisa los primeros años de nuestro matrimonio. Comprendiste nuestro acuerdo, y cumpliste muy bien con el objetivo del negocio. Y después se te metió en la cabeza huir de mí. Como si yo no fuese capaz de encontrarte. Marsella fue el primer y único lugar donde busqué.

—Me iré más lejos la próxima vez —dijo ella negándose a permitir que le temblaran los labios.

—No te atreverás, Mercedes. Igual que lo aprendiste antes, lo sabes ahora: no te puedes separar de mí, porque no puedes vivir sin tu hijo. Que Albert se marche no significa que te pueda impedir verlo. Te he dejado sola, casi sola, los últimos diez años, relegada a poco más que mostrarte de mi brazo como mi hermosa, experta y distinguida esposa. Pero ahora que Albert se marcha, volveré a tu cama. Y me recibirás bien... sea como sea la manera que precise. —Cambió el peso de su mano de manera que le apretó el pecho de manera dura y amenazante. Ella tuvo que toser un poco debido a la presión—. Tal vez, dado que estás relacionada con el conde, le pida a Salieux que se una a nosotros.

Entonces la empujó a un lado con un fuerte tirón. Ella tropezó con una silla y se le salió una de sus zapatillas de piel de mula bordadas con cuentas. Cuando se recompuso, Fernand ya se había ido.

Había dejado la puerta de la biblioteca abierta.

Mercedes se pasó sus temblorosas manos enguantadas por delante de la falda de tafetán con hilos de oro, y después se tocó con cuidado la parte de atrás de la cabeza para ver si tenía intacto el peinado. Estaba un poco más suelto que cuando se lo terminó Charlotte, pero su cabellera retorcida todavía estaba firme en su sitio. Y los dos rizos que le caían desde el centro de la raya que tenía en medio de la cabeza, y que pasaban por detrás de la oreja formando tirabuzones, también se mantenían correctamente en el complicado moño.

Respiró hondo, impidió que sus dedos le temblaran, y se limpió las lágrimas. No podía permitir que Albert la viera así.

Una noche más, y ya se habría ido.

Y ella se quedaría sola con su padre.

Fernand cumplió su amenaza de ir a su dormitorio la noche siguiente.

Mercedes estaba agotada de la fiesta de la noche anterior, y de la emoción de despedirse de su hijo esa mañana temprano.

Se acababa de despojar de su vestido, del miriñaque, el corsé y la camisa, y se había puesto un cálido camisón de franela; su doncella le estaba cepillando su larga cabellera morena.

—Charlotte, puedes retirarte —dijo su marido tras cruzar la puerta.

La doncella atisbó brevemente la expresión rígida del conde y, mirando a Mercedes, hizo una pequeña reverencia y se retiró.

Su señora no podía censurarla: el conde no había cruzado esa puerta desde hacía casi una década. Desde que Albert se había hecho lo suficientemente mayor como para darse cuenta de lo que ocurría en la casa. Y Charlotte sólo llevaba cinco años con ella.

—Fernand —dijo a modo de saludo ni cálido ni frío. Como si fuese una declaración. Al fin y al cabo era su marido, y tenía todo el derecho de ir a su cama cuando lo deseara.

Mercedes no estaba lo bastante loca como para intentar negarlo. Al principio de su matrimonio, había intentado amarlo... o por lo menos se esforzaba por hacer como si no deseara que fuese Edmond, y aunque escondía sus lágrimas después de haber copulado, intentaba permitir que su cuerpo respondiera al suyo. Pero no conseguía dejarse llevar del todo, y eso fue, finalmente, lo que hizo que él se enfureciera... y después siguieron las humillaciones y los tormentos.

Fernand sentía celos de Edmond. Siempre los había tenido, y siempre los tendría, a pesar del hecho de que había muerto hacía más de veinte años.

—Tienes que quitarte eso —dijo entonces metiéndose a la cama mientras se quitaba su propia camisa de dormir.

Eso podía hacerlo. Era algo simple. Cientos, miles de otras esposas lo habían hecho, y lo hacían, cada noche.

Mercedes se desabotonó los seis botones cubiertos de tela que bajaban por la parte delantera de su camisón plisado, y se lo sacó por la cabeza. Se miró en el espejo mientras se dirigía a la cama donde la esperaba Fernand desnudo.

Todavía tenía la piel dorada y en general firme, salvo por las fastidiosas líneas rojas que le dejaban las ballenas del corsé y que tardaban diez minutos en desaparecer. Su pechos habían ido descendiendo un poco a lo largo de los años, pero le habían crecido mucho durante los embarazos, a pesar de que cuatro de ellos terminaron en aborto, y aún más los últimos cinco años, pues se le habían pronunciado todas las curvas. Cuando el corsé le apretaba la cintura parecía más delgada, evidentemente, pero seguía teniendo una silueta definida de reloj de arena, y su vientre formaba una suave curva. Ella sabía que todavía era una mujer hermosa y deseable.

De pie delante de la cama se separó la cabellera, que le llegaba hasta la cintura, en dos partes, y se las ató a la nuca, y así una y otra vez, antes de fijarla en un moño improvisado, consciente de que sus pechos se levantaban tentadores cada vez que subía los brazos.

Los ojos de Fernand parecían vacíos mientras la observaba, y su miembro caía como un largo gusano blanco que ondulaba entre el vello oscuro que se extendía entre sus piernas. No parecía que estuviera listo para la ocasión.

Mercedes se recostó sobre la manta junto a él, y cerró los ojos mientras se acercaba. Cualquier vestigio de afecto que pudiera haber tenido había desaparecido hacía ya mucho tiempo, desde que Fernand se había vuelto desagradable y humillante cuando estaban en la cama. Ahora simplemente se tumbaba y dejaba que hiciera lo que deseara.

O intentaba hacerlo.

Sus pezones reaccionaron en parte gracias a su ayuda, y en parte al frío de la habitación, apretándose y poniéndose en punta, pero cuando se los metía en la boca y comenzaba a chupar sonora y ávidamente, difícilmente sentía ninguna punzada de deseo que le bajara por el vientre. Sin embargo emitió un suave gemido pues sabía que los hombres lo apreciaban, y se preparó para tocarle el pene. El miembro había hecho un esfuerzo para revivir, pero todavía le faltaba bastante. Tal vez si se lo metía en la boca las cosas podrían ir más rápido.

Pero incluso después de que cerrara los labios en torno a él, y moviera la cabeza arriba y abajo, haciendo que la saliva lubricara su pequeño tamaño, siguió blando y suelto. Él le clavó los dedos en la tierna piel de su espalda, como si quisiera animarla, pero ni siquiera unos gemidos y unos movimientos de lengua, hicieron que nada cambiara.

Era la misma historia de siempre.

En los primeros meses de su matrimonio, a Fernand le costó un poco menos excitarse. Pero poco después de que naciera Albert, cuando regresó a su cama, ella se dio cuenta de la razón por la que le era tan difícil hacer el amor con él.

Prefería a los hombres.

Aunque había seducido a una mujer hermosa y deseable con la que se había casado para mostrarla como símbolo de su masculinidad, y para intentar acabar con sus tendencias homosexuales, no le había funcionado tanto como deseaba.

A Mercedes no le hubieran importado demasiado sus preferencias, al fin y al cabo se había casado con él a pesar de amar a otro, si no hubiera sido por las humillaciones que tuvo que sufrir, pues cuando Fernand no podía satisfacerse con ella, traía a otros a su cama, la mayoría de las veces hombres, pero otras, una segunda mujer le servía para encontrar suficiente estímulo.

El recuerdo de aquellas noches de cuerpos entrelazados, extremidades por todas partes y manos que se agarraban, demasiadas bocas, y la imagen de Fernand recostado contra la espalda de otro hombre, mientras ella seguía a su alcance, le quemaba el cerebro. Había sentido una gran vergüenza por haberse tenido que desvestir delante de otro hombre, o mujer, para ser besada y acariciada por su marido, o cualquiera que invitase. Los gemidos y gruñidos profundos, los cuerpos frotándose, los dedos exploradores y las bocas exigentes… prefería no pensar en esas noches oscuras, pues no le gustaba la manera como se sentía, ni la humillación de estar bajo o junto a dos hombres gimiendo, o tener que entrelazarse con otra mujer mientras su marido se movía sobre ella, y en ella. Detestaba que su cuerpo se excitara en respuesta a esas estimulaciones no solicitadas.

Todavía se estremecía y sentía un sabor horrible en el fondo de la garganta.

Y las noches en que Fernand no encontraba a alguien dispuesto a meterse en su cama, y era incapaz de hallar satisfacción… su mano, o su puño, podía escaparse, y su violencia la podía lanzar despatarrada sobre la cama o, peor aún, al suelo.

Una noche como ésa había hecho que ella se escapara a la mañana siguiente a Marsella, hacía ya diez años. Pero el temor de que la apartara de Albert la había hecho volver.

Después de otra noche como ésa, un año después de regresar a París, Albert había empezado a hacer preguntas que su padre no quiso responder. Preguntas que a Mercedes le proporcionaron nueve años de paz, libre de los caprichos de su marido.

Pero esa noche, la noche después de que Albert se marchara, Fernand volvió a encontrarse en la misma situación frustrante, y no pudo contener su rabia y el sentimiento de humillación.

Levantó la mano para golpear a Mercedes una vez, sólo una vez. Pero ahora ella estaba preparada. Tenía una pistola en la mano que había sacado de debajo del colchón.

—Me iré a Marsella por la mañana; Julie está a punto de dar a luz, y no regresaré hasta que no haya vuelto Albert. Ahora, sal de mi habitación.

Lo hizo, con su gusano blanco colgando entre las piernas.

A la mañana siguiente, una vez más, Mercedes se fue de la casa de la *rue du* Helder. Pero esta vez no fue una fuga aterrorizada, sino un plan calculado.

Hacía mucho tiempo que había decidido que nunca más volvería a suplicar ni a rogar.

Mercedes fue a ver a Julie Morrel y a su marido, Emmanuel, en cuanto llegó a Marsella.

—¿Te separarás de él esta vez? —le preguntó Julie.

Su barriga estaba tan redonda que sobresalía por encima de la mesa de nogal que tenía delante.

—Sólo hasta que vuelva Albert —le explicó Mercedes sinceramente—. No te quiero contar lo que le diría Fernand a mi hijo si yo no estuviera allí cuando regresara. Y mientras nuestro hijo esté en casa, Fernand no me molestará.

No sabía por qué su marido había querido volver a su cama, pero cualquiera que fuera la razón, parecía que sus gustos no habían cambiado en los años que había estado apartado de ella.

Qué tonto había sido de exponerse una vez más a una situación tan humillante.

—¿Y cuando Albert se case con *mademoiselle* Danglars? ¿Qué harás entonces?

Mercedes se estremeció.

—No quiero que se case con Eugénie Danglars. Hay algo en esa muchacha que no me gusta, aparte de que el padre me produce repulsión. De todos modos, no creo que Albert quiera casarse con ella.

—Mi hermano, Maximilien, ha vuelto del ejército justo a tiempo para estar en el nacimiento de su quinto sobrino o sobrina —le dijo Julie, obviamente intentando cambiar de tema y hablar de algo más agradable—. Ahora es capitán, y todo un héroe, pues salvó la vida de un noble cuando estuvo en Constantinopla.

—Es igual que su padre —contestó Mercedes con una sonrisa—. Haciendo el bien a los demás.

—Y lord Wilmore y Simbad el Marino —añadió Julie, que miraba el bolsito de terciopelo rojo que descansaba en una pequeña urna de vidrio que estaba en la repisa de la chimenea de su hogar—. Lo que más deseo es saber cómo encontrarlos, y poder volver a agradecerles que salvaran a mi padre. En estos diez años, nunca hemos tenido correspondencia con ninguno de los dos.

Mercedes sintió un pequeño escalofrío. Había ido varias veces a Marsella durante la última década, y pasado muchísimo tiempo cerca del muelle. Pero nunca había vuelto a ver al exótico marinero alto y barbudo.

Había sido muy insensata, podía haberse quedado embarazada; o haber sido raptada y violada, o golpeada y que la hubieran dejado ahí tirada, moribunda, o asesinada. De todos modos, Simbad le había dado el regalo de hacerle revivir emociones y sensaciones largo tiempo dormidas.

La había ayudado a darse cuenta de que todavía estaba viva, y aún podía sentir.

Ésa era la razón, aunque ni siquiera se lo podía admitir a sí misma, por la que cuando huyó de París, se fue a Marsella a pasearse esperanzada por el muelle.

De este modo, más tarde esa noche, en su cuarto día en Marsella, Mercedes se excusó con Julie y salió a dar un paseo. Su amiga la podía haber acompañado, pero como su embarazo estaba muy avanzado, era más prudente que hiciera una siesta.

Vestida con un sencillo vestido de lana color rosa pálido, y una pesada capa, también de lana, que la protegía de la fría brisa marina de noviembre, Mercedes salió a la calle y siguió el camino que hacía todos los días. Pasó Morrel y Compañía, y desde ahí se dirigió hacia el olor a aire salado, y el ajetreo de los embarcaderos.

Miró un rato buscando al alto y barbudo Simbad, y recordó la figura esbelta y ágil de Edmond caminando a grandes pasos hacia ella después de bajar de la cubierta de un barco. El frío afectó la punta de su nariz, y sus dedos se pusieron rígidos. Un intenso olor a pescado impregnaba desagradablemente el aire, de modo que se dio la vuelta para regresar.

Pero justo al salir del muelle percibió a alguien detrás de ella. Sintió los latidos del corazón en la garganta, y un pinchazo en la nuca. Se dio la vuelta.

No era Simbad. No era alguien que reconociera. El hombre, tal vez de unos cuarenta y tantos años, de mediana estatura y con la piel morena de los griegos, se acercó a ella. Enseguida se dio cuenta de que llevaba una pistola, en cuando estuvo lo suficientemente cerca como para encañonarla con ella.

—No le haré daño, señora —dijo tranquilamente—. Pero tiene que venir conmigo.

—¿Quién eres? ¿Qué quieres? —preguntó mirando a su alrededor.

Pero nadie que pasaba cerca parecía darse cuenta de lo que estaba ocurriendo. Había cuatro marineros que llevaban un pesado cajón apoyado en sus hombros, y un grupo de mujeres, que se reían, señalaban y miraban la exhibición de músculos de los marineros, y que no le prestaban atención a ella, que estaba sola y siendo obligada a volver al muelle.

—Soy Jacopo —dijo el hombre—. Venga conmigo. —Apretó un poco más el arma contra su cuerpo, y a Mercedes no le quedó más remedio que seguirlo—. No le haré daño si hace lo que le digo.

—Pero ¿qué quieres de mí?

—La llevo ante mi amo.

La dirigió por la esquina y de pronto Mercedes se dio cuenta de que estaban al final del embarcadero, en una zona que se encontraba casi vacía, salvo por una única embarcación bien pertrechada, pero completamente sola. Su madera color miel brillaba bajo el sol, y sus enormes velas blancas resonaban por el viento marino. Cuando se acercaron, Mercedes reconoció que el mascarón de proa tallado en ébano era la diosa griega Némesis.

Fue empujada a una pasarela y enseguida se vio en la suave cubierta de aquella pequeña embarcación. En esos momentos estaba verdaderamente asustada. Al principio, había pensado, tal vez locamente, que todo eso era un truco de Simbad… que de algún modo la había vuelto a encontrar y quería verla. Pero no había señales de ese hombre alto y barbudo, y antes de poder pensar en nada, fue obligada a golpe de pistola a bajar unas pequeñas escaleras. El paso era tan estrecho que se tuvo que poner de lado para hacer pasar sus pesadas faldas; entonces tropezó en el último escalón y apenas pudo agarrarse para no caerse.

Escuchó gritos y llamadas, y por un repentino movimiento del barco, se dio cuenta de que estaban desatracando.

—¡No! ¿Qué hacéis? —gritó golpeando la puerta que se había cerrado tras ella después de ser empujada por los cuatro peldaños—. ¿Dónde me lleváis?

Nadie respondió durante un rato, pero por el movimiento del barco se dio cuenta de que habían salido del puerto y se adentraban en el mar. Miró por el pequeño ojo de buey, y observó con aprensión e incredulidad que la mancha oscura que era Marsella desaparecía en el horizonte. Al final se hundió en la estrecha cama mirando la oscuridad que caía, preguntándose si volvería a ver a Albert.

Al final, horas después, se abrió la puerta, y se dirigió a ella la cara oscura del hombre llamado Jacopo. Se dio cuenta de lo mucho que se parecía a un pirata, con su rostro sin rasurar y el pañuelo rojo atado a la cabeza.

—Ahora puede subir si lo desea, señora. Tenemos comida por si tiene hambre.

—¿Qué queréis de mí? —preguntó con mucha más valentía de la que sentía.

Se acordó cuando diez años atrás, Simbad la había salvado de ser secuestrada por varios hombres que amenazaban con hacerle lo mismo que le estaba pasando ahora. Tenía la boca seca y el estómago tan revuelto que estaba segura de que no quería comer. Sin embargo, necesitaba aire fresco.

Cuando salió a la cubierta, se dio cuenta de que el sol había bajado bastante en el cielo. El frío la congeló casi de inmediato, pero hizo varias inspiraciones profundas de aire fresco. Además de Jacopo, había otros dos hombres en la pequeña embarcación.

Ya llevaban varias horas navegando, y tras ellos pudo ver la silueta del rocoso Château d'If, la isla prisión que se dibujaba contra el horizonte. Y detrás de esa gran isla escarpada, más allá de donde llegaba la vista, estaba la línea costera de Marsella, y el pueblo donde se había criado junto a Fernand.

Tal vez tampoco volvería a verlo nunca más. Sus dedos temblaron y el estómago se le revolvió, pero no tenía nada que ver con el movimiento del barco.

—Es la condesa de Morcerf, ¿verdad? —preguntó Jacopo.

—Soy la condesa, *oui* —le dijo agarrándose las manos. Aunque no suplicando—. Quiero que me lleven de vuelta. Mi marido pagará generosamente para que me liberen.

Eso no lo dudaba. Fernand no quería perder a su esposa, de eso estaba segura, pues para él era de gran importancia estar casado con una mujer hermosa que pudiese mostrar en los salones de baile y en los teatros, así como en la privacidad de su dormitorio.

Jacopo asintió con la cabeza mientras las colas de su pañoleta ondeaban por el viento.

—Claro que lo hará, señora. Y eso es lo que queremos. O, mejor dicho, es lo que quiere Luigi Vampa.

—¿Luigi Vampa? ¿Quién es?

El nombre le era familiar, y un instante después se acordó de la breve reprimenda que Simbad soltó a sus posibles raptores hacía diez años. *«Será mejor que liberéis a la mujer, o tendré que decirle a Luigi Vampa que habéis actuado más allá de vuestras fronteras.»* Fue una breve mención, pero como recordaba cada detalle de esa vivencia, enseguida se acordó.

—Un bandido temible —dijo Jacopo con una sonrisa que mostró un diente de oro—. Pero no un asesino, a menos que esté enfadado. Tampoco está metido en la trata de esclavos, así que se puede sentir segura, señora. Si no quiere comer, tendrá que volver abajo. Llegaremos a nuestro destino dentro de dos días.

¡Dos días!

El segundo día, ya bastante tarde, el barco navegó junto a la línea costera de Córcega, y se dirigió derecho a una pequeña isla. Cuando se acercaron, Mercedes, a la que se le había permitido subir a cubierta, vio que no era más que una gran roca. Al aproximarse se hicieron evidentes algunos árboles rezagados y algunas matas de hierba, pero aparte de eso, la isla parecía desabitada.

—Montecristo —anunció Jacopo con una floritura.

Mercedes miró consternada el escarpado lugar. No había ninguna señal de edificios, ni siquiera de una tienda, ni nada remotamente civilizado. Cuando la embarcación se acercó a la orilla, vio dos cabras paseándose entre las crestas de unas rocas muy irregulares, y después, más abajo, en la playa, cenizas negras de los restos de un fuego.

¿Seguro que pretendían quedarse allí?

—¿Dónde está Luigi Vampa? —preguntó directamente—. Un hombre que es un gran bandido como dices no vive en condiciones tan primitivas.

Jacopo se rió como si le divirtiera ese comentario mordaz.

—No, no, el señor Luigi Vampa no vive aquí... pero se equivoca si piensa que aquí las condiciones son primitivas.

Mercedes lo miró apartándose de la frente sus cabellos enredados y sin cepillar. ¡Hacía dos días que no veía ni un peine ni un cepillo, o siquiera un paño para limpiarse la cara! Las varillas de su corsé debían de habérsele quedado marcadas para siempre, y el sucio dobladillo de su vestido lleno de sal nunca volvería a ser el mismo. Había dejado de usar los guantes desde que subió al barco, y estaban arrugados en el suelo en un charco de agua de mar.

—No veo más que rocas por las que incluso a las cabras les cuesta moverse. ¿Y dices que el *signor* Vampa, que seguro que le va a pedir un rescate a mi marido, ni siquiera va a venir a saludarme?

—No, el *signor* Vampa, no. Aquí estará cómoda en el cuartel de su amigo mientras se hacen todos los acuerdos para que su marido recupere a su esposa. Y ahora —dijo haciendo un extraño tipo de sonido gutural—, esto es todo lo que le diré. Ya le hará el resto de preguntas a mi amo. Baje hasta que hayamos echado el ancla, señora.

Pasaron otras dos horas hasta que la embarcación estuvo lo suficientemente segura como para que Mercedes y Jacopo pudieran desembarcar. Por entonces el sol ya descansaba en el horizonte, listo para hundirse en él. Se sentía hambrienta.

Y nerviosa.

El barco no podía atracar, por supuesto, de modo que tendría que caminar por el agua que le llegaría hasta las rodillas, o hubiera tenido que hacerlo si Jacopo no la hubiese levantado para pasarla a su compañero. Mercedes cerró los ojos ante la mortificación de ser llevada por ese fornido y sudoroso marinero que parecía, y olía, como si no se hubiera bañado desde hacía semanas.

Sin embargo, cuando la dejó en la playa, ella se sintió más despojada que nunca. ¿Cuánto tiempo iba a tener que pasar en ese lugar vacío y escarpado? ¿Realmente no tenía nada de lo que temer como alegaba Jacopo?

—Mi amo desea que vaya a verlo —dijo Jacopo mientras se revolcaba en la arena junto a ella—. Pero tendrá que ir con los ojos tapados pues no permite que nadie sepa dónde está su residencia.

Mercedes miró a su alrededor una vez más, y a pesar de que la luz era tenue porque el sol ya estaba bajando, estaba segura de que no había nada que se pareciese a una construcción o una casa. La única posibilidad era algún tipo de cueva, que con seguridad podía servir para resguardarse de los elementos, pero que no sería en absoluto un lugar acogedor.

—Perdóneme, señora —dijo Jacopo moviéndose por detrás de ella.

Le puso una capucha en la cabeza, no demasiado apretada para que pudiera respirar, pero lo suficiente como para impedir que le entrara luz. Mercedes ni siquiera podía ver por los agujeros del fondo de la tela oscura.

Jacopo la guió a través de la suave arena, en torno a unas rocas muy picudas, y subieron y bajaron por varias pendientes fáciles. Al final, después de bajar y bajar hasta sentir que el aire se enfriaba, por fin se detuvieron. Le quitaron la capucha de la cara y se vio ante un... milagro.

La cueva de Aladino.

La habitación de la cueva no era grande, pero estaba amueblada de manera tan cómoda como su salón de la *rue de* Helder. El suelo cubierto por gruesas alfombras, y de los muros colgaban tapices. La estancia estaba iluminada por velas y candelabros. Había dos sillas acolchadas y una larga mesa sobre la que se habían dispuesto unos platos de oro llenos de uvas y naranjas, y otras frutas que no supo identificar. Sobre la mesa de caoba se alineaban varias copas con piedras preciosas incrustadas, acompañadas de varias botellas de vino, brandy y otras bebidas.

—El amo pensó que tal vez se querría bañar antes de verlo en la cena —dijo una voz femenina con un extraño acento.

Mercedes percibió que de las sombras emergió una joven con la piel más oscura que había visto nunca. Llevaba el cabello completamente tapado con un pañuelo de diseño alegre parecido al que llevaba Jacopo, y le colgaban de las orejas unos grandes pendientes de oro. Su vestimenta seguramente aparecía en *Las noches árabes*: atuendo suelto, de seda, y recogido en las muñecas y los tobillos.

—Venga conmigo.

Mercedes se sentía como si estuviera en un sueño realmente... ¡su mundo de lujos no se escondía debajo de una roca de una pequeña isla! Pero el agua caliente y burbujeante que se vertía sobre una bañera de mármol no era un sueño. Era el cielo.

Un agradable olor a rosas se levantó por el aire después de que la mujer nubia diera unos golpecitos en una urna de bronce que derramó su contenido sobre el agua burbujeante.

—¿Qué es? —preguntó Mercedes oliendo delicadamente cuando la joven se acercó a su lado para ayudarla a desvestirse. El olor era anaranjado, aunque floral y muy delicado.

—Se llama neroli. Démonos prisa que Su Excelencia espera.

Si era un sueño, era una de las experiencias más divinas que había tenido nunca. Su cabello, que llevaba dos días sujeto en un moño, necesitaba urgentemente ser cepillado y lavado, y cuando le quitaron al fin todos los alfileres, sintió que le dolía la piel del cráneo. Y mientras Mercedes al fin reposaba en la profunda piscina burbujeante intentando no preocuparse por lo que tenía por delante, los dedos de la sirvienta le masajearon la cabeza.

Hasta ahora, no tenía razones para no creer a Jacopo.

Enseguida se les unió otra mujer de piel de ébano, y Mercedes se vio enjabonada y cepillada por dos pares de manos. El ir y venir de los dedos y la espuma, la caricia del agua que no dejaba de burbujear y los aromas sensuales, todo contribuía a que se le despertaran los sentidos..., al mismo tiempo que se relajaba.

Al final la sacaron del baño, la secaron y le dieron lociones. Le cepillaron el cabello, pero no se lo recogieron; en cambio se lo dejaron largo y desatado de una manera como no lo había llevado desde que era muy joven. Con una simple tira de cuero le ataron las onduladas trenzas a la mitad de su largura, de modo que le quedó una cola suelta.

En vez de vestirla con restrictivos corsés y faldas pesadas, las dos sirvientas le pusieron por la cabeza una túnica escandalosamente simple. Era de seda color rosado, tenía mangas largas y sueltas, y un escote que le llegaba a la garganta, pero que se abría con una larga y estrecha hendidura. Los bordes estaban bordados con hilos color negro y oro, y le colgaban unas borlas de las cuerdas con las que se cerraba la estrecha uve. Para su alivio, cuando se levantó comprobó que la túnica llegaba hasta el suelo, pues no le habían dado nada para ponerse debajo.

Mercedes, que de pronto se sintió muy nerviosa, excesivamente consciente de la seda que rozaba sus pezones, fue conducida desde el baño a otra habitación a través de una puerta tapada con tapices.

Se encontró de vuelta en el mismo salón de la mesa larga y los cuencos dorados llenos de frutas. Pero no se iba a quedar allí, pues la primera sirvienta, que ya sabía que se llamaba Omania, le hizo un gesto para que la siguiera. Omania levantó otro tapiz, y le indicó que la siguiera a través de la entrada que había aparecido.

Mientras caminaba silenciosamente por las alfombras del acceso, sintió que el corazón le latía con fuerza, las manos se le habían humedecido y respiraba rápido y muy superficialmente. El tapiz se cerró tras ella con una ráfaga de viento, y entró en una habitación aún más espléndida que la anterior.

Las alfombras bajo sus pies eran más suaves, y se dio cuenta sorprendida de que no eran de tejido, sino que todo el suelo estaba cubierto con pieles de animales. Los tapices de los muros estaban decorados con espadas orientales, con empuñaduras cuajadas de joyas y perlas, y hojas curvadas con dibujos ornamentales. Del techo colgaban unas lámparas de cristal veneciano que proporcionaban una luz suave y cálida, pero aún así la habitación tenía rincones en sombra. Vio también muchos cojines, bajos y mullidos, con rubíes, amatistas, zafiros y esmeraldas, decorados con ribetes, borlas, bordados y encajes.

Delante del diván había una mesa baja y estrecha cubierta de bandejas doradas, platos de porcelana japonesa, cuencos de cristal, copas y jarras con incrustaciones, y abundante comida. Mercedes nunca había visto tanta variedad de alimentos, y no podía identificar algunos platos. Frutas y verduras de todos los colores, aves asadas de todo tamaño acompañadas de diversas guarniciones, panes, queso, vino, té…

Tuvo que dejar de examinar la habitación al ver que se movía el tapiz del otro lado de por donde ella había entrado, y observó que aparecía alguien muy alto.

Lo reconoció de inmediato; tal vez lo había estado esperando todo el tiempo. Iba vestido con unos amplios pantalones color rojo oscuro y una sencilla camisa blanca. Sobre la camisa, una corta chaqueta negra sin mangas, que, por el brillo de sus remates, parecía decorada con hilos de oro y pequeñas joyas. En la cabeza llevaba un gorro con borlas azules colgantes, y, como la otra vez, su larga cabellera negra estaba sujeta en una cola recta que le caía por la espalda hasta bien pasados los omóplatos. Tenía la misma barba espesa y el bigote que escondía la sensual boca que tanto recordaba. A pesar de que la luz tenue de la habitación oscurecía los detalles de su rostro, igualmente lo reconoció.

—Ah, condesa, nos volvemos a ver. —El hombre que se había llamado a sí mismo Simbad el Marino le hizo un gesto señalando la habitación con una mano, que seguía adornada con un brazalete dorado—. Por favor, póngase cómoda.

Capítulo 3

En la cueva de Aladino

Cerca de la costa de Italia
Isla de Montecristo

Cuando Simbad se acomodó en el diván y la invitó a imitarlo, Mercedes se dio cuenta de que no era sensato seguir de pie con su vaporosa túnica de seda mientras él parecía tan cómodo. De modo que hizo lo mismo, aunque dejó una amplia distancia entre ellos.

La piel en la que se sentó era de armiño, suave como la seda que llevaba puesta. Cuando le pasó las yemas de los dedos sintió que era espesa y exuberante. Al principio le costó encontrar una posición cómoda en el diván, pues sencillamente no estaba acostumbrada a tener la libertad de movimientos que permitía no llevar corsé, y mucho menos encaramarse en un mueble que estaba tan cerca del suelo, sin reposabrazos ni respaldo. Al final se puso en una posición sentada, con las piernas dobladas hacia un lado, cubiertas con la falda de la túnica, y dejó caer su cabellera larga y húmeda a un lado. Le goteaba y mojaba la piel de armiño justo donde apoyaba la cadera. Se tapó hasta los dedos de los pies.

—Por favor, coma algo —le dijo Simbad con este extraño acento que no sabía identificar.

La comida tenía un sabor tan exótico como la propia habitación. Mercedes al principio no tenía demasiada hambre; los nervios le habían secado la boca y revuelto el estómago. Pero cuando Simbad le señaló una bandeja con una fruta cortada color dorado que parecía un rico melocotón, se dio cuenta de lo poco que había comido los últimos días.

—¿Qué es? —le preguntó después de tragarse la deliciosa fruta dulce aunque algo picante.

—Mango —contestó como si se sorprendiera de que no la conociera—. Pruebe esto, papaya. Y esto —la miró con una mirada tan seria que se quedó desconcertada—, coco.

Parecía relajado. Estaba sentado con las piernas doblabas por delante, las rodillas flexionadas y los dedos de los pies metidos hacia dentro. Aunque la habitación estaba bastante oscura y no le podía ver bien la cara, o la parte que no estaba oculta por la barba y el bigote, advirtió que la mano le temblaba ligeramente cuando le señalaba las distintas frutas. Pero su voz era firme, relajada y exótica. Mercedes de pronto se dio cuenta de que sus pezones se habían endurecido y empujaban la delgada seda que parecía muy suelta, aunque ahora que se había sentado, se le pegaba por todas partes. El más ligero movimiento hacía que se rozara contra su piel como la caricia de un amante.

Omania y su compañera les servían en silencio. Mercedes se comió una codorniz estofada con arroz, y un pequeño cereal dulce con pasas y dátiles. Le llenaron la copa de vino tinto y se lo bebió, y después agua, queso, peras e higos.

—¿Se hizo daño o pasó miedo durante el viaje? —preguntó Simbad que comía moderadamente.

—Estaba enfadada, quizás —contestó manteniendo la voz tan firme como la de él—. ¿Cuál es el plan del *signor* Vampa? ¿Y por qué estás tú aquí?

—Demasiado inquisitiva… para ser una invitada. —Le sonrió brevemente y después dio un trago de su copa. Cuando la puso sobre la mesa baja, habló a Omania en un idioma extranjero, y ella asintió con la cabeza. Junto a su compañera hicieron una reverencia, y salieron de la habitación—. Estoy aquí para asegurarme de que su estancia sea cómoda... y agradable.

La volvió a mirar con los ojos fijos y penetrantes.

Mercedes sintió un pinchazo de deseo en la boca del estómago, y sus pechos se endurecieron aún más. Miró a un lado. Repentinamente se le había secado la boca, y se dio cuenta de que su corazón latía tan fuerte que si hubiera levantado un brazo se podrían ver sus sacudidas.

—¿Se ha comunicado el *signor* Vampa con mi marido?

Cuanto antes comunicaran a Fernand el rescate solicitado, antes lo podría pagar, y antes la liberarían. Podría volver a su vida normal y estar con Albert.

—Ah, sí. No queremos que el conde sufra en su ausencia ¿verdad? —Sus palabras eran de acero. Miraba hacia la mesa como si quisiera ocultar la expresión de sus ojos—. Para él sería terrible tener que soportar un momento de dolor y preocupación. ¿Está segura de que pagará el rescate que se le pida?

—No lo dudo. Y... ¿es posible... que pida que envíen un mensaje a Julie Morrel? Ahora está casada con Emmanuel Herbault, y está casi al final de su quinto mes de embarazo. No quiero que se preocupe... de que me haya ocurrido una desgracia.

El comportamiento de Simbad se suavizó un poco, y asintió con la cabeza.

—Ya se lo he enviado, no quiero que ni ella ni su familia sufran en absoluto. Y ya ha habido comunicaciones con el conde. —Después la observó de medio lado con una mirada contemplativa—. Entonces, ¿piensa que le ha ocurrido una desgracia?

—No estoy muerta.

Simbad asintió, pero levantó las cejas.

—Entonces cree que la muerte es el peor destino que puede tener alguien.

Levantó su elegante mano y se llevó a la boca un buen trozo de faisán. El brazalete de oro brilló a pesar de la tenue iluminación.

—No, supongo que no. Se puede estar herido, o enfermo y vivir la vida de... una piedra, sin sentir ni disfrutar de nada. Por lo menos con la muerte uno deja de ser consciente de los males de su propia vida... Aunque con la muerte no hay manera de mejorar una condición o situación.

Él masticaba pensativo, y después tragó.

—Algunos consideran que la muerte es un respiro deseado. Por ejemplo, un hombre encerrado en una celda oscura probablemente desea la muerte, más que llevar una existencia vacía día tras día. Puede que considere que la muerte es preferible a la locura que le espera. La eternidad de las tinieblas y la nada.

Mercedes pensó en Edmond, por supuesto, y se preguntó si él también había deseado morir antes de fallecer... o si creía que algún día quedaría libre. Los ojos de Simbad eran punzantes, y ella apartó la mirada.

Simbad siguió hablando.

—Pero tal vez hay cosas peores que la muerte o la prisión, condesa. Si alguien comete una injusticia sobre ti, por ejemplo, si le ocurriera algo a su hijo...

—¿Qué sabes de mi hijo? —preguntó repentinamente asustada.

—Nada más que lo que me has contado, condesa. Hace diez años, cuando nos conocimos, me dijiste que tenía doce años. De modo que ahora debe haber pasado la mayoría de edad. —Todavía mantenía su voz relajada, exótica y cadenciosa; aunque ella percibía rastros de violencia bajo su superficial amabilidad—. Como te decía, si le ocurriera algo a tu hijo... por ejemplo, si fuera asaltado por unos bandidos y lo asesinaran sin piedad ¿cómo se vengaría? ¿Querría que los malhechores que lo atacaron murieran? ¿O preferiría que les aplicaran otro tipo de venganza?

—Querría que conocieran el mismo sufrimiento que estaría pasando yo —contestó ferozmente.

—Exacto, mi querida condesa. Y no una ejecución: una cuerda alrededor de su cuello, el beso de la guillotina o una bala en la cabeza. Demasiado simple, ¿verdad? ¿Eso no permitiría que los malvados quedaran liberados y pasaran a cualquiera que sea la vida eterna que les espere?

—He dicho que querría que sufrieran… pero serían juzgados por Dios —contestó Mercedes con firmeza—. No soy yo quien los tiene que juzgar en la Tierra.

Simbad sonrió, y su moreno bigote se estiró y permitió atisbar sus dientes repentinamente salvajes.

—Pero sé que Dios selecciona ángeles vengadores, hay vengadores y benefactores, y los pone en la Tierra para que le ayuden. Y para los grandes pecados, muy a menudo la mejor justicia es un largo castigo. Uno en el que el pecador viva con los resultados de su perfidia, más que ser liberado de sus responsabilidades terrenales con una muerte rápida.

Sus ojos se volvieron a encontrar.

—¿No querría que aquellos que mataron a su hijo vivieran un dolor y una pena tan grande como la suya? ¿No sería la muerte algo demasiado simple, demasiado fácil para ellos?

—Sí, querría eso, sí… —contestó Mercedes, obligándose sinceramente a hablar sin rodeos—. Pero…

Su voz se apagó. Simbad la miraba tan fijamente y de manera tan oscura que sus palabras simplemente se desintegraron.

—Qué mujer tan honesta es usted —dijo él sarcásticamente—. Honesta, leal y sincera. Esperaría a su amor para siempre, ¿verdad?

Había esperado a Edmond.

Lo había hecho… hasta que no tuvo otra elección.

Sabía que Fernand el primer año después de casarse había vivido con miedo a que Edmond volviera, y que se enfureciera por haberla acosado para que se casara con él, cuando ella había prometido esperarlo… pero Edmond nunca regresó.

Simbad dio una fuerte palmada y Mercedes se sobresaltó, saliendo de esa profunda y oscura ensoñación de culpa y pérdida.

—Observo que nuestro debate la entristece, condesa —dijo—. Cambiemos a un pasatiempo más agradable. Por favor —dijo con gesto con sus manos elegantes y con puños de oro—. Disfrute de Omania y de Neru.

Mercedes se dio cuenta de que Omania había regresado junto a otro sirviente, supuestamente Neru, y limpiaron la mesa mientras ellos conversaban. La trasladaron por la habitación y la dejaron junto a la pared de enfrente. Neru puso una más pequeña junto a Simbad, y los sirvientes la cubrieron de jarras de vino y varios cuencos llenos de uvas, mango y una pequeña fruta roja con aspecto de joya a la que él llamó «granada».

Entonces los dos sirvientes se colocaron en el espacio que había ocupado la mesa de la comida delante del diván. Omania se había cambiado de ropa, y llevaba una falda muy sencilla hecha de innumerables tiras de seda que colgaban de una faja que pasaba justo por debajo de su ombligo. En ese pequeño agujero además se había puesto un gran zafiro. Su piel color café estaba desnuda desde las caderas hasta debajo de los pechos, tapados con más tiras de seda que le colgaban del cuello dejando los brazos desnudos aunque adornados con numerosos brazaletes dorados. Su cabellera negra le colgaba en gruesos y mullidos rizos desde la coronilla, donde estaban unidos por una amplia tira de oro incrustada con esmeraldas. Tenía los pies desnudos, pero llevaba los dedos y los tobillos adornados con anillos de oro.

Neru, el joven aproximadamente de la misma edad que Omania, tal vez veinte años, iba vestido de manera parecida a Simbad. Sin embargo, no llevaba camisa bajo la chaqueta corta, que al estar abierta exhibía parte de su pecho musculoso y sin vello, y todo su vientre plano con una tableta de músculos. Sus brazos estaban bien definidos y brillaban relucientes como si su piel color café, y la del resto del cuerpo, hubiera sido embadurnada con aceite. Sus pies fuertes y grandes pisaban una alfombra de piel de leopardo.

Comenzó a sonar un tambor con un tono grave, y Mercedes llevó su atención a un rincón en el que todavía no había reparado, donde vio que estaba sentada la otra sirvienta que la había ayudado en el baño. Mientras sus manos seguras tocaban un ritmo exótico, la atención de la percusionista estaba centrada en Omania y Neru.

—Condesa.

Al escuchar la voz se volvió hacia Simbad, y sus ojos en sombra se encontraron con los de ella.

De pronto la habitación le pareció que era dulce y cálida. Y pequeña. Había encogido en cuanto Simbad desenroscó las piernas y se acercó a ella ayudándose con las palmas de las manos que apoyaba sobre las suaves pieles. Ella las observó, con sus bronceados dedos que se extendían amplios y sólidos, hundiéndose en las pieles, y no fue capaz de apartar la mirada de ellos a medida que se acercaban. Los golpes del tambor seguían sonando de manera profunda y continua como trasfondo, aunque lo bastante intensos como para que los sintiera en las profundidades de su cuerpo.

Su corazón embestía contra el pecho, y le temblaban los dedos que apoyaba en su regazo, arrugando y humedeciendo la seda. Cuando las manos de Simbad acariciaron su pierna por encima de la túnica, Mercedes cerró los ojos. Tenía la respiración alterada y se dio cuenta que él también.

Cuando la besó al fin, los pelos de su bigote seguían igual de suaves tal como recordaba. Se restregaron contra sus secos y abultados labios, con una suave cosquilla como si los invitara a que se abriesen. Y lo hicieron.

Él todavía estaba apoyado en sus manos y sus rodillas; sus caras estaban a la misma altura, pero había inclinado un poco la cabeza para que sus bocas se acoplaran mejor. Los brazos de Simbad le golpearon las piernas, y su propio peso sobre los cojines del diván hizo que se ladeara suavemente hacia él para poder mantenerse firme. En ese momento sus dedos, que también estaban apoyados sobre la piel, chocaron con los suyos.

Un resbaladizo enredo de lenguas, labios que chupaban, mordisqueaban y se deslizaban, el calor de su cercanía, el olor a especias de su cabello, la dulzura del mango y del vino incluido en el beso... un beso feroz, que llevaba diez años esperando. Era como si la puerta se hubiera abierto y en su cuerpo hubieran estallado muchas sensaciones, despertándose.

Simbad se movió hacia atrás.

—Disfrute —le dijo haciéndole un gesto para que mirara a los jóvenes que estaban delante de ellos.

Volvió a su lugar, Mercedes lo miró aunque la luz era escasa. Separó los labios sin despegar los ojos de él, y su respiración todavía liberaba sorprendentes pequeños gemidos. ¡*Dios mío*, qué había hecho con un simple beso!

Después de darse la vuelta, Simbad volvió a dar una palmada, y Neru y Omania se pusieron a bailar.

Mercedes observó cómo los cuerpos de la pareja se ponían a ondular sinuosamente, a deslizarse, desplazarse y balancearse. Al principio estaban uno junto a otro de cara al diván, con los dedos de los pies señalando al público. Neru estaba frente a Mercedes, lo suficientemente cerca como para que pudiera oler su aroma a almizcle y ver el fino vello de sus cejas. Omania bailaba frente a Simbad. Neru tenía los ojos cerrados, y su cuerpo se movía como si lo dirigiera el pulso del tambor, tranquila y sensualmente... siguiendo el profundo ritmo que se comenzaba a acompasar con el de los latidos del corazón de Mercedes. Levantó los brazos, desplazó las caderas con sensualidad, y su vientre se puso a ondular como las olas del mar.

Los movimientos simétricos de los dos bailarines eran hermosos y excitantes, incluso antes de que se pusieran cara a cara. Pero cuando Neru y Omania lo hicieron, la danza cambió. Se acercaron más el uno al otro, abrieron los ojos y se concentraron en ellos mismos. Juntaron las palmas, acoplaron las caderas con un suave movimiento, doblaron las rodillas y arquearon los torsos hacia atrás.

Al alejarse Omania de Neru, el pañuelo que tenía en el pecho se desplegó, pues de alguna manera las grandes y oscuras manos de él lo habían sujetado. La colorida tela de seda con un diseño en rojo, oro y violeta, se enredó en el puño de Neru, y quedó colgando. La mujer entonces se volvió, y Mercedes vio que sus pechos grandes y firmes se habían quedado desnudos, y exhibían unos pezones morenos y duros, que se movían con un sensual movimiento ondulante que seguía el ritmo de la música.

A Mercedes se le secó la boca cuando Neru cubrió esos dos pechos color caoba con sus grandes manos oscuras. De una de ellas seguía colgando el pañuelo. Omania inclinó la cabeza hacia atrás, mostrando la larga línea de su cuello. Los rizos mullidos de su cabellera acariciaron su espalda desnuda, y cuando la arqueó hasta llegar a un punto casi imposible tocando el suelo con las manos por detrás, cayeron sobre la alfombra de piel. Dobló las rodillas y las impulsó a través de las tiras de seda que formaban su ligerísima falda. Neru le pasó las manos por su vientre plano, por el ombligo donde estaba el reluciente zafiro, alrededor de sus caderas, y después, se puso de rodillas entre sus piernas justo delante de su sexo.

Con unos pocos movimientos sencillos, Neru le quitó la banda dorada que sujetaba la falda de seda. Mercedes apenas pudo evitar soltar una exclamación al ver muy cerca de ella el sexo sin vello de la mujer, que se levantaba suave y hermoso enmarcado entre los pulgares de Neru. Tan cerca, que si se inclinaba hacia el borde del diván, hubiera podido estirar la mano y acariciar su duro torso. Los dedos de Neru rodearon los delgados muslos de Omania, mientras sus caderas seguían ondulando con el mismo ritmo tranquilo.

Cuando Neru inclinó su cara hacia la vulva que se exhibía ante él, Mercedes sintió que su propio sexo comenzaba a latir ligeramente entre sus piernas. Omania gimió al ser saboreada por Neru, y Mercedes tuvo que evitar gemir ella misma. Sus pezones estaban duros, el sexo húmedo y lubricado, *esperando, deseando…* Tenía los ojos pegados a la pareja como si nunca los fuera a poder apartar.

Podía ver directamente cómo Neru pasaba su lengua roja y gruesa por la profunda hendidura de la vulva de Omania, arriba y abajo, y sentía los lametones en su propio sexo… y entonces, como si estuviera coreografiado, le pasó la lengua por todo el vientre, mientras Omania cambiaba el peso hacia él, se balanceaba en su cara y volvía a ponerse recta. Cuando se enderezó, él se levantó a la vez, entrelazaron los brazos levantándolos hacia el bajo techo curvado y se besaron. Los pechos de ella se aplastaron contra la chaqueta negra de Neru, que se separó un poco para volver a agarrarle los pechos y poder deslizar sus pulgares sobre los erectos pezones que tenía delante.

Durante todo el tiempo, el tambor había seguido sonando incesantemente, igual que el repetitivo latido de su sexo. La respiración de Mercedes se había acelerado; sentía como si ella misma estuviese en medio de ese juego sensual que se desarrollaba ante ella. Y podría estarlo si se acercaba un poco. Aquellas manos, y esa lengua, roja, fuerte y grande, le podrían dar placer.

La exhibición de sexualidad de la danza y las caricias suaves y excitantes, nada tenía que ver con las noches de Fernand y sus compañeros de juego. Eso había sido... plano, apresurado, desesperado... Y esto era... esto era...

Entonces Mercedes tomó conciencia de los movimientos que se producían detrás de ella, del calor y el peso del hombre que estaba sobre las pieles. Todavía seguía sentada sobre la cadera izquierda, con las piernas dobladas junto a ella, y apoyada en su brazo izquierdo. Su cabello estaba dejando una mancha húmeda sobre la piel de armiño que tenía al lado. Temía moverse, pues pensaba que si lo hacía, se podría ver atrapada en medio de la danza. Detrás de ella, la rodeaba Simbad, y percibía cómo la invadía su aroma a especias que le recordaba a alguno de los platos que había probado esa noche... aunque no la tocaba.

Neru se sacó la chaqueta corta, y las delicadas manos de Omania se movieron por su pecho resplandeciente, y por sus pequeños pezones que llevaban unos fascinantes anillos dorados. Mercedes los miró fijamente, y observó cómo Omania se metía un anillo en la boca y tiraba de él haciendo que el pezón y su aureola se separaran del cuerpo. Parecía doloroso, aunque... aunque excitante. Y si el brillo de la nariz y un pequeño suspiro eran un buen indicio, Neru también lo consideraba así. A Mercedes le crecían y dolían los pezones de tanto observar el ritmo de Omania sobre ese anillo dorado.

Las manos de la mujer estaban tan ocupadas como su boca, tirando de los pantalones sueltos de Neru, que de pronto cayeron quedando arrugados en el suelo. Omania dejó el anillo dorado y se inclinó para sacarle el resto de la ropa, y cuando se apartó, Mercedes vio su larga y orgullosa verga oscura.

Entonces debió hacer algún ruido, tener un escalofrío o emitir un gemido, pues Neru se volvió y la miró directamente. Le sonrió con sus dientes blancos y perfectos, y le extendió la mano llegando a rozar el aire justo frente a ella indicándole que se les uniera. Mercedes resopló y se echó hacia atrás, y mientras intentaba controlar la respiración, se apoderaron de ella la fascinación y la lujuria. No, movió la cabeza, no.

Pero… sí. La lujuria que se alborotaba en ella le hacía sentir como si su cuerpo estuviese a punto de explotar, sus pezones, su clítoris, e incluso los labios de la vulva se le habían hinchado y estaban listos y preparados.

Neru siguió mirándola con sus ojos seductores mientras Omania se arrodillaba delante de él moviéndose un poco hacia un lado para que ella tuviera una visión clara de cómo se metía todo su miembro en la boca. Las mandíbulas de la muchacha se abrieron, sus mejillas se llenaron, y con los ojos cerrados agarró las caderas de Neru para poder balancearse y deslizarse hacia delante y hacia atrás. Ese movimiento hacía que sus pequeños senos se movieran y bambolearan subiendo y bajando, mientras sus lustrosas caderas también subían y bajaban al mismo ritmo.

Mercedes cerró los ojos intentando tranquilizar su respiración para poder salir de ese laberinto de sensaciones. Pero entonces sintió el calor de una respiración en la parte desnuda de su cuello. Un susurro al oído.

—Abra los ojos, condesa.

Se estremeció al darse cuenta de lo cerca que estaba él detrás de ella. Y mientras observaba cómo Omania chupaba y lamía su miembro ante sus ojos, moviendo el prepucio para mostrar la floreciente cabeza, sintió que dos manos se agarraban sus propios pechos adoloridos. Al fin. Una explosión de placer le atravesó el cuerpo abrasándola, e inflamando la perla que tenía entre los muslos.

Las palmas de Simbad presionaron sus pezones duros como piedras que sobresalían dolorosamente, e hicieron que la seda se calentara y humedeciera sobre su piel. Pero entonces la soltó, justo cuando acababa de emitir un largo bufido en su oído, humedeciéndole un lado del cuello. Ella exhaló profundamente decepcionada, y volvió a abrir los ojos a tiempo para ver el arco del cuello de Neru, y las venas que se le inflamaban en esa zona mientras gemía, y se estremecía aliviándose en la boca dispuesta de Omania.

Mercedes sintió que Simbad de nuevo la tocaba. La rozaba agarrando la tela de la túnica a los lados de sus pechos, y movía las manos alrededor y sobre ellos. La acariciaba suavemente trazando círculos alrededor de sus pezones, sobre su piel sensible, por alrededor y por encima, atrás, arriba y abajo… sin dejar de proporcionarle esa agradable tortura. Ella cambió de posición arqueando la espalda, intentando acercar más sus pechos a la tela, luchando por encontrar alivio.

—¿Está ansiosa, condesa? —le preguntó al oído. Sus palabras no sonaban tan serias como antes. Ella dejó caer la cabeza sobre sus hombros y sintió los rápidos latidos del corazón de Simbad en su propia nuca—. ¿Los está mirando? Prefieren ser observados.

Haciendo un esfuerzo, Mercedes levantó la cabeza y vio que Omania estaba en el suelo delante de la mesa sobre un mullido cojín. Su espesa cabellera le acariciaba sus brillantes hombros oscuros hasta llegar al suelo tras ella. Estiró los brazos por detrás de la cabeza y se le elevaron los pechos. Neru se arrodilló en cuclillas frente a ella, y sus oscuras manos le abrieron los muslos mientras inclinaba su cara sobre su sexo. Mercedes observaba con la boca abierta, y jadeando suavemente, mientras Neru lamía lenta y exhaustivamente, en una posición que permitía que se vieran todas las pasadas de su lengua.

El movimiento rítmico en sus pezones se detuvo, y las fuertes y cálidas manos de Simbad comenzaron a moverse por los lados del torso, haciendo que la seda se le pegara a la piel húmeda. Bajó una mano deslizándose hasta el punto intermedio entre sus muslos y lo palpó a través de la seda. Mercedes levantó las caderas para recibir esos dedos exploradores, y Simbad la acarició con el dedo índice por encima de su monte de Venus, apretándole los labios, para después recorrerlos suavemente, arriba y abajo, a través de la tela que enseguida se humedeció. La respiración de Mercedes se aceleró, cerró los ojos, y se permitió volver a apoyarse en él hasta sentir su respiración corta y apresurada.

Entonces la otra mano volvió a sus pechos, y se deslizó por la profunda uve de su túnica, cerrando las manos directamente sobre la piel.

—Abra los ojos, condesa —le dijo casi sin acento por el timbre bajo de su voz.

No había sido más que una espiración, dura y cálida sobre su cuello. Simbad cerró su boca ferozmente sobre la piel del cuello, y de pronto le provocó cosquillas con el bigote, lo que hizo que ella soltara un leve gemido y tuviera un pequeño espasmo, que después explotó con un montón de sacudidas y escalofríos que le proporcionaron un placer largo y dulce.

Cuando Mercedes volvió en sí misma se dio cuenta de que Simbad todavía la abrazaba desde atrás. Seguía con los ojos cerrados, y se sentía húmeda y caliente, aunque muy viva y tirante.

Sí, tirante… pues así estaba cuando él se volvió hacia ella, y sus manos se movieron sobre esa horrible y pegajosa seda. Entonces le volvió a hormiguear el cuerpo. Se le habían inflamado los pechos, su clítoris estaba hinchado y dispuesto, y su boca salivaba.

—Condesa —le susurró al oído—, se está perdiendo el espectáculo.

Abrió los ojos con desgana mientras él se movía detrás de ella, y vio enfrente a Omania retorciéndose sobre el cojín. Cuando Simbad se apretó a ella, por fin sintió el bulto de su pene presionándole las nalgas. Sin pensárselo, lo agarró y cerró los dedos en torno a él, mientras contemplaba a los dos artistas que tenía delante, que al fin colapsaban dulcemente uno sobre otro completamente saciados. A través de la tela de los pantalones de Simbad latía calor, y era tan fina, que podía percibir la forma de la cabeza, las protuberancias de sus venas, y más abajo las duras piedras de sus testículos. Simbad gemía y apretaba las manos sobre las caderas de Mercedes mientras ella lo tocaba.

—Ahhh —suspiró enterrando la cara entre sus hombros y ahogando el gemido entre la piel de Mercedes.

Ella exploraba y acariciaba a través de la seda que tenía detrás, y tardó un momento en atravesar la goma de la cintura de los pantalones para poder deslizar los dedos y tocar su carne turgente. Él siguió sin acercarse a ella mientras le manipulaba el miembro hasta que estuvo completamente rígido, y se estremeció detrás suyo humedeciendo la seda que tenía bajo sus manos.

Simbad, que le apretaba los hombros con fuerza, se desplomó, y ella sintió que se combaba hacia atrás sujetándose con las manos. Cuando Mercedes se giró hacia él, que en ese momento tenía los ojos cerrados, por un instante, al tener la mitad de abajo de la barba en sombra, vio que se parecía tanto a Edmond que se quedó helada. En realidad se le detuvo el corazón.

Entonces estiró un brazo para tocarle la frente, con sus cejas espesas y la fuerte curva que le llegaba hasta la nariz, y cuando él abrió los ojos, se sobresaltó.

Simbad le mantuvo la mirada un instante, lo justo como para que a pesar de que la luz no era buena, ella viera un destello de algo que sólo podía ser angustia. Enseguida desapareció, y su expresión volvió a ser la de su anfitrión cordial y relajado.

—¿Le sirvo algo de beber? —le preguntó alejándose sobre las pieles—. O tal vez quiere probar esto.

Levantó un pequeño cuenco del que sobresalía una cuchara con un mango pesado y muy adornado en comparación con del pequeño recipiente.

—¿Qué es? —preguntó ella cambiando de postura y casi quejándose, pues le dolían las piernas de estar en una posición así tanto rato. La túnica se le enredó en las rodillas cuando gateó para acercarse a Simbad y casi le hace perder el equilibrio. Estaba caliente y pegajosa… Quería quitársela, pero…

—Es la ambrosía de los dioses —le dijo llevándose la cuchara a la boca y comiendo en ella—. Te lleva a donde desees ir.

Mercedes se inclinó hacia él, y le hizo probar un poco de la pasta gomosa. Ella se tragó la mezcla de olor extraño y después bebió vino mientras Neru y Omania también comían de la cuchara.

—¿Cómo se llama? —preguntó.

—Tiene muchos nombres, pero con el que te debes familiarizar es hashish —le dijo Simbad—. ¿Nos relajamos ahora? Aquí hay más bebida. Y si quiere —le dijo haciendo un gesto a la otra sirvienta que apareció con una bandeja sobre la que llevaba un cuenco humeante— puede intentar fumar.

Mercedes vio que del cuenco salían varias pipas curvas con boquilla.

Entonces comenzó a elevarse en bocanadas por el aire una especie de incienso que hizo que la habitación se volviese aún más pequeña y cálida. El olor era desconocido para ella, pero no le desagradó; era como almizcle entremezclado con alguna especia. Neru y Omania, sin importarles su desnudez, estaban arrodillados frente al diván mirando a Simbad como si esperasen su siguiente orden.

Simbad hizo un breve gesto, y los dos se levantaron y se acercaron a una mesita que estaba junto a su amo. Cuando regresaron, cada uno traía una vasija pequeña y una botella encorchada.

Mercedes observó que Omania con sus hábiles dedos morenos le quitaba la camisa a Simbad, y después se arrodillaba para sacarle los pantalones dejándolo completamente desnudo excepto por los brazaletes de oro de las muñecas, y, para su sorpresa, un único anillo en su pezón derecho. Al verlo volvió a sentir una sacudida de deseo. ¿Llevaba eso hace diez años? Pero entonces, él se recostó en el diván, y se tumbó de espaldas en la zona más oscura, dejando a la vista la deliciosa curva de sus nalgas.

Omania se arrodilló a su lado, y después de meter los dedos en la vasija pequeña, derramó aceite de la botella en su ancha espalda, y comenzó a restregarlo. Bajo esa luz tenue, le brillaba la piel al moverse bajo sus manos, mientras los músculos ondulaban y relucían, y sus curvas resplandecían. Mercedes hubiera querido sustituir a la sirvienta y tocarlo ella también, pero antes de poder hacerlo, Neru se arrodilló en el diván a su lado.

Lo miró, y de pronto sintió que estaba un poco mareada, e increíblemente libre y relajada. Y antes de que llegara a darse cuenta, inclinó su cara hacia ella, y la besó con esos labios carnosos y sensuales y su fuerte lengua, dejándola sin aliento y temblorosa; entonces se sentó en cuclillas y se dispuso a quitarle la túnica.

Era lo único que la tapaba, y sabía que era muy atrevido despojarse de ella, pues era su última protección. Pero era la única que estaba vestida, y su piel anhelaba respirar, y sacarse esa ropa pesada y húmeda. No protestó cuando él se la levantó a la altura de las piernas y las caderas, y sin darse del todo cuenta de lo que hacía, alzó los brazos para que le saliera por la cabeza.

Alivio…; su piel respiró una vez descubierta, y la sintió muy caliente en contraste con el aire frío. El corazón le latía con fuerza, y miraba a Neru preguntándose qué sería lo siguiente. Pero en vez de volverla a besar, le hizo un gesto para que se recostara en el diván. Se estiró de espaldas con la piel hormigueante de aprensión y deseo.

Las manos de Neru eran grandes y fuertes, y se movían por su piel dándole largas y seguras caricias, desde los hombros a las nalgas y viceversa. El aceite que usaba creaba una fricción cálida, y olía al mismo aroma anaranjado y floral que recordaba del baño. Entonces cerró los ojos, y se entregó a la sensación de las manos de ese hombre que se cerraban en su cintura y se deslizaban hasta sus hombros y después bajaban por los brazos hasta las puntas de sus dedos, y al revés. Se sentía en la gloria, viva y excitada.

Después de que Neru llevara sus manos de vuelta con un largo masaje hasta sus caderas, las deslizó entre su cuerpo y la piel, hasta cubrirle sus pechos. Mercedes contuvo el aliento cuando sus hábiles dedos trazaron una uve alrededor de sus apretados pezones, moviéndolos hacia atrás y hacia adelante, y de un lado a otro. La piel caliente de Neru se restregó contra sus caderas, y su respiración y la proximidad de su torso calentaron aún más su espalda desnuda. Los dedos de Neru eran rítmicos e inquietos, y pellizcaban y tiraban de sus pezones apretados contra el armiño, haciendo que el sexo se le volviera a excitar. Su vulva se llenaba de una cálida humedad, y separó las piernas y hundió la cabeza en la suave piel de armiño muy cerca de los incansables dedos de Neru.

Sin darse cuenta, Neru la hizo rodar y se quedó mirándole. Descendió con su boca a un pecho mientras quitaba del otro las pesadas y pegajosas mechas del cabello que le caía sobre el torso. Y cuando su boca se cerró sobre el pezón y comenzó a chuparlo con fuerza, Mercedes ya no pudo contener sus gemidos de placer. Le salían como si fueran el largo y grave quejido del viento antes de una tormenta de verano.

El mundo se movía y cambiaba, como los cristales de colores de un caleidoscopio: una piel oscura y caliente tocando su cuerpo dorado; unos labios grandes y rojos abriéndose sobre sus pezones, chupándolos incansablemente; unos dedos fuertes deslizándose sobre la pegajosa abertura de su sexo, revoloteando en su clítoris y jugando delicadamente con él. Cerró los ojos, arqueó las caderas y dejó que el placer se apoderara de ella.

Escuchó vagamente una voz, una orden firme y seria desde una gran distancia. Entonces las violentas sensaciones se transformaron… El calor se fue y después volvió… La boca y la lengua habilidosa desaparecieron, dejándole un pezón duro, húmedo y vibrante, que estaba tan apretado que debía estar al rojo vivo. Abrió los ojos mientras alguien le separaba las piernas, suave pero firmemente. Ella además no deseaba mantenerlas cerradas. Dejó caer los pies fuera del diván y los apoyó en el suelo, mientras unas manos grandes y cálidas le acariciaron el interior de los muslos… suavemente, tan delicada y provocadoramente, que hizo que ella se estremeciera en esa posición con las piernas abiertas, intentando mover las caderas, los muslos, los pies… para conseguir que la caricia se hiciese más profunda, y así poder llegar al clímax que buscaba.

Alguien se movió detrás de ella. Todo estaba cubierto por una lasciva bruma calida y húmeda, cargada de presiones y estirones, de ritmo y caricias. Y de pronto aparecieron otras manos masculinas que desde atrás le taparon sus pezones duros y excitados. Hizo que apoyara su espalda contra él, sosteniendo su columna con su torso, y sus brazos en tensión la rodearon por completo. Sus manos le sujetaban los pechos y le daba unos agradables mordisquitos en el cuello y en los hombros. Sus largos dedos se deslizaban por encima y alrededor de sus pezones, apretándolos, pellizcándolos, y acariciándoles la punta mientras con los pulgares trazaba unos círculos ligeros y sensuales a los lados de los pechos. La verga larga y caliente de Simbad estaba apretada entre la columna de ella y sus piernas.

De algún modo, el cabello largo y moreno de él, que olía a cardamomo y otras especias, se había soltado y se entremezclaba con el de ella, y le caía sobre sus hombros mientras le besaba y mordisqueaba el cuello. Ella se arqueó y se estremeció cuando Simbad encontró su punto sensible justo detrás de la oreja, haciendo que tuviera que cerrar los ojos una vez más, mientras se entregaba al ritmo de sus dedos y el pulso de su excitación.

Las manos que estaban en sus piernas dejaron sus lánguidas caricias, y sus dedos apretaron con suavidad y firmeza la tierna piel de esa zona. Entonces la boca de Neru, debía de ser él quien estaba arrodillado delante de ella, mientras Simbad la acariciaba por detrás, se deslizó entre los labios de su vulva, y su lengua serpenteó sorpresivamente y le lamió la vagina. Mercedes se estremeció, y temblando bajo sus manos, levantó las caderas para apretar su sexo contra esos grandes labios.

¿Sintió una suave risilla en el oído? Su mundo se había convertido en un laberinto de sonidos, de suspiros profundos, suaves gemidos, succiones, leves lametazos y respiraciones entrecortadas; y se dio cuenta de que sus propios sonidos de placer eran los que más resonaban en sus oídos.

Simbad le acariciaba dulcemente los pechos, y jugaba inquieto con sus pezones hasta casi provocarles dolor, pero sobre todo placer… y después aflojó un poco, sólo un poco, hasta que su respiración se calmó… Neru inclinado entre sus piernas, dejaba que sus labios y su lengua se deslizaran entre la profunda y húmeda grieta de su sexo, lamiendo lentamente su jugo, pero tan lentamente que ella hubiera gritado de frustración.

Movió las caderas desesperadamente, sintiendo que el orgasmo estaba cerca, aunque enseguida se alejó, pues Neru y Simbad parecían saber exactamente cuándo frenarse y tranquilizarse. Sentía su cuerpo duro y estirado, preparado para estallar: sus pezones, sus labios hinchados de contener los suspiros y quejidos, los labios de su vulva, su clítoris... dilatado, brillante y turgente, justo a punto... tan a punto...

Entonces los dedos de Simbad se apartaron, la boca de Neru detuvo su agradable provocación, y se sacudió agitada, sus caderas se levantaron y balancearon hacia un lado, intentando volver a sentir... pero unas manos firmes sujetaron sus muslos con fuerza. La oscura respiración de Simbad en su oreja la molestó y enfureció.

—Todavía no, condesa —dijo.

Pero sus palabras, que le calentaron el lóbulo de la oreja, sonaron duras y forzadas. Mercedes sentía la desenfrenada palpitación de su pene, que estaba apoyado contra ella, y el pequeño hilo de humedad que salía de su cabeza y se deslizaba por sus caderas. Él también estaba listo y a punto.

Antes de que ella pudiera responder, agarró su miembro proporcionándose una placentera tortura, y se movió como una anguila, elegante y rápida, mientras mantenía la boca en sus pechos, y una mano entre sus piernas. Suspiró cuando su habilidosa boca se desplazó por la sensible y endurecida piel de sus pechos, arqueándose entre la caverna cálida y húmeda de su boca. Ella sintió el movimiento y la ráfaga de aire caliente de su respiración lujuriosa, y rebuscó intentando encontrar su sexo.

Él le atrapó las manos y se las puso por encima de la cabeza, sobre las pieles, y se recostó directamente sobre ella, cadera con cadera, pechos contra pecho, boca... oh Dios, boca contra boca con esa lengua fuerte que se movía segura en torno a la suya. Miembros entrelazados, bocas aplastándose, su miembro palpitando junto a su sexo, se besaban, tocaban y restregaban sus cuerpos.

Ella liberó sus manos, apartó los pesados mechones de pelo que se les pegaban en la cara y el cuerpo, y se agarró a sus hombros. Enterrándole las uñas profundamente, levantó las caderas y atrapó su pene turgente con los muslos. Él gruñó y se apartó arrastrando su miembro por sus muslos, y rápidamente puso la cara entre sus piernas.

Su lengua era amplia y lenta… oh, tan lenta… pasaba delicadamente por sus labios, arriba y abajo, lentamente, terriblemente lenta. Mercedes intentó sentarse y lanzarse hacia él para tocarlo, pero unas fuertes manos negras se cerraron alrededor de sus muñecas, y se las volvió a poner por encima de la cabeza.

Y nuevamente la lengua se paseaba lentamente por su vulva… y, entonces, Simbad le apartó los labios con los pulgares, y le abrió el clítoris dilatado para lamerlo con delicadeza. Mercedes se quedó desplomada con el pelo encima de la cara y los hombros, con los labios entreabiertos y jadeando desesperadamente. Él seguía jugando y llevándola al límite una y otra vez… siempre deteniéndose justo antes de que llegara al clímax, lista para chillar.

Pero a pesar de todo, ella no pedía nada. No suplicaba. Cerraba los labios sobre sus palabras, se las comía sabiendo que llegarían… Estaba cerrada, tan cerrada… lista y a punto, y al final con un último lametazo juguetón, firme y resuelto, hizo que su sexo se sacudiera se levantara y alcanzara la locura.

Por fin estalló, y todo su cuerpo se arqueó, y después convulsionó contra las manos que la sujetaban y acariciaban, contra la boca que se la comía y las pieles que la rodeaban, y una onda de placer intenso y ardiente le atravesó el cuerpo dejándola en una nebulosa de luces parpadeantes y gemidos de satisfacción.

Después de aquello cayó en una lánguida oscuridad durante un momento. Entonces sintió movimientos alrededor de ella y escuchó unas palabras cortas y secas… un cuerpo fuerte y húmedo que se deslizaba lentamente junto a ella. Simbad la volvió a besar, y la hizo rodar para ponerla sobre él, y ella se dejó llevar como si fuera un saco de huesos y músculos saciados. El miembro de Simbad se levantó con fuerza entre sus piernas abiertas, y dijo:

—Cabálgueme, condesa.

Ella se levantó, por fin concentrada, y vio que no había nadie más en el diván. Estaban solos, y a ella le hormigueaba el cuerpo y su mente había perdido algo de la monotonía del deseo. Lo miró hacia abajo, pero tenía la cara en sombra; alguien había apagado la mayoría de las velas, y en la habitación sólo quedaban unas pocas encendidas.

Simbad movió sus manos expertas hasta sus caderas y la levantó fácilmente por encima de él. Mercedes abrió las piernas, y puso la cabeza de su verga en la entrada de su vulva. Lo miró y colocó sus manos sobre su pecho suave y sin vello, y tapó el anillo de oro.

Sentía en sus dedos los latidos de su corazón, su respiración desesperadamente ansiosa, y con su sexo resbaladizo, excitó aún más su miembro. Él no quería más prolegómenos; agarró sus caderas, empujó hacia arriba y soltó un gemido como de un hombre moribundo. Mercedes hizo un sonido similar, que se convirtió en un largo gemido. Él se volvió a agarrar a sus caderas y empujó con fuerza.

Eso era… Simbad se movió hacia arriba por tercera vez, y ella sintió sus ondulantes pulsaciones dentro de su vagina, y él se paralizó ante la agonía que le producía llegar al clímax.

Ella colapsó en su pecho, con la boca junto a su fascinante anillo, y las manos apoyadas en las pieles. Tenía el cabello húmedo y enredado, y le dolían las piernas de tenerlas tan abiertas para cabalgar sobre él subiendo y bajando.

Poco después, casi enseguida, pues su respiración apenas de había calmado, sintió que él volvía a moverse dentro de ella. Sacudía las caderas, cambiaba el ritmo de la respiración, y de nuevo llevó las manos a su torso para levantarla.

Cada vez estaba más duro dentro de ella, y el sexo de Mercedes vibraba con fuerza entre ellos.

—Cabálgueme condesa —dijo de nuevo.

Tenía la voz tensa y monótona. Ella no le podía ver los ojos pues estaban casi completamente en sombra. Simbad apretaba sus dedos a los lados de sus caderas, y ella seguía moviéndose sobre él.

Y mientras lo hacía, volvió a sentir que su deseo crecía dulcemente, subiendo y bajando por sus muslos. Se ayudaba apoyando las manos planas encima de su pecho para ir hacia delante y hacia atrás, arriba y abajo.

—Levántese —le ordenó—. Alto.

Ella lo hizo, se volvió a poner en cuclillas, metiéndose toda la verga, subió y bajó, se sacudió hacia delante y atrás en un ritmo cada vez más frenético. Se le apretaban los pechos, y se le arrugaban los pezones cuando él se los tocaba con sus palmas cálidas y firmes. Ella levantó las manos hacia el aire, intentando alcanzar las ramas de olivo de aquel día soleado.

Se estiraba y bajaba cada vez más rápido con Edmond bajo ella. La acariciaban los rayos del sol, y él tenía las manos en sus pechos, con las ramas de olivo justo fuera de su alcance.

Él retorcía las caderas más abajo, y apretaba las manos en su carne con la respiración agitada. Los ángulos de su cara en sombra eran duros y fuertes. Estaba diciendo algo, murmurando como si estuviera delirando, pero ella no podía escucharlo, pues se hallaba perdida en un remolino de sensaciones y recuerdos. Se le derramaron unas lágrimas moviéndose con fuerza, y él también, hasta que se golpearon el uno contra el otro, enfadados, desconsolados, apesadumbrados y desesperados. Demasiado desesperados.

Cuando Mercedes al fin alcanzó la cima más alta, la más fuerte y que la dejaba completamente agotada, cayó de golpe, chocó contra la claridad, y sintió que se le derramaban unas lágrimas por la cara.

Se hizo a un lado sollozando en silencio, y se entregó al olvido.

Capítulo 4

El regreso

Cuatro meses después
París

*M*amá! ¡Estoy tan contento de estar en casa! —dijo Albert mientras Mercedes hacía que se acercara para abrazarlo.

En vez de esperar en el salón a que él viniera, había corrido a recibirlo en el vestíbulo de su casa de la *rue du* Helder.

—Al fin —dijo ella apoyando la cara en su cuello, oliendo el aroma que había sido su consuelo desde que era un bebé. Apenas pudo hacer que sus lágrimas de alegría no se convirtiesen en lágrimas de miedo. Miedo porque casi había perdido a la persona que más quería en el mundo—. ¿Te hicieron daño esos bandidos?

Dio un paso atrás para mirarlo y así asegurarse. Verdaderamente no parecía cambiado, excepto que su aspecto era más mundano y experimentado. Llevaba el cabello pulcramente peinado, su vestimenta era elegante y ajustada, y su cara parecía un poco más madura... bueno, eso no era especialmente extraño después de lo que había pasado.

—No *maman*. Fueron siempre corteses e incluso se disculparon en cuanto se dieron cuenta de que se habían equivocado.

Era marzo, cuatro meses después de que Albert saliera de viaje a

Suiza e Italia. Cuando se encontraba en Roma en el Carnaval de febrero, había sido seducido por una mujer atractiva, y después, sus socios, una banda de malhechores, lo secuestraron para conseguir una recompensa.

Pero cuando Mercedes y Fernand recibieron la petición, Albert ya había sido puesto en libertad sin haber sufrido daños, y sin que sus padres hubieran pagado el rescate. Sin embargo, para angustia de Mercedes, decidió seguir su viaje por Italia otras tres semanas más antes de regresar a París.

—¿Un error? —preguntó Mercedes.

Sabía que su hijo preferiría protegerla de los detalles más sórdidos, pero no iba a parar hasta saberlo todo. ¿Podía ser una coincidencia que Simbad hubiera imaginado la posibilidad de que su hijo fuese atacado por unos bandidos, y que después ocurriera lo mismo en la vida real?

Albert pareció darse cuenta de lo desconcertada que estaba, le tomó las manos, y la llevó hasta uno de los sofás con brocados de color rosado y oro. Incluso la ayudó a arreglarse sus amplias faldas para que no se arrugaran, y después siguió tomándole la mano.

—Mamá, fue un error. En cuanto los bandidos se dieron cuenta de que era amigo del conde de Montecristo…

—¿Montecristo?

Mercedes respiró y sintió que se le iba la sangre de la cara dejándola pálida, pero enseguida regresó con tanta fuerza que se le calentaron las mejillas.

El mismo nombre de la isla a la que había sido llevada, y donde la había ocultado Simbad el Marino en ese estado decadente y lujoso… que desapareció de manera repentina y sin ninguna ceremonia al día siguiente de su llegada. En realidad, Mercedes sólo recordaba vagos detalles de su estancia en Montecristo, en esa tierra agreste y rocosa… y de lo que se acordaba, incluso ahora, era suficiente para hacer que se ruborizara. Cuando esos recuerdos se le infiltraban en los sueños nocturnos, la despertaban y la dejaban caliente, inquieta y confundida.

—Sí, mamá. Franz y yo tuvimos el placer de conocer al gran conde de Montecristo cuando estuvimos en Roma durante el carnaval. De hecho, si no hubiera sido por él, no lo hubiéramos pasado tan bien, pues siempre nos dejó usar su carruaje. Se alojaba en nuestro mismo hotel, y supo que no teníamos transporte… bueno mamá, sabes que Franz y yo no siempre hacemos planes por anticipado —dijo avergonzado—. Cuando supo que no habíamos podido alquilar un carruaje, nos ofreció usar el suyo. ¡Qué gran caballero es, mamá! Tan instruído e inteligente. Y muy bien vestido y muy, muy, rico. Nunca había visto tanta grandeza.

—¿Y qué ocurrió para que el conde de Montecristo os salvara de los bandidos? —preguntó ya con la cara con una temperatura normal—. Seguramente tendremos que devolverle lo que haya pagado por el rescate.

—Pero no, mamá. El jefe de los bandidos estaba en deuda con Su Excelencia el conde. Cuando Franz se enteró de que me habían secuestrado, intentó juntar el dinero de mi rescate, pues no teníamos suficiente con lo que llevábamos entre los dos, y no había tiempo para pedírselo a mi padre. Lo tenía que conseguir muy rápido porque los bandidos insistían en que si no tenían el rescate al día siguiente, iban a… bueno, mamá, ahora no tiene importancia.

—¿Qué? Te hubieran matado, ¿verdad? —Los dedos de Mercedes se tensaron junto a los de Albert, y se le volvió a apretar el estómago.

Gracias a Dios. Gracias a Dios su hijo había sido liberado.

—Bueno, amenazaban con eso. Pero no ocurrió, y ahora no hay nada de qué preocuparse, mamá. Cuando el conde se enteró de la situación, y como se alojaba en el mismo hotel la noticia le llegó enseguida, y supo que el nombre del bandido era Luigi Vampa —aquí Mercedes se tuvo que obligar a disimular su asombro—, y enseguida intervino. Pero no sólo hizo eso —dijo Albert con sus jóvenes ojos brillando de admiración—, sino que fue hasta el escondite del *signor* Vampa e insistió para que me liberara en ese mismo momento.

—¿Y te liberaron? ¿Y no hubo que pagar rescate? ¿Y no te hicieron daño?

Mercedes no podía dejar de tocar la cara de su guapo y amado hijo. Albert era todo lo que le quedaba e importaba en el mundo.

—Y ese *signor* Vampa, ¿conocía al hombre del que hablas, el conde de Montecristo? ¿Qué más sabes de él?

A Albert todavía le brillaban los ojos.

—Como ya te he dicho, mamá, nunca he visto tanto poder y riqueza. Es un buen amigo, muy cortés y agradable. Se comportó de manera magnífica cuando irrumpió en el escondrijo donde me tenían los bandidos. Ese *signor* Vampa es un bandido infame que en Roma tiene aterrorizados los corazones de mucha gente, y también a lo largo de la costa, pues cuando pide un rescate, hay que dárselo o ejecuta a la víctima —dijo aparentemente inconsciente de que acababa de negar lo que había asegurado antes—. Pero Montecristo no le teme para nada, y Vampa no dudó cuando el conde le dijo que yo era amigo suyo. De hecho, como te he dicho, se disculpó por haber ofendido al conde.

—Cuánto le debemos a ese gran hombre —dijo ella y el pecho se le hinchó agradecida—, si no hubiera sido por él, no hubieras vuelto.

—Es verdad, mamá. Sabía que te sentirías así. Y papá también. Y por eso lo he invitado a venir a París, y le ofrecí enseñarle la ciudad, pues nunca ha estado aquí.

—Entonces Morcerf y yo podremos darle las gracias personalmente. ¡Qué fantástico!

Mercedes hablaba con sincero entusiasmo. El hombre que había salvado la vida de su hijo sería más que bienvenido en su casa, en su grupo social, y ella quería mostrarle su gratitud de cualquier forma posible.

Pero todavía estaba desconcertada por la relación entre su propia experiencia, de la que ni Albert ni Fernand sabían nada.

¿Podía haber sabido ese conde de Montecristo que ella era la madre de Albert, y también en su propio caso haber interferido en los planes del *signor* Vampa?

Al principio de ser secuestrada, Jacopo le había advertido que pasarían varios días hasta que a Fernand le llegaran las condiciones del secuestro, y otros cuantos más hasta que pudiera entregar el dinero… pero aún así había regresado a Marsella cinco días después de haber sido secuestrada. Sólo había pasado una noche en la isla de Montecristo, pues cuando se despertó a la mañana siguiente ya estaba en el Némesis siendo llevada de vuelta a Marsella. Y no había vuelto a ver a Simbad.

Mercedes se preguntaba si en realidad esos días habían sido un sueño.

Julie Morrel ni siquiera se había enterado de que la habían secuestrado, pues le enviaron un mensaje que decía que Mercedes había vuelto a París, de modo que su amiga no se había preocupado por su ausencia.

Pero no, ese conde de Montecristo no podía haber conocido la relación entre ella y Albert, pues no lo había conocido hasta febrero... y a ella la habían secuestrado en noviembre.

Y nunca había conocido a un conde llamado Montecristo; simplemente había estado recluida en una cárcel con el mismo nombre. Ni Simbad, ni Jacopo tampoco pronunciaron en ningún momento ese nombre. Quizá fuera simplemente una gran coincidencia. Al fin y al cabo, ¿podía alguien ser el señor de una roca así?

Mercedes se dio cuenta de que Albert continuaba describiendo sus planes de reunirse con el conde en París, y dijo:

—Cuando llegue me avisas, así tu padre y yo le invitaramos a cenar.

—Pero mamá, ya sé cuando va a llegar. El veinte de mayo, exactamente tres meses después de que nos separamos en Roma. Desayunará aquí conmigo a las diez de la mañana.

Mercedes lo miró.

—¿Y crees que estará aquí para llegar a tu cita?

—Mamá, si hubieras conocido a ese hombre sorprendente, no te preguntarías algo así. Estará aquí. Y entonces lo conocerás.

Ella asintió escondiendo su escepticismo.

—Un encuentro que espero encantada.

El veinte de mayo, justo pasado el amanecer, un magnífico carro atravesó una de las calles más famosas de París, y se detuvo frente a una gran residencia en el número treinta de los Champs-Élysées.

El conde de Montecristo esperó hasta que la puerta del alto birlocho con interior de terciopelo negro, se abriera para dar sus primeros pasos en esa afamada ciudad. Olió el aire, advirtió que era más limpio que el de Singapur, pero menos vigorizante y agradable de lo que esperaba para ser primavera, e hizo un gesto al hombre que le abrió la puerta.

—Prepárate para volver a salir exactamente a las nueve cuarenta y cinco —le dijo, y después se encaminó dando grandes pasos hacia la entrada de su nueva residencia.

Antes de ni siquiera pensar en levantar la mano para llamar, la puerta se abrió. Un hombre bastante corpulento de fino cabello castaño, ojos pequeños y agudos, y muy correctamente vestido, le hizo un floreo y una reverencia.

—Bienvenido, Su Excelencia. Espero que encuentre todo tal como desea.

Montecristo asintió a su mayordomo con la cabeza.

—Estoy seguro de que así será, Bertuccio. Nunca me has decepcionado.

—Sus aposentos están preparados por si se quiere refrescar en el baño.

Aunque cualquiera que hubiera visto al conde lo hubiera considerado que vestía más elegantemente que incluso el más exigente de los modistos, Montecristo quería prestar mucha atención a su apariencia y aspecto. Le quedaban cuatro horas para reencontrarse con el joven Albert de Morcerf.

—Haydée, Alí y los demás llegarán muy pronto —informó Montecristo a Bertuccio.

El otro hombre se inclinó.

—Me ocuparé de que la dama esté cómoda, Su Excelencia. Si lo desea, tengo preparado un baño caliente para usted. Y tal vez un afeitado, si le hace falta.

A pesar de que Montecristo se había afeitado esa mañana, Bertuccio era consciente de la meticulosidad de su amo en lo que se refería a su apariencia y acicalamiento.

—Me bañaré dentro de una hora. Ahora necesito estar un rato solo.

En ese momento ambos hombres ya habían llegado a la enorme cámara que iba a servir de apartamento privado de su amo en la mansión de París. Montecristo no esperaba estar allí más de tres o cuatro meses, como mucho. Y después se iría de París dejándolo todo atrás, y nunca más regresaría a Francia.

En cuanto Bertuccio cerró la puerta y lo dejó solo, Montecristo se permitió relajarse. Algo que sólo hacía en presencia de una persona, e incluso entonces, con alguna precaución.

Examinó el apartamento y se paseó por la espaciosa suite de seis habitaciones decorada con una combinación lujosa y exquisita de muebles europeos y orientales. De los muros colgaba un brocado de terciopelo de color rojo y zafiro ribeteado con flecos dorados. Las cortinas de brocado color oro y plata estaban abiertas y mostraban las grandes ventanas, tan altas como los muros, que daban a los Champs-Élysées, así como a los coloridos jardines que rodeaban la mansión por un lado y por detrás. El mobiliario era parecido al que se había acostumbrado durante la década que había estado viajando por Oriente: bajo, lleno de cojines, y escaso en brazos de madera, patas, y cabeceras.

Tenía un espacioso vestidor, en cuya habitación contigua se encontraba una de las bañeras más grandes que se habían visto en París, que además tenía agua corriente; y en una tercera habitación, había una enorme cama redonda repleta de almohadas con borlas y cojines de seda. Otra habitación estaba dominada por una gran mesa de caoba sobre la que había dos lámparas, plumas para escribir, papeles, un secante y tinta. Montecristo requería vivir en un espacio con macetas con plantas, altos arreglos formales de flores traídas de los jardines, además de muchas ventanas y abundante luz. Asimismo, en cada habitación había por lo menos una mesa decorada con fruteros de fruta fresca, vino, agua y brandy.

Entonces se dirigió al balcón privado de su suite. París estaba delante, con sus edificios color amarillo pálido que parecían cubos de Montrachet bajo la luz de la mañana, y, más abajo, las fuentes y paseos de la famosa avenida de María de Medici.

A su derecha, apartado del río, se levantaba el Arc de Triomphe, el enorme arco abovedado que celebraba la llegada de Napoleón a la ciudad. Se había terminado hacía sólo cuatro años, y resplandecía nuevo y blanco bajo el sol brillante. Montecristo apretaba la boca y estrechaba los ojos. Cualquier recuerdo al emperador y a los políticos, tanto los seguidores del gobernante muerto como los realistas, hacía que se le encendiera fuego en el pecho. Unos políticos, y la avaricia y los celos, habían destruido la vida de un inocente. Y ahora todo París estaba inundado de rumores sobre el posible regreso de las cenizas de ese hombre. A Montecristo le importaba poco, pues estaba preocupado por el regreso de otro hombre: él mismo.

Estaba allí, en París.

Al fin.

Se agarró a la barandilla de hierro forjado del balcón, maravillado de la variedad de pecados y milagros que se habían producido para haber podido llegar a ese lugar. París, la ciudad en la que llevaría a cabo su sagrada venganza contra los cuatro hombres que habían traicionado a Edmond Dantès, y habían enviado a un inocente a prisión durante catorce años.

Hace veinticuatro años, él tenía todo por lo que vivir.

Ahora ya no existía el joven inculto que una vez hizo el amor a su mujer bajo un olivo.

Pasó los dedos por el gran broche de ónix que llevaba siempre para recordarse su misión. La misión que había aceptado a cambio de los milagros que lo habían llevado hasta allí. Dentro había una lista de nombres. Montecristo no necesitaba abrir el escondite secreto del prendedor para revisarlos, pero lo hizo de nuevo, mientras observaba la ciudad. Parecía apropiado, como un ritual necesario.

Mientras miraba el pequeño recorte y los nombres escritos en él, el papel se movió suavemente por la ligera brisa de la mañana. Eran cinco.

Caderousse
Villefort
Danglars
Morcerf
Mercedes.

Los primeros cuatro nombres estaban escritos perfectamente, con las letras uniformes y sin manchas de tinta. Pero el último, no. Aunque había sido escrito por la misma mano, el último nombre estaba garabateado con tanta fuerza que la plumilla había arañado el papel.

Cuando lo dobló por sus bien marcados pliegues y lo volvió a meter en el broche negro, le palpitaba con fuerza el corazón, y le temblaban las manos.

No iba a mostrar piedad, pues ninguno la había tenido con él. La vida de un hombre había sido destruida por los celos, la codicia y el miedo que habían tenido esos cuatro hombres. Una simple carta, una mentira descarada, que acusaba falsamente a Edmond Dantès de estar implicado en un complot para que Napoleón volviera al trono, había puesto en marcha los acontecimientos.

Danglars y Morcerf habían escrito y enviado la carta que explicaba que Dantès estaba implicado en el complot, ya que poseía una misiva que describía los detalles del intento del emperador de salir de Elba. Danglars lo hizo porque quería ser capitán del *Pharaon*, y Fernand de Morcerf porque quería a Mercedes.

Caderousse lo había sabido todo, pero no había hecho nada para ponerlos en evidencia.

Y Villefort, el fiscal de la corona, lo había enviado a prisión por culpa de la carta que habían pedido entregar a un desconocido Dantès. En ella se incriminaba a su propio padre, y, por lo tanto, amenazaba la posición política de Villefort como persona leal a la corona. Pues la carta que

Dantès tenía que entregar engañado, nombraba al padre de Villefort, *monsieur* Noirtier, y lo implicaba en el plan del emperador para escapar de Elba. Si eso se hubiera revelado, la carrera de Villefort hubiera quedado destruida.

Codicia, celos y miedo.

Montecristo había tardado diez años en poner sus asuntos en orden, planificar su venganza, aprender lo que le hiciese falta saber, y además, poner distancia entre él y los traidores para poderlos destrozar limpia y fríamente, de la misma manera en que ellos habían destruido al inocente Dantès.

Y Mercedes. Siendo que era el hombre al que había prometido amar hasta su muerte, sólo lo había esperado dieciocho meses.

«Fragilidad, tienes nombre de mujer», había susurrado cuando descubrió esa frase.

Verdadera fragilidad. Dieciocho meses. Debía haberlo esperado dieciocho *años*, y más. Pero había abierto sus gloriosas piernas a Morcerf, y se había pasado veintidós años quejándose y suspirando bajo ese hombre, en su cama, mientras él sufría catorce años de oscuridad, frío y desesperación. Soñando con ella. Esperándola. Deseándola.

Y todo ese tiempo, ella había estado amando a otro. A uno de los hombres que lo habían traicionado.

Dado que era la única que realmente había amado a Edmond Dantès, su traición era la mayor de todas.

Montecristo tenía las palmas de las manos pegajosas, pero no quería limpiárselas en los pantalones. No quería mostrar signos de debilidad. El conde de Montecristo *no tenía debilidades*. Ni clemencia, ni debilidad, ni cambios de parecer. Tampoco errores de cálculo.

Un temblor le recorrió el cuerpo, cerró los ojos apoyándose en la barandilla, se volvió a estirar y sintió el aire fresco de esas horas tempranas de la mañana. Algo que una vez pensó que nunca más iba a poder hacer. Gracias a Dios el abad Faria se equivocó en un giro de su túnel de escapada.

El anciano se hizo amigo del joven y casi enloquecido Dantès y lo devolvió a la cordura. De hecho, pasó cuatro años educándolo, enseñándole todo lo que conocía mientras conversaban en secreto en las visitas que se hacían a sus celdas.

Además compartió con el joven el secreto del tesoro de la familia del cardenal Spada, enterrado en la isla de Montecristo. Cuando era joven, el abad había sido secretario personal del conde Spada, el último descendiente del viejo cardenal. A menudo hablaba tan melancólicamente del tesoro perdido, que Faria pensaba que era sólo una leyenda.

Pero después de la muerte del conde, Faria encontró un trozo del testamento del cardenal dentro del breviario familiar que Spada le había legado. El trozo de papel fue suficiente para que el abad adivinara la localización del tesoro, y confirmara su existencia.

Y cuando el abad Faria al fin murió, ofreció a Dantès un último regalo: la libertad.

Éste reemplazó el cuerpo del abad, que estaba envuelto en una mortaja para ser inhumado, con el suyo propio. Cuando el supuesto cadáver fue arrojado al mar desde los acantilados del Château d'If, se las arregló para escapar de ese momento horroroso: y ése era uno de los milagros que lo habían llevado a poder contemplar París desde un balcón en ese soleado día de mayo.

Dantès había muerto, pero había nacido el conde de Montecristo.

Precisamente una hora después de que Montecristo hubiera cerrado la puerta de su suite privada, Bertuccio volvió a llamar a la puerta.

Él le permitió entrar, y el robusto sirviente lo hizo seguido de una hermosa joven vestida con un atuendo persa.

—Su Excelencia, ya le tengo el baño preparado.

Su patrón asintió con un movimiento de cabeza, y después volvió su atención a Haydée.

—De modo que has llegado hasta París —le dijo cariñosamente—. ¿Crees que es una ciudad bonita?

Haydée sonrió mostrando sus perfectos dientes blancos, y un pequeño hoyuelo en las comisuras de la boca.

—Lo poco que he visto es hermoso, Excelencia, pero es muy diferente de Estambul y Pekín.

Montecristo sonrió con indulgencia.

—Ahora que estamos en París, tienes que actuar como cualquier mujer europea. Serás mi acompañante en la ciudad. Iremos a la ópera y al teatro, así como a algunas fiestas. Evidentemente necesitarás ropa nueva.

Apenas tenía veinte años, menos de la mitad de la suya, y era una mujer gloriosamente hermosa. Tenía la piel aceitunada de sus ancestros griegos, suave y fina, el cabello negro como tinta y liso como la cola de un caballo árabe. Sus ojos oscuros se inclinaban hacia arriba en los extremos, dándole una mirada exótica y misteriosa. Su boca era delgada y amplia, con una pequeña uve en el labio superior. Haydée era princesa, pues era la hija de Ali Pasha, que había sido el gobernador de la parte más oriental del Imperio Otomano. Cuando fue asesinado en Janina en 1822, ella y su madre fueron vendidas como esclavas.

La madre falleció poco después, pero Montecristo conoció y compró a la joven hacía algunos años, y había tenido el placer de ver cómo crecía hasta convertirse en una joven encantadora. Pronto iba a estar en posición de liberarla de la esclavitud.

—¿Lo puedo ayudar con el baño hoy, Excelencia? —le preguntó la muchacha con una sonrisa.

Montecristo puso su atención en ella, en sus pantalones sueltos de seda, y el apretado corpiño con abalorios que terminaba por encima de su ombligo.

—Si lo deseas, sí.

Tal vez sus dedos delgados y su disposición alegre lo distraerían de los asuntos que tenía entre manos.

Haydée sonrió, hizo una reverencia y salió de la habitación graciosamente justo cuando la puerta de la suite se volvía a abrir.

Un hombre muy grande de piel de ébano y cabeza rasurada entró y se le acercó. También llevaba un atuendo oriental: una túnica de seda suelta con un cinturón sobre unos grandes pantalones de color blanco que formaban un cegador contraste con su suave piel de color carbón. Llevaba los pies descalzos, y portaba unos brazaletes de oro en las muñecas y los tobillos, y dos grandes aros en una oreja.

Se inclinó ante él.

—Alí —dijo el conde—. Espero que no haya habido problemas cuando llegaste.

El hombre negó con la cabeza, y después se puso a hablarle con las manos para darle más detalles.

Alí había entrado al servicio del conde de Montecristo hacía tres meses, después de que éste le salvara la vida. Había hecho voto de silencio cuando empezó a trabajar con él, y lo daría por terminado cuando pudiera devolverle el favor de haberlo salvado; después de lo cual regresaría a su Nubia natal.

—Muy bien —dijo Montecristo cuando el hombre terminó—. Regresaré tarde esta noche.

Después se levantó del asiento donde se había sentado, y se dirigió a la habitación en la que le habían preparado el baño.

Allí se encontraban Haydée y otras dos sirvientas. Mientras Montecristo iba siendo desvestido de su elegante indumentaria, se iba filtrando por el aire un aroma a cardamomo y limón. Dio instrucciones a una de las sirvientas en relación a su nuevo traje, y después se encaramó a la vaporosa bañera.

El agua caliente le chorreó por la cara y el cabello, y cerró los ojos para dejar que los dos pares de manos se ocuparan de él. Un par de ellas, más impersonales y rápidas, le enjabonaron los pies y las piernas.

Pero las otras manos pertenecían a Haydée; lo sabía porque estaba restregándole su abundante pelo, y alcanzaba a sentir el olor a jazmín que solía usar. Era muy joven y hermosa. Notó su piel: suave y fina, como el cuero de un venado, y las curvas de sus pechos y sus caderas. Incluso sus pies, que llevaba descalzos cuando estaba en la casa, eran elegantes y morenos. Además se acostumbraba a adornar los dedos de los pies con anillos de plata.

Montecristo abrió los ojos y se dio cuenta de que la otra sirvienta se había ido, tal vez se lo había ordenado Haydée. Al volverse para preguntarle por qué lo había hecho, se encontró con que su cara estaba muy cerca de la suya.

El estómago le revoloteó por la sorpresa, pero después sintió una gran satisfacción. Aquellos labios estaban lo suficientemente cerca… Sí, ella se inclinó hacia adelante y cubrió su boca con la dulzura de la suya.

Nunca antes había hecho algo así, y él nunca se lo había pedido, ni siquiera sugerido, pero no lo había recibido mal. Entonces sintió que lo atravesaba una ola de placer cuando ella abrió los labios apretados contra los suyos, y le deslizó su resbaladiza lengua en la boca.

Él se dio cuenta de que había cerrado los ojos, y no los abrió hasta que ella se apartó.

—¿Qué quieres hacer? —le preguntó Montecristo con la voz un poco dura, mientras ella se volvía a poner en cuclillas.

Ella sonrió y comenzó a desabotonarse su corto y apretado corpiño. Entones se derramaron sus generosos y elevados pechos con pezones de color rosado oscuro que contrastaban con su piel olivácea. Llevaba una estrecha cadena de oro en torno a la cintura que se apoyaba en la curva de sus caderas desnudas, justo por encima de la línea de los pantalones. Montecristo sintió que se le secaba la boca, y que el agua se movió debido a la repentina elevación de su miembro.

—Lleva meses sin estar con una mujer —dijo deslizando las manos hasta sus pechos para levantarlos hacia él.

La tocó con la mano izquierda, y movió los dedos sobre su piel cálida, mientras la derecha descansaba al otro lado de la bañera con los dedos apretados.

—¿Cómo lo sabes?

Su pezón se había endurecido después de tocarlo. Estaba completamente dispuesta.

—Es obvio, Excelencia. Desde que regresó de Montecristo, no ha estado con mujer alguna, ni tampoco ha salido detrás de ninguna. Lo sospechaba, y Alí… bueno, me lo confirmó. —Tuvo la gracia de mirar un poco avergonzada por revelarle que sus dos sirvientes se habían hecho preguntas sobre él, pero Montecristo estaba demasiado sorprendido como para reaccionar. Y aparte de eso, su porte regio la hacía muy útil para él aunque su relación fuese de servidumbre—. Excelencia, le quiero quitar esa arruga que tiene entre las cejas —le dijo siguiendo con el dedo la arruga culpable.

Él cerró los ojos en silenciosa complacencia e intentó controlar sus pulsaciones. La muchacha era virgen, pero era suya, y se había ofrecido libremente. En todo el tiempo que llevaba a su servicio, nunca le había hecho insinuaciones, ni le había dado señales para que tuviera ninguna expectativa.

Ella tenía razón. Llevaba desde noviembre sin estar con ninguna mujer.

De pronto el agua de la bañera tintineó y se elevó, y sintió que sus dos pequeños pies se deslizaban cada uno a un lado de su torso, y después un cálido peso sobre su vientre, justo por encima de su rabiosa verga. Movió sus manos pequeñas por su pecho, levantando el vello que había dejado que volviera a crecer, y después más arriba hasta sus hombros. Haydée se inclinó para volverlo a besar, y él ni siquiera tuvo que levantar la cabeza para encontrarse con sus labios.

Mientras sus manos y sus bocas estaban ocupadas, él se dejó ir a la deriva en un mar de sensaciones y recuerdos. Abrió los ojos una vez y vio dos pechos maduros frente a su cara, que se ofrecían oscuros y suaves a su boca. Estaban elevados y eran apretados y jóvenes, pero los que veía cuando volvía a cerrar los ojos eran dorados... del tamaño de una naranja, y no tan altos y firmes.

Su boca se apretó contra la de ella, y la joven siguió dándole besos a lo largo de la mandíbula, mientras sus manos le acariciaban el pecho arriba y abajo, pero no iban más allá. Evidentemente era virgen y no estaba muy segura de cómo seguir en esa situación que se tenían entre manos... Entonces Montecristo le agarró una de sus manos, se la cerró alrededor de su miembro, y le enseñó cómo moverlo.

Ah.

Nuevamente sintió una oleada de deseo, y casi se derramó ahí mismo.

Con los ojos cerrados, intentó concentrarse en la joven que tenía delante y encima de él. Pero en cambio le llegaron un montón de imágenes, texturas, sensaciones y sonidos que no pertenecían a ese lugar... y no formaban parte ni de ese momento, ni de ese día, ni de esa mujer.

Piel dorada, no tan firme como recordaba; caderas que se movían como las de una mujer, no como las de una muchacha; cabello largo, rizado, suelto y húmedo mezclándose con el suyo... su respiración pesada y rápida mientras Neru y Omania bailaban frente a ella, lo que había sido más excitante que la propia actuación.

La había llevado allí para que recordara sus deseos, reajustara su cuerpo y sus necesidades, y para *enseñarla*.

Así podía planear su venganza.

Habían pasado diez años desde la primera vez que Mercedes se encontró con Simbad en Marsella. Diez años e incontables mujeres y experiencias. Y aún así... cuando estuvieron juntos en Montecristo, él olvidó su cometido, y se vio atrapado en sus recuerdos, deseos y necesidades.

Entonces hizo que regresara, abortando su experimento.

Montecristo retrocedía a esos recuerdos brumosos cargados de hashish... de Neru arrodillado ante esos finos muslos dorados... de la manera cómo sus pechos se estremecían y se ponían duros cuando se los tocaba, acariciándoselos y jugando con ellos... de los largos y ondulados gemidos de Mercedes bajo sus propias manos; los suspiros suaves y las lagrimillas. También la manera cómo había cabalgado sobre él, levantando los brazos por encima de la cabeza, elevando los pechos mientras lo montaba con pericia y a un ritmo considerable.

Ése había sido su límite.

—Sí —jadeó esta vez moviendo las caderas mientras la delgada mano se deslizaba por su pene, y su cuerpo se sacudió y se estremeció hasta que lanzó un quejido de frustración y lujuria.

—Oh —suspiró ella y se dispuso a moverse para ponerse encima de él.

—No —le ordenó cerrando firmemente su mano en la suya.

Todavía era el conde, a pesar de que el recuerdo de su debilidad le atrapara en un tifón de recuerdos y sensaciones, que se desarrollaba, incendiaba y explotaba hasta llevarlo al clímax. Con un largo y agudo quejido se volvió a estremecer en la mano de ella, y se derramó en el agua con varias sacudidas hasta volver a la quietud.

—Vete —dijo antes de ni siquiera abrir los ojos—. Y dile a Alí que venga.

Mercedes estaba completamente despierta cuando el celebrado conde de Montecristo llegó a la casa de los Morcerf. Sin embargo, todavía se encontraba en su habitación, vestida con su camisa de dormir, tomando un pequeño desayuno sin darse demasiada prisa.

Albert había planeado desayunar con el conde y otros dos amigos, Franz d'Epinay, que había estado en Roma con él, y el hermano de Julie Morrel, el capitán Maximilien Morrel. Desayunarían y charlarían un rato, y después los caballeros pasarían al salón familiar, donde Mercedes y Fernand conocerían al hombre que había salvado a su hijo.

Dios mío, ¿cómo una mujer podría darle las gracias adecuadamente a ese hombre?

¿Tendría un hijo, una hermana, una esposa… alguien a quien amara tanto como ella quería a Albert?

Los pensamientos de Mercedes se interrumpieron cuando llamaron a su habitación y dio permiso para entrar.

—Señora, ha llegado esto para usted —le dijo Charlotte ofreciéndole un pequeño paquete envuelto en papel dorado, y atado con un lazo rojo.

Con un pequeño suspiro Mercedes lo tomó e hizo un gesto a su doncella para que se marchara. Estaba segura de que era un regalo de Georges. ¡Qué insistente!

Pero había sido culpa suya. El último noviembre había regresado de Marsella, de su pequeño secuestro y del interludio con Simbad, confundida, agotada y sintiendo con más intensidad que antes el vacío de su vida. La mayoría de las noches sus sueños estaban cargados de imágenes lujuriosas, sensuales y excitantes, de su experiencia en la cueva de Aladino. Por las mañanas, o incluso algunas veces en plena noche, se despertaba sola en la cama, a menudo con lágrimas en los ojos. Sola. Frustrada. Vacía.

Y de ese modo, meses antes de lo que había planeado cuando se alejó de Fernand enfadada, regresó a París y se entregó a un torbellino de placeres sociales: veladas, cenas, bailes, teatro e incluso, cuando nadie la podía ver, se escabullía al jardín para disfrutar de un placer culpabilizador: cavaba la tierra, retiraba flores marchitas, y podaba el romero y el tomillo.

Y Georges siempre estaba ahí, esperándola e intentando seducirla para que volviera con él.

La tristeza que había visto en sus ojos marrones había sido sincera, y ella, que tenía un sentimiento de pérdida similar, se había permitido insensatamente que la consolara.

No significaba que lo hubiera vuelto a llevar a su habitación… no, no había sido tan imprudente. Pero un beso robado por ahí, un abrazo por allí, lo justo como para sentir el calor y la fuerza de un cuerpo masculino… pero ni siquiera eso había acabado con el vacío que dominaba su vida. Estaba consumida por el sentimiento de que tenía un asunto pendiente.

Pero él deseaba más, como evidenciaban los regalos que le enviaba. Y las largas notas garabateadas que los acompañaban detallando su amor por ella.

Deslizó el lazo rojo de su nudo y levantó la nota de la caja. Dentro encontró un grueso pergamino, con su escritura infantil, que cubría toda la hoja. Lo apartó un momento y se ocupó de la caja.

Había un broche rectangular con un granate engastado en filigranas de oro… bastante simple comparado con muchas de sus otras joyas. Ella prefería diseños menos ostentosos que los que le gustaban a su marido. Era bonito, y se dio cuenta con los ojos húmedos de que Georges la conocía. Se preocupaba por ella, y estaba consagrado a ella.

¿Por qué no podía quererlo?

Porque no era Edmond.

No era… Simbad.

Mercedes suspiró entrecortadamente, y oyó cómo ese sonido rompía el silencio de la habitación. ¿Simbad? *¡Dios mío!* ¿Cómo podía siquiera pensar algo así?

Debía de ser por la aventura. La seducción de lo prohibido y peligroso.

Se puso de pie de pronto muy resuelta. Tenía que sacar inmediatamente ese pensamiento de su mente. Miró contemplativamente el broche. Si se lo ponía, a Georges le subiría el ánimo. Lo tomaría como una señal de que ella aceptaba su renovada actitud.

Y tal vez eso sería lo mejor. Nunca le haría daño. La quería, y ella necesitaba a alguien.

En muy poco tiempo Albert se iba a casar, ¡por favor, Dios, que no fuera con Eugénie Danglars! Y se iría de su casa para siempre.

Desde que había regresado de Marsella, había pasado pocas noches en su casa, de modo que no le había dado ninguna oportunidad a Fernand para que reclamara sus derechos maritales. No se había quejado de que asistiera a todas esas fiestas de varios días en una casa de campo, o que durmiera en la residencia de su amiga Amelie, la condesa Roleaux, por miedo a que Mercedes lo volviese a abandonar. Pero no estaba segura de lo que ocurriría una vez que Albert se marchara, y no pudiera seguir aprovechándose de la hospitalidad de Amelie.

Ya decidida, llamó a Charlotte con el timbre. La puerta del vestidor se abrió y entró la doncella.

—Me pondré el vestido de fiesta rojo oscuro esta noche. Y el vestido de muaré dorado para recibir a monsieur el conde.

Charlotte, que era rápida y eficiente, ayudó a vestirse a la condesa, le hizo un peinado en un estilo muy intrincado, perfectamente apropiado para conocer al celebrado conde. De ese modo, ya era más de la una de la tarde cuando salió de sus aposentos. Enseguida descubrió que su marido ya había bajado a reunirse con el conde de Montecristo.

Con una sonrisa cálida de agradecimiento pegada a la cara, y consciente de que tenía un aspecto particularmente elegante, bajó tranquilamente la larga escalera curva que conducía a la planta baja de su hogar. Sin duda, Albert habría invitado al conde a pasar al salón familiar una vez que terminaron su desayuno… sí, ya podía oír voces masculinas en esa habitación.

Como no quería interrumpir la conversación, no dejó que el mayordomo la anunciara o presentara, pues pensó que lo mejor era que entrara sola. Abrió la puerta tranquilamente, entró, y enseguida escuchó a su marido hablar calurosamente de su experiencia como soldado en la guerra de la independencia de Grecia contra los turcos, y especialmente de la batalla de Navarino, tras la cual consiguió su título de nobleza.

No se sorprendió de que Fernand hubiera elegido ese tema de conversación. Obviamente lo que pretendía era ponerse al mismo nivel del conde, describiendo su ascenso a la aristocracia con todos los detalles dramáticos y floridos de su actuación en el derrocamiento del gobierno de Ali Pasha.

Por eso, nada más entrar en la pequeña antesala, más bien la antecámara de la habitación, cerró la puerta silenciosamente. Vio que su hijo, alto y guapo, estaba junto a la repisa de la chimenea. Tendría que ser el primero en verla, pues estaba de cara a la puerta. Y también Fernand, que se encontraba de pie frente al conde con las manos apoyadas en el respaldo de un sillón.

El conde de Montecristo era el hombre alto que estaba cerca de las enormes ventanas, aunque la mitad de su cuerpo quedaba en la sombra. Por lo que podía ver, vestía un traje muy bien cortado, tenía el cabello oscuro y su aspecto, mientras conversaba con su marido y su hijo, era imponente. Tenía una voz suave y cultivada, y hablaba impecablemente con sus anfitriones en francés sin ningún rastro de acento.

Pero justo cuando iba a entrar en la habitación, para correr ante el conde y agradecerle profusamente el regalo que le había hecho, el hombre se movió. Se dio la vuelta saliendo de las sombras y pudo ver su cara.

El mundo se detuvo: todo se congeló. Su corazón. Su respiración. Su cara. Todas las sensaciones se le escaparon del cuerpo dejándola fría, húmeda y aturdida. La habitación se inclinó, después convergió en una imagen pequeña... y entonces se hizo pedazos y desapareció. Sólo quedaba él.

Edmond.

Su visión se expandió con fuerza, y Mercedes sintió que el corazón golpeaba su pecho con tanta fuerza, que esos hombres también habrían podido oír cómo le latía a través de todo su cuerpo. Los pulmones se le habían encogido; no podía respirar ni podía tragar... El mundo se oscureció en sus márgenes, y después se volvió a iluminar como si una gran luz hubiera estallado en su cara.

Era Edmond.

Pero... no podía ser.

Pero...

Debió haber hecho algún ruido o movimiento que atrajo la atención de su hijo, pues Albert exclamó:

—¡*Maman*! Al fin vas a conocer a mi querido amigo el conde de Montecristo.

Enseguida su hijo se estaba dirigiendo a ella dando grandes pasos a través de la habitación, como si quisiera cogerla del brazo para que entrara y poder hacer las presentaciones. Pero Mercedes apenas se dio cuenta; había vuelto a respirar y su corazón había recuperado un ritmo normal, aunque lo percibía pesado y vacilante. Y, además, sentía que su estómago se comportaba como si estuviese rodando por una colina. Los dedos, que apoyaba sobre sus amplias faldas, también le temblaban.

Miró a Fernand, que la observaba de manera extraña. No había señal de reconocimiento en su cara. Tal vez estaba equivocada. Quizá fuera sólo la distancia, y el repentino cambio en la cara del hombre al pasar de la zona en sombra a la iluminada.

—*Maman*, ¿te encuentras bien? —susurró Albert, dando la espalda cuidadosamente a los otros hombres y así mantener el asunto en privado.

—Yo... sí, estoy bien. Sólo tengo un poco de dolor de cabeza.

Mercedes agarraba el brazo de Albert con más fuerza de lo habitual, y dejó que la condujera hacia el conde mientras recuperaba la compostura todo lo que podía.

Debía haberse equivocado.

—Su Excelencia, espero que me dispense si me tomo la libertad de presentarle a mi madre —dijo Albert—. *Maman*, éste es mi amigo y salvador, Su Excelencia el conde de Montecristo.

—*Madame la comtesse* —dijo el conde que ya estaba haciendo una gran y correcta reverencia mientras se acercaban hasta llegar frente a él—. Es un gran placer poder conocerla al fin.

Cuando levantó la cara, Mercedes lo miró por completo por primera vez. Fue como un golpe en el estómago.

Era guapo... muy guapo... aunque intimidante. Tenía los pómulos altos y esculpidos, los labios carnosos y expresivos, y la mandíbula cuadrada. Su cabello era oscuro, color nogal, abundante y peinado hacia atrás desde una frente alta. En las sienes, y en las patillas recortadas, tenía algunas canas. Sus ojos marrones, enmarcados por unas pestañas negras, la miraban impersonales aunque amistosos, pero nada más. Ni una señal de reconocimiento o siquiera de confusión.

Sus hombros, cubiertos por una elegante chaqueta de mañana, eran más grandes y fornidos que los del joven de diecinueve años que recordaba. Los puños de su camisa blanca, que dejaban ver sus muñecas delgadas y morenas, se cerraban con unos gemelos de esmeraldas. Llevaba un gran broche de ónix prendido en el centro de su pañuelo de seda granate. Completaban el elegante conjunto de ese hombre tan diferente del sencillo marinero Edmond Dantès, un fino chaleco de colores negro, marrón y marfil.

—... he escuchado decir a su hijo los mayores elogios sobre usted —dijo gentilmente.

Mercedes recuperó la compostura, la prolija máscara que se había puesto hacía años para esconder la verdad de su matrimonio, y el intenso odio que sentía por su marido, y le sonrió. No había nada en su mirada que indicara que la había reconocido... Seguramente no había cambiado tanto.

¿Qué pretendía? ¿O verdaderamente no la había reconocido?

¿O se equivocaba? ¿Había deseado y echado de menos tanto tiempo a Edmond que se había vuelto loca, y veía cosas que no existían? Al fin y al cabo Fernand no había dado señales de reconocerlo.

—Es usted muy amable, Su Excelencia —contestó. ¿Era esa de verdad su voz amable y gentil? ¿Cómo debía comportarse estando tan confundida?—. Pero soy yo quien me tengo que poner a sus pies agradecida.

Durante un momento, su confusión y sorpresa desapareció, y fue reemplazada por el más sobrecogedor sentimiento de agradecimiento. Quien quiera que fuese, si la conocía o no, había hecho algo que Mercedes nunca podría devolverle.

—No le puedo agradecer lo suficiente —dijo mientras unas lágrimas le calentaban las esquinas de los ojos—, lo que hizo por mi hijo, Su Excelencia. Seguramente le salvó la vida. Y si hay algo que el conde de Morcerf y yo podamos hacer por usted... sólo tiene que pedirlo.

Su voz se quebró un poco al final y se puso ronca por la emoción.

Nuevamente él hizo una reverencia elegante, y ella atisbó que algo había cambiado en sus ojos.

—De hecho, señora, fue un placer para mí intervenir a favor de un joven tan bueno y agradable. Lo considero un gran amigo mío, y yo haría cualquier cosa por un amigo. Tienen usted y el conde un hijo muy bueno.

Cuando levantó la cabeza, su expresión era anodina... pero ella creyó haber escuchado notas de frialdad en su voz.

¡Dios mío, Edmond!

Tenía que ser él. Y estaba ahí... y ella también, casada los últimos veintitantos años con Fernand, y con un hijo. Un hijo que no era de Edmond, como habían planeado, soñado y deseado... sino un hijo que pertenecía a un hombre que era tan frío y cruel como cuando luchaba en el mar. Un hombre que había conseguido ocultarle su verdadera personalidad, y la había seducido con amabilidad y una falsa empatía. Mientras ella pasaba el duelo por el mismo hombre que ahora estaba ahí delante.

El rico, poderoso y estimado conde de Montecristo. La habitación se volvió a mover.

—*Mamam* —dijo Albert sujetándola de un codo—, ¿nos sentamos?

La miró ansioso, y Mercedes nuevamente recuperó el control de sí misma.

—Creo que deben ser las flores —dijo haciendo un gesto hacia los grandes floreros de nardos que diseminaban su olor empalagoso por el salón. Era la mejor excusa de todas, pues había seis jarrones de flores en la habitación—. Su aroma hace que el aire se quede bastante viciado.

—Bueno, tengo que irme —interrumpió Fernand y se inclinó ante el conde—. Tengo que estar en la sesión del parlamento a las dos en punto, y sólo me queda media hora. Tiene que permitirnos ofrecerle nuestra hospitalidad muy pronto, Montecristo.

El conde le devolvió la reverencia.

—La verdad es que me encantará. Y también la de su hijo, pues me ha prometido ponerme al tanto de los placeres de su encantadora ciudad. ¿Y qué mejor recompensa se puede pedir que ser llevado por una metrópolis como ésta por su propio hijo?

—Por supuesto. Pero también tenemos una cena para usted donde le presentaremos a nuestros amigos y a gente de la sociedad —continuó diciendo Fernand magnánimamente—. Después lo recibirán en todas partes.

—Eso es muy amable por su parte. Además, estoy deseando devolverles el cumplido en mi propia residencia.

Entonces interrumpió Albert.

—El conde ha alquilado una casa en los Champs-Élysées —dijo—. Y también ha comprado una casa a las afueras de París, en Auteuil.

Mercedes apenas escuchaba la conversación. Nuevamente se estaba sintiendo atontada al imponérsele la realidad. Tenía que hablar con él. A solas.

Pero ¿cómo?

No podía hacer que su hijo se fuese; nunca sería tan grosero como para dejar ni un momento solo a su invitado.

Tal vez podría tener una oportunidad cuando llamasen a su carruaje.

Una vez tomada la decisión, le sonrió a Albert.

—Hijo mío, me tienes que excusar ahora... Creo que este calor extraño para esta estación, y las flores dulzonas han hecho que me sienta cansada. —Deseando que su hijo no advirtiera que era raro en ella ser tan sensible, se volvió hacia el conde, y se mostró fuerte para mantenerse cordial e impasible—. Su Excelencia, le tengo que dar las gracias una vez más por lo que ha hecho por nosotros... y le doy la bienvenida a nuestra hermosa ciudad. Espero que disfrute de su estancia aquí, y si necesita algo, por favor no se sienta incómodo si desea pedírnoslo.

—Ha sido un placer conocerla, señora —dijo nuevamente con una reverencia.

Mercedes inclinó la cabeza, y después se volvió para salir de la habitación. Escuchó que Albert ofrecía al conde sacarlo por París inmediatamente, pero entonces Montecristo le respondió que no podría pues tenía que supervisar la instalación de su nueva residencia.

—Porque acabo de llegar a París esta mañana —dijo y sus palabras se interrumpieron cuando Mercedes cerró la puerta del salón.

Ella escapó a otra habitación, al invernadero, y después de cerrar la puerta, al fin sola, volvió a hundirse. Estremeciéndose violentamente, con los ojos llenos de lágrimas, una extraña y retorcida sensación golpeó su cuerpo. Y se tuvo que apoyar en la fría madera de la puerta.

Era imposible.

Imposible en tantos aspectos que no podía entenderlo.

Un rato después oyó débilmente voces masculinas en el recibidor, y que se abrían y cerraban puertas. Los sirvientes se movían por ahí, y escuchó a Albert explicar algo con una voz extraña.

—No te preocupes —dijo el conde a quien escuchaba bien a través de la puerta como si estuviera justo al lado. Posiblemente lo estaba, pues el invernadero se encontraba entre el salón y la entrada principal—. Ya has llamado a mi carruaje. Estará aquí en un momento. Por favor, atiende tus asuntos, y yo me marcharé en cuanto mi vehículo llegue aquí.

—Es usted muy amable, Su Excelencia —dijo Albert—. Lo llamaré mañana.

—Muy bien. Y gracias por presentarme a tus padres.

Mercedes esperó un momento apenas capaz de creerse la suerte que había tenido, y cuando estuvo segura de que Albert se había ido, y que el único sonido que oía tras la puerta era el del conde de Montecristo, respiró hondo y la abrió.

Él estaba de pie con la espalda parcialmente ladeada hacia ella, alto y recto, y, advirtió por primera vez, que llevaba un bastón con mango de hierro. También un sombrero alto y oscuro en la misma mano, mientras que, con la otra, miraba la hora en un reloj de bolsillo que colgaba de una cadena.

Levantó la vista al sentir un movimiento cuando ella salió, y sus miradas se encontraron.

—Edmond —dijo Mercedes poco más que susurrando. Dio un paso hacia él y le extendió la mano—. ¿Eres de verdad tú?

Él arqueó una ceja e inclinó la cabeza con una arrogancia que no había mostrado en el salón.

—¿Perdóneme, señora? —con un poco de socarronería en la voz.

Ella se ofuscó un momento, pero se acercó para tocarlo, pues sus dedos deseaban cerrarse en torno a sus muñecas.

—Edmond ¿no me reconoces?

Durante un instante, una pulsación, sintió el intenso calor de su piel, y que temblaba levemente. Pero entonces le apartó el brazo, aunque no con un movimiento brusco. Hizo como si lo hubiese cogido desprevenido, y se liberó de ella de manera deliberada y humillante. Como si no le valiera la pena emplear su energía en hacerlo.

—Señora ¿se encuentra bien? —Su voz era cortante y fría, y su mirada plana y oscura.

Estaba mintiendo.

Tenía que ser él.

Mercedes lo hubiera vuelto a intentar, pero la puerta principal se abrió junto a ellos, y el mozo de cuadra asomó la cabeza con una mano sobre el cabello.

—Su vehículo, Su Excelencia —dijo y después dio un paso atrás y gesticuló mientras se dirigía al birlocho que esperaba.

Montecristo se puso el sombrero y volvió a mirar a Mercedes con una expresión fría. Era como si su cara estuviese tallada en piedra.

—Con su permiso, señora —dijo, y balanceando el bastón salió por la puerta de la entrada.

Ella corrió tras él hasta estar lo suficientemente cerca y decirle al oído.

—Sé que eres tú, Edmond. Lo sé.

Pero la puerta se cerró cortando sus palabras, y se quedó sola mirándola fijamente mientras de nuevo temblaba horrorizada.

Capítulo 5

El baño

*D*espués de que el conde de Montecristo saliera de su residencia esa mañana, Haydée se había quedado en sus aposentos del lujoso apartamento. El experimento del baño no había funcionado exactamente como pretendía, pero por lo menos había ocurrido algo. Finalmente, había tocado a un hombre desnudo, y había sido tan agradable y excitante como pensaba.

Evidentemente, a pesar de que estaba sola en sus aposentos todavía tenía excitada la pequeña perla que le latía entre las piernas. Haydée sabía qué hacer para aliviar esa incomodidad, pero prefería que fueran los dedos ágiles de otra persona los que hicieran el trabajo.

Ah, entonces... Tal vez podía pedir que le prepararan un baño especial para ella.

Se miró en el gran espejo que tenía frente al tocador y sonrió pícaramente. Sus amplios labios se curvaban un poquito en los bordes, le chispeaban los ojos oscuros y exóticos, y su cabello, largo, moreno y liso, le cubría perfectamente los hombros, y se le rizaba un poquito en la punta. Sus pechos... Dejó que su ligero batín se deslizara por sus suaves hombros oliváceos hasta poder contemplar su torso desnudo. Altos y encantadores, ni demasiado grandes ni demasiado pequeños... ¿Cómo había podido resistirse a ella? Sabía que era guapa. Y, además, había visto cómo la seguían sus ojos cuando pensaba que ella no estaba mirando.

Con que fuera un poco menos honorable.

El baño.

¡Ahora iba a comprobar cuán puñeteramente honorable era!

Se volvió a subir el batín, y se lo colocó de modo que le colgara perfectamente de los hombros, pero se le deslizara al menor movimiento para enseñar justo lo suficiente... justo lo suficiente como para que pareciera un accidente.

—Mahti —llamó golpeando perentoriamente la puerta de la habitación de al lado. Cuando apareció la sirvienta, Haydée le dijo—: Me voy a dar un baño ahora. Dile a Galya que también quiero que ella me ayude —añadió con una sonrisa.

La sirvienta, que sabía a qué se refería, se ruborizó de placer y corrió a cumplir lo que quería.

Después de que Mahti abriera las grandes puertas francesas de la habitación contigua, donde estaba el baño, Haydée llamó a otro de los sirvientes de la casa. Cuando vino le dio algunas instrucciones.

Y después se volvió a acomodar en su sillón para esperar.

Podía oír el chapoteo del agua en la otra habitación. ¡Qué prácticas era las cañerías internas en las casas! Del baño salían los efluvios de aroma que emanaba el aceite de jazmín. También oía cómo Mahti y Galya recogían su ropa y otros accesorios. Desde su asiento veía una panorámica de París que se extendía delante de su pequeño balcón. Sin embargo, aunque apenas había salido de la casa, la vista no le interesaba tanto como la disposición de sus aposentos.

Su Excelencia era increíblemente generoso con ella, una esclava a la que había salvado gracias a su dinero y misericordia de una existencia terrible en manos de los enemigos de su padre. A menudo pensaba que debía de guardar un secreto que explicaría que la hiciera viajar con él para servirlo. Aunque por alguna razón la trataba como la princesa que era.

Cualquiera que fuera el motivo, su misión no era calentar su cama.

Apenas tenía doce años cuando la compró en una sala privada. La tarde antes tenía que haber sido subastada en un mercado público, pero la salvó de esa enorme humillación. Haydée no se podía imaginar cuánto dinero había pagado por ella, pero debía de ser una cifra exorbitante considerando que era la hija de Ali Pasha. En los seis años que llevaban juntos, la había tratado más como su tesoro que como su esclava.

Entonces sus labios se curvaron hacia abajo. Hoy se lo había ofrecido todo, pero la había rechazado… en parte. Frustrante, sí, así había sido. También confuso. Al fin y al cabo había tenido en las manos su miembro excitado y duro… y era obvio que necesitaba algo más.

Y ella también.

En su puerta sonó un único golpe. Haydée se incorporó y dijo:

—Pasa.

La puerta se abrió y entró Alí, alto, grande y orgulloso. Se le secaba la boca con sólo mirarle sus amplios hombros bajo esa túnica de color blanco cegador, y sus enormes manos negras adornadas con brazaletes de oro.

Se quedó junto a la puerta, y le hizo una pomposa reverencia. Su cabeza rasurada y suave brillaba como mármol de ónix, y sus labios grandes se mantenían fijos con una sonrisa amable. Como siempre iba descalzo, y sus pies eran tersos, elegantes y parecían de ébano. También llevaba un anillo de oro en el dedo central de cada uno de sus pies. Además, siempre usaba unas anchas tobilleras.

Alí no hablaba, pero Haydée había aprendido a entender su lenguaje de signos tan fácilmente como él mismo.

¿Me ha llamado?

Ah. Era insolente. En su mirada, y en la manera con la que hacía signos con sus poderosas manos. Haydeé lo miró de manera altiva.

—Si, así es. Encuentro que no me gusta la distribución de esta habitación. Podrías ser tan amable de trasladarme algunos muebles.

Por supuesto.

Aquellos grandes labios siempre ligeramente cerrados hicieron que sintiera una punzada en la perla que todavía le palpitaba entre las piernas, y revoloteaba con fuerza en mitad de su cuerpo.

Hacía palabras con sus manos pero sus sentimientos no se reflejaban en sus ojos. Los mantenía cuidadosamente inexpresivos. Haydée levantó lánguidamente un brazo para señalarle la cama, y se movió de manera que el batín se le abriera, y observó atentamente su expresión.

Sí. Ah, sí, lo podía ver.

Sonrió para sí misma, y dejó que esa sensación le hiciera cosquillas en el vientre. Pues todavía no has visto nada, pensó.

—Ahí. La cama… en ese ángulo está demasiado cerca de la ventana y le llega todo el sol de la mañana. Si la dejo donde está no podré dormir todo lo tarde que quisiera.

¿Dónde quiere que la mueva, señorita?

Su último gesto, el de «señorita», lo hizo con un movimiento corto y decidido.

—Quizás… allí. —Señaló el muro opuesto al que estaba junto a la cama.

En esos momentos en ese lugar estaba el tocador, cubierto de botellas de perfume, peines con incrustaciones y otros complementos femeninos. Lo tendría ocupado un buen rato. Y, además, desde ese muro tenía una vista perfecta de la habitación de al lado, donde la bañera ya casi se había llenado.

Perfecto.

Y justo entonces, como si las hubiera llamado, Mahti y Galya se presentaron en la puerta que unía ambas habitaciones.

—Perdóname, Alí. Parece que mi baño está listo.

Sintió sus ojos sobre ella cuando pasó junto a él a la otra habitación, dejando que el batín le cayera por los hombros. Y percibió el ardiente calor de sus ojos mientras se alejaba.

Lentamente. Moviendo las caderas.

En cuanto se encaramó a la bañera, que estaba a una cierta distancia frente a la puerta del dormitorio, vio que Alí se dispuso a cerrarla.

—No, déjala abierta —dijo sintiendo cómo le subían y bajaban sus hermosos pechos al volverse hacia él mientras se apoyaba en uno de los bordes de la bañera—. ¿Si no cómo te podría seguir dando instrucciones?

Alí se apartó bruscamente, y Haydée se hundió en la bañera y cerró los ojos rebosantes de satisfacción. El agua caliente cubría su cuerpo, y el dulce aroma a jazmín llenaba el aire cada vez que agitaba las manos. Volvió a cerrar los ojos y apoyó la cabeza en el borde de la bañera dejando que su larga cabellera le colgase hacia fuera hasta tocar el suelo.

Mahti le recogió las pesadas trenzas, las torció, se las ajustó en la cabeza y dejó que Haydée se relajara un momento. Mientras Alí movía el tocador en la otra habitación, oía el suave tintineo de las botellas, y se imaginaba esas manos enormes agarrando esos artilugios tan femeninos y delicados.

Cuando Su Excelencia le dijo que saliese de su baño, empapada e insatisfecha, también le ordenó que llamase a Alí. Haydée estaba enfadada y frustrada. Pero se las arregló para ocultar sus sentimientos cuando, tapada con una simple toalla, se dirigió con la cara y el cuerpo colorado, caliente y alegre, a ese gran hombre.

Así que lo ha conseguido, le había dicho con señas cuando la tuvo delante, a sabiendas de dónde venía.

Su atractivo rostro, arreglado con una pequeña barba cuadrada bajo su lascivo labio inferior, se mantenía frío y tranquilo… pero Haydée estaba segura de que había un punto de emoción en esos ojos negros.

—Su Excelencia desea que vayas a verlo —le dijo muy altiva, a pesar de que estaba completamente desnuda y vulnerable bajo esa toalla blanca.

Alí se volvió para marcharse, pero se detuvo, la volvió a mirar, y la recorrió lentamente con la mirada de la cabeza a los pies.

¿Lo hizo?

Haydée le devolvió una sonrisa tranquila y amplia destinada a esconder su confusión, pues seguía conservando su virginidad, y también para incomodar a Alí.

—Nuestro amo ya no está necesitado... aunque no puedo decir lo mismo de mí.

Y entonces, con el corazón acelerado y la boca seca, Haydée se dio la vuelta y se marchó enfadada.

Pero sintió que la mirada de Alí la abrasaba por la espalda, igual que hacía sólo un instante mientras se dirigía al baño.

Ahora, con los ojos aún cerrados, disfrutando de las manos celestiales de Galya que le masajeaban los pies, se puso a sonreír, pero era una sonrisa cargada de frustración. Si Montecristo hubiera acabado con su maldita virginidad, se sentiría libre para hacer lo que quisiera. Pero él era su dueño, y por lo tanto también poseía su virginidad, que se mantendría intacta hasta que decidiese terminar con ella... o venderla.

O liberarla.

Había dicho que algún día cercano la iba a liberar, y ella tanto anhelaba como temía ese día. De modo que lo mejor era no pensar en ello, y en cambio concentrarse en lo que tenía entre manos.

El tintineo de botellas terminó, y entonces Haydée oyó el crujido grave y apagado de su tocador que estaba siendo trasladado. Abrió los ojos, y haciendo un gesto a las sirvientas, se arrodilló en la bañera.

El agua chorreaba por su cuerpo, se deslizaba entre sus pechos y alrededor de sus duros pezones, y por un instante quiso pedirle a Alí que trajera el espejo de su tocador al baño. Quería ver lo que él veía.

Quería imaginarse qué visión alegraría los ojos de Alí si mirara desde la puerta. Y se iba a asegurar de que lo hiciera.

Mientras los dedos de Mahti se filtraban entre los pezones de su señora, y movían los nudillos sobre ellos suave y eróticamente, Haydée sintió cómo Galya le pasaba las manos por los lados del torso, trazando el ángulo de sus caderas con el mismo jabón resbaladizo que después deslizó entre sus piernas separadas. Con cada movimiento se deslizaba agua por su piel sensible, con un ritmo de flujo y reflujo que se parecía al que querían hacer sus caderas. Alternativamente estaba caliente y fría, húmeda y seca.

Haydée suspiraba con las sensuales caricias en el interior de sus muslos que sacudían su carne, y los incesantes tirones y pellizcos en sus pezones, que desataban la lujuria que se alborotaba con fuerza en su vientre. Quería decir su nombre… lo quería ahí, con ella… que su gran boca la chupara, que su lengua serpenteara entre los labios de su vulva, y su pesado miembro se enrabietara entre sus manos.

Al pensar en eso se le dilató el clítoris, y de pronto tuvo un rápido e intenso orgasmo. Inesperado.

No pudo reprimir un profundo y largo gemido, y que su cuerpo temblara bajo las hábiles manos de sus sirvientas. Sus fluidos se mezclaban con el agua. Entonces los pequeños dedos de Galya se deslizaron entre los pliegues de su vulva, mientras Mahti se daba la vuelta y se metía uno de los pezones de su señora en la boca, prolongando sus agradables escalofríos.

Haydée abrió los ojos mientras los labios de Mahti se cerraban alrededor de su pezón y le daban un delicioso tirón, intenso, lento y profundo. Las oleadas de placer que sintió en los pechos, se equipararon a las lentas pulsaciones que sentía entre las piernas. Miró hacia abajo y vio la coronilla de la cabeza oscura de Mahti, que llevaba un recogido alto, y sus mejillas que adquirían forma cóncava por la fuerza de su succión. Más abajo vio un indicio de sus pequeños pechos que se balanceaban tentadores. Después vio la curva de la pulcra columna de Galya que estaba arrodillada delante de ella, acariciándole sus cremosas caderas, mientras sus nalgas redondas y maduras se estiraban y abrían formando una incitante uve. Miró a su señora hacia arriba con ojos interrogantes, y Haydée asintió dándole su permiso… y urgencia. Esa pequeña victoria sólo había sido el comienzo.

Galya se metió en la bañera frente a ella, y deslizó sus fuertes piernas bajo las de su señora, y las separó de manera que Haydée quedó sentada en cuclillas sobre su regazo, con la vagina de cara al ombligo de la sirvienta. Entonces Haydée estiró las piernas y las apoyó en los laterales de la bañera de manera que su trasero quedó sobre la falda de Galya, y sus caderas y el monte de su pubis fuera del agua como si fueran una isla cálida y suave. Haydée miró hacia la puerta y sólo vio ligeramente que algo blanco se movía, así como el muro donde debía colocar su cama cuando la trasladara.

Intentaba evitarla.

Los labios de Haydée se curvaron. Cualquier otro hombre estaría mirando a esas tres mujeres.

Cuando Galya se inclinó hacía la vulva de su señora, levantándole las caderas con sus fuertes manos, Haydée gimió con fuerza intencionadamente. Mantenía los ojos fijos en la puerta, medio abiertos, medio cerrados, mientras la lengua de Galya revoloteaba rápida y decididamente sobre su perlita, sacudiéndola, excitándola, y jugando con ella, y haciendo que volviera a sentir una profunda sensación de deseo.

Mientras levantaba las caderas y empujaba para estar aún más cerca de la lengua exploradora de Galya, sentía cómo se elevaba mientras la suave piel de detrás de sus rodillas se apretaba contra el borde de la bañera, y los dedos de la doncella se le clavaban en la carne de sus nalgas. Haydée se movía hacia delante y atrás con un ritmo incesante y ansioso, con los ojos pegados a la puerta deseando que él volviera.

Para que la viera.

Para comprobar lo que ella quería ver.

Mahti la chupaba arrodillada junto a la bañera, y con la mano libre masajeaba la parte de atrás del cuello de su señora, soltando pequeños gruñidos de placer que salían del fondo de su garganta. Haydée sintió que su cuerpo se tensaba de nuevo, que su sexo estaba hinchado y a punto, y era complacido por una pequeña lengua húmeda juguetona. Y también era consciente del dolor que le hacía la presión de la bañera en las piernas, y los tirones y sacudidas de su pezón, simultáneos a los de su clítoris.

Y entonces lo vio. De pronto estaba allí, en la puerta. Observando.

Tan alto, tan rasurado, negro y serio. Tenía la cara impasible, los ojos calientes y concentrados, y los brazos le colgaban a los lados del cuerpo. La miraba con los labios ligeramente separados, los agujeros de la nariz muy abiertos, mientras el pecho le subía y bajaba bajo esa túnica blanca.

Lo miró. Y él buscó también sus ojos y le mantuvo la mirada. Haydée sintió que las oleadas de placer iban más rápidas, con más fuerza y más profundas, y estaba permitiendo que él lo viera. Le estaba permitiendo ver lo que ella quería que viera. Lo que le podría ofrecer.

Sus sirvientas advirtieron el cambio, la urgencia, y sus lenguas se movieron más rápido, con más fuerza y profundidad, y cada vez más húmedas. Haydée abrió la boca, empujó hacia arriba pensando en él, y entonces llegó. Las oleadas ondulantes, el enorme estremecimiento del clímax, los temblores, y las sacudidas del éxtasis.

Cuando abrió los ojos, sintió que el agua se había enfriado y vio que Alí se había marchado.

Unos fuertes golpes en la puerta despertaron a Haydée de una tranquila siesta en su cama que acababan de trasladar. Se sentó de golpe, se quitó el pelo de la cara y dijo:

—Entre.

Era Bertuccio.

—Señorita Haydée, Su Excelencia ha regresado. Usted… pensé que tal vez debería ir a acompañarlo —dijo el pequeño italiano retorciéndose las manos.

¿Ir a verlo? Haydée sacó los pies de la cama. Estaba vestida con un caftán suelto y ondulante de seda color agua, y tenía el cabello echado hacia atrás atado con una simple trenza.

—¿Está enfermo?

—No… no creo que sea una enfermedad. Parece… nervioso. Por favor. Jacopo no está aquí, y aparte de él y Alí, usted parece ser la única que…

—¿Alí? ¿Dónde está Alí? —dijo con el corazón en un puño.

—Ha ido a atender ciertos asuntos en relación a la casa de Auteuil. Señorita Haydée, creo que Su Excelencia agradecerá su encantadora presencia.

Haydée sintió un ligero calor en la cara. Esa misma mañana había estado con Montecristo en el baño; ¿y ahora toda la casa parecía pensar que su cuerpo era la respuesta a cualquier enfermedad que sufriera el conde?

Sin embargo, tal vez iba a tener otra oportunidad para quitarse de encima el fastidio de su virginidad, de modo que aceptó.

Bertuccio le pidió que no perdiera el tiempo cambiándose, así que se tuvo que dirigir a los aposentos del conde vestida tal como se encontraba. Evidentemente, no era un problema, pues muy pronto no iba a llevar más que el zafiro de su ombligo. Estaba decidida.

—Pase —retumbó su voz cuando llamó a la puerta.

Haydée la abrió y se encontró a Montecristo sentado en un sofá, mirando París desde el interior de su habitación. Parecía una estatua, ni siquiera volvió la cara para ver a quién había permitido entrar. Su prominente nariz era fuerte y recta, sus labios formaban una línea firme, y sus ojos escrutaban la multitud de edificios cremosos que resplandecían amarillentos por el sol de la tarde. Su pelo oscuro se rizaba en torno a las orejas y le rozaba el cuello de la camisa, que se había soltado, aunque seguía con la chaqueta de mañana. Una de sus manos con sus largos dedos se aferraba al pomo del reposabrazos del sofá, y sus pies estaban firmemente plantados en el suelo sin moverse.

«Nervioso» no era la palabra que mejor describía al hombre que tenía ante ella.

¿A qué se refería Bertuccio?

—¿Fue agradable la visita? —preguntó Haydée sacando un mullido cojín púrpura del diván.

Lo colocó en el suelo cerca de sus pies, justo en la línea de su vista por si quisiera mirar hacia abajo y a la derecha. Arregló las borlas del cojín, se hundió en él y levantó la cara para observarlo.

Por primera vez vio que su expresión era muy extraña, y entonces comprendió por qué Bertuccio la había llamado. Su cara era como de granito, pero más fría aún. Oscura, dura y rígida. Vacía.

Aterradora.

Hubo un largo silencio. Muy largo.

Estaba a punto de recuperar el aliento para hacerle otra pregunta, o decir algo amable y divertido, cuando Montecristo habló.

—Hoy he estado charlando con el hombre que mató a tu padre. El que lo mató a sangre fría después de ganarse su confianza.

Haydée se quedó helada. Estaba a punto de ponerle una mano en la pantorrilla, y deslizarla bajo sus pantalones para acariciarle la piel cálida y peluda de esa zona. Pero se detuvo.

—¿Quién es? —consiguió preguntar mientras su corazón latía enloquecido.

—El conde de Morcerf —fue la respuesta—. Algún día lo conocerás. O tal vez a Albert, su hijo. Pero no debes —su voz se volvió agresiva y cortante, aunque todavía no apartaba la vista de lo que había tras su ventana— decir o divulgar que eres la hija Alí Pasha de ninguna manera. Ni a ellos, ni a nadie en París. Hasta que llegue el momento en que yo lo permita.

El estómago de Haydée se revolvió al recordar la noche en las cuevas cuando su madre y ella pensaron que estaban a salvo... y que su padre había sido liberado por aquellos que lo capturaron durante su exilio. Y enseguida los chillidos, los gritos y los quejidos mientras él y sus hombres eran masacrados.

Después de haberle dado su palabra, y recibir la suya a cambio, segura y de confianza.

Morcerf. Así que ése era su nombre. El hombre que había asesinado y traicionado a su padre de esa manera tan deshonrosa.

Se sintió indispuesta, y se preguntó cómo podría ocultar su disgusto y furia si se lo encontraba.

—Lo mataré yo misma —murmuró cerrando los dedos como si empuñara el cuchillo con el que lo haría.

—La venganza debe ser lenta, deliberada y oportuna —dijo Montecristo tranquilamente; y ella se sorprendió de que lo hubiera escuchado—. Y lo será, Haydée. Lo será. Si es rápida, todo acaba demasiado pronto, y ese hombre nunca sabrá todo lo que has sufrido. Sufrirá.

Haydée miró hacia arriba, pero su rostro seguía pétreo.

—Los pecados de los padres son heredados por sus hijos —dijo después de que pasara un rato—. Pues las tendencias malignas de los padres se traspasan a los hijos, igual que la bondad y el heroísmo de un padre también son heredados por sus hijos.

De pronto se quedó en silencio. Haydée se mantenía quieta, observando cómo sus dedos se enroscaban en la espesa alfombra de lana que tenía debajo, aplastando un precioso diseño rico en colores rojos y dorados sutiles.

—A todos —murmuró él, como si musitara para sí mismo—. Un sufrimiento largo y hondo. —Su voz se hizo más alta y clara—. Y se lo harán ellos mismos.

Haydée quiso preguntar «¿quiénes?», pero algo la contuvo, y siguió observando los giros del diseño junto a los zapatos de cuero fino de Montecristo.

—Ella también —susurró sin apenas mover los labios—. La que más. Por Dios.

El veneno de su voz hizo que a Haydée le recorriera un escalofrío desde los hombros a la columna, y acabó removiéndole el estómago. Se dio cuenta de que él necesitaba consuelo, pensaba que era así… pero no sabía cómo proporcionárselo. Estaba tan ausente y duro. Aterrador. Rozó su pierna y sintió que los músculos le temblaban ligeramente, como si estuviera controlando una gran rabia.

—Haydée —dijo de pronto atrayendo bruscamente su atención.

Ella miró sus ojos inexpresivos y pétreos con el corazón acelerado. Los dedos le temblaban, y de pronto tuvo miedo de él, algo que nunca había sentido.

—Sí, Su Excelencia —consiguió decir con la voz firme.

—Para mí tú eres un tesoro —dijo.

Ella asintió y se le puso un enorme nudo en la garganta.

—No quiero que vuelva a suceder lo que ocurrió hoy en el baño. ¡*No*!

—Pero Su Excelencia, yo sólo deseo servirle… servirle en todos los sentidos —gritó apretando las manos.

Pues si su amo no terminaba con su virginidad ¿quién lo haría? Alí no, ¡maldición! Ya se lo había dejado claro.

—Y lo has hecho. Pero no quiero que me ofrezcas ese tipo de servicio. Sólo eres oficialmente mi esclava, y un día eso se rectificará.

—Pero… por favor.

—Hay muchos jóvenes atractivos aquí en París. Sin duda los conocerás, y tal vez encuentres alguno a quien amar —su última palabra tenía una amargura que la hacía distinta a las demás— si lo deseas. Con todas mis bendiciones. Pero yo… —Se detuvo abruptamente.

Un destello de algo parecido a la bondad suavizó sus rasgos un poco.

—Hay un joven muy amable y buena persona. Es el perfecto ejemplo de que si la maldad engendra más maldad, la bondad hace lo mismo. Su padre es uno de los tres mejores hombres que he conocido, y él, Maximilien Morrel, es igual de bueno. Le llaman héroe por todas las vidas que ha salvado.

Montecristo tenían claras las ideas, pero Haydée se rebelaba. No quería a ese Maximilien Morrel sin rostro. Quería a Alí.

Y él también la deseaba. Simplemente no podía poseerla.

Pero tampoco lo haría el conde.

No demasiado lejos de los Champs-Élysées, muy cerca de los jardines de las Tuileries, se encontraba la enorme mansión de *monsieur* Villefort. Sólo una residencia así podía ser la adecuada para él, pues el fiscal de la corona era un hombre inmensamente poderoso y muy respetado en la ciudad. Lo era desde que lo habían trasladado desde un destino inferior en Marsella, y había ascendido en la escala social.

Detrás de esa imponente casa había un enorme jardín lleno de robles y arces, boj, salvia y lavanda, rosales, lilas y lirios. La zona estaba dividida por caminos de piedras y verjas de hierro forjado. Su belleza y variedad resaltaba especialmente durante los meses de primavera, verano y otoño, cuando los Villefort se entretenían, y sus invitados se diseminaban por los edificios del exuberante jardín. Lo que ocurría entre los arbustos y detrás de las pérgolas, y arriba, o debajo de las vallas, tal vez mejor dejarlo para la imaginación; pero basta decir que el jardín era un lugar muy popular.

Aproximadamente una semana después de comer con el conde de Montecristo en la casa de Albert de Morcerf, Maximilien Morrel se acercó al muro de piedra de la parte más remota del jardín, donde, entre un grupo de manzanos y lilas, había una pequeña puerta. Era apenas lo suficientemente ancha como para que pasaran dos hombres juntos, y estaba hecha de estrechas barras de hierro, y planchas de metal, que parecían suturas que daban lugar a pequeñas aperturas en forma de diamante, por las que podría caber el puño de un niño.

Como siempre, la puerta estaba cerrada con pesadas cadenas; pero Morrel no esperaba encontrarla abierta. Sin embargo, sí que esperaba ver la encantadora figura de Valentine Villefort en el pequeño banco que había al otro lado de la valla, y no se decepcionó.

No lo había oído acercarse. Él miró un momento… y simplemente se quedó observando la belleza que tenía delante. Ella estaba de perfil a la puerta, y miraba la casa y el caminito de piedras por el que había venido, para estar alerta por si alguien se aproximaba. Desde la casa no la podían ver, pero no era prudente descuidarse.

Apenas respiraba mientras le miraba la cara. Su cabello color miel ondeaba mecido por la suave brisa de primavera que traía aroma a lilas, le hacía cosquillas en los labios como capullos de rosas, y hacía que le bailaran las pestañas negras como tinta. Morrel no le podía ver su cara con forma de corazón con su pequeña barbilla en punta y su frente con entradas en forma de triángulo, pero conocía todos sus detalles, por lo que se contentaba con mirarle su coqueta naricita y la larga línea del cuello.

Metió los dedos por uno de los agujeros en forma de diamante de la puerta, que chirrió levemente. Valentine se volvió y enseguida su cara resplandeció encantada.

Morrel se había vuelto a enamorar por completo, lo que era bastante difícil, y ya llevaba meses adorándola.

—Maximilien —dijo con su voz dulce, grave y educada—. Tenía miedo de que no vinieras hoy.

—Nunca me perdería nuestros encuentros, Valentine —le dijo—. Debes saber que vivo para ellos. Hoy estás muy hermosa.

Ella ladeó la cabeza y se le ruborizaron levemente las mejillas.

—Siempre me dices eso.

—Siempre lo estás, pero hoy todavía más. Dime, ¿cómo te encuentras? ¿Cómo está tu abuelo?

—Yo estoy bien, y también el *grandpère*. Ahora mismo te explico más acerca de él... pero primero, tú. Cuéntame de ti. ¿Cómo has estado?

—Echándote de menos, por supuesto. Como siempre. —Sus dedos se curvaron por un agujero de más debajo de la puerta, y para su delicia, ella se movió de modo que pudo tocarla. Su cuerpo sintió una oleada de calor, una sensación agradable, y acarició delicadamente el dorso de sus dedos, disfrutando del contacto con su piel—. Y qué más decir... bueno, he conocido al celebrado conde de Montecristo.

—¿Ah, sí? Yo también. Vino a nuestra casa a visitar a papá, y después mi padre le hizo una visita a él. Hubo un incidente con un par de caballos salvajes, que pertenecían a los Danglars, y casi se escapan con Heloise, mi madrastra. De algún modo, el sirviente del conde pudo detener esos caballos salvajes, y salvó a Heloise y a su hijo. Y evidentemente mi padre lo invitó para agradecérselo. Y el conde le devolvió el favor.

—Es un hombre maravilloso ¿verdad? —preguntó Maximilien fervorosamente—. He tenido el placer de cenar con él varias veces, y en algunas ocasiones hemos cabalgado juntos por la ciudad.

Valentine dudaba; él lo sintió en sus dedos.

—A mí me intimida, Maximilien. No es que dé miedo o sea grosero, no. Es el epítome de la elegancia y la cortesía, pero tiene una expresión muy fría. Una intensidad que me pone nerviosa.

Maximilien le agarró las yemas de los dedos con fuerza.

—Conmigo no es así. Es cálido y amistoso, y me gusta mucho.

Cuento con él como uno de mis mejores amigos, y si alguna vez me viera en problemas, acudiría a él para que me ayudara. De hecho, se ha ofrecido a ayudarme. —Cambió de postura para poder verle los ojos a través de otro de los agujeros de la puerta—. He considerado pedirle consejo sobre nuestra situación.

Los ojos de Valentine se abrieron, y sus labios temblaron formando una pequeña sonrisa.

—¿Si confías tanto en él, crees que podría ayudarnos a encontrar una manera de estar juntos?

—Si alguien me puede ayudar, ése es el conde. Estoy seguro. Es tremendamente inteligente e inmensamente rico, y además todo lo hace con mucha maestría y habilidad. Ese hombre tiene mucho poder, y creo que gran parte procede de la confianza que tiene en sí mismo. No le importa lo que otros piensen de él, y por eso no pueden más que admirarlo. Encontrará una manera de ayudarnos.

Entonces vio cómo caían las espesas pestañas oscuras de Valentine hasta taparle los ojos color azul cielo.

—Tal vez necesitemos su ayuda.

A Maximilien se le apretó el pecho, y escarbó en la puerta con la otra mano deseando tocarla aunque no pudo hacerlo. Estiró los dedos todo lo que pudo y llegó a rozar el sencillo lazo que ataba la espalda del vestido.

—¿Qué pasa?

—Papá desea que me case con Franz d'Epinay, el amigo de tu amigo, Albert de Morcerf. Está siendo muy insistente.

La presión sobre el pecho de Maximilien aumentó.

—¡No, Valentine!

—Pero el *grandpère* Noirtier, que como sabes me quiere a mí más que a todos los demás, sabe que yo no deseo ese matrimonio. Aunque es viejo y está débil, tiene más poder que mi padre. Y ha llamado a los abogados para hacerme desaparecer de su testamento, lo que me dejaría con una dote mucho más pequeña. Creo que intenta hacerme poco atractiva para que d'Epinay no acepte el compromiso.

—Pero… tu *grandpère* no puede ni moverse ni hablar. ¿Cómo hace saber lo que quiere? —dijo Maximilien, que sabía que ella quería a su *grandpère* casi tanto como a él.

Valentine sonrió a su posible amante.

—Pero *grandpère* habla con los ojos, amor mío. Parpadea una vez para decir sí, y dos cuando es no, y de esa manera, tenemos todo un sistema para comunicarnos. —Su sonrisa desapareció—. Pero mi padre sigue insistiendo en que me case con *monsieur* d'Epinay, y aunque el hecho de que mi *grandpère* me haya desheredado haya supuesto un duro golpe para mi dote, él sigue queriendo aceptar el compromiso.

Maximilien sintió una gran sensación de alivio.

—Entonces todavía no ha habido ningún contrato ni compromiso formal. Eso es bueno. Esperemos y veamos, y mientras tanto intentaré encontrar alguna manera de estar juntos. Sé que te amo más que a mi vida, Valentine.

Haciendo caso omiso del caminillo del jardín que se extendía delante de ella, volvió la cabeza por completo hacia la puerta, y metió sus dedos por dos de los agujeros en forma de diamante. Él besó suavemente sus delicados nudillos, y después siguió dando besitos a cada una de las yemas.

—Cómo desearía tocarte, amor mío —dijo él apoyando la frente en la puerta, apretando los ojos contra los agujeros.

Un frío listón de hierro se apretó contra su nariz, pues estaba lo suficientemente cerca como para verle los finos pelitos que le crecían en las sienes, que se unían hasta formar una gran trenza de color miel oscura.

Ella acercó la cara a la puerta de manera que quedaron mirándose a los ojos, aunque estaban lo suficientemente apartados como para que Maximilien pudiera fijarse en las partes de la cara que podía ver: los labios rosados, la suave frente blanca, los dos ojos azules y brillantes, la punta de la barbilla, y el cabello rubio de encima de las sienes estirado hacia atrás.

—Yo también —murmuró ella.

Él inclinó la cabeza, apartó la vista de sus ojos, y se acercó a sus dedos que todavía se curvaban a través de los agujeros. En esta ocasión, en vez de simplemente besárselos, se los metió delicadamente en la boca. Un tranquilo gemido de Valentine hizo que le atravesara una punzada de deseo. Cerró los ojos y le deslizó profundamente los dedos en su boca. Ella sabía muy dulce, por supuesto, pues era Valentine.

Se fue metiendo en la boca cada dedo alternativamente. Se los metía y sacaba resbalando suave y lentamente. Los dedos estaban sueltos, relajados y llenos de saliva. Maximilien alcanzaba a oír, por encima de la cháchara de una ardilla próxima, cómo la respiración de Valentine se aceleraba. Con el ángulo adecuado, fue capaz de meterse en la boca el dedo índice, y ver a través de uno de los agujeritos de la puerta que ella había cerrado los ojos, y que sus labios estaban delicadamente entreabiertos. Tenía las mejillas sonrosadas, y haciendo otro ajuste, Maximilien alcanzó a ver cómo le subía y bajaba el pecho. Y siguió chupando y acariciándolos con la boca llena, deslizando la lengua por sus dedos temblorosos, y sobre el sensible pliegue de piel entre ellos. Le mordisqueó también suavemente las yemas, y sus dientes hicieron un ruidito seco al rozarle las uñas. Agarraba la puerta con sus manos, y la gran necesidad que tenía de ella se reflejaba en los incesantes latidos de su corazón.

Al final, cuando Maximilien los soltó, tenía el miembro apretado contra los pantalones, y su respiración estaba más acelerada de lo normal.

—Valentine —suspiró y se dio un pequeño golpe en la frente contra las barras de metal que le laceraban las manos.

—Maximilien —suspiró ella en respuesta.

Los dedos de sus dos manos, tanto los secos como los húmedos, se asomaron por los agujeros como si quisiera sujetarlo. Él no podía hacer nada. Pasó su cara por ellos, y sintió cómo sus hermosas yemas le acariciaban una pequeña zona de la mejilla. La única parte que ella alcanzaba a tocar.

—¿Cuándo podré besarte, Valentine? —preguntó consciente de que su voz estaba cargada de deseo y agonía—. ¿Y tocarte?

—Oh, Maximilien —dijo, y enseguida él vio su boca en uno de los agujeros—. Bésame ahora, por favor.

No hacía falta que se lo dijera dos veces. Empujó arrebatado contra la puerta tan impetuosamente que hizo que sonaran las bisagras y las cadenas. Se apretó contra la puerta, y lo mismo hizo ella... y se tocaron, como si fueran trozos de carne, partes de sus cuerpos que se presionaban. Él le tocó con los dedos la parte superior de los brazos, y después se movió a otro agujero, y le acarició la cintura y sus faldas imposibles. Ella metía las manos por los agujeros, que eran lo bastante pequeños como para que le cupiera todo el puño. Y abajo... sus zapatitos se asomaron bajo el borde de la puerta llegando a tocar los de él.

Maximilien acopló sus labios a los de ella, enmarcados por el agujero con forma de diamante, y los apretó todo lo que pudo. El afilado borde de los listones de metal le cortaba la piel en torno a la boca, pero la incomodidad desaparecía gracias a Valentine.

Sus labios eran dulces y suaves, tan deliciosos como imaginaba. Al principio no hacía más que apretar su boca contra la de ella, pero no era suficiente. Nunca sería suficiente. Empujó con más fuerza, oyó de nuevo el sonido de las cadenas chocando contra la puerta, y percibió que ella abría un poco la boca. Maximilien le deslizó la lengua y metió los dedos por los agujeros de cada lado de su cara, luchando para poder tocarle las mejillas, y acercarle más la cabeza.

Ella entreabrió más los labios, y sus lenguas resbalaron y se deslizaron unidas, pero el enrejado de hierro impedía que pudieran profundizar del todo. La piel de Valentine era suave como la seda. Maximilien consiguió atraparle un mechón de pelo durante un instante y lo retorció con los dedos.

Al final, cuando se apartó, tenía su miembro rabioso apretado entre él y la agradable presión de la puerta. Respiraba pesadamente y los jadeos de Valentine se acompasaban con los suyos.

—Pronto, amor mío —dijo ella—. Oh, pronto, Maximilien...

—No dejaré que nadie te posea —le prometió—. Espérame.

—Sí... sí. Te amo.

—Yo también te amo, Valentine.

—Dentro de dos días —dijo ella—. Encontrémonos dentro de dos días.

—Sólo la muerte impediría que no venga —le aseguró.

Maximilien volvió a meter los dedos una última vez a través de la puerta para acariciarle la boca y una mejilla, y después se marchó.

Capítulo 6

Un racimo de uvas

Dos semanas después
París

*E*l conde de Montecristo —anunció François, el mayordomo de los Morcerf.

Mercedes miró al hombre alto y elegante que acababa de cruzar el umbral de su casa, y se encontraba en la entrada del salón donde se habían reunido todos los invitados a la cena.

El conde había sido el último en llegar, y su figura resaltaba por sus amplios hombros y su postura muy estirada. Aunque no era el hombre más alto de los que había allí, su presencia le hacía parecer mucho más imponente.

—Buenas noches, Su Excelencia —dijo Mercedes acercándose a él.

Levantó una mano enguantada y lo miró directo a los ojos. Esos ojos conocidos. Oh, Dios, le eran tan conocidos… aunque estuvieran fríos y vacíos. Corteses.

—Le deseo lo mismo, señora —replicó levantando su mano hasta los labios para besarla lentamente, y ella los percibió a través de los guantes—. Tiene un aspecto increíble.

Y entonces Mercedes advirtió un leve destello de… algo… cuando la miraba, pero enseguida movió la vista hacia Fernand, que estaba a su lado.

Evidentemente estaba vestida de manera muy elegante y favorecedora para la ocasión, y se había asegurado de que Charlotte hiciera un trabajo más impecable de lo normal. Habían pasado dos semanas desde que Edmond, Montecristo, había visitado su casa, y era la primera vez que se volvían a ver desde entonces. Había sabido de él y sus actividades a través de conversaciones con Albert, pero no había habido ninguna ocasión para que sus caminos se hubieran cruzado.

Al principio, después de que se fuera de su casa, Mercedes no había sabido qué hacer: cómo actuar, qué pensar y sentir, y cómo proceder. Era el hombre al que había amado, y al que nunca había dejado de amar y siempre había lamentado su pérdida. Y ahora, de pronto, estaba allí, después de veinticuatro años. Con un nombre diferente y la mirada fría e impasible.

Había salvado la vida de su hijo.

¿Sabía que Albert era el hijo de su antigua amante?

¿Por qué pretendía hacer como si no la reconociera, o verdaderamente no la conocía? Pero ¿cómo podía ser así si ella lo había reconocido al instante?

Se dio cuenta de que tal vez podía ser amnesia. Tal vez en realidad no sabía que era ella.

Y quizás eso era lo que ocurría. Pero ¿qué podía hacer entonces?

Estaba casada, aunque no era feliz. Tenía un hijo, un hogar y una vida. No podría estar con Edmond de la manera que le hubiera gustado. De la manera que le había prometido, y había pretendido cumplir.

¿Y quería estar con él?

Ah. Sin duda. Por supuesto que quería. Nunca había dejado de amarlo.

Se volvió para mirar por el salón, y vio que Albert acababa de acercarse a Montecristo para ofrecerle algo de beber. Sí, no dudaba de dónde tenía el corazón, que le latía con fuerza en su pecho, bajo su vestido color amarillo limón. Y se rompía cuando miraba su perfil fuerte, atractivo y familiar, aunque también desconocido. El dolor en su pecho era palpable. Se le habían apretado el corazón y los pulmones.

Edmond.

Al fin había regresado, aunque todavía estaba muy lejos.

—Mercedes.

Un suave murmullo y un suave tirón en un codo la devolvieron al presente. A la trampa y al rompecabezas que era su vida. Era Georges, por supuesto, siempre presente, y ahora le estaba tocando el codo.

Mercedes apartó su angustia y confusión, lo miró, y se apoyó ausentemente en el brazo que le había ofrecido, agradeciendo que estuviera ahí. Dios sabía cuánto lo necesitaba.

—Buenas noches, Georges —dijo obligándose a apartar la mirada de la figura que dominaba su atención.

Georges le sonrió, con los ojos mansos como los del cachorro que había criado Albert cuando era más joven.

—Estás esplendorosa esta noche —dijo con la voz grave—. No creo que nunca te haya visto tan hermosa. Mi corazón estuvo a punto de explotar cuando te vi.

Era sincero, y qué mujer no se hubiera emocionado con sus palabras, aunque procedieran de un hombre tan fervoroso y abierto como él. Mercedes le sonrió, y dio la espalda de manera muy decida al personaje alto y oscuro que estaba en el salón detrás de ella.

—¿Te gustaría ser mi compañero de mesa esta noche? —le preguntó—. Ya lo he planeado así —mintió consciente de que tendría que cambiar los asientos antes de entrar en el comedor.

No iba a ser capaz de comer ni un bocado si se sentaba al lado de Edmond.

Montecristo declinó amablemente el ofrecimiento de Albert para que se sirviera algo de beber, y en cambio aprovechó la oportunidad para entremezclarse con los otros invitados de los Morcerf. Estaban los Danglars y los Villefort, así como otra docena de personas. Las últimas dos semanas había conocido a muchos de los presentes en sus salidas a cenar, al teatro e incluso a un baile.

Él mismo acababa de celebrar una cena en su nueva casa de Auteiul, en la que había entretenido a las familias Danglars y Villefort, y a varias otras. Todo había ido muy bien, y había dejado muy nerviosos a la baronesa de Danglars y a *monsieur* Villefort, quienes habían sido amantes secretos hacía muchos años, cuando el fiscal aún estaba casado con su primera esposa.

Hace veinte años, la baronesa y Villefort no sólo habían sido amantes, sino que también habían engendrado un hijo. Sin embargo, Villefort se lo arrebató a la baronesa de los brazos y lo enterró vivo en Auteuil. Ésa era precisamente la causa por la que Montecristo había comprado esa casa, y los había invitado a cenar, haciendo como si ignorara esos hechos ocurridos hacía tantos años.

La fiesta había sido sólo la primera parte de su plan de venganza, y si eran indicativos de algo que la baronesa Danglars casi se desmayara, y la palidez que se instaló en la cara de Villefort, todo había ido bien.

—¿Montecristo, no quiere probar este rico brandy? —preguntó Morcerf que de pronto apareció a su lado. Hinchado y dándose importancia como anfitrión, le ofreció una copa de cristal tallado con el oscuro licor color ámbar.

Montecristo se inclino y contestó:

—No, gracias de verdad. No tengo sed en este momento. Qué hermosa casa tienen —añadió muy afable—. Y una familia encantadora.

Con toda intención levantó la mirada de la bandeja, y la dirigió a Mercedes que acababa de entrar en la habitación del brazo de un joven elegante.

Esa noche estaba magnífica. Muy distinta de la sencilla campesina que había poseído tantos años atrás. Y había sido así por culpa del hombre que estaba junto a él intentando servirle y congraciarse con él, y de otros dos invitados que se encontraban en la misma habitación. Mercedes había envejecido delicadamente, y estaba muy hermosa: su piel todavía era suave, no tenía arrugas y seguía manteniendo el tono moreno de su sangre catalana. No le vio ninguna cana blanca, o gris, que hubiera resaltado en esa cabellera exuberante y oscura, que llevaba recogida en un intrincado peinado. Montecristo pensó que debieron de tardar horas en hacérselo.

Su peinado estaba adornado con perlas doradas de los mares del sur, y unos extraños diamantes amarillos que le produjeron una gran admiración, pues él era experto en gemas y en joyas, y poseía unas cuantas. Además, un rizo grande y brillante descansaba en un uno de sus delicados hombros, y caía hasta el comienzo de sus pechos. Tenía la cintura estrecha, aunque no tanto como la de Haydée si se hubiera puesto ese vestido. Más abajo se extendían unas faldas ridículamente amplias de un suave color amarillo verano, decoradas con un largo lazo de color verde primavera.

Estaba exultante, hermosa y elegante.

Como pretendía, Morcerf advirtió que tenía la mirada puesta en Mercedes.

—Es verdad. Mercedes siempre ha sido una mujer encantadora.

—Eres un hombre afortunado —le contestó Montecristo con mucha intención. Se dio cuenta de que estaba cerrando la mano con demasiada fuerza, y conscientemente fue soltando cada uno de los dedos—. ¿Y ese joven que está con ella? —preguntó aunque sabía que era Georges, el conde de Salieux.

Sabía todo lo necesario sobre el hombre que compartía cama con Mercedes. Sabía todo sobre todo el mundo... excepto los detalles de la relación íntima de los Morcerf.

No le interesaba esa información.

—Es Salieux —contestó éste despreocupado.

A ojos de Montecristo, el joven en cuestión disfrutaba de una intimidad que él, si hubiera sido el marido, hubiera encontrado inaceptable. Aunque Morcerf no parecía en absoluto molesto.

Montecristo decidió seguir presionándolo.

—¿Un primo, supongo? —preguntó haciendo que su voz sonara informal, y apartó la atención de Mercedes en el momento en que ella atravesó la habitación.

Aunque sabía que ella sonreía enseñando sus encantadores dientes descompensados, y se iba deteniendo a hablar con cada uno de los invitados que había en la habitación. Unos invitados se rieron con ella cuando les contó algo. Después se acercó a otro grupo, y volvió a levantar el rostro. Acarició el brazo de alguien como si buscara consuelo. Y mientras hablaba haciendo gestos elegantes con las manos, sus ojos brillaban.

Montecristo se obligó a concentrarse en Morcerf.

—No, no es un primo en absoluto —dijo el hombre, que bajo el bigote entrecano escondía unos dientes levemente amarillentos—. Es un amigo de Mercedes.

Montecristo levantó las cejas.

—Más que un conocido, me atrevería a decir.

Morcerf lo miró un instante.

—Mercedes es mi esposa, Su Excelencia. No hace nada sin mi permiso.

Era verdad. Montecristo se preguntó enseguida si eso incluía una visita a la isla de Montecristo. Pero siguió la conversación, pues había algo que le intrigaba.

—¿Hasta dónde se extiende su permisividad? —murmuró.

Morcerf lo miró calculadoramente, aunque no sorprendido. No, ni sorprendido ni ofendido.

—Usted es amigo de Albert. Y su salvador.

Montecristo inclinó la cabeza en señal de haberlo entendido, pero siguió en silencio. Su pulso se le había acelerado por ese desarrollo completamente inesperado.

Y bastante ventajoso para un hombre en su posición.

—Y estamos muy en deuda con usted —añadió Morcerf elocuentemente.

Pero antes de que la conversación pudiera continuar, un agradable tintineo llegó a sus oídos. Uno de los sirvientes caminaba hacia el salón, haciendo sonar una pequeña campana de oro que anunciaba la inminencia de la cena, y los invitados se dispusieron a ocupar el comedor.

Con una reverencia muy precisa, Montecristo abandonó a su anfitrión, muy contento por la deriva que había tomado la conversación que habían mantenido.

La comida tendría que ser muy interesante, pues como era su costumbre, Montecristo se negaba a comer y a beber en las casas de sus enemigos.

Mercedes mantenía la atención apartada del hombre de cabello oscuro que allá donde mirara siempre aparecía en su campo de visión. La aliviaba estar ocupada, actuando como una perfecta anfitriona en la mesa, y durante toda la velada. Esa noche su trabajo era muy simple gracias a que el ministro de Defensa justo esa mañana había anunciado en la Asamblea Nacional que las cenizas del emperador Napoleón al fin regresarían a la ciudad en diciembre.

De ese modo, podía mantener conversaciones cordiales, pues los detalles del acontecimiento estaban siendo repetidos una y otra vez. Parte de su atención estaba en el gordo y desaliñado barón Danglars, que había conocido a Edmond casi tan bien como ella misma. Al fin y al cabo, habían navegado juntos en el *Pharaon*, mucho antes de que Danglars se volviera obeso por culpa de su riqueza y las comidas exquisitas. Lo observaba para ver si hacía alguna señal de reconocerlo, pero no vio nada. De hecho, Danglars parecía estar intentando congraciarse con Montecristo. Y daba la impresión de que lo estaba consiguiendo, tal como indicaban las amplias sonrisas y las respuestas joviales que recibía del conde.

De modo que ni Fernand ni Danglars reconocían a Edmond. ¿Estaría loca? ¿Estaría viendo algo que no existía, forzando algo que no había?

Lanzó una mirada de soslayo por la mesa. No. No se equivocaba.

Afortunadamente, en ese momento se distrajo con un comentario ligeramente subido de tono de *monsieur* Farnaugh en relación al lugar donde pensaba que se deberían depositar las cenizas del emperador, y ella le respondió con una simpática reprimenda que hizo que el caballero se riera, así como quienes estaban cerca. Mercedes era conocida como una anfitriona apacible que prefería que las conversaciones de las cenas fuesen apropiadas tanto para las damas como para los caballeros.

Entonces se permitió de mala gana que su atención volviera a *monsieur* Villefort, que estaba sentado junto a Fernand. Era un hombre atildado de una altura que, irónicamente, no era mayor que la de su despreciado Napoleón Bonaparte. Sólo verlo hacía que le doliera la cabeza y el estómago.

Villefort era conocido por haber sido un leal realista durante el tiempo en que Napoleón estuvo encarcelado en Elba. Aunque después supo que su padre, *monsieur* Noirtier, había sido nacionalista y había apoyado al pequeño emperador. Mercedes, cuando vivía en Marsella sólo conocía a Villefort de vista, hasta que lo visitó después del encarcelamiento de Edmond, rogándole que le proporcionara información sobre su novio. Ésa fue la última vez que le rogó a alguien para conseguir algo.

Pero ahora se preguntaba si siquiera habría conocido a Edmond. ¿Villefort había puesto alguna vez sus ojos en el joven al que tan fácilmente descartó cuando ella y *monsieur* Morrel fueron a pedirle información?

Si lo llegó a conocer, ahora ciertamente no le había reconocido.

A pesar de su retahíla de pensamientos, Mercedes se sorprendió de lo rápido que había terminado la cena. La conversación había discurrido entre las cenizas del emperador y la gran piscina flotante para nadar sobre el Sena, la *Piscine Deligny*, que al fin abrirían junto al Quai Voltaire. Mientras discutían sobre los atuendos más adecuados para realizar tales actividades, los invitados comenzaron a salir del comedor. Mercedes pretendía seguirlos en cuanto diera unas instrucciones de última hora a los sirvientes.

Le llevó más tiempo de lo que pensaba, y cuando finalmente terminó y se volvió a unir a sus invitados, Albert se acercó a ella.

—¿Mamá, te has dado cuenta de que Su Excelencia el conde no ha tomado ni un bocado esta noche?

No lo había hecho pues había estado muy ocupada apartando su atención de él.

—No, en realidad no —contestó Mercedes, llena de horror y vergüenza por que un invitado en su casa, y especialmente Montecristo, se hubiera quedado con hambre—. ¿No le habrá gustado la comida? ¿Habrá habido ingredientes que no le gusten, o que le sienten mal?

—Él dice que no es así, que simplemente no tiene hambre. —Albert la miró con su hermoso rostro pensativo—. Es verdad, las veces en que he salido a cenar con él, come muy poco, e incluso fue muy frugal cuando vino a desayunar conmigo. Ese día me explicó que había comido al amanecer. Y no comió. Pero según d'Epinay, que asistió a la fiesta de Montecristo en su casa de Auteuil, comió muy bien en esa ocasión. Pero esta noche no ha probado nada. Tampoco ha bebido vino, ni agua, ni nada.

—Hablaré con él —dijo Mercedes y en ese momento sintió un hormigueo en los hombros. Iría a buscarlo y volvería a hablar con él. Se le humedecieron las manos bajo los guantes ante la expectativa y la aprensión que le producía. Era una excusa perfectamente razonable—. ¿Sabes dónde está?

—Cuando lo dejé, estaba saliendo a la terraza con papá pues le había contado que le interesaba el jardín. Te acompañaré, *maman*.

Los jardines. Sí, tal vez eso sería lo mejor.

—No Albert, creo que debo ir sola. En el caso de que haya tenido algún problema con la comida, o si está enfermo, estoy segura de que no querrá que lo sepa mucha gente.

Antes de que pudiera responder, Mercedes pasó junto a él y se dirigió a través de un pequeño grupo de gente hasta llegar a la terraza de piedra que estaba rodeada de fragantes arbustos de lavanda, y de la que salían dos caminitos. El sol se había puesto hacía un rato, y los últimos vestigios de su calor y su luz daban a los jardines una tonalidad púrpura e índigo. Enseguida se iba a quedar todo negro, excepto donde habían instalado unos faroles a la altura de las rodillas.

Mientras atravesaba la terraza reconoció al guapo y joven Maximilien Morrel, invitado a instancias de Albert, que la miró con expresión culpable por la fervorosa conversación que estaba manteniendo con la hermosa hija de Villefort, Valentine.

Pero Mercedes no estaba interesada en la naturaleza del encuentro que pudieran estar teniendo esos dos jóvenes, pues ella iba en busca de un hombre moreno que sobresaldría por encima de los macizos de Jacintos.

Estaba a punto de meterse en uno de los oscuros caminitos cuando una mano fuerte salió de la nada y le agarró un brazo. Conteniendo un grito de sorpresa, se dio la vuelta y vio que su marido salía de las sombras.

—¿Qué estás haciendo? —preguntó él con los dedos apretados en su piel.

—Debo ver a un invitado —respondió liberándose. Le había hecho daño en el brazo en el lugar donde le había clavado los dedos—. Según Albert, el conde de Montecristo no ha comido nada en la cena de esta noche.

Fernand pareció relajarse.

—Muy bien. Vete a ver al conde y mantente alejada de Salieux esta noche. —La miró y sus ojos oscuros se estrecharon—. Y no hace falta que te recuerde que estamos muy en deuda con Su Excelencia. Asegúrate de que se sienta complacido en cualquiera que sea la forma que precise.

Mercedes se preparó para el encuentro con el corazón acelerado. No creía que Fernand estuviera hablando del menú.

—Lo que pretendo es asegurarme de que todos nuestros invitados se sientan complacidos —dijo fríamente.

—El conde. Vete a ver al conde. Acabo de dejarlo, estaba al lado del cenador donde crece la parra.

Mercedes lo observó de cerca y vio la determinación de su cara, y como esta vez coincidía con sus propósitos personales, salió en esa dirección sin decir nada más a su marido. Sin embargo, se le había revuelto el estómago, tenía náuseas y se sentía insegura. ¿Qué tipo de intercambio se había producido entre Fernand y el conde como para que le dijera algo así?

La inquietud hacía que le hormigueara la columna, pero continuó. Era inevitable que volvieran a hablar. No había pensado en otra cosa desde su primera visita.

Rozando un lilo que necesitaba ser podado, llegó hasta el pequeño cenador blanco. Estaba rodeado de una parra y capuchinas que crecían tan cerradas que tapaban los agujeros de la pequeña estructura. En la base de los dos peldaños que daban a la construcción, colgaba una pequeña linterna de un gancho. Un círculo tembloroso de luz blanca y amarilla coloreaba el césped y el camino de acceso, y alcanzaba un lado del cenador y las uvas maduras que colgaban de él.

—¿La deja su marido aventurarse sola por los jardines cuando está tan oscuro?

Su voz, muy cerca, casi le hizo dar un salto. Fue capaz de esconder su reacción para sí misma, pero los latidos de su corazón la pusieron muy nerviosa. Tenía la boca seca y el estómago le daba vueltas como un vino en una copa a punto de ser catado.

—Albert me ha informado que no ha cenado nada esta noche —dijo firme en la oscuridad—. ¿No le gustó la comida?

Él salió del cenador y se detuvo en el peldaño de más arriba. Unas hojas grandes y anchas de la parra le rozaron su cabello oscuro pero se quedó ahí con los brazos cruzados.

—Me temo que no tenía hambre esta noche, condesa de Morcerf.

—Pero por qué vino a una cena si no quería comer —le rebatió.

Él se quedó en silencio un momento.

—Por qué, es verdad. —El brillo del farol se extendía por sus botas tremendamente relucientes, y por sus pantalones oscuros, pero la expresión de su cara estaba prácticamente en sombra—. Entonces, ¿me buscaba simplemente para asegurarse de si tenía hambre, señora?

—No tengo ninguna otra razón, Su Excelencia, a pesar de lo que pueda pensar —respondió Mercedes orgullosa de su voz fría.

—Ah. Es tan devota de su marido que acepta cualquier sugerencia suya, y se ha metido en el jardín oscuro por otra razón que no es exactamente asegurarse de que yo no esté en peligro de desmayarme por falta de alimento. —Su voz era áspera—. ¿O es al joven conde Salieux a quien no desea decepcionar, y no a su marido?

—Aparentemente no está en peligro de desmayarse —replicó Mercedes decidida a ignorar su otro comentario—. Pero ni siquiera ha bebido vino en la cena.

—No, es verdad. Esta noche no tenía ni apetito ni sed.

Mercedes se acercó y levantó una mano para arrancar un racimo de uvas negras que colgaban de la parra que cubría el cenador.

—Tal vez desee probar una de nuestras uvas —le preguntó mirándolo—. Son muy refrescantes y están deliciosas. Debería probar alguna.

—Por favor… no lo dude. Cómaselas si quiere, señora. Yo prefiero no comer nada esta noche.

Mercedes no entendía por qué se negaba a comer y a beber, y testarudamente, decidió que no se iba a rendir sin antes luchar un poco. O por lo menos hasta conocer la razón de sus reticencias.

—Están deliciosas —dijo desenfadadamente, y con los dedos enguantados cortó una y la deslizó en su boca. El zumo estalló en su lengua cuando la mordió, y era fresco y dulce tal como había afirmado—. ¿Está seguro de que no desea probarlas?

Montecristo se quedó un rato en silencio, y después bajó al segundo peldaño.

—Tal vez… si usted me la ofrece —dijo con la voz ronca.

Ella lo miró pero su rostro era inescrutable. Una pierna suya bloqueaba la mitad de la luz del farol, y a pesar de que estaban más cerca, todavía seguía en sombra.

—Si se acerca podré dársela —le contestó con el mismo tono, aunque su corazón latía con fuerza por su atrevimiento.

Él bajó hasta el caminito, y se quedaron uno frente al otro.

—¿Así mejor?

El tirón, la ráfaga de sensaciones de su proximidad hizo que el aire de la noche se sintiera cálido y empalagoso. Mercedes levantó lentamente la mano en la que llevaba una uva cogida firmemente entre los dedos índice y pulgar, concentrada en evitar que temblara. Él estaba tan cerca, tan alto y amenazante, y además olía a un exótico aroma a especias. Aunque tan distante… ella percibió bajo sus palabras y acciones que escondía un plan que pretendía llevar a cabo.

De pronto, estiró la mano y atrapó su muñeca en el aire. La tirantez entre ellos se rompió, y se convirtió en una fuerte tensión.

—Quítese el guante, señora. No quiero sentir sabor a algodón.

La agarraba con fuerza con sus dedos que rodeaban cómodamente su estrecha muñeca, pero después la soltó intencionadamente como si desdeñara que llevara guantes. Ella lo miró molesta y llena de dudas.

—Como estimado invitado suyo, deseo que se saque el guante, condesa de Morcerf —dijo—. Me molestan inmensamente las manos cubiertas, especialmente si tocan comida que supuestamente he de ingerir.

La petición era algo insignificante, aunque su tozudez le tensó la columna. Apretó los labios y dijo:

—Edm...

—¿Hace cuánto que usted y ese joven cachorro son amantes? —Su voz cortante interrumpió lo que iba a decir—. Salieux.

Ella se quedó tan sorprendida por su pregunta que aplastó la uva entre los dedos. El zumo le manchó el guante, y se deslizó por su piel. Entonces la ignoró, intentando leer la expresión de su cara, pues la pregunta, el momento, el tono y el tema, lo habían traicionado. Confirmaba lo que ya sabía. Quien estaba ante ella era Edmond, su amante desaparecido. Y se acordaba de ella.

—¿Ya lo ha olvidado? —continuó con la voz tranquila y persuasiva—. ¿O es uno más entre tantos que no puede acordarse cuándo empezó con uno y terminó con el otro?

—Se equivoca —contestó firme y controlada. La estaba intentando provocar, pero ella se negaba a caer en su juego—. Salieux y yo no somos amantes.

—Y ahora miente a su invitado. No puede negar que lo ha recibido en su cama, condesa de Morcerf. Todos han podido ver las evidencias. Por ejemplo, la manera como la toca, o la expresión de su cara cuando la mira.

—¿Por qué —replicó sintiéndose más fuerte y acelerando la situación— le importa eso, Su Excelencia?

Él pareció apartarse ligeramente, pero no se había movido.

—Porque yo no comparto, condesa de Morcerf. Aunque aparentemente su marido sí lo hace.

A Mercedes se le secó la boca instantáneamente y su mirada, que estaba atrapada por la de él, se hizo más dura.

—Mi marido no…

—Ya le he pedido que se quite los guantes —dijo y repentinamente le volvió a atrapar la muñeca. Cerró los dedos a su alrededor, y apretó enfadado los pequeños botones de perla contra su piel tierna—. Dos veces. ¿Y sigue ofendiéndome?

Y de ese modo, siguió agarrándola, le sacó el guante manchado de zumo de uva, y lo lanzó al suelo de un golpe.

—¿Dónde está la uva que quería que me comiera?

Ella se dio cuenta de que todavía tenía el racimo en la otra mano, que seguía enguantada, y en cuanto él la soltó, arrancó una. Estaba suave y fría, y la levantó frente a él. Al mirar hacia arriba se dio cuenta de que sus ojos la estudiaban, y aunque estaba demasiado oscuro como para leer en ellos, percibió que todo su comportamiento era una farsa.

—Aquí —dijo acercándose para ponerle la uva delante de la boca—. Fresca, dulce y limpia.

En vez de abrir los labios para comérsela, Montecristo los curvó con sarcasmo. Le volvió a agarrar la muñeca, y se la acercó aún más. Ella se tambaleó ligeramente, sus pies rozaron los de él que eran mucho más grandes, y sintió la presión de sus faldas al chocar contra sus piernas. Nuevamente se le volvió a acelerar el corazón, y puso la mano con el racimo de uvas, que quedó entre ellos.

—Creo que prefiero verla comer a usted —dijo—. No tengo hambre. De comida.

Mercedes permitió que le llevara los dedos con la uva de vuelta a su boca, y sintió el cálido roce de su mano contra su barbilla cuando la fruta le tocó los labios. Los abrió, la uva entró en su boca y Montecristo le soltó la muñeca. Pero no se movió; y entonces ella se dio cuenta de que su otra mano se había movido a la altura de la solapa de su chaqueta, mientras el racimo de uvas colgaba entre ellos.

Mordió la uva y su zumo estalló en su lengua. Él observó cómo masticaba, y por la expresión de su cara no había lugar a dudas de lo que estaba pensando. Mercedes tragó y dio un paso atrás, de pronto insegura y desconcertada.

Él soltó una corta y aguda risotada y le agarró un brazo.

—No hace falta que sea tímida conmigo —dijo con los dedos firmes alrededor de su muñeca.

Dio un pequeño tirón y ella se volvió a tambalear, dejó caer el racimo de uvas y cayó contra él. En ese momento Montecristo le pasó los brazos por la cintura y su boca chocó con la de ella mientras la aferraba a su cuerpo sofocada.

Pero ella no lo empujó para que se apartara.

Las manos de Mercedes vacilaron un momento y revolotearon, pero después se agarraron a sus cálidos hombros, y se movieron hasta tocarle la punta del cabello. La boca de él no era suave ni tierna, y tampoco se molestaba en hacer que ella le respondiera. Simplemente le introdujo con fuerza y profundamente su lengua inquieta, y movió sus labios en torno a los de ella. Después le mordisqueó el borde de la boca, y sus rincones más sensibles. Parecía como si quisiera comérsela por completo. Sólo entonces ella se dio cuenta de que apenas era capaz de recuperar el aliento.

Era un beso furioso. Había en él una rabia y una dureza que se manifestaba en la manera en que sus dedos le apretaban los brazos, y en la forma como la empujaba contra sus caderas, moviéndola de manera que casi la deja sentada a horcajadas contra su muslo, de pie en medio del jardín.

Al final Montecristo le soltó la boca y levantó la cara. Respiraba pesadamente y sus ojos estaban oscuros y en sombra. Tenía los labios entreabiertos, pero firmes y rectos, como si expresasen enfado. Al final inclinó la cabeza burlándose de ella.

—Ahora puede estar satisfecha, señora, pues ha cumplido con su propósito.

Mercedes no podía dejar de mirarlo fijamente, confundida por su declaración, y aún desconcertada y mareada por el beso. Montecristo la soltó y ella dio un paso atrás.

—Deseaba que yo probara las uvas —dijo—. Y eso he hecho.

Ella se lamió los labios pero había desaparecido cualquier resto del dulzor de la fruta. Él la observaba, y ella finalmente recuperó un poco de autocontrol, a pesar de que le temblaban las manos.

—¿Qué quiere?

—Pensaba que con esto había quedado muy claro, condesa de Morcerf.

Si era Edmond, y tenía que serlo, se había convertido en una persona mucho más cruel y dura que el hombre que había conocido. En esos últimos minutos en el jardín, también había desaparecido el conde de Montecristo cortés, tranquilo y controlado. El hombre que tenía ante ella era un frío mercenario con ira en el rostro y arrogancia en la voz.

Era peligroso, pero no podía dejarlo. Seguía teniendo ansias de estar con él, con el hombre que amaba, o que había amado. Y lo que había pasado había sido sólo una cata. Una muestra.

No era más que una uva, y ella quería comerse todo el racimo.

—Dios mío —dijo tranquilamente sorprendido aunque con la mirada penetrante.

Se aproximó a ella más lentamente esta vez, y ella lo abrazó con más facilidad. Los brazos que la rodeaban eran robustos y fuertes, pero no violentos y constrictores.

Mercedes levantó la cabeza y se encontró con sus labios, que esta vez besaban de manera mucho más delicada. Todavía no eran tiernos, aunque sí firmes y rápidos. Sus bocas se acoplaron, sus lenguas bailaron y se deslizaron calientes y resbaladizas, y ella le clavó los dedos en su espeso pelo en la parte de atrás de la cabeza. Él hizo un sonido suave y profundo con su garganta y bajó sus manos, a través de la columna, hasta llegar a sus nalgas para levantarla y apretarla contra su erección. Mercedes sintió un pinchazo de deseo en el vientre, se restregó contra él y movió las caderas contra su maravilloso miembro erecto, que estaba a varias capas de ropa de su piel.

De pronto, la levantó apoyándola contra él, y sus faldas se arrugaron y desplegaron desordenadamente. Ella sintió cómo se movía y la estrujaba contra su cuerpo para subir los dos peldaños del cenador, sin dejar de mantener las bocas unidas.

Entre las sombras, que eran más oscuras porque la parra colgaba cubriendo los agujeros de la pequeña estructura, Montecristo no perdió el tiempo. Dejó que ella se deslizara por su cuerpo hasta que sus pies tocaron el suelo, y después la giró separándola de él tan rápido, que ella se tropezó con sus pies. Pero enseguida la enderezó y la sujetó con fuerza por los hombros. Después le acarició la garganta y tiró bruscamente del escote bajo de su vestido. Sus fuertes dedos, que estaban fríos, se deslizaron por debajo del lazo que ribeteaba su corpiño. Y al mismo tiempo, bajó la cara para besarle toscamente el tendón del cuello.

Mercedes se hundió agradecida contra su sólido pecho, inclinó la cabeza hacia atrás y estiró los hombros para que le pudiera encontrar los pezones bajo las ballenas del corsé. Después levantó una mano para acariciarle la nuca, pero él pegó una sacudida y apartó la cabeza, lo que hizo que las manos de ella le rozaran sus tersas mejillas, y después cayeran a ambos lados de su cuerpo.

Montecristo siguió con los labios en sus hombros, y le lamió con su lengua cálida y habilidosa el hueco de la clavícula. Mientras tanto, sus manos seguían indagando torpemente bajo la parte delantera de su corpiño. Por fin consiguió meterlas entre las ballenas y la carne. El corsé apretó la espalda de Mercedes, pero él pudo deslizar sus dedos por sus pechos. Levantó un pulgar y le acarició un pezón dolorosamente duro, lo que le provocó más escalofríos de deseo que descendieron hasta el centro del vientre, y más abajo.

Con otro movimiento brusco, como si no tuviera paciencia, Montecristo sacó las manos del corsé y le dio un tironcito. Mercedes dio un bandazo hacia adelante abriendo un pequeño espacio entre ellos... y entonces sintió unos movimientos rápidos e impacientes en la parte de atrás de su vestido, pues se lo intentaba desabotonar con bruscos tirones.

—Edm —susurró sujetando el corpiño a la altura de sus pechos.

—Soy Montecristo —gruñó, y dio un tirón especialmente fuerte a su corsé.

Lo aflojó, y al sacarle el abultado vestido después de soltarse el corsé, Mercedes sintió la brisa de la noche primaveral en su piel.

El corazón se le había acelerado, tenía las manos húmedas, la respiración entrecortada, y él seguía arrancándole el vestido con esas manos grandes y cálidas que se movían entre su piel y la tela que la cubría. No podía más que dejarse hacer, como si fuera una muñeca que está siendo desvestida, de espaldas a él y mirando a la oscuridad. Sintiendo como la despojaba de sus vestimentas… y de su discreción.

De pronto recibió en sus brazos todo el peso de su vestido, el corsé se desprendió, y la camisa se le separó de los pechos. Estaba desnuda de cintura para arriba, excepto por el último trozo del corpiño que sujetaba contra sus pechos, y toda la ropa que le colgaba de las caderas. Montecristo la sujetó por los hombros e hizo que se volviera, y después, suave pero firmemente le apartó las manos y la miró fijamente. Sus pechos estaban desnudos e imponentes en la oscuridad, aunque apenas eran visibles. Sin embargo, él los encontró fácilmente y deslizó sus manos sobre ellos para cubrirlos. Volvió a jugar con su pezón, y se pegó más a ella.

Mercedes se dio cuenta de que la estaba empujando hacia atrás, hasta que sintió el duro borde de un banco que tenía detrás de ella. Pero antes de entender del todo lo que ocurría, Montecristo la agarró por la cintura y la subió al banco.

Su vestido se deslizó aún más y quedó atrapado entre sus muslos y las botas que todavía llevaba puestas. Entonces soltó un pequeño chillido.

—No —dijo intentando sujetar su camisa.

—Pienso que debe ser así, señora —contestó mirándola hacia arriba, pues como estaba encima del banco, tenía la cabeza justo por encima de la de él.

Apenas podía verle la cara en la oscuridad, pero conseguía percibir sus pómulos y sus labios serios, su abundante cabello y la línea borrosa de sus grandes hombros.

Mercedes tenía las manos apoyadas en sus hombros. Cerró los ojos y él se dispuso a tirar implacablemente del lío de lazos y faldas que se acumulaban entre ellos, y también del miriñaque. Ella sintió su calor bajo la chaqueta, el roce de su pelo contra el dorso de su mano, y también la suave caricia de sus dedos que se movían por su vientre, y por los lados del torso.

De pronto, increíblemente estaba desnuda, exceptuando las medias, y de pie sobre un banco del cenador delante de él. En algún lugar junto a ella, o debajo, estaba el complicado lío de su vestido y su ropa interior, y… pero en esos momentos no le importaba, pues se acercó más a él y le puso un pezón en la boca.

Mercedes se arqueó de placer, y tuvo que cerrar los ojos. Se combaba sobre el banco, con las caderas frente a su pecho, y él giraba la lengua en torno a la tersa piel de la punta del pezón con el que jugaba sensualmente como si, de repente, tuviera toda la noche para hacerlo. Su cuerpo parecía murmurar agradecido con sus caricias. Sentía que con cada lametazo, el deseo se le apretaba más al vientre, y le daba puntadas hacia abajo hasta su sexo. Oh, sí.

Él tenía los dedos clavados en la piel de su espalda, por debajo de las costillas, y la sujetaba cada vez con más urgencia, mientras cubría su aureola con la boca cálida y húmeda. Chupaba con fuerza y ritmo, y se introducía el pezón profundamente. Mercedes, que tenía las manos apoyadas en sus hombros, percibió que emitía un ruido sordo, como un gruñido, y que sus dedos temblaban ligeramente. Pero todos esos detalles se le perdían en una brusca espiral de sensaciones.

Después Montecristo se movió, la besó en torno a los pechos, la suave y nerviosa piel de su vientre, y regresó al otro pezón, aunque en vez de chuparlo, se limitó a juguetear con él con la lengua. En círculos, y arriba y abajo, con caricias cálidas y pegajosas. A Mercedes le temblaba todo el cuerpo por el asalto sensual. Entonces él se apartó un momento, y sus pezones brillaron en la noche, mojados y duros. Fríos y cubiertos de saliva. Por eso, cuando él deslizó las manos por su torso, ella impulsó sus caderas hacia adelante mientras las suyas se hundían en su pelo, para acariciarle después sus prominentes pómulos y la mandíbula. Pero cuando se encontró con sus labios deslizó un dedo por la hendidura entreabierta de su boca.

Montecristo la abrió, ella metió el dedo y sintió un sonido profundo en la garganta. Se lo lamió y lo chupó intensamente, hasta provocarle espirales de placer en el vientre aún más profundas, que bajaron hasta su sexo. Mientras le lamía la piel sensible entre los dedos, a ella le hormigueaba y le latía con fuerza su sexo húmedo y ansioso entre sus piernas abiertas.

Edmond. Dijo su nombre en silencio, por encima de él, donde no podía escucharla, ni verla. *Ahhh, Edmond… al fin.*

Se le derramó una lágrima de sus ojos aún cerrados. Cerrados a la realidad de que estaba casada con otro hombre, mientras tenía ante ella a quien siempre había amado, nunca había olvidado ni jamás lo haría.

Besándola. Desvistiéndola. En el cenador de los jardines durante la fiesta de gala.

Mercedes apartó sus pensamientos, y se concentró en el placer del momento. El cabello espeso que tenía entre sus dedos, y el duro cuello de la camisa calentado por su piel. Temblaba en sus brazos cuando la bajó del banco. En realidad casi tiró de ella con la impaciencia que parecía caracterizar su conducta. Le cubrió la boca, asfixiándola, metiéndole la lengua y mordiendo sus labios. Imaginaba que debían estar rojos, suaves e hinchados como la piel de un melocotón arrugado.

Mientras le devoraba la boca Montecristo había deslizado las manos hasta sus muslos para llegar hasta la brillante y dura protuberancia de su sexo. Deslizó sus dedos buscones por su humedad, por encima y en torno a los pliegues de esos labios, hizo cosquillas a su vello púbico, y cubrió todo su sexo con caricias amplias y lentas… oh, casi justo en el punto exacto… muy cerca del centro de su existencia en esos momentos… alrededor, cerca y a un lado… pero no… no donde más le hacía falta.

No donde vibraba, se inflamaba y suplicaba.

Por favor, pensó apretándose contra él, sintiendo a través de sus pantalones el bulto que los tensaba.

—Ah —suspiró cuando ella lo encontró y deslizó ambas manos entre ellos hasta rodear el miembro aterciopelado que se apretaba contra la tela de los pantalones. Estaba caliente y pesado. Lo acarició, ahuecó sus manos sobre sus testículos y llegó hasta la suave piel de su punta.

Él se arqueó contra ella, y por un momento Mercedes pensó que eyacularía… pero no sentía humedad, ni los gemidos del orgasmo. De pronto volvió a sentir el placer que le proporcionaban las manos que tenía entre sus piernas. Gimió cuando él se apartó haciendo que tuviera que sacarle las manos fuera de sus pantalones, y la volvió a subir al banco. Y allí arriba, le sujetó los muslos para separárselos de manera que su reluciente sexo quedó desnudo en la oscuridad justo frente a él… Se echó hacia atrás, sintió la viga del cenador y la agarró mientras él se inclinaba hacia ella.

Oh.

Puso su boca entre sus muslos y ella se estremeció y chilló sorprendida… esos labios suaves, la cálida humedad de su lengua, sus dedos firmes… Se arqueó hacia él y se movió para que su boca le acariciara su sexo. Montecristo se calmó y le lamió larga y profundamente las grietas de sus labios, y empujó su perla dándole un golpecito que le hizo dar un salto, arquearse y prepararse para su próximo ataque.

Y entonces él se apartó todavía sujetándole los muslos. Ella sintió que respiraba hondo y que casi no le apretaba la piel. Pero enseguida se alejó del todo.

Percibió más que vio que daba un paso hacia atrás, y la dejaba encima del banco como si fuera una especie de trofeo luciendo en una repisa. Le temblaban los brazos, dejó que le cayeran a un lado, y se dio cuenta de que tenía los dedos temblorosos. Su cuerpo todavía estaba estremecido, pero él no la ayudó a bajar… tampoco se estaba sacando la ropa, ni la tocaba.

—¿Llamo a su marido… o a su doncella? —preguntó con la voz fría.

—¿Q…qué? —preguntó perdida y atontada como si se acabara de despertar.

Escuchó que se alejaba para dirigirse a los peldaños de más atrás que brillaban gracias a la tenue luz que arrojaba la linterna. Mercedes sintió que las rodillas se le debilitaban y las dejó combarse mientras bajaba casi cayéndose del banco.

—Para que la ayuden.

Mercedes recuperó su buen juicio, se olvidó de su excitación, y su deseo insatisfecho, y contestó:

—¿Por qué?

—Seguramente —dijo con la respiración levemente alterada— no querrá volver a la fiesta... así.

—¿Qué está haciendo? —dijo casi suspirando, dándose cuenta de que era verdad que se iba a marchar dejándola de esa manera: excitada, húmeda, sin aliento... y desnuda.

—Creo que ya he estado demasiado tiempo alejado de la fiesta —dijo ya más calmado.

Estaba en el umbral de los peldaños del cenador y sólo se veía la parte de debajo de su silueta.

—Pero... —dijo ella haciendo un esfuerzo por recuperarse, y permitiendo que su rabia se llevara la humillación a la que la estaba sometiendo—. La doncella. O no... no, tal vez debería enviarme a Salieux. Por lo menos él termina lo que empieza.

Montecristo soltó una carcajada grave y dura.

—Muy lista, *comtesse*. Ya le he explicado lo que le ocurriría si lo vuelvo a ver husmeando a su alrededor. Casi se orina en los pantalones.

—¿Qué está haciendo? —preguntó avanzando hacia él inconsciente de que estaba desnuda.

Por alguna razón, no podía llamarlo Edmond, aunque parte de ella creía que lo enervaría. No, ése no era su Edmond.

Quienquiera que hubiera sido antes, ahora era el conde de Montecristo.

—Nada —dijo—. Sólo que encuentro que he perdido el poco apetito que tenía.

Y desapareció en la oscuridad.

Capítulo 7

Haydée acosa a su presa

Más tarde esa noche
París

*M*ercedes regresó a la fiesta con la cabeza bien alta, el vestido perfectamente colocado y el peinado tan inmaculado como cuando esa misma tarde, unas horas antes, había bajado las escaleras desde sus aposentos. Pero tenía fuego en los ojos, y sus venas hervían de furia. Además había perdido uno de sus guantes entre los oscuros arbustos.

No había sido capaz de salir del cenador hasta que alguien vino a ayudarla a volverse a vestir, y hasta entonces estuvo a merced del hombre que se hacía llamar Montecristo, esperando que llevara a cabo su promesa de avisar a Charlotte, o a Fernand. Unos quince minutos después apareció su doncella, gracias a Dios no era Fernand, que se asomó cautelosamente por la entrada del cenador.

En esos quince minutos, Mercedes atravesó por una vorágine de emociones. Mientras esperaba ofendida en el interior del cenador, le temblaban las manos, le dolían los pechos, y sus piernas se restregaban húmedas entre ellas. En ese punto, ya no le preocupaba que estuviera desnuda. Maldijo, lloró y prometió vengarse de Montecristo. No sólo por dejarla ahí, desnuda y vulnerable, sino también porque la había engañado, había jugado con ella y se había burlado.

Se había mofado deliberada y despiadadamente de su cuerpo.

Había sido algo hecho a propósito, y no un repentino caso de discreción y prudencia. Eso no lo dudaba.

Y estaba más segura que nunca que ese Montecristo no era nadie más que Edmond Dantès. Pues lo había besado, tocado, olido… y catado. Bajo la pasión que había entre ellos se escondía una cierta familiaridad, y una especie de confianza. A pesar de su dureza, lo *conocía*. Lo recordaba.

Pero… ¿por qué?

¿Por qué habría hecho algo así?

¿Por qué había venido a París a divertirse con la sociedad, y a congraciarse con Fernand y Albert, e incluso con Danglars y Villefort? ¿Y no admitir su verdadera identidad? ¿Qué tenía que esconder?

Mientras barajaba esas posibilidades en el oscuro y silencioso cenador, hubo algo que la inquietó seriamente. Montecristo había sido más que amigo de Albert, y se había convertido en un rápido favorito de otros poderosos miembros de la sociedad. Incluso se había hecho amigo de Villefort, que raramente se dignaba a relacionarse con quienes no conocía bien.

La única persona con la que había sido menos que cordial había sido ella. Esos ojos oscuros, esa cara pétrea, los fríos comentarios mordaces… todo lo había descargado contra *ella* con mucha aspereza. Y era una aspereza exagerada, que había culminado con ese momento de frustración y humillación. Se había desnudado tanto literal como figurativamente, y él la había dejado vulnerable y excitada.

Tal vez pensaba que ella le había hecho lo mismo al casarse con Fernand.

Tal vez estaba allí porque estaba enfadado con ella por haberlo hecho.

Era la única explicación que daba sentido a su manera de actuar, y a las cosas que había dicho, especialmente sobre Salieux. Cuando hablaba de Georges se notaba que sentía celos. Y no eran los celos obsesivos de un joven, sino la irritación y el desdén de alguien más maduro y seguro de sí mismo.

Como si no quisiera permitir que nadie trastocara sus propósitos.

Mercedes por un momento estuvo a punto de sentir una enorme tristeza. Unas lágrimas le quemaron los bordes de los ojos cuando se retrotrajo a la belleza del tiempo en que estuvieron juntos: dos jóvenes e inocentes amantes, que ignoraban que en el futuro se verían obligados a vivir separados. Pensaba que ya había llorado todo lo que había podido por la interrupción de su amor, y nuevamente sentía mucha pena.

Pero después la tristeza enseguida fue reemplazada por rabia. Lo que fuera que le hubiera ocurrido a Edmond Dantès en esos veinticuatro años, ella también lo había sufrido. A ella también le habían arrebatado su futuro, su amor, y la vida que deseaba. Durantes más de dos décadas no había tenido noticias, ni comunicados, ni ninguna señal de que todavía estaba vivo.

Y para ser un hombre tan rico y poderoso, tenía que haberse pasado años acumulando riquezas y experiencia. Décadas.

Pero en todo ese tiempo no se había comunicado en absoluto.

Para avisar que estaba vivo ¿cómo si no podía haberlo sabido ella?

Y ahora regresaba dramáticamente a su vida, cargando en sus hombros una nube de venganza; y usaba su amor y su cuerpo para humillarla...

Mercedes se contuvo de volver a maldecirlo. Si se dejaba manipular de esa manera estaría condenada. No había vivido con Fernand de Morcerf durante veinticuatro años, su propia condena por haber hecho una elección tan descabellada, para que la dejaran desconcertada en medio de un plan de venganza.

Si pretendía dejarla encogida de miedo en un rincón, o que mostrara la otra mejilla, Montecristo estaba muy equivocado. Pues Mercedes Herrera de Morcerf no era una violeta tímida, ni un ratoncito asustado, ni tampoco una alfombra para ser pisoteada.

De modo que cuando regresó a la fiesta más de una hora después de desaparecer en busca del conde de Montecristo, levantó la barbilla bien alta, y caminó de manera altiva y relajada. Sonrió, charló, se rió y coqueteó.

En otras palabras, volvió a ser la graciosa y elegante condesa de Morcerf.

Y cuando encontró a Georges, que al verla palideció visiblemente y trató frenéticamente de encontrar una manera de escapar, lo saludó con más entusiasmo del que le había mostrado durante meses.

—Estás aquí —le dijo y deslizó su brazo por el suyo ofreciéndole su sonrisa más cálida y gloriosa—. Debo disculparme por haber desaparecido tanto tiempo. Había un problema en la cocina, y después en la bodega, y entonces... ah... —Se rió hacia él, y comprobó con gran satisfacción que habían desaparecido sus reticencias—. No te quiero molestar con los detalles aburridos de mis obligaciones como anfitriona. Quizás ahora que he dejado todo en orden, podríamos dar un paseo por los jardines. Parece que he perdido un guante por allí.

Los ojos de Georges se calentaron y sus labios se estiraron formando una sonrisa genuina, con esa pizca de malicia que tanto le había atraído al principio.

—Ciertamente, señora, me encantará ayudarla a buscarlo.

Flexionó el brazo de manera que la uve en la que ella apoyaba la mano se apretó bajo la chaqueta, como si fuera un abrazo secreto.

Mientras atravesaban el salón de baile en dirección a las grandes puertas abiertas, Mercedes tuvo la cautela de no exhibir ninguna señal de apresuramiento, y se fue deteniendo para charlar con varios de los invitados. Iba a ser discreta, como siempre, y tendría cuidado de no salir con su acompañante a toda prisa.

Montecristo no se veía por ningún lado, y ella se entretuvo con la idea de que había sido lo bastante cobarde como para escaparse antes de que ella regresara a la fiesta. Pero en cuanto ella y Georges salieron a la terraza, vio su inconfundible figura, alto y con sus grandes hombros, y escuchó el sonido de su voz mientras conversaba con un pequeño grupo de invitados. Imprudentemente, Mercedes condujo a Georges hacia el grupo, que incluía a Maximilien Morrel y a Franz d'Epinay. Por suerte, Albert no estaba.

—Buenas noches, caballeros —dijo con una sonrisa simpática.

Montecristo estaba prácticamente dándole la espalda, pero su voz atrajo su atención y se dio la vuelta. El brazo de Georges se tensó bajo el de ella, pero Mercedes continuó avanzando, y se detuvo junto al grupo.

—Espero que lo hayan pasado bien esta noche, y que no les haya faltado nada con lo se hubieran sentido más cómodos… o satisfechos.

Sus palabras eran anodinas, oh, tan anodinas, y su sonrisa también… y mantuvo los ojos resueltamente vacíos cuando miró a Montecristo.

Estaba de espaldas a la casa de manera que la luz brillaba detrás de él y se filtraba a través de las caprichosas puntas de su cabello que se rizaba alrededor de las orejas, pero le dejaba la mayor parte de la cara en sombras. No podía ver su expresión, y su postura no indicaba nada, pero tenía la satisfacción de saber que no se podía haber esperado que ella se acercara de esa manera, y menos con Salieux del brazo.

—Todo ha sido absolutamente perfecto, señora —contestó jovialmente Maximilien—. Muchas gracias por esta deliciosa velada.

Mercedes inclinó la cabeza levemente.

—Me encanta saberlo. Y bueno, si me excusáis debo dejaros. Parece que he perdido uno de mis guantes.

Los caballeros se inclinaron, y Montecristo fue el único que habló.

—¿En los jardines, señora? Me temo que a estas horas de la noche hace un poco… de frío allí. Tal vez debería esperar hasta que sea de día.

La advertencia implícita en su voz era inconfundible, y Mercedes percibió cómo Georges dudaba.

Pero le replicó tranquilamente:

—En realidad hace un rato me pareció que había un viento mucho más desagradable, pero no tengo miedo a la temperatura que pueda haber ahora. Si me excusáis.

Se dio la vuelta, y con un tirón hizo que Georges avanzara junto a ella, a pesar de que parecía un poco desconcertado. Bueno, así pronto le quitaría de la cabeza la fantasía de que el conde de Montecristo tenía algún tipo de control sobre ella.

Una vez que estuvieron lo suficientemente lejos como para que no los pudieran escuchar, Georges pareció recuperar la confianza. En realidad todavía estaban lo bastante cerca como para que les llegaran los sonidos de la fiesta, de manera que Mercedes pudo identificar la risa aguda de la señora Villefort, y las carcajadas del barón Danglars. La luz de la casa llegaba hasta donde se encontraban, pero sólo era una leve iluminación por encima de los macizos de jacintos y de boj, aunque también estaba el brillo de los faroles que colgaban a la altura de las rodillas.

Georges la llevó hasta una pequeña pérgola que estaba tapada por un rosal lleno de espinas que pronto estaría lleno de flores amarillas. Mercedes se arrojó a sus brazos encantada, su cuerpo comenzó a alborotarse de deseo y necesidad. En el momento en que sus labios cubrieron los de ella, su excitación interrumpida enseguida se reavivó.

Entonces arqueó las caderas, las faldas y todo lo demás contra las de él, cerró los ojos, aceptó una profunda incursión de su lengua, y sintió más que oyó el débil gruñido de un suspiro de placer. Georges apretó los brazos firmemente en torno a ella, y aplastó sus senos contra su fornido pecho. Mientras tanto, seguía hurgando profundamente en su boca, y acunándole la cabeza con una mano. Ella hizo que acoplaran sus bocas, y le acarició sus anchos hombros. Ésa era la otra cosa que le había atraído de él al principio, esos hombros anchos y fuertes. Entonces apartó todo de su mente excepto al hombre que la abrazaba.

Una dulce espiral de deseo se comenzó a desenrollar en su vientre lentamente, y besó a Georges con más pasión, desesperada por hacerla crecer, y poder darle rienda suelta. En respuesta, él movió las manos, soltándola, y las deslizó entre ellos hasta encontrar el bulto de sus pechos por encima de varias capas de ropa y ballenas. Ella se arqueó hacia él, deseando más, deseando encontrar el mismo placer que había sentido antes, esa misma noche.

Pero la textura de su boca, el sabor, la manera como sus manos se movían por sus pechos, demasiado vacilantes, reverentes, lentas y delicadas, no era suficiente.

No era suficiente.

La pequeña subida de deseo que había comenzado a reavivarse en su vientre decayó por más que besara a Georges desesperadamente. A pesar de que sus dedos se movieron suavemente bajo el corpiño, y llegaron hasta sus pezones a media asta, sólo sintió un leve hormigueo de placer que apenas llegó a ser un leve cosquilleo. Sí, sus pezones se habían endurecido. Sí, la humedad entre sus piernas se calentaba, pero no era lo mismo. Sí, su lengua se deslizaba en la boca caliente de Georges, y sentía el insistente bulto de su miembro apretado contra el hueso de encima de su sexo, pero no era más que un reflejo.

No sentía torbellinos, no se quedaba sin aliento, ni tampoco caía en una espiral de lujuria que hiciera que sus rodillas flaquearan y perdiera la cabeza.

Al final, se apartó y Georges sacó la mano de su corpiño. Pero volvió a buscarla con una desesperación que, a pesar de la tenue luz, se reflejaba en la cara; pero ella se lo impidió y dio un paso atrás.

—Mercedes —gruñó agarrándole las manos y cayendo de rodillas delante de ella—. Por favor —dijo—, déjame probarte.

Entonces metió las manos bajo las faldas; y ella sintió como subían por sus piernas desde sus zapatillas, y a través de las medias.

—Georges —dijo sintiendo que un agradable picor se apoderaba de sus muslos mientras sus dedos se acercaban—. Yo… no, no podemos.

El leve temblor de deseo seguía hormigueando entre sus muslos pues él seguía acariciándoselos. Sentía escalofríos en la piel a medida que tocaba, suave e incitantemente, sus zonas más sensibles, hasta que se le secó la boca y se dio cuenta que estaba cada vez más excitada.

—Por favor, Mercedes, mi amor. Sólo quiero darte placer —dijo seriamente mientras sostenía con los brazos el peso de la falda y el miriñaque que se inflaban convertidos en un incómodo montón de tela. Bajo ese lío de encajes y sedas, sólo se le veía la cara, aunque estaba ensombrecida por un farol cercano. Ver sus grandes labios, humedecidos por sus besos, y su mirada suplicante la hicieron titubear. Entonces uno de los dedos de Georges pasó suavemente por delante de su sexo, y jugó con sus vellos húmedos, haciendo que su piel sintiera más pinchazos de deseo.

—Georges… —comenzó a decir, pero el entendió que era un gesto de aceptación, y le dio un pequeño empujón que la hundió contra el banco de la pérgola, y se tuvo que apoyar contra su armazón.

Al hacerlo sintió que algunas espinas le pincharon por detrás de la cabeza y encima de los hombros, pero no lo suficiente como para que fuera verdaderamente molesto, pues salían del otro lado del enrejado. Pese a todo, estaba mucho más interesada en lo que ahora ocurría en la parte baja de su cuerpo.

Él estaba entre sus piernas con la cara tapada. De pronto, una repentina erupción de tela se levantó hasta su torso, que le dejó de nuevo las piernas desnudas disfrutando de la agradable brisa nocturna, y tapándole la visión que tenía de la coronilla de la cabeza de Georges.

Pero… cerró los ojos y sintió la calidez de sus dedos, y los cálidos y cortos resoplidos sobre sus muslos desnudos por encima de las medias. Se le dilató el clítoris, que de pronto se puso a latir excitado, tanto como lo había hecho antes bajo las manos del conde de Montecristo. Y cuando Georges hizo que abriera más los muslos y puso su cara delante de su sexo, Mercedes casi se cae del banco. Se quedó quieta y cerró los ojos, pensando, no obstante, en las manos y la lengua de un hombre alto y oscuro… y no en un pelirrojo ancho de hombros.

Con un último suave lengüetazo por su dilatado y sensible sexo, comenzó a estremecerse y a sentir oleadas de placer hasta que tuvo un orgasmo corto y rápido… y vacío.

Un reflejo. Un simple alivio.

Algo que ya estaba lamentando.

A primeras horas de la madrugada, Haydée salió de su habitación y se deslizó por el blando salón alfombrado.

Al fin, toda la casa estaba durmiendo, y esperaba que también lo hiciera su presa. Había sido una noche difícil después de que su amo regresara de una cena de compromiso, y ella, y su criado Bertuccio, se llevaron la peor parte.

Contó tres puertas a partir del aposento de Su Excelencia, y en la cuarta se detuvo, respiró hondo y giró silenciosamente el picaporte.

En la pequeña habitación no había más que una cómoda y una cama pequeña pegada al muro más oscuro, alejada de las dos ventanas. Sin embargo, la alfombra sobre la que pisaba era tan suntuosa como la de sus propios aposentos. En cuanto cerró la puerta tras ella se dio cuenta de que la cama estaba vacía. Aunque la habitación no tenía luz, el cielo estrellado que comenzaba a palidecer por el Este permitía ver que en realidad no había señales de ningún gigante durmiente.

Se detuvo confundida y, cuando estaba a punto de darse la vuelta, lo vio.

Desde la ventana se filtraba una luz pálida que lo coloreaba todo con tonos grises y azules, y de pronto brilló sobre Alí. Estaba en el suelo, rodeado y encima de numerosas almohadas y cojines que se apilaban en un rincón.

Se acercó a él muy silenciosamente y se arrodilló. Su respiración era profunda y uniforme. En ese momento sintió que la atravesaba un cosquilleo de deseo. Una sonrisa curvó sus labios, y se dio cuenta de que sus ojos se arrugaban por las esquinas, y que se le resecaba la boca.

Ahora lo tenía.

Pero primero… se inclinó hacia él y olió su aroma apoyando las manos en la manta de cachemir que lo tapaba. Cerró los ojos y siguió respirando su olor: inidentificable, pero fuerte y marcado, una mezcla de especias como menta y almizcle de *patchouli*.

Se volvió a apoyar en las caderas, y se quitó su única prenda de vestir, un caftán de seda, con mucho cuidado para no mover el aire o rozarlo contra su piel. Sospechaba que el fiel sirviente y guardaespaldas de Su Excelencia dormía con un ojo y una oreja siempre alertas.

También sospechaba que dormía desnudo, y encantada descubrió que así era cuando cuidadosamente levantó la manta por el lado más próximo a la ventana. La fría luz azul le mostró con toda claridad su piel de ébano suave y brillante. Se le hizo la boca agua y se le apretó el estómago de deseo.

Haydée esperaba que en cualquier momento se fuera a despertar, pero como era mudo, no tenía miedo de que gritara y produjera alguna alarma. Nuevamente sonrió con una malévola curva en los labios, y deslizó su cuerpo desnudo sobre el mullido cojín que estaba al lado de Alí.

Estaba caliente y parecía muy fuerte. Enseguida sintió el momento en que se despertó y tomó conciencia de su presencia. Se puso completamente rígido, advirtió ella con satisfacción, y con un gruñido grave y gutural inmediatamente intentó empujarla. Pero en un segundo, ella deslizó su delgado cuerpo sobre el suyo, y se puso a horcajadas sobre él. Alí se movió, y de estar de lado pasó a estar apoyado en la espalda en un intento de liberarse.

Aunque Haydée era delgada y delicada, y de ninguna manera rival para su increíble fuerza, estaba completamente decidida. Apoyó sus manos en sus enormes hombros y movió sinuosamente su cuerpo arriba y abajo a lo largo de su torso, y le besó los pliegues de su cuello húmedo y con olor a almizcle. Él, temblando debajo de ella, levantó el pecho, pero se encontró bajo sus pechos; y su miembro, gloriosamente grande, tal como Haydée se había imaginado, empujó la hendidura que separaba sus piernas.

Entonces bajó las manos a su espalda y la agarró de las caderas como si quisiera que ella saliera de donde estaba... pero cuando intentó apartarla, Haydée se aferró con fuerza y apretó las caderas. Sintió entonces que él en vez de intentar levantarla, la acarició como si no pudiera evitarlo. Pero enseguida sus manos se sacudieron como si se hubieran quemado.

Ella sonrió apoyada en su garganta, saboreando su piel salada, oscura y caliente... y sintiendo la desenfrenada corriente de sangre que le atravesaba las venas de la zona, la tensión del largo tendón de su cuello y el sonido grave del interior de su pecho. No la volvió a tocar; y parecía que había dejado que sus manos colgaran impotentes sobre el cuerpo de ella, como si tuviera miedo de lo que pudieran hacer.

—Quiero estar contigo, Alí —murmuró levantando la cara delante de la suya. La luz se filtraba con más intensidad desde la ventana, y pudo observar mejor su expresión: rígida y quieta como el mármol, los labios fuertemente apretados y el mentón elevado, a pesar de que tenía la cara girada—. Y es evidente que me deseas.

Él apartó la cara todo lo que pudo con los ojos cerrados, la boca apretada y movió la cabeza ligeramente.

No.

Aunque no hablaba, ella percibía en su lenguaje corporal que su negación era falsa y desesperada.

—Sí, Alí —murmuró y comenzó a deslizarse por su cuerpo.

Levantó las caderas y le pasó los pechos, los hombros y la cara, desde el esternón hasta su vientre ondulado más abajo. Estaba caliente, fibrado y duro; una temblorosa masa de músculos firmes como piedras, salados y ligeramente húmedos, tensos y oscuros.

Se apretujó bajo ella cuando Haydée se acercó a su enorme miembro, que estaba aplastado sobre su barriga con el peso de su torso. Haydée volvió a sonreír e hizo una pausa para observarlo, disfrutando de la sensación de aplastar su erección caliente y firme.

Alí se repuso, e hizo unos movimientos rápidos y espasmódicos con las manos.

No. Le perteneces a él.

Haydée se sentó hacia atrás encima de las caderas de Alí, y se acomodó sobre sus muslos. La cabeza del miembro de Alí asomaba atrapada bajo el sexo desnudo de Haydée. Ella se deslizaba ligera y suavemente sobre él con un movimiento muy lento. El sonido del húmedo frotamiento, y de sus cuerpos restregándose, le provocó un hormigueo de deseo que activó aún más su clítoris ya dilatado. La garganta de Alí dio una sacudida y volvió a cerrar los ojos.

Haydée, tú perteneces a mi amo.

—No me quiere de esa manera, Alí —dijo en voz baja, serena y controlada.

Sí, has estado con él esta noche.

Ella negó con la cabeza y dijo:

—Mírame, Alí.

Él abrió los ojos de mala gana, pero ella no pudo descifrar lo que le mostraban. Su única pista era que su cuerpo estaba tan rígido que parecía a punto de estallar, y cada cierto número de respiraciones su pecho se estremecía.

No voy a tomar lo que no es mío.

Sus gestos eran bruscos y enfadados. Golpeaba el aire con sus manos enormes, y daba manotazos y palmadas con vehemencia.

Aunque sea un esclavo, tengo honor.

—Sí, estuve con él esta noche.

Pidió que te llamaran en cuanto regresó. Y vi el aspecto de su cara. Necesitaba una mujer.

—Sí, me llamó. Y fui a verlo de buena gana, igual que he hecho siempre. Me pidió que le preparara un baño, y me ordenó que me quitara la ropa.

Alí la miraba fijamente sin parpadear, y su suave cabeza rasurada brillaba bajo la luz cada vez más intensa. Se relamió sus labios carnosos, y ella volvió a sentir que le bajaba una oleada de deseo desde el vientre hasta su sexo. Se movió, y él contuvo la respiración.

Haydée levantó las manos, se tapó sus pechos con ellas y entreabrió los labios. Él respiraba pesadamente.

Tal vez ése fuera un enfoque mejor.

—Me desnudé delante de él y esperé sus instrucciones —dijo manteniendo la voz grave e hipnótica—. Y entonces, mientras lo miraba, pareció desaparecer el hombre frío y correcto que todos conocemos... era otro. Era como si se hubiera liberado de su autocontrol permitiendo que aparecieran sus verdaderas emociones. Le temblaban las manos y su cara expresaba crudeza y frialdad. Estaba furioso. —En contraste con sus serias palabras, se sujetó uno de los pezones y comenzó a jugar con él. Se puso duro, y la piel de alrededor se apretó y arrugó—. Y mientras estaba allí desnuda y se llenaba la bañera detrás de nosotros, murmuró cosas que no pude entender.

¿Qué dijo?

Alí le contemplaba los pechos observando cómo jugaba con ellos. Ella de pronto se lamió los dedos pulgar e índice, y se los llevó al pezón para deslizarlos por él. El miembro de Alí creció un poco más debajo de ella, y en respuesta Haydée se froto contra él. Alí gimió y volvió a cerrar los ojos. Sus enormes manos habían caído sobre la pila de cojines que tenía encima de la cabeza, con las palmas hacia arriba y los dedos doblados sin poder hacer nada. Los brazaletes de oro de sus muñecas brillaban en la oscuridad.

—Entendí muy poco. Miraba fijamente la oscuridad de la ciudad, y sus manos se le abrían y cerraban colgando junto a su cuerpo. Cuando finalmente volvió su atención hacia mí, y después de llamarlo varias veces por su nombre, me pidió que me acercara a él. «Desvísteme», me ordenó.

Entonces se volvió a chupar los dedos, esta vez cuatro, los bajó hasta cubrir su sexo y los deslizó por los jugos que ya cubrían la punta de su miembro. Alí tragó saliva con fuerza.

Eres su esclava. Le perteneces.

Sus gestos eran ahora más tranquilos; y más difíciles de entender.

—Lo desvestí —continuó, consciente de que su propia respiración era inestable. No se privó de acariciarse metiendo los dedos entre su sexo y el de él. Atrás y adelante, resbalando y frotando, alrededor de su clítoris turgente que ya estaba preparado para llegar al clímax—. Lo desvestí —volvió a decir—, y me arrodillé ante él. Tenía la verga dura, Alí..., pero no era tan hermosa como ésta. No era tan larga y dura, ni estaba tan a punto —dijo moviéndose hasta deslizarse fuera de sus caderas para apoyarse sobre la cama improvisada junto a él.

El miembro erecto de Alí se levantó desde la barriga al liberarse de su peso, y Haydée cerró sus dedos en torno a él, y los deslizó por los generosos jugos que ella misma le había untado. Alí jadeó y tembló, y ella continuó moviendo las manos de abajo arriba y de arriba abajo, rápida y firmemente, observando cómo abría la boca conmocionado. Una de las manos de Alí se agitó en el aire hacia ella, pero era demasiado tarde, pues después de otros tres deslizamientos, un torrente de líquido viajó salvajemente por su miembro, atravesó los apretados dedos de Haydée, y salió a chorros hasta llegar a su oscuro vientre. Alí se estremeció y gritó.

Después se quedó tembloroso un buen rato. Haydée, encantada con su triunfo, y con mucha curiosidad, se inclinó hacia su cuerpo, lamió el pegajoso charco blanco, y comprobó que era salado y completamente masculino... una experiencia que le proporcionó un gran placer.

Vete.

Alí recuperó el aliento y ladeó la cabeza a un lado, pero siguió hablando con las manos.

Ya tienes lo que buscabas. Ahora sal de aquí.

—Le toqué la polla, pero se acobardó —dijo ignorando la súplica de Alí—. No como tú... no, se dio la vuelta en el momento en que se la toqué. Y me dijo bruscamente que me levantara. —Haydée le pasaba los dedos acariciándole desde la barriga hasta sus músculos pectorales, y después los hombros—. No me quiere de esta manera, Alí.

Tal vez eso sea así ahora. Pero cambiará de opinión.

—Si no toma lo que le he ofrecido descaradamente, ¿por qué iba a cambiar de opinión? —murmuró planeando con su cara sobre la suya.

Le colgaban los pechos encima del suyo, justo por encima de los escasos pelillos rizados que se extendían por la zona.

Ahora no puede pensar en nada más que en su venganza. Pero después...

—¿Venganza? —dijo ella inclinándose hacia adelante para besarle la barbilla dejando que sus pezones se restregaran contra su pecho.

Estaban apretados y duros, y aunque seguía la tensión entre sus piernas, ya no tenía tanta prisa.

Contra cuatro hombres y una mujer. Por eso no le interesará ninguna otra mujer hasta que se la haya quitado de la cabeza.

—Necesitaba aliviarse, pero no me dejó que lo ayudara. Creo... que se agarró el asunto con sus propias manos, pues se bañó solo, y me ordenó que me sentara y esperara.

Haydée agarró la cabeza de Alí entre sus manos de manera inesperada y feroz, y se la volvió hacia ella. Entonces bajó la cara y le besó la boca.

Alí, al principio, se mostró tenso, pero de pronto lo venció el deseo, o la curiosidad. Ablandó sus grandes labios y amoldó su boca a la de ella. Su lengua era fuerte y exigente, y se hundió en su boca como si no se fuera a saciar nunca de su sabor. Ella cerró los ojos, soltó su cara y le puso las manos sobre el pecho, donde podía sentir el desenfrenado latido de su corazón, y el calor de su carne.

Él seguía apartando las manos, como si temiera tocarla. Y ella atacaba su boca, y apretaba los muslos en torno a su torso. Mordía, lamía y chupaba esos labios grandes y lozanos, imaginando lo que podrían hacer si estuvieran en su vulva, suave, llena y húmeda. Haydée gemía apoyada en su boca, apretando la humedad de su sexo palpitante contra el vientre de Alí, restregándose contra él, mientras sus labios seguían unidos.

Al fin, él se soltó y la empujó respirando pesadamente, y ella sintió el pinchazo de su miembro contra la base de la espalda. Haydée le sonrió jadeando, y él apartó la mirada. Ella sabía que podía moverla y apartarla con un simple movimiento de manos... pero no lo hacía. En cambio, ese enorme hombre que estaba bajo ella parecía cansado, derrotado y vulnerable. Entonces sus manos volvieron a caer contra el suelo por encima de su cabeza.

Ella se llevó una mano a su sexo, y deslizó tres dedos por la zona más húmeda.

—Cuando salió de la bañera me volvió a pedir que me acercara —dijo acercándole a la cara sus dedos brillantes. Los ojos de Alí se cerraron, pero cuando se los acercó para que oliera se le ensancharon los orificios de la nariz—. Se tumbó en la cama y me ordenó que le diera un masaje con un aceite.

Tenía los dedos junto a la boca de Alí, y se los pasó por encima de sus suaves labios entreabiertos. Él entonces abrió la boca, cálida y húmeda, y ella introdujo uno de ellos. Alí lo chupó intensamente y ella suspiró sorprendida. Después movió su lengua por el dedo como si quisiera lamerle hasta la última gota de sus jugos oscuros. Esto hizo que Haydée sintiera que se le nublara la cabeza y se le apretara el vientre más que nunca. Tenía el clítoris dilatado y saturado de humedad. Se apretó sobre su terso vientre y soltó un pequeño gemido. No le faltaba mucho, lo sabía.

Haydée siguió hablando con la voz entrecortada.

—Le pasé las manos por los hombros y la espalda, pero no eran tan anchos como los tuyos. —Le sacó el dedo de la boca, que hizo un ruidito al dejar de ser succionado, y trasladó sus manos a la continuación de sus pectorales y su clavícula, y las dejó apoyadas en sus anchos brazos—. No eran tan oscuros y grandes como éstos —murmuró—. Cuando le tocaba el cuerpo, sólo pensaba en el tuyo, Alí. En el calor de tu piel brillante, el bulto de tus músculos, las ondulaciones de tu piel. Y tu verga enterrada en mí...

De pronto, estaba apoyada sobre su espalda, aplastada contra los cojines, pues los dedos de Alí le apretaban las muñecas como si fueran brazaletes. Entonces la dejó firmemente sujeta al suelo rodeándola con sus piernas apoyadas a ambos lados de sus caderas.

Después le apartó las piernas rudamente con una rodilla, dejándolas abiertas y exhibiendo su sexo que brillaba lleno de humedad. Y ahora que estaba abierto y libre, latía incluso con más fuerza. Alí entonces se arrodilló entre sus piernas. Con las muñecas sujetas acercó sus largos dedos a sus muslos, aunque la había inmovilizado innecesariamente, pues ella no tenía ninguna intención de moverse.

Entonces enterró suavemente la cara en su vulva, y esa gran boca le lamió sus labios inflamados, tal como había imaginado antes. Haydée se quejó un poco y arqueó la espalda, intentando acercarse más a su boca para que le tocara su pequeña perla ansiosa que palpitaba con fuerza.

Entonces hizo que su lengua serpenteara dentro de ella, y después saltó a la parte inferior de su sexo, y siguió jugueteando rápida y hábilmente hasta que ella llegó al clímax, y se hundió entre un montón de escalofríos y gemidos.

Acto seguido, apartó su cara húmeda de su cuerpo, le aflojó lentamente las manos y se sentó en cuclillas. Tenía el miembro orgullosamente largo justo frente a los muslos abiertos de Haydée. La miró durante un buen rato y después suspiró.

No tomo lo que pertenece a mi amo. Es su derecho mientras le perte-nezcas. Ahora vete, o te tendré que echar yo mismo.

Haydée consiguió ponerse de pie todavía temblorosa y caliente, aunque muy satisfecha. Se volvió a acercar a Alí, que seguía en cuclillas, y desde atrás le puso sus manos sobre sus anchos hombros, y se inclinó para darle un rápido beso en la cabeza.

—Te haré cambiar de opinión Alí. No lo dudes.

Capítulo 8

En el teatro

La mañana siguiente
París

*M*ercedes estaba bajo una cascada de agua caliente que se derramaba con fuerza sobre sus hombros y sus sensibles pezones. Levantó la cara, dejó que la catarata le golpeara las mejillas y los labios, se recogió la cabellera mojada por encima la cabeza, y al soltarla sintió cómo se golpeaba contra su espalda.

De pronto unas grandes manos bronceadas se deslizaron alrededor de su cintura, y la empujaron contra un pecho musculoso... y un miembro erecto que se apretaba justo por debajo de la hendidura de sus nalgas. Con un suspiró se apoyó contra ese pecho fornido y sintió un beso cálido sobre sus hombros desnudos mientras unas manos se deslizaban por su cuerpo hasta llegar a sus pechos.

Volvió la cabeza bajo la lluvia de agua y vio a Edmond detrás de ella empapado por la cascada, con su hermoso rostro joven y delgado rígido de deseo, así como sus grandes labios. Mientras lo miraba, su antiguo amante se transformó en Montecristo, que era más viejo y duro, pero continuó jugando con sus pezones tintineantes, y tuvo la sensación de que ese sonido se le hundía en el vientre.

Llena de deseo y rodeada de vapor intentó darse la vuelta para ponerse frente a él, pero aparecieron un segundo par de manos que se deslizaron por sus hombros y se enredaron en su cabellera mojada. Era otro personaje de cabello oscuro situado justo frente a ella. Simbad se agachó para besarle la boca antes de que pudiera protestar, y sintió su barba corta y su bigote en el momento en que sus labios se acoplaron a los de ella. La sujetó por los hombros y adaptó su largo cuerpo al suyo.

Atrapada y aplastada entre ambos hombres, Mercedes sintió que cada centímetro de su cuerpo estaba siendo presionado por diversos músculos duros y cálidos. Entre el golpeteo del agua y el vapor apenas podía ver nada. Todo era una vorágine de sensaciones: unos dientes que le mordisqueaban delicadamente una oreja, unas manos fuertes encima de sus pezones, las yemas de unos dedos que trazaban pequeños círculos sobre ellos haciendo que todo su cuerpo se retorciera... unos labios sensuales amoldados a su boca, acoplándose, estirándose, saboreándola... unas piernas largas detrás de ella, y un pene embravecido apretado contra su trasero... y otra que jugueteaba con su sexo por delante.

Mercedes intentó liberarse para escapar de esa deliciosa tortura, pero Simbad la agarraba con fuerza por los hombros mientras Montecristo le sujetaba los pechos, haciendo que sus fuertes brazos la abrazaran tan intensamente que apenas podía respirar. Carne húmeda deslizándose contra carne húmeda y caliente, suaves curvas aplastadas contra músculos firmes y fibrosos, miembros entrelazados y flexionados, y su larga cabellera negra embadurnándolo todo.

Entonces Simbad con sus ojos con una raya negra y una suave cabellera atada en una cola, dejó de besarla; y ella suspiró profundamente luchando para que se apartara empujando con sus manos su suave pecho desnudo... pero Montecristo le agarró las muñecas, se las puso detrás de la espalda, y la sujetó para permitir que Simbad se arrodillara delante de ella.

El agua caía con fuerza, y la ahogaba si abría la boca para protestar, o para suspirar de placer. Entonces unas manos firmes le separaron los muslos. Simbad se inclinó hacia su clítoris dilatado mientras sus manos se aferraban a la parte trasera de sus muslos haciendo que se le combaran las rodillas. Mercedes empujó su cuerpo contra su cara y se arqueó hacia atrás sobre el pecho de Montecristo.

Las manos le revolotearon hasta que encontraron la suave cabellera del marino que chupaba su perla mientras el agua se deslizaba por todo su cuerpo… Simbad succionaba fuerte e intensamente, y se metía su clítoris en la boca como si quisiera comérselo. Ella gemía, se estremecía y retorcía firmemente sujeta por cuatro fuertes manos mientras el vapor le taponaba la nariz, y la boca se le llenaba de agua, hasta que, al fin, Simbad la llevó hasta el clímax, y tuvo un orgasmo explosivo… Mercedes tembló, gimió y se hundió en medio de esos dos hombres.

Cuando se despertó del sueño, descubrió que su sexo palpitaba dulcemente y estaba húmedo y resbaladizo. Tenía la respiración entrecortada y su corazón latía con fuerza como si esos dos hombres realmente hubieran estado con ella. Los pezones se le clavaban contra las sábanas y estaban sensibles al más leve movimiento, igual que si hubieran estado bajo una cascada.

Tragó saliva y cerró los ojos, deleitándose con el recuerdo de uno de los sueños más realistas y apasionados que nunca había tenido. La sensación de satisfacción le duró un buen rato hasta que recordó lo que había ocurrido la noche anterior en la fiesta. Cuando volvió a abrir los ojos, una luz apagada y gris se filtraba en su habitación a través de la ventana, en perfecta consonancia con sus pensamientos. Pensamientos que la asolaron hasta que volvió a caer en un sueño intranquilo mientras el sol comenzaba a iluminar el horizonte.

Una fea sensación recorrió su cuerpo al contemplar la seda color verde pálido que cubría el techo. No tenía derecho a permitir que Georges le diera placer de esa manera mientras estuviera cautivada por otro hombre… por más que se hubiera comportado de manera deplorable.

Tenía la garganta seca, y le crujía cuando tragaba. Se había equivocado llevando a Georges al jardín. Aunque en su propia defensa podía decir que no pretendía que las cosas llegaran tan lejos. En realidad sólo quería hacer que Montecristo viera que podía desafiarlo y que no tenía ningún control sobre ella.

Al fin y al cabo había dejado su cuerpo excitado y listo para que lo acariciaran sensualmente… no era algo que Georges hubiera provocado, y por eso nunca debió haber permitido que se arrodillara frente a ella y que hurgara bajo su vestido. Su relación no debía ir más allá ahora que Montecristo había aparecido en la ciudad.

Por más que quería ignorar su presencia, Mercedes se dio cuenta de que hasta que cualquiera que fuera la necesidad que se tuviera que resolver entre ellos se llevase a la cama… y fuese lo que fuese lo que quemaba a Montecristo como para que tuviera la necesidad de torturarla y humillarla como lo había hecho… ella no tenía derecho a comprometerse con ningún otro hombre. Y no tenía derecho a permitir que nadie más la confundiera en lo que estaba intentando entender.

Y, en realidad, ningún otro hombre la hacía estremecerse y sentirse completamente viva como lo había hecho él la noche anterior… y no eran sueños ni fantasías, sino algo muy real. En el cenador.

Ella le había respondido rápidamente, como si su pasión nunca hubiera desaparecido, pues se reavivó tan fácilmente como una burbuja que estalla al ser pinchada por una aguja. Nadie más le había hecho sentir un placer tan intenso e inmediato.

Excepto…

Mercedes se paralizó y un escalofrío atravesó su cuerpo.

Excepto Simbad.

Sintió un hormigueo en las yemas de los dedos; se mareó, su vista se hizo confusa, y se le apretaron los pulmones.

Simbad. El que la había llevado a la isla de Montecristo.

No respiró durante un minuto completo mientras consideraba la posibilidad.

Simbad era alto, tenía el pelo largo y liso, y llevaba barba y bigote… pero eso era fácil de cambiar. Tenía una raya alrededor de los ojos bastante sutil, aunque la podía usar para disfrazar su aspecto y su envergadura, y además sólo habían estado juntos mientras había una iluminación escasa y tenue. ¡Las sombras podían disimular muchas cosas!

Tenía el pecho sin vello, pero se lo podía haber afeitado. El pendiente de la oreja se lo podía quitar, y el agujerito apenas se podría ver a menos que lo buscaras... y Montecristo llevaba un mechón largo sobre las orejas.

Pero lo más irrefutable de todo... y era el argumento decisivo... era la manera cómo se había sentido con Simbad las dos veces que estuvo con él... el placer exquisito, profundo e intenso que había sentido. El despertar de sus sentidos y emociones. Una especie de familiaridad y libertad que había atribuido a... bueno, al hecho de que le recordara a Edmond la primera vez que lo vio vagamente por detrás.

Le recordaba a Edmond, incluso entonces.

Mercedes se golpeó el pecho con una mano que hizo un sonido agudo y hueco. ¡Qué tonta! Había sido una tonta.

¿Cómo pudo no darse cuenta de que era él?

Y cuando se había presentado ante ella. Él sabía quién era ella.

Darse cuenta de esto hizo que volviera a respirar y sintió como si se le hubiera caído un velo de los ojos.

Por Dios, lo había hecho todo a propósito.

Se le calentó la cara, y después se le enfrió mientras una oleada de rabia se le disparaba por el cuerpo. Le temblaban las manos. Todo eso... ¿para vengarse? ¿De ella? ¿Por haberse casado con Fernand después de que él desapareciera?

¿Qué le había ocurrido para convertirse en un hombre así?

Respiró hondo durante un rato intentado controlar la rabia que sentía, para comprender por qué el cariñoso y tierno Edmond que había conocido se había convertido en un hombre tan duro e insensible. Un hombre que le había mentido y la había humillado... que sabía quién era ella pero que no reconocía su pasado.

Se acordó de cómo Simbad temblaba detrás de ella, y que había sido tierno aunque exigente. Y cuando había estado en la cueva de Aladino, de la manera en que la había tocado y dado placer… y cómo ella, a su vez, también lo había hecho. Cuando la llamaba «condesa» con un tono extraño y sarcástico que ahora comprendía.

Le seguían temblando las manos, pero su mente se había despejado. Si todo eso era un juego de venganza, ella tenía tantas opciones de ganarlo como el propio Montecristo.

Montecristo, acompañado de Haydée, se dirigía a su palco e iba saludando con la cabeza a muchas de las amistades que había hecho desde su llegada a Paris. Tanto hombres como mujeres se detenían para saludarlo, algunos para charlar, pero no se permitía entretenerse demasiado tiempo. Prefería esperar a que aquellos que deseaban hablar con él se acercaran por su propia cuenta.

Y lo hacían.

—Hay tanta gente elegante —dijo Haydée con un tono ingenuo que él nunca había escuchado.

Ella abría sus ojos grandes y oscuros mientras observaba el pasillo, sin duda fijándose en cada detalle de los vestidos de las mujeres, sus guantes y otros perifollos, más que en las pinturas y la arquitectura del teatro.

—Tienes un aspecto tan encantador como todas las demás —se apresuró a decirle. Montecristo era completamente consciente de la imagen curiosa que ofrecían él y la encantadora y exótica Haydée mientras avanzaban hacia su palco. No dudaba que enseguida se iban a extender comentarios sobre él y la sorprendente y misteriosa mujer que lo acompañaba—. ¿Ves a ese hombre que está allí con un chaleco violeta?

—Sí. Parece como si fuera alguien muy importante.

—En realidad lo es. Es Víctor Hugo, autor de *El jorobado de Notre Dame*, un libro muy famoso. Y tal vez te has fijado en los andamios que rodean la catedral de *Notre Dame*, ese gran edificio con dos torres.

Haydée asintió con los ojos luminosos e interesados. Apenas había podido observar las vistas de la ciudad cuando Montecristo la llevaba en su carruaje; eran muy diferentes a las de Singapur y Pekín, donde había vivido la mayor parte de la última década, mientras él se encontraba de viaje.

—Sí, conozco la catedral de la que me habla.

—Es uno de los monumentos históricos más importantes de París, pero hasta que no se publicó la novela de Víctor Hugo, la iglesia se estaba deteriorando. Sólo la notoriedad del libro hizo que la ciudad se avergonzara, y se decidieron a restaurar el edificio —le explicó cuando llegaban a la puerta del palco.

La semana que había pasado desde la cena en la residencia de los Morcerf, Montecristo se había dedicado a varios asuntos relacionados con los objetivos de su estadía en París. Había esperado un tiempo para tomar distancia de los acontecimientos que habían sucedido aquella noche.

A través de varios rumores y un gran soborno, se había asegurado de que la baronesa de Danglars, que era una inversionista compulsiva, y a través de ella el propio Danglars, tuviera una gran pérdida en la Bolsa esa semana, que ascendía a más de quinientos mil francos. Era sólo un primer paso en su plan para hacer que la señora Danglars perdiera una gran suma de dinero por culpa de su propia avaricia.

También había sabido que el padre de la primera esposa de Villefort había muerto súbitamente, lo que no le había sorprendido. Hacía menos de dos semanas que él había mantenido una conversación muy interesante con la señora Heloise Villefort, la segunda esposa del fiscal de la corona, sobre diversos venenos y la manera de usarlos.

Pero eso no era todo lo que había conseguido esa semana, pues a través de otras manipulaciones secretas también había puesto varias trampas que aún estaban a la espera de que cayeran en ellas sus presas. En conjunto, los acontecimientos se estaban desarrollando exactamente de la manera que había planeado, y sus redes pronto atraparían a los cuatro hombres que le habían traicionado. Lo mejor era que esas redes no funcionarían si esos hombres hubieran sido personas buenas, honestas y de fiar, de modo que siempre se verían atrapados en desastres provocados por ellos mismos.

Y eso le confirmaba que él, en realidad, estaba actuando como el Ángel Vengador de Dios.

Montecristo se había asegurado de que su palco en el teatro fuese el más caro y visible, y estaba situado a la izquierda del escenario casi al mismo nivel que los actores. Alí había ido directamente desde el carruaje al palco y lo esperaba de pie en la entrada comportándose como un enorme centinela negro. En cuanto Montecristo y Haydée se acomodaron en sus lujosos asientos de terciopelo verde alguien llamó a la puerta.

Hizo un gesto a Alí para que abriera, y se alegró de ver que el primer visitante no era otro que el barón Danglars.

—Buenas noches, señor —dijo Montecristo sin levantarse de su asiento.

Danglars entró y se sentó en el asiento que le ofrecieron junto a su anfitrión, y miró a Haydée con curiosidad.

—Buenas noches Su Excelencia.

Montecristo le sonrió amablemente y dijo:

—Ah, qué semana tan complicada que han tenido sus banqueros. He sabido que se ha producido un gran trastorno. Hubo un telegrama mal entendido que hizo que se difundiera una información falsa. Afortunadamente la corrigieron casi de inmediato, y probablemente no se produjeron demasiados daños.

Era consciente de que eso era lo que se había producido, pero también sabía que dada la inclinación de la baronesa a realizar inversiones de manera poco escrupulosa, había hecho que su amante hiciera una enorme inversión basada en una información incorrecta. Esa información, que había obtenido de manera deshonesta la noche antes de que se hiciera pública, había provocado que sufriera una gran pérdida de dinero. Si ella hubiera sabido la información al mismo tiempo que el resto de la ciudad, se habría enterado, como todos los demás, de la corrección que se hizo muy poco tiempo después, y de ese modo hubiera evitado perder tanto dinero. Así, su avaricia había hecho que la familia Danglars sufriera una enorme pérdida económica que había puesto furioso a su marido.

Danglars asintió.

—En realidad pudo ser mucho peor de lo que fue. Aunque para mí, para ser sincero, Su Excelencia, fue tremendamente malo. De hecho, he sufrido mucho estas últimas semanas.

Montecristo levantó las cejas. Él, efectivamente, lo sabía muy bien, pues seguía con su costumbre de saberlo todo... y contribuir a que esos hechos inminentes se desarrollaran de la manera más rápida.

—Oh, por favor, no piense que pretendo pedirle un préstamo... no, no es eso —dijo Danglars—. Pero quería que me aconsejara sobre un asunto. Desde que mis finanzas están... digamos ¿decaídas?... estoy preocupado por si debo aceptar el compromiso entre mi hija y Albert de Morcerf. Y me preguntaba si me podría dar un consejo, u opinión, sobre este asunto, pues recientemente he empezado a indagar en el pasado del conde. Parece muy vago y secreto, y me han llegado rumores desde la ciudad de Janina, en Grecia, donde luchó con el ejército.

Encantado de que su trabajo ya estuviera dando resultados, Montecristo juntó los dedos de ambas manos, y permitió que su mirada se perdiera por la platea del teatro como si estuviera muy concentrado en sus pensamientos. Mientras lo hacía, su atención se vio atrapada por una mujer delgada de cabello oscuro que acababa de tomar asiento en el palco justo enfrente del suyo. Ella tenía la cabeza girada, y conversaba con un acompañante mientras se acomodaba en el asiento, pero Montecristo enseguida reconoció su piel dorada como la miel, la curva de su mandíbula, y de una manera absurda, la particular forma de su clavícula, que exhibía gracias a su gran escote que era muy bajo y elegante.

Apretó los dedos contra el reposabrazos de madera de su asiento y tranquilamente volvió su atención hacia Danglars.

—De modo que me habla del mismo diablo —comentó mientras hacía un gesto de aburrimiento hacia los Morcerf, y sus tres acompañantes masculinos en el palco.

Mercedes todavía mantenía una intensa conversación con el hombre que estaba sentado junto a ella, y él parecía muy interesado en el gran rubí que destacaba en su enorme escote, pues colgaba justo encima del corpiño, que seguramente apenas le cubría los pezones.

—Albert de Morcerf es un buen joven, y estoy seguro de que será un preciado yerno. Pero si yo fuera usted —dijo Montecristo centrándose en Danglars, y pensando en el siguiente clavo que iba a poner en el ataúd de Morcerf— enviaría a alguien a Janina para que averiguara todo lo que pudiera sobre el asunto de Ali Pasha antes de tomar ninguna decisión final.

El conde ignoró el repentino movimiento de tensión de Haydée, que tenía apoyado su brazo contra el suyo, y simplemente asintió hacia Danglars añadiendo:

—Eso es lo que le recomendaría.

El gordo barón se limpió la frente con un pañuelo y lo miró inmensamente agradecido.

—*Merci*, Su Excelencia. Consideraré su consejo.

Montecristo inclinó la cabeza y no se molestó en mirar cómo Danglars salía del palco. En cambio se inclinó hacia Haydée, se volvió hacia ella y puso una mano en la barandilla que tenían delante.

—Tienes que recordar que no debes dar ninguna señal de tu relación con Ali Pasha... ya llegará el momento oportuno, y yo te diré cuando será. Ahora sonríe con ganas y ríete como si nunca hubieras estado tan contenta.

Haydée obedeció, y Montecristo le sonrió muy alegre consciente de la imagen que ofrecían en los asientos más visibles del teatro: una pareja morena, elegante y atractiva aparentemente inconscientes de la gente que había a su alrededor, que se reían con mucha intimidad. Exactamente la impresión que quería dar.

La segunda llamada a la puerta del palco dio paso a un visitante muy bienvenido.

—Ven, entra, siéntate con nosotros, Maximilien —dijo Montecristo poniéndose de pie para saludar a su joven amigo mientras miraba rápidamente a su alrededor.

Entonces Mercedes inclinó la cabeza hacia otro de los tres acompañantes que no eran miembros de su familia. Montecristo observó la curva de su mandíbula mientras sonreía.

No le sorprendió ver que en el grupo de los Morcerf no se encontraba Salieux, pues él lo había llamado al día siguiente de la fiesta, y le había aclarado al joven las consecuencias de seguir siendo visto en compañía de la condesa de Morcerf. Y éste le balbuceó que iba a visitar a unos familiares en Italia durante una larga temporada, y se despidió de él cortésmente.

Montecristo estrechó la mano de Maximilien Morrel cálidamente y le besó ambas mejillas como genuina muestra de afecto. Desde su llegada a París, además de las personas de confianza que lo acompañaban, no había encontrado a nadie más que realmente le importara.

—¿Qué es lo que te preocupa? —le preguntó inmediatamente reconociendo que la hermosa cara del joven mostraba abatimiento.

Maximilien lo miró y en sus ojos oscuros se apreciaba una gran ansiedad, a pesar de la enorme prudencia que había adquirido en sus años en el ejército.

—Acabo de recibir unas noticias terribles.

—Por favor —dijo Montecristo—, cuéntamelo todo, y te ayudaré en lo que pueda. O, si no es posible, por lo menos te escucharé comprensivamente.

El joven pareció considerarlo un momento, y se quedó en silencio. Durante ese instante, Montecristo se acordó de su propósito de presentar a Haydée al joven capitán Morrel, y durante un tiempo había contemplado hacerlo. Pero al final no lo hizo. Le convenía pensar, por su condición en la sociedad parisina, y la de un miembro en particular, que su amigo y la joven podrían formar una buena pareja. Una pareja íntima.

Al final Maximilien habló.

—Por favor no me preguntes por qué, o cómo he llegado a esta situación, pues es un secreto que no puedo divulgar, pero me ocurrió algo cuando me encontraba junto al jardín trasero de la residencia de *monsieur* Villefort.

Montecristo se sorprendió por la naturaleza del asunto que le explicaba, aunque no le molestó.

—He sabido que a comienzos de esta semana hubo un fallecimiento en la familia.

Maximilien asintió.

—Lo que he sabido hoy es que en realidad se produjeron dos muertes la semana pasada. La del suegro de *monsieur* Villefort, y después, sólo dos días más tarde, también murió su suegra en la residencia de los Villefort.

—¿Eran parientes de la señora Heloise? —Montecristo fingió estar sorprendido.

La señora Heloise era la jovencísima segunda esposa de Villefort, con la que sólo dos semanas antes había mantenido una conversación sobre venenos.

—No, eran los abuelos de la hija de *monsieur* Villefort, Valentine. Eran sus abuelos maternos. Su madre falleció hace muchos años.

—Es cierto. Y eran personas muy ricas ¿verdad? —dijo Montecristo—. Recuerdo haberlo escuchado. Entonces eso significa que *mademoiselle* Valentine ha heredado una fortuna.

Maximilien parecía muy triste.

—Pero tengo que contarte algo más, pues mientras me encontraba detrás de la puerta del jardín —hizo que Montecristo lo mirara, y éste se cuidó de mantener la expresión tranquila, pues no le importaba la razón por la que el joven había estado junto a la mencionada puerta—, escuché una discusión entre *monsieur* Villefort y un médico que le explicaba que definitivamente la causa de las muertes había sido el envenenamiento.

—De modo que *monsieur* Villefort protege a un envenenador ¿verdad? —murmuró Montecristo consiguiendo mantener para sí mismo la satisfacción que sentía.

—Eso parece. Pero todavía hay más. —Entonces Maximilien lo miró completamente desanimado—. Poco después de que el médico examinara el cadáver de la señora, *mademoiselle* Valentine estaba con su abuelo, *monsieur* Noirtier, el padre de Villefort, que es un viejo bonapartista que no puede hablar ni moverse, y le ofreció un vaso de limonada. Pero antes de que lo probara, su viejo y fiel sirviente que se sentía cansado y con sed, bebió un poco, y enseguida se puso enfermo, sufrió unas aterradoras convulsiones, y murió ahí mismo.

Montecristo lo miró muy serio.

—De modo que ha habido tres asesinatos, envenenamientos, en a residencia de *monsieur* Villefort en menos de una semana. Basándome en lo que me has contado parecería que *mademoiselle* Valentine debiera de ser la culpable, pues es la que más gana con la muerte de sus abuelos maternos, que eran muy ricos, y de su abuelo, *monsieur* Noirtier, quien también, según tengo entendido, la nombró su heredera.

—¡Pero no, no pudo ser V…, *mademoiselle* Valentine! —exclamó Maximilien—. N… no creo que pudiera hacer algo así, pues e… estuve con ella en la fiesta de los Morcerf a la que tú también asististe.

Montecristo levantó una ceja.

—Maximilien, queridísimo amigo, nunca se puede estar seguro de una mujer, de la fuerza de su lealtad, y de lo lejos que pueden llegar cuando traicionan. Esto es algo que he aprendido más que bien. También se dice, y creo que es verdad, que los pecados del padre recaen sobre sus hijos. No estoy completamente seguro de que *monsieur* Villefort, con todo su poder y posición social, sea el hombre bueno y honesto que pretende ser. Tal vez lo que ha ocurrido es que simplemente sus inclinaciones se han manifestado en su hija.

—No creo que sea así. *Mademoiselle* Valentine amaba a su *grandpère* más que a nada en el mundo —dijo Maximilien—. No pudo haberlo envenenado.

Montecristo prefirió no comentar que supuestamente conocía los afectos de *mademoiselle* Valentine; en cambio miró cariñosamente a su amigo.

—Espero que me mantengas informado de cualquier cosa que te trastorne, amigo mío… pero esta vez sólo percibo tu sensibilidad y tristeza por la muerte de tres personas inocentes.

Maximilien asintió con la cara todavía afligida.

—De hecho es así. Pero —miró a Montecristo a los ojos con firmeza e intensidad— quizá llegue el momento en que pueda necesitar algo más que a alguien que me escuche con comprensión, Su Excelencia.

Montecristo se inclinó hacia él y apretó firmemente el musculoso brazo del joven.

—Y puedes estar seguro, Maximilien, que si me pides ayuda por cualquier motivo, el que sea, moveré cielo y tierra para ayudarte. Te doy mi palabra de honor. Sólo tienes que pedírmelo.

Tal vez se deslizó una lágrima de los ojos de su amigo. Tal vez no. De todos modos las siguientes palabras de Morrel sorprendieron tanto a Montecristo que casi salta de su asiento.

—Sólo hay una persona, además de mi padre, por supuesto, que ha sido tan amable y generosa conmigo y con mi familia. Ni siquiera sé quién es, y sólo conozco su nombre: lord Wilmore. Mi hermana Julie y yo hemos pensado mucho que ese hombre, que salvó a mi padre de una ruina segura y el suicidio, perdonándole una enorme deuda justo en el momento en que se iba a producir el desastre, no puede ser otro que un viejo amigo nuestro: Edmond Dantès, que desapareció hace más de veinte años. Espero que te tomes esto de la manera que pretendo, es decir, como un halago, pues me recuerdas mucho a él.

Durante un instante, Montecristo no pudo hablar. Sintió que la cara se le enfriaba, consciente de que debía haber empalidecido. Pero enseguida se recuperó y contestó con la voz inquieta.

—De corazón lo tomaré como el mayor de los cumplidos.

Así que era verdad.

Mercedes no podía quitar su mirada del palco al otro lado del escenario frente a ella, donde Montecristo estaba sentado junto a una mujer increíblemente hermosa, joven y exótica. Incluso al comenzar la representación, y debía dirigir su atención a los actores, que estaban muy cerca de su palco, siguió observándolos. Era fácil verlos, pues a pesar de que se encendieron las luces del escenario al comienzo del espectáculo, las otras lámparas del teatro no se apagaron.

De modo que ésa era la razón por la que la había dejado en ese estado. Ella era quien lo esperaba. Una mujer de la mitad de su edad. Tersa, firme y gloriosamente hermosa.

Mercedes había ido al teatro esa noche con su vestido favorito más atrevido de color rojo sangre, acompañada de Albert, Fernand y otros tres socios de los negocios de su marido. Ninguno de esos tres hombres estaba casado. Había sabido que Montecristo iba a asistir al teatro ese día, y pretendía darle algo donde mirar.

Aparentemente no se había dado cuenta de su presencia, pues se había pasado todo el tiempo charlando y riéndose con la mujer que tenía a su lado, inclinado hacia ella, conversando y divirtiéndose juntos.

No podía centrar sus pensamientos en la obra, y se acordó de Georges, el conde de Salieux. Lo que podía haberse convertido en un rompecabezas ¿cómo podría cortar su relación con él para siempre después de lo ocurrido en el jardín?, ya no era un problema en absoluto. A través de Albert se había enterado de que repentinamente se había ido a Italia a pasar unas largas vacaciones para visitar a unos parientes.

No sabía que tuviera parientes en Italia, lo que le hizo suponer que tal vez se había marchado por alguna otra razón, y creía poder adivinar el motivo.

De todos modos su ausencia resolvía el problema, y le permitía concentrarse en quien tenía a mano. Echó un vistazo al palco de Montecristo al otro lado del escenario, y descubrió que la estaba observando. Un escalofrío le recorrió el cuerpo, le calentó la cara y sintió que el estómago le daba vueltas. Sus ojos se encontraron y se miraron un largo rato pues ella se negó a apartar la mirada… mientras pensaba: *¿Qué será lo siguiente?*

¿Cuál era su plan?

Desde el otro lado, Montecristo simplemente inclinó la cabeza sin mostrar ninguna emoción: ni insolencia, ni respeto, ni cordialidad; sólo un sencillo movimiento de la barbilla, y después volvió su atención a la representación.

¿Simplemente había planeado seducirla hasta conseguir que estuviera excitada y temblorosa para después dejarla desnuda y abandonada en la fiesta? ¿Por qué? ¿Para afirmar su control sobre ella? ¿Para intentar humillarla? En cualquier caso no lo había conseguido del todo.

¿Hasta dónde llegaban sus planes de venganza? ¿Se estaban cumpliendo ahora sus objetivos?

Mercedes quería enfrentarse con él, quería agarrar sus fornidos hombros y zarandearlo hasta descubrir por qué... cómo... y dónde había estado todos estos años. Por qué no había regresado a buscarla... y ahora que lo había hecho, por qué de esa manera.

De esa manera fría e insensible.

Sintió un escalofrío que la tomó por sorpresa, y *monsieur* Hardegree, un londinense de visita en París, debió percibirlo. Inmediatamente reaccionó de manera solícita, y la ayudó a ponerse el chal de cachemira para que la tapara mejor. Rozó sus hombros con las manos enguantadas, y ella sonrió agradecida, atenta de no mostrarle ninguna señal seductora con la mirada.

Se acomodó en su asiento sintiendo que alguien se fijaba en ella, pero cuando lo volvió a observar, Montecristo tenía sus ojos puestos en otro lado. Estaba de espaldas al teatro, y parecía hablar con alguien que se hallaba detrás de él. Pero en ese ángulo, su perfil... casi hizo que se le rompiera el corazón de dolor. Edmond... claramente era Edmond, y sintió unas enormes ganas de echarse a llorar.

Pero cuando se volvió a dar la vuelta, nuevamente era Montecristo con su actitud dura, rígida y elegante.

Mercedes pensó un momento. ¿Qué es lo que ella quería?

Quería que regresara Edmond Dantès. Siempre lo había deseado.

Dejaría a Fernand y su casa elegante, sus montones de dinero y su comportamiento salaz en un instante si tuviera la oportunidad de volver con Edmond. Y viviría en un cuchitril, o en un barco o donde él quisiera.

Pero Edmond, fuese lo que fuese lo que había ocurrido con él, se había marchado... y el hombre llamado conde de Montecristo ya no se parecía, salvo en aspectos superficiales, o en vagos indicios e impresiones, al hombre que amaba.

Y de este modo, mientras pensaba en todo eso, se sintió mucho menos predispuesta hacia él. Lamentaba menos el amor que pudieron haber compartido, los años perdidos, los planes destruidos y la vida vacía que había vivido.

Pues si ésa era la manera en que regresaba a su vida, con misterio, frialdad y venganza, no estaba segura de que pudiera amar al hombre en que se había convertido.

Sus pensamientos se vieron interrumpidos por el intermedio de la representación, y aceptó que *monsieur* Hardegree la acompañara a la sala de aseo de las damas. Pensó que tal vez tendría la ocasión de ver a Montecristo mientras cruzaban los pasillos repletos de diversos miembros de la sociedad, todos igualmente deseosos de ver y ser vistos. Pero por desgracia, cuando llegó a su destino junto a *monsieur* Hardegree, ni siquiera había atisbado la elegante figura de él, con su camisa blanca almidonada, su chaqueta negra, su corbata con dibujos dorados y su camisero entallado.

—La esperaré encantado, mi lady —le dijo con su simpático acento británico y haciéndole una reverencia muy precisa.

Mercedes se dirigió al salón reservado a las damas, y pasó junto al hombre más grande y negro que hubiera visto nunca, que flanqueaba la puerta. Su cabeza rasurada brillaba bajo la luz de la lámpara, y llevaba un aro de oro en una oreja, lo que enseguida hizo que le recordara a Simbad.

Dentro de la pequeña habitación las mujeres se sentaban y charlaban, ajustaban sus vestidos, atendían a sus peinados e incluso algunas se ponían *rouge* en las mejillas y los labios. La antecámara era larga y estrecha, tenía cortinas con brocados de color verde y oro que cuando se descorrían descubrían un gran espejo por encima de una mesa igualmente larga y estrecha. Había seis sillas muy mullidas en torno a dos mesas bajas cuadradas sobre las que descansaban varios floreros con peonías y rosas que llenaban el aire con su dulce perfume como si quisieran luchar contra los olores de los polvos de maquillaje, las colonias, la transpiración femenina, y el pequeño y cerrado patio de butacas que había al otro lado de esta sala de reunión. Apenas había espacio para que caminara una mujer con sus amplias faldas en esta cámara en forma de galería.

Estaba *mademoiselle* Goutage, que se aplicaba un polvo blanco para taparse las manchas de la piel de su escote, y *mademoiselle* LeFritier, que se estaba poniendo *kohl* para reforzar la línea de los ojos y colorearse las pestañas. Como su piel era pálida y tenía las pestañas rubias, cambiaba mucho su aspecto, especialmente cuando se restregaba por debajo los ojos para parecer agotada. La señora Fouffant saludó a Mercedes calurosamente, y charlaron un breve momento antes de que la otra mujer se diese una última pasada a los lunares y se cambiara los guantes. Cuando se marchaba, Mercedes se volvió y se fijó en una de las puertas de las salitas privadas de la entrada de la otra habitación.

Entonces apareció una mujer, y al instante reconoció que era la acompañante de Montecristo. De cerca la muchacha era aún más espectacular, y por un momento, se sintió ruborizada de desesperación y de celos. Pero dio la espalda a esa joven, que en realidad era casi una niña, y volcó su atención en su propio reflejo en un gran espejo con marco dorado. Con las manos temblorosas se tocó su cabello negro y abundante, intentando no mirarla, mientras la muchacha avanzaba un poco para observarse también.

En ese momento sus ojos se encontraron, y la joven le mantuvo la mirada tranquilamente y le dijo:

—Buenas noches. —Su voz era ronca y tenía un acento agradable.

Le inclinó levemente la cabeza, y Mercedes nuevamente se vio tremendamente sorprendida por lo exquisita que era: piel suave y aceitunada, ojos achinados, pestañas espesas y oscuras que no necesitaban *kohl*, cabello negro azulado tan fuerte y reluciente como sus propios rizos y un cuello largo.

No podía mostrarse grosera, a pesar de la posición que pudiera tener esa mujer en la vida, o en la cama, de su antiguo amante, por más guapa que fuera. Quienquiera que fuese probablemente era completamente inocente de cualquier cosa que Montecristo hubiera planeado o hecho. Y además… creyó percibir cierto nerviosismo en sus ojos.

—Buenas noches, *mademoiselle* —contestó inclinando la cabeza majestuosamente, pero enseguida volvió a lo que estaba haciendo.

La joven siguió observándola mientras hacía como si estuviera arreglándose el peinado. Mercedes advirtió que en la habitación ya nadie hablaba y estaban en silencio, y que unas muchachas que contemplaban a la joven, que tenía aspecto de ser griega, cuchicheaban tapándose la boca. Ignorándolas, y también a la joven, se ajustó el corpiño, asegurándose de que le quedara justo encima de las aureolas de sus pezones, y no más abajo, y de que los lazos de sus mangas cortas siguieran manteniéndose rectos.

Mientras tanto, la conversación parecía haber terminado, y los cuchicheos y comentarios en voz baja se empezaron a escuchar más claramente en la habitación. Entonces un comentario se elevó sobre los demás resonando en la habitación como el estruendo de un trueno de verano.

—La sala de aseo para sirvientes y *esclavos* está justo abajo. En el sótano.

Mercedes observó la expresión de la muchacha que empalidecía. La confusión y el desasosiego se extendieron por la habitación, pero ella siguió acicalándose como si no lo hubiera escuchado.

—Si tuviera aquí una esclava, podría plancharme el vestido. Quizás haya alguna cerca que me pueda ayudar —dijo otra voz maliciosa.

La joven temblaba ligeramente mientras se esforzaba en ajustarse las largas sartas de zafiros que le colgaban de las orejas, y movía la boca nerviosa conteniendo su molestia.

Mercedes se volvió delante del espejo.

—No creo —dijo, mirando duramente a las jóvenes que habían estado cuchicheando— que el conde de Montecristo se haga acompañar al teatro por una esclava. Y si lo hiciera —añadió, cuando una de las mocosas se atrevió a abrir la boca—, no creo que la vistiera y enjoyara de manera mucho más elegante que cualquiera de las jóvenes que hay por aquí.

Las otras muchachas, que eran igual de jóvenes que la griega, cerraron la boca. Algunas se ruborizaron y *mademoiselle* LeFritier tuvo la delicadeza de mirar a otro lado y salir de la habitación sin hacer más comentarios. Eso era lo oportuno, ya que Mercedes era muy amiga de su madre, la señora LeFritier, una mujer encantadora y educada que se hubiera horrorizado del comportamiento de su hija.

Delante de las jóvenes, Mercedes se volvió hacia la muchacha griega y le dijo:

—Soy la condesa de Morcerf, y he tenido el placer de recibir al conde de Montecristo en mi casa.

La joven le sonrió levemente agradecida, mantuvo su aplomo regio e inclinó un poco la cabeza.

—Sé perfectamente quien es usted, señora condesa —dijo con una mirada muy significativa—. Es un placer, no, un privilegio, conocerla. Me llamo Haydée, y soy la pupila del conde de Montecristo.

Su voz era dulce y tenía un pequeño acento.

Pupila, es verdad, pensó Mercedes; pero mantuvo sus emociones a raya. No tenía derecho a juzgarla o hacer suposiciones, a pesar del hecho de que Montecristo tratara a la muchacha como a una pupila. Sin embargo, sus dedos se apretaron contra sus palmas enguantadas cuando recordó cómo había reaccionado el conde cuando se tuvo que enfrentar a su propio amante.

Entonces las otras señoritas salieron de la habitación, y las dos mujeres se quedaron solas.

—Es usted muy amable —dijo Haydée mirando la puerta que se cerraba después de que la cruzara la última falda abombada.

—No ha sido nada —le dijo Mercedes manteniendo la voz fría y firme. ¡Tenía tantas ganas de que Haydée... le contara tantas cosas!

—A menudo las muchachas muy jóvenes son crueles, pero no creo que este tipo de incidentes queden impunes —dijo Mercedes en cambio.

Haydée seguía mirándola.

—Así que es usted —murmuró mirándola atentamente de arriba abajo.

Mercedes levantó las cejas sorprendida.

—¿Soy yo?

La mirada de la muchacha era calculadora, pero no malévola. Más bien contemplativa como si quisiera esclarecer algo. Inclinó la cabeza y después sonrió como si estuviera tomando una decisión agradable.

—Su Excelencia y yo no somos amantes, señora condesa.

Si hubiera afirmado que su nariz era azul, Mercedes no se hubiera quedado más sorprendida de lo que ya lo estaba. Pero mantuvo la compostura y se permitió inclinar un poco los labios.

—¿Ah sí? Aunque él hace un gran esfuerzo en dar pie a ese malentendido.

—Es verdad, pero en privado me dice que soy su hija y me trata como tal.

De pronto se dio cuenta de que había encontrado una aliada ante cualquier enfrentamiento que tuviera con Montecristo; agarró el brazo de la joven y le dio un pequeño apretón.

—Gracias por contármelo, no me importa la razón que tengas para hacerlo.

—Lo hago por egoísmo, si me permite ser tan directa.

Su sonrisa era encantadora, y Mercedes se maravilló de que Montecristo no hubiera caído en su hechizo. Pero no tenía ninguna razón para no creer a Haydée y le devolvió la sonrisa.

—Cualquiera que sea la razón por la que me has dado esta información, la encuentro muy útil.

—No lo dudo, señora. Y mientras antes lo haga, más lo apreciaré. Ahora quizá lo mejor es que me vaya, pues puede que Alí ya se esté tirando de los pelos. O mejor dicho —le reveló con un hoyuelo en la mejilla y más infantil que nunca—, lo haría si tuviera algún pelo en la cabeza.

Con una reverencia Haydée cruzó la habitación con aires de princesa, y dejó a Mercedes con sus pensamientos.

No eran amantes.

Sonrió para sí misma mirándose en el espejo, y advirtió, igual que siempre que hacía eso, que su diente torcido de arriba le estropeaba su dentadura perfecta bajo unos grandes labios rojos. Odiaba la manera como se le hundía en el labio inferior cuando sonreía, casi como si fuera un pequeño colmillo. Pero Edmond pensaba que era encantador; decía que hacía que su sonrisa fuera real y accesible. La perfección, afirmaba, hubiera sido demasiado intimidante.

¿Por eso no se había acostado con Haydée? ¿O ella mentía?

Pero no tenía ningún motivo para mentir, así que enseguida descartó esa idea.

Estuvo meditando un rato sobre su conversación, y de pronto, con un sobresalto, se acordó que había dejado a *monsieur* Hardegree esperándola.

Sin embargo, cuando salió de la sala de aseo, no era Hardegree quien la esperaba. Era el propio Montecristo, que estaba apoyado indolentemente contra uno de los pilares de la galería, que se alineaban a lo largo de la habitación, pintados con dioses y diosas griegas.

Mercedes levantó la barbilla cuando sus ojos se encontraron, a pesar de que su corazón se sobresaltó y se le humedecieron las palmas de las manos bajo los guantes. ¿Llevaba el suficiente tiempo esperando como para sospechar que ella y Haydée se habían conocido? Y si era así... ¿supondría que hubieran tenido la conversación que mantuvieron?

Se preguntaba por qué le importaba, y por qué no debería enfrentarse a él aprovechando el momento, pero no obstante mantuvo la mirada fija y se dirigió hacia él.

—Su marido me ha pedido que la acompañe —dijo Montecristo ofreciéndole su brazo.

Durante un instante consideró no aceptarlo, pero se dio cuenta que no tenía ningún sentido hacerlo, y además... quería tocarlo. Y él quería tocarla a ella también. Sabía que a pesar de lo que había hecho en el cenador, y que la hubiera dejado allí de esa manera tan extraña, él todavía la deseaba.

Y sólo Dios sabía que ella también lo seguía deseando, aunque hubiera muerto antes de admitirlo.

—¿Ah sí? —preguntó deslizando sus dedos por sus brazos fuertes y cálidos. Él inmediatamente se giró y apretó el codo contra su cuerpo de modo que su vestido se aplastó al restregarse contra su pantalón. La presencia de Montecristo de cerca era abrumadora: moreno, fornido y absolutamente imponente—. Qué extraño es *monsieur* Hardegree, quien me acompañaba.

—Tal vez se demoró demasiado en el lavabo, señora —contestó Montecristo—, y se aburrió de esperarla.

—Ah, sí —murmuró ella mirándolo de reojo, ahora completamente convencida de que había sido él quien había sugerido a Hardegree que se retirara—. Después de esperar mucho tiempo, y sin que te digan nada, se puede suponer que la persona que esperas habrá encontrado otras maneras de divertirse más excitantes, y que nunca regresará. Y entonces, ¿qué es lo que una debe hacer? ¿Pasar toda... la velada... esperando en la galería para al final descubrir que no va a volver... y darse cuenta de que te estás perdiendo la representación?

Montecristo apretó sus hermosos labios pero mantuvo la mirada fría, se movió bruscamente hacia ella, y después miró hacia delante.

—Cuando uno promete esperar, hay que mantenerse fiel a su palabra... y confiar en que el otro regresará tal como ha prometido. Al fin y al cabo ¿qué es un simple entretenimiento en relación a una *promesa*?

Mercedes sintió una repentina oleada de tristeza y dolor, pero no lo exteriorizó. Hasta que no supiera qué es lo que él buscaba, cuál era la verdadera razón por la que estaba allí, y por qué se había escondido durante tantos años. Aunque no daba ninguna explicación de sus decisiones, obviamente la consideraba culpable, y por ello, la despreciaba.

Pero él sabía perfectamente quién era ella cuando se había disfrazado de Simbad hace diez años, y eso no se lo podía perdonar.

—Y entonces, señor conde, ¿cree que uno nunca debe abandonar la esperanza de que el otro pueda reaparecer? ¿A pesar de todas las evidencias de lo contrario, y que no haya ocurrido nada que pudiera hacer cambiar la situación?

Se rozó contra él a propósito, lo miró abriendo los ojos expresando astucia y entreabrió los labios.

—Sobre todo hay que ser fiel a lo que se ha prometido —contestó Montecristo.

Mercedes se quedó en silencio un momento considerando su siguiente respuesta. La representación se había reanudado, y los mirones y cotillas ya habían regresado a sus asientos. Sólo alguna pareja ocasional, o algún caballero, pasaba junto a ellos mientras paseaban... y se dio cuenta, después de mirar a su alrededor, que Montecristo la había guiado a través de la galería y la entrada del teatro hasta un lateral del edificio.

—Fidelidad a lo que se ha prometido —contestó pensativa—. Por lo tanto, por encima de todo, hay que mantener la honestidad y el honor. Puedo estar conforme con usted en eso. *Honestidad y honor*, señor conde.

Montecristo la miró, y sus ojos oscuros rebuscaron en los de ella como si quisiera encontrar un significado más profundo. Ella entonces advirtió que habían llegado a un hueco oscuro de la escalera que usaban las doncellas y los lacayos, que tenía un rellano entre el segundo y tercer piso.

Entonces se detuvieron, y él la atrajo a sus brazos, exactamente como ella sospechaba que iba a hacer, pues era indisimulable la pasión que sentían el uno por el otro.

El abrazo de Montecristo fue intenso y atrevido, y la aplastó entre su cuerpo y el muro de escayola. Ella deslizó sus brazos ansiosamente alrededor de su cuello, y sintió el calor de su piel bajo los grandes rizos que le rozaban el cuello de la camisa. La boca de él se lanzó en picado hacia la suya, que ya no era dura y firme, sino ágil y exigente, y la obligó a darle una respuesta inmediata, a pesar de que se le había cortado la respiración. Se apretó contra él, su vestido se aplastó y arrugó sobre sus caderas, y Montecristo siguió metiéndole la lengua en la boca, incrustando sus dedos en la parte más sobresaliente de sus omóplatos.

Mercedes cerró los ojos y se abandonó a la conocida sensación que le recorría el cuerpo, que se arremolinaba en su vientre y le producía un hormigueo entre las piernas. Entonces sintió la caricia cálida y resbaladiza de su lengua y las rozaduras urgentes de sus dientes; y sus labios suaves que se moldeaban, a veces sensuales y persuasivos, y otras duros y apretados. También percibió el calor de su cuerpo y el roce de la manga de lana contra su piel delicada. Y el olor de Edmond mezclado con el de Montecristo: con un ligero perfume a humo, almizcle y limón, unido al aroma de la lana y el almidón.

Montecristo metió una pierna entre las de ella, haciendo que separara los muslos bajo las diversas capas de tela del vestido y el miriñaque, y la apretó audazmente contra la suavidad de su sexo. Ella gemía con suavidad pegada a su boca y al sentir que incrementaba la presión contra sus muslos, movió un poco las caderas de manera ligeramente rítmica. Después inclinó la cabeza hacia atrás, y la parte alta de su peinado se pegó al muro de escayola, y él le besó la amplia zona de piel que dejaba expuesta por encima del corpiño.

Los labios cálidos y suaves de Montecristo exploraron los agujeros de su garganta, haciendo que ella se irguiera y se apretara más a él. Mientras tanto hundió su rodilla más profundamente entre sus piernas, y hurgó entre el lío de faldas obligándola a ponerse de puntillas para no perder el equilibrio.

Edmond.

Así era Edmond; así hacía que se sintiera, así calentaba y estrechaba su cuerpo llenándola de deseo.

Cuanto tiró del borde del corpiño con sus dedos impacientes, Mercedes tuvo que luchar para volver a la realidad para salir de ese lugar profundo lleno de caricias, lametones y mordisquitos, y se obligó a abrir los ojos. No había nadie en los alrededores. La zona apenas estaba iluminada y en silencio, excepto el sonido de sus respiraciones y del roce de sus ropas.

A pesar de que su cerebro estaba confuso, y su cuerpo pedía ser liberado y ser desvestido para estar piel contra piel con el hombre que tenía ante ella, y así colmarse de caricias y estímulos hasta llegar al clímax, se acordó de lo que había ocurrido la última vez. Y la idea de ser dejada casi desnuda en un teatro hizo que sintiera un escalofrío que le ayudó a despejar la mente.

Al abrir los ojos vio la coronilla oscura de su cabeza. Su lengua se deslizaba entre la cálida hendidura que se formaba entre sus pechos, y sus labios se apretaban contra su escote. Tenía los pezones duros e hinchados bajo el encierro del corsé, y se encogió un poco de hombros para que se pudieran restregar contra él.

Entonces Mercedes llevó una mano valientemente hasta los botones de sus pantalones, y lo acarició por debajo de la chaqueta y por encima del duro brocado del chaleco que llevaba. Montecristo se sorprendió cuando hizo ese movimiento, pero al sentir que se abría camino bajo las largas colas de su camisa hasta llegar a su piel caliente y sus duros vellos, él se enderezó pegado a ella. Después sacó su rodilla de su sexo palpitante, y dejó de apretar la zona, lo que provocó a Mercedes un pequeño gemido en todo el cuerpo al dejar de sentir esa cálida presión.

Aun así, sus manos estaban ocupadas en el interior caliente de sus pantalones. Paseando los dedos por su vientre plano y el borde de su ombligo, se estiró para besarle el cuello. El sabor a almizcle y sal, la aspereza del comienzo de su barba, y el olor a almidón del cuello de la camisa conformaban una aterradora combinación de Edmond Dantès, Simbad y Montecristo. Pero siguió rebuscando con sus manos, haciendo que se acercara más a ella, de manera que sus cuerpos quedaran casi pegados nuevamente. Entonces fue peinando con las uñas sus vellos rizados que según bajaba se hacían cada vez más espesos, y avanzó hasta apoderarse de su pene duro y ardiente que presionaba con fuerza.

Montecristo soltó un suspiro, casi un gemido, y ella hubiera jurado que sentía cómo su miembro crecía en sus manos. Entonces le abrió los pantalones a ciegas para poder mover la mano sin restricciones. Enseguida deslizó sus dedos a lo largo de su gloriosa verga, por sus enérgicas venas y la piel púrpura de su suave cabeza. Con un pequeño tirón bajo la calidez de los pantalones, le retiró la piel, pasó un dedo por el borde de la cabeza del miembro, y por las delicadas venas de más abajo, y sintió cómo se le endurecía todo el cuerpo cuando lo tocaba… y en ese momento percibió una gota pegajosa en la punta, así como la tensión de sus poderosos muslos cuando se apretaba contra ellos. Inmediatamente sintió el goteo de semen que se deslizaba por su palpitante erección.

Si anteriormente había dudado de si respondería ante ella, ya no lo hacía. Pero lo que más quería hacer era caer de rodillas frente a él, meterse esa larga verga de color rojo y púrpura en la boca, y chuparla hasta que le rogara clemencia... hasta que gritara su nombre y admitiera quién era él...

Mercedes tenía su propio sexo completamente excitado, y los pechos apretados bajo las manos de Montecristo, y bajo el corsé y el vestido. Entonces volvieron a encontrarse sus bocas. Ella se mantenía aferrada a su miembro, masturbándolo arrítmicamente, nada dispuesta a dejar que se fuera, para llevarlo hasta el clímax, encantada de sentir su sólido miembro entre sus manos... sabiendo que lo tenía, y a él también, bajo su control.

Nuevamente despejó su mente, recordó quién era y dónde estaba... y con quién estaba. Apretó los dedos alrededor de su pene, se detuvo un instante y se apartó de su boca lo suficiente para decirle:

—Si tengo que cumplir con lo que es correcto y adecuado para una dama, tendría que terminar con esta relación ahora mismo.

Él se quedó quieto junto ella, y se volvió a apoderar de su boca cogiéndole la cabeza con ambas manos. Restregando sus labios contra los de ella, la obligó a abrirla para recibir su beso duro y tormentoso... reconociendo lo que le acaba de decir, y obligándola a responderle con toda su pasión.

Ella lo besó con fuerza; no se hubiera podido negar a hacerlo y mantuvo su mano apretada sobre su pene que se hinchaba y palpitaba lleno de calor. Entonces apartó la cara, miró su rostro oscuro, ensombrecido y furioso, y dijo:

—Pero no lo haré.

Dio dos fuertes tirones a su miembro ya a punto de estallar. Y enseguida sintió sus gemidos hasta que alcanzó un inesperado orgasmo. El miembro se terminó de hinchar, y su pegajoso semen caliente se le desparramó por la mano y encima de los calzones. Se limpió los dedos en las colas de la camisa, dio un paso atrás con la respiración alterada y el cuerpo todavía excitado, pero satisfecho. Sabía que había tomado ventaja frente a él.

—Buenas noches, Su Excelencia —dijo con la voz fría—. Espero que consiga lo que ha venido a buscar.

Y se dio la vuelta sobria y majestuosamente, y se alejó... con todos sus cabellos impecablemente ordenados, como una auténtica dama.

Capítulo 9

En el dormitorio

Más tarde esa misma noche
París

Después del breve encuentro con el conde de Montecristo, Mercedes regresó a su palco sin acompañante. Ignoró la mirada de enfado de Fernand cuando entró, y permaneció sentada el resto de la función. Aunque no apartó la vista del escenario que tenía justo delante, lo que pasaba por su mente no tenía nada que ver con la obra que se representaba ahí abajo.

Seguía conservando su olor: en las manos, cuando se las llevaba a la boca... en el cuello, cuando giraba la cabeza de cierta manera... Y todavía tenía los labios hinchados y temblorosos después de su último beso tormentoso.

Consideró irse antes de que la obra terminara, pero decidió que eso podía dar una impresión equivocada a Montecristo, de modo que se quedó hasta el final. Asimismo, no quiso pasearse por la galería nuevamente durante el segundo intermedio, y se quedó en el palco junto al muy atento *monsieur* Hardegree, que no parecía haberse molestado con ella por haberse quedado tanto tiempo en la sala de aseo de las damas. Sospechaba que Montecristo planeaba sustituirlo de nuevo como acompañante, probablemente con la aprobación de Fernand.

Aunque se fijó cuando éste salió de su palco, y después regresó, apenas miró en esa dirección. Tenía la impresión de que una oleada de malestar cruzaba el espacio que había entre sus respectivos asientos, y sonreía en secreto para sí misma por ello, preguntándose si él se sentía reprobado, o simplemente estaba decepcionado, después de que ella se hubiera retirado evidentemente victoriosa.

De cualquier manera, estaba contenta.

Mucho más tarde esa noche ya se encontró de vuelta en su habitación vestida para acostarse. Charlotte le había quitado las dolorosas agujas del peinado, y le caían sus largos rizos ondulados muy por debajo del taburete en el que se encontraba. La doncella estaba a punto de hacerle una gran trenza cuando llamaron perentoriamente a la puerta.

Cuando Charlotte la abrió, entró Fernand dando grandes zancadas. Todavía completamente vestido, y con un brillo diabólico en los ojos, que enseguida reconoció como uno de los que prefería evitar.

—Ya te puedes retirar por esta noche —dijo a Charlotte.

Ella salió rápidamente de la habitación dejando a su señora con el pelo suelto y con su vestido de noche todavía colgado de un biombo.

—¿Qué quieres, Fernand? —le preguntó cansada dándose la vuelta en su taburete.

—Esta noche estuviste con Montecristo —contestó su marido.

Mercedes inclinó la cabeza.

—¿No fue porque así lo dispusiste, querido marido?

—Claro que sí —respondió estrechando los ojos—. ¿Cuáles son tus intenciones en relación a Hardegree? Si pretendes complacerlo esta noche, te lo prohíbo.

Mercedes se enfadó.

—Me voy a acostar. Sola. Y aunque quisiera complacer a Hardegree, como ves, no está aquí.

—Pero parece como si esperaras a alguna visita. —Hizo un gesto hacia su vestido, que era poco más que un encaje desde los hombros a las caderas, y desde allí caía hasta el suelo convertido en una falda de seda—. Te has vuelto muy puta —añadió.

—Sal de la habitación —dijo ella.

Fernand la agarró de un brazo, la empujó del taburete, e hizo que se cayera al suelo.

—No me puedes ordenar que salga de tu dormitorio, condesa de Morcerf —dijo con su cara muy cerca de la suya—. Soy tu marido y me perteneces. Puedo hacer lo que quiera cuando me plazca.

Le arañó la cara con el bigote, golpeó sus labios con los suyos y hundió sus dedos en sus brazos desnudos. El beso, si se pudiera llamar así a eso, fue corto, y cuando se apartó, a su marido le brillaban los ojos y respiraba entrecortadamente.

—Recuérdalo siempre.

Le dio un empujón, y a pesar de que ella se alcanzó a sostener antes de perder el equilibrio, se dio un doloroso golpe en un tobillo al chocar contra uno de los postes de la cama. Cuando volvió a mirar hacia él, Fernand había salido de la habitación cerrando la puerta con fuerza.

Mercedes se quedó mirando mientras se restregaba su tobillo dolorido, preguntándose de qué se trataba lo que había ocurrido. De todos modos Fernand pocas veces venía a su dormitorio, y a pesar de que esta vez se había presentado a ejercer sus derechos maritales, agradeció confundida que se hubiera marchado.

Pero un rato después, cuando volvieron a llamar a la puerta, sintió un extraño picor en la espalda. ¿Habría ido a buscar su látigo? Se le secó la boca y se pasó la lengua por los labios recordando la vez en que había usado su delgado látigo de cuero para conseguir excitarse a costa de sus nalgas y su espalda. Como después Albert se había fijado en las marcas que le habían quedado, y había preguntado por ellas, su padre no se había atrevido a volverlo a usar.

Apenas se había apagado el sonido del golpe contra la puerta, giró el picaporte y Fernand volvió a entrar. Sólo traía una botella larga y oscura y dos vasos pequeños. Pero detrás de él…

Mercedes empalideció. Sus rodillas cedieron y se aferró al resistente pilar de la cama durante un instante antes de ponerse recta. Sus manos se agarraron con fuerza a la dura caoba.

—Nos volvemos a encontrar, señora condesa —dijo el conde de Montecristo que hizo un reverencia insolente y entró en la habitación como si fuese de su propiedad.

A pesar del hecho de que Mercedes sintió que el dormitorio se había empequeñecido y oscurecido alarmantemente, pudo observar el brillo de sus ojos. Fríos. Furiosos. Hacían que su corazón se acelerara, y que sintiera la boca como si le hubieran metido una enorme bola de algodón.

Fernand, que aún permanecía junto a la puerta, la cerró, y enseguida se oyó el siniestro chirrido de la llave al girarla. Después se dio la vuelta aún con la botella y los vasos en la mano.

—Por favor —dijo a Montecristo haciéndole un gesto que señalaba los dos sillones que había junto a una mesa pequeña.

Mercedes se obligó a mantener la serenidad y la compostura mientras Montecristo elegía sillón y su marido se sacaba la chaqueta. El ambiente estaba cargado de tensión, y se había producido un silencio descarnado como si estuvieran a la espera de una ejecución.

Su visitante no invitado se sacó el pañuelo del cuello muy decidido. Tenía los ojos fijos en ella, y mantenía la expresión de su cara inescrutable. Se sacó la chaqueta, la dobló y la apoyó en el brazo del sillón. Después se sentó y estiró las piernas indolentemente en el centro de la habitación.

Mercedes se mantenía recta y orgullosa, y su torso mostraba su silueta por debajo del camisón de encaje color marfil con escote alto. Se daba cuenta de que el conde la observaba. La gran cabellera oscura le colgaba sobre un hombro, y cuando la recogió para echárselo hacia atrás se le levantaron los pechos. Montecristo seguía observándola con la mandíbula ligeramente torcida.

Le latía con fuerza el corazón, y su falda de seda, que estaba caliente, se le pegaba a las piernas y las caderas. De pronto se dio cuenta de que se le había humedecido la columna. El ruido de un vaso rompió el silencio, y después se oyó el líquido que se vertía en él.

Se sentía como si se hubiese visto obligada a entrar en una guerra de nervios. Y efectivamente se dio cuenta de que eso es lo que estaba ocurriendo. Ambos esperaban y se analizaban el uno al otro como si Fernand no estuviese presente. La intimidad entre ellos se estrechaba y echaba chispas entre el sillón y la cama, entre un hombre y una mujer, entre el deseo y el orgullo.

Pero Fernand estaba con ellos, y eso hacía que a Mercedes se le humedecieran las manos y que se le revolviera el estómago de manera muy desagradable.

—Quítate el camisón —le dijo su marido que de pronto estaba de pie junto a su sillón.

Ella vio un sutil movimiento de sombras en la cara del conde que le dio a entender lo que necesitaba saber. Si eso iba a ser una batalla de voluntades, ella conocía las debilidades de Montecristo... y también las de Fernand.

Y en cuanto a la de ella... apretó los labios. No iba a rogar ni a suplicar. Nunca más.

Inclinando la cabeza hacia un lado, miró fijamente a Fernand, y permitió que sus ojos se mostraran seductores... algo que nunca había hecho antes con él. Nunca.

—Tal vez me podrías ayudar, querido marido —le dijo.

La satisfacción que apareció en la cara de Fernand la sorprendió tanto que casi se distrajo. Su marido dio un buen trago a su bebida vaciando el vaso, lo dejó sobre la mesa, y se acercó a ella.

Mercedes se levantó la cabellera, se la puso sobre un hombro y dio la espalda a Montecristo... y a su marido para que pudiera desabotonarle el camisón. Todavía le latía el corazón con mucha fuerza; y apenas podía soportar que Fernand la tocara con sus manos sudorosas, pesadas y calientes. Cualquiera que fuera su plan, seguramente Montecristo no iba a ser capaz de observarlos durante mucho tiempo. Era lo que ella deseaba.

Cuando el camisón se soltó, el corpiño de encaje se movió ligeramente.

—Basta —dijo Montecristo con la voz suave—. Deja que ella haga el resto.

Las pesadas manos de Fernand se apartaron, y Mercedes respiró profunda y lentamente. El duro corpiño se restregó por sus tersos pezones, y sintió cómo dos pares de ojos se concentraban en su espalda que había quedado desnuda al abrirse las dos mitades del vestido.

Entonces se volvió lentamente, y sintió la sensual caricia de la seda contra sus piernas y por encima de los pies.

—Déjelo caer, señora —dijo Montecristo duramente—. Quiero ver lo que he comprado.

Su comentario, que era un golpe bajo, fue lo suficientemente efectivo como para que Mercedes se quedara un rato helada. ¿*Comprado*? Se sintió enferma, pero mantuvo la cara impasible. Verdadero o falso, lo había dicho para asustarla y herirla en esa batalla de voluntades... era su forma de esquivar el golpe.

—Me temo —dijo ella tranquilamente— que lo que le haya costado, ha sido muy mal pagado, mi querido conde.

Y dejó que el camisón le cayera hasta los pies formando en el suelo un montoncito de seda y encaje.

Fernand respiró hondo, pero Montecristo no quedó inmune, pues ella observó que movía ligeramente la mandíbula, así como la garganta. Al fin y al cabo, ni siquiera Simbad la había visto desnuda a plena luz.

Y aunque su cuerpo de mujer de cuarenta años no era comparable al de Haydée, y su carne firme y tersa, Mercedes sabía que si una mujer está cómoda en su piel, y conoce sus perfecciones e imperfecciones, sus placeres y capacidades, y sabe cómo usarlas... y conoce la pasión... es muy capaz de hacer que un hombre grite de deseo. Especialmente a uno que ya la desea de antemano.

Puso sus manos temblorosas detrás de la cabeza y se levantó el cabello, consciente de que ese movimiento hacía que se le levantaran los pechos con sus pezones apretados y tersos por el frío. Poniendo su atención en Montecristo, también se fijó en Fernand, e inclinándose lentamente recogió el montoncito de seda y encaje mientras sus pechos se balanceaban.

Lo arrojó casualmente hacia Montecristo sin siquiera mirarlo, y caminó hacia Fernand. Y aunque cada músculo de su cuerpo se rebelaba, sabía que era la única manera. Tenía que hacer enfadar a Montecristo... lo suficiente para que interviniera.

Por el rabillo del ojo vio que el conde había agarrado el camisón y se lo había puesto sobre las piernas. Otra breve mirada le hizo ver que la observaba, y que sus dedos fuertes y morenos se clavaban y restregaban sobre la seda de la prenda.

Mercedes volvió a mirar a Fernand, y vio deseo en su cara. Era una suerte, y probablemente tenía que ver con el hecho de que se sentía más cómodo de lo que normalmente estaba. Durante un momento se llenó de recuerdos de ellos discutiendo, luchando y llorando, y casi se paraliza, pero enseguida los desechó.

Esa noche, no.

Esa noche no, pues contaba con el hecho de que Montecristo, que decididamente la había alejado de Salieux, se había enfadado abiertamente cuando la vio con Hardegree, y no estuvo dispuesto a compartirla con Neru cuando era Simbad; nunca la había visto copular con el rival de Edmond Dantès.

Nunca.

El asunto era ver quién se rompía antes.

Montecristo tenía el camisón de seda entre sus manos que aún conservaba su calor, y cuando se lo acercó a la nariz percibió su olor a especias y flores. No era tan dulce y femenino como el perfume de jazmín que le encantaba a Haydée, sino más almizclado y con olor a especias, mezclado con notas de lirio de los valles.

Dio un trago al brandy y observó el cuerpo dorado de Mercedes, cuyas caderas eran más curvilíneas de lo que recordaba. Tenía el vientre ligeramente redondo y sus grandes pechos se bamboleaban. A pesar del calor del licor tenía la boca seca y la garganta apretada. Relajó los dedos, soltó el camisón de seda, y se obligó a apoyarlos ligeramente abiertos sobre su regazo.

Más abajo se enrabietaba su miembro hambriento.

Miró hacia Morcerf y le picó la piel por la aversión que le produjo, pero mantuvo la cara normal. Iba a observar, y tal vez a participar impasiblemente en lo que ocurriera esa noche. Era la manera de conseguir su objetivo, y poder mantenerse lo suficientemente apartado mientras observaba, y disfrutaba, la humillación que estaba propinando a Mercedes.

Ella de pronto lo sorprendió, pues dejó de acosar a su presa, su marido, e inmediatamente se volvió hacia él. Un instante antes miraba a Morcerf clavándole sus ojos profundos y oscuros, y ahora lo observaba a él.

Puso sus brazos delgados a ambos lados de Montecristo, apoyó las manos sobre los reposabrazos de su sillón y se inclinó hacia adelante frente a él. Su larga cabellera cayó sobre el camisón de seda y encaje que estaba sobre las piernas del conde, y le rozó las manos. Se acercó aún más, y lo cogió por sorpresa al besarlo con sus labios sensuales y rojos. Deslizó su lengua cálida y húmeda por encima de sus dientes, hasta que él los separó, y le permitió entrar en su boca.

El beso fue caliente y breve, pero enseguida se apartó con los ojos entreabiertos de manera que él no pudiera descifrar sus sentimientos, aunque alcanzó a ver cómo le latía el pulso en la garganta.

—Disfruta del espectáculo —le murmuró al oído con una voz baja y sensual que se filtró hasta la piel del conde al retirarse.

Rápido como un látigo, Montecristo levantó una mano, le agarró un brazo y la atrajo hacia él. Ella elevó fría y despreocupadamente un lado de la boca, y le puso la mano sobre el bulto de los pantalones.

—He pagado bastante… y espero una actuación más satisfactoria que la que me ofreció esta noche.

Después la empujó antes de que sus manos llegaran a tocarle ninguna otra parte de su cuerpo.

Ella se tambaleó un poco, pero sus pechos se sacudieron agradablemente, y sus ojos mostraron un chispazo de algo: enfado, sorpresa… algo. Pero enseguida se levantó con una tímida sonrisa de complicidad, y volvió la atención hacia su marido.

Montecristo observaba cómo ella se pavoneaba ante Morcerf... ante su marido... que la miraba como si estuviera sorprendido y cargado de lujuria. Movía la garganta como si tragara, y su manzana de Adán se retorció cuando ella sentó su trasero hermoso y redondo encima de su regazo, y puso sus piernas recatadamente hacia un lado como si estuviera sobre la montura de su yegua, con las rodillas hacia Montecristo.

Mercedes se inclinó para besar a su marido de la misma manera sensual como había besado a Montecristo hacía sólo un momento. Él podía ver cómo deslizaba su lengua, doblaba los extremos de los labios, y los estiraba como riéndose sobre la boca de su marido, como si estuvieran compartiendo una broma privada.

Sin embargo, no podía estar riéndose si lo estaba besando.

Montecristo estiró un brazo para coger su vaso, pero se dio cuenta de que estaba vacío. Aun así, cerró los dedos sobre el vaso de cristal con la superficie en forma de diamante y continuó observando. Lo único que no había investigado durante la última década era el estado de las relaciones íntimas de Mercedes y Fernand. No quería, ni necesitaba saber esos detalles.

Y ahora, parecía que los iba a comprobar de primera mano.

Levantó la copa para ponerse unos dedos de licor en el vaso, así como en el de Morcerf, y siguió observando cómo éste movía las manos por la suave piel dorada de la espalda de Mercedes, por debajo de su suave cabellera que olía a lirios del valle. Ella había desatado el pañuelo del cuello de su marido y lo había dejado a un lado. Después desabrochó su camisa, y dejó que él jugara con sus pechos.

Montecristo observaba plácidamente, y daba tragos a su brandy. Ella inclinaba su cabeza hacia atrás y su cabellera le caía recta por su espalda hasta llegar a las piernas de Morcerf, que se había agachado para chuparle uno de sus pezones color rosa oscuro. Más labios y lengua, más sonidos de succión, y un suave suspiro de placer de Mercedes.

Entonces se movió ligeramente en su asiento, y ella lo miró atrapando audazmente su mirada un instante. Enseguida sus párpados se cerraron, y arqueó el pecho para acercarlo a Morcerf. Después llevó las manos al pecho desnudo de su marido, que tenía la camisa abierta mostrando su piel pálida y una gran mancha de vello que nacía desde la parte más alta de su torso.

—Tal vez podrían... darse prisa —dijo Montecristo apurando su bebida y al dejar el vaso en la mesa, éste hizo un sonido apagado. Miró a Mercedes que había vuelto a abrir los ojos—. Se hace tarde. Y espero algo un poco más... interesante.

Ella arqueó una ceja mirándolo, y después se dirigió a su marido:

—Quizá podamos invitar al conde para que se una a nosotros —dijo con la voz ronca—. ¿O crees que sólo quiere mirar?

Morcerf, que tenía todo el pezón y la aureola en la boca, chupándolo intensamente, se echó hacia atrás, le estiró el pecho, y después lo soltó bruscamente. Montecristo miraba la carne hinchada, roja y brillante, y apretaba sus dedos contra el camisón de seda, húmedo y caliente, que tenía sobre sus piernas.

—Si hay algo que valga la pena ver, preferiría quedarme observando —contestó volviendo a agarrar la botella.

Ante eso, Mercedes le hizo un gesto señalando la cama.

—Vamos, querido conde... seguro que no ha pagado sólo por mirar. Podrías hacer esto... —y tomó las manos de Morcerf y se las cerró sobre sus pechos, gimió suavemente y se arqueó mientras sus pulgares le acariciaban los pezones—. O esto...

Y volviendo a mirar a Montecristo sacó las manos de su marido de sus pechos y las llevó a su sexo. El conde observaba los movimientos de las manos del otro hombre, que deslizaba sus dedos hacia arriba y hacia abajo en la sombra oscura que se formaba entre sus cuerpos. Y cuando ya estaban brillantes de humedad los volvió a llevar hasta sus pechos.

—Nos lo podríamos pasar bien los tres juntos... su piel junto a la mía, sus manos combinadas con las de Fernand, nuestras piernas entrelazadas, las dos pollas duras... pelo y músculo, fuego y humedad. —Su voz baja e hipnótica parecía hacer volutas en el aire como si fuera humo.

Los ojos de Morcerf se concentraron en Mercedes como si nunca la hubiera visto antes. Su respiración resonaba áspera y muy fuerte en la habitación, y Montecristo pensó que Fernand en cualquier momento iba a explotar.

—Prefiero observar —volvió a decir—, si es que hay algo que valga la pena ver.

Se aseguró de que su voz sonara dubitativa y que sus dedos no temblaran al agarrar el vaso. Mantuvo un trago de brandy en la boca y sintió cómo quemaba antes de tragarlo, deleitándose con su calor. Se mareó un poco al observar que Mercedes apartaba su cuerpo exuberante del regazo de su marido.

Y se acercaba a él.

Como antes, se inclinó con un movimiento fluido y lo cogió por sorpresa al agarrarse a los brazos de su asiento y cubrir una de sus muñecas con sus pequeños dedos. Si esperaba un beso persuasivo y seductor se tuvo que sentir decepcionado, pues fue tan salvaje, profundo y audaz como el primero. Sus labios estaban suaves, hinchados y resbaladizos, y los usaba para jugar con los suyos, metiéndoselos en la boca, deslizando la lengua por ellos y dándole mordisquitos en el de abajo. Enseguida se apartó. ¿Qué estaba intentando hacer?

—Únase a nosotros con confianza si se siente desplazado —le murmuró al oído. Entonces le sonrió calientemente de manera gatuna y se alejó de él retirando su pequeña mano de su muñeca—. Fernand estará encantado.

El pecho de Montecristo se apretó y la sangre le corrió con fuerza por las venas. No estaba seguro si era por la rabia o por ese maldito beso, por sus palabras provocadoras o por su cuerpo lujurioso. Apretó los dedos en el brazo del sillón, y consiguió sonreír fríamente.

—Lo tomaré como un consejo... pero por ahora no he visto nada que valga la pena... como para que me una al juego.

Mercedes mantuvo la sonrisa. Se dio la vuelta y le ofreció una vista perfecta de su larga columna y la espesa cabellera que le acariciaba su piel de melocotón, justo por encima de los hoyuelos del trasero y sus caderas brillantes.

Después pareció que las cosas fueron muy deprisa. Primero ella estaba ante él jugueteando y pavoneándose, y enseguida se dirigió a la cama con Morcerf. Su marido dejó su ropa amontonada en el suelo, y Montecristo pudo ver su cuerpo blando, más pálido que la piel dorada de Mercedes, aunque no tan blanco como el de los ingleses. Tenía mucho vello en el pecho, y dos pequeñas zonas peludas en la espalda, así como en las piernas. Su miembro estaba grande y duro, aunque no parecía que estuviera listo para estallar.

Montecristo no podía ver lo suficientemente bien desde donde se encontraba; y cuando se pusieron sobre la cama, sólo acabó parcialmente lo que ocurría. Pero lo más importante era que no podía *ser* visto.

Se levantó de su asiento y se acercó tranquilamente a la cama con un gran bulto en la entrepierna. Mientras se aproximaba, Mercedes se deslizó junto a su marido, se sentó cerca de su torso, y puso la oscura mata de vello de su sexo sobre el cobertor azul pálido mientras se apoyaba en sus piernas velludas. Cerró los ojos, puso las manos sobre la colcha, y Morcerf volvió a chuparle uno de sus pechos, apartándole la cortina de pelo que lo tapaba llevándola por detrás de sus hombros.

El otro pecho se balanceaba lo suficientemente cerca de Montecristo como para que pudiera tocárselo. Pero éste agarró su vaso y se lo llevó a los labios para dar un trago… y antes de que ella se diera cuenta ya estaba junto a la cama. Con la mano libre le agarró la cabeza por detrás, y ella abrió los ojos sorprendida cuando la giró hacia él. Y en esa posición la besó en la boca apretando las piernas contra la cama aún con la copa de brandy en la mano. Mientras la besaba, Montecristo percibía el ritmo de los labios de Morcerf que le chupaban un pezón como si fuera un recién nacido.

—Esto es más interesante —dijo soltándole la boca de pronto y dejándola estremecida—. Bien.

Pero dio un paso atrás manteniéndole la mirada como para que recordara que él estaba allí. Observando.

Observando.

Entonces, repentinamente, ella estiró la mano y lo agarró de la camisa. Dio un tirón y Montecristo se tambaleó hacia ella volviendo a chocarse contra la cama.

—¿Se va tan pronto? —murmuró acercándose de rodillas con los dedos sujetos a su camisa y el cabello enredado alrededor de sus pechos.

Esta vez, cuando lo besó, apretó su torso desnudo contra el suyo y le agarró los hombros. Sus pechos se apretaron contra el fino lino de su camisa, y Montecristo sintió una súbita sensación de lujuria mientras deslizaba sus manos por su cálido cuerpo. Ella cerraba los ojos y respiraba profundamente aferrada a él.

Mercedes.

Montecristo se echó hacia atrás arrastrándola a la cama, con las manos aún sujetas a su cintura, y ambos cayeron junto a Morcerf. Sus pechos se movieron entre ellos al caer, sus largas piernas se deslizaron entre sus muslos y se restregaron contra la cabeza de su miembro que se abultaba bajo sus pantalones. Entonces hizo que ella rodara por debajo de él y siguió besándola y acariciándole la sedosa piel de sus mejillas y su pronunciada barbilla con la boca. Usaba sus dientes y su lengua para saborearla y excitarla, y percibía cómo sus curvas se deslizaban bajo su ropa así como el calor de su cuerpo.

Le tocaba simultáneamente la suave curva de sus caderas y la parte más tierna de sus hombros. Y saboreaba los pliegues calientes con sabor a sal y almizcle de su cuello, que se mezclaba con el brandy de su lengua, oliendo su aroma a especias y flores en las volutas de sus orejas.

Su cabello se enredaba entre sus dedos, por debajo de su cuerpo. Se levantó y se volvió a tumbar en la cama. Y en cuanto se puso a un lado, deslizó su mano entre las piernas de Mercedes tocándole los grandes labios pegajosos de su sexo. Cuando el colchón se hundió apareció otra mano que se aferró a uno de sus pechos.

Montecristo sintió un escalofrío al mirar hacia arriba y ver la cara de Morcerf cerca de la suya. Los ojos del hombre brillaban de lujuria y tenía los labios grandes y húmedos.

Le hizo recordar la razón por la que estaba allí.

Montecristo se apartó, y sintió un gran desagrado al darse cuenta de lo que le interesaba al otro hombre, que no era exactamente la mujer que estaba bajo y junto a ellos.

—Quizá preferirías mirar —le dijo.

Morcerf lo miró como si fuera a decir algo, pero Mercedes se movió bajo ellos, mientras los dedos de Montecristo seguían por encima de su cálido sexo. Lo acarició y deslizó los dedos por su humedad, miró al marido y dijo:

—Es mi turno. Ahora te toca mirar.

El otro hombre debió entender perfectamente la expresión de su cara, pues se echó hacia atrás, se sentó en cuclillas con el miembro duro y recto entre los muslos, por encima de sus testículos apretados bajo su sombra.

Montecristo lo miró con frialdad y se volvió hacia Mercedes.

—Ahora, mi querida condesa —dijo mirándola y poniéndole una mano en sus pechos—. Veremos cuán interesantes pueden ser las cosas.

No pudo evitar darse cuenta de que tenía un pezón más rojo, húmedo y largo que el otro. Y tuvo que controlarse para no inclinarse ante él y chuparlo hasta dejarlos igualados. Más tarde.

Se puso rápidamente en el borde de la cama, rebuscó en sus bolsillos y sacó unas estrechas tiras de seda que había traído… para cierto propósito. Le agarró las muñecas, se las llevó por encima de la cabeza y la dejó despatarrada en diagonal a la cama.

Después se sentó, y la miró sorprendido de que no luchara.

Pero ella miraba a Morcerf, como si fuera el único hombre que estaba allí, que se apretaba el pene con una mano.

Montecristo, que tenía la boca seca y los labios apretados, dio un tirón a la seda que le apretaba las muñecas, rodeó con ella el sólido pilar de la cama, y la ató con fuerza. En esa posición se le levantaban los pechos y sus pezones apuntaban endurecidos hacia el techo. La larga y elegante curva de sus brazos se apoyaba en su gran cabellera oscura.

Mercedes lo miraba con los ojos entreabiertos.

—Y entonces… ¿quién va a ser el primero? —preguntó y se giró hacia un lado de modo que sus piernas quedaron recatadamente una encima de la otra—. ¿El marido o su cliente?

Maldita sea, cómo le brillaban sus ojos desafiantes.

Morcerf se acercó a ella, y Montecristo observó que la cabeza de su pene brillaba húmeda. Lo miró impasiblemente mientras movía a su mujer para que se volviera a quedar apoyada sobre la espalda, y le agarró las piernas para separárselas. Morcerf se deslizó más cerca de ella con la mano en su pene erecto como si lo dirigiera. Se arrodilló y se agachó para chuparle el pezón que antes había desatendido. La cabeza color rojo oscuro de su pene se restregaba contra los rizos oscuros de su sexo. Ella separaba las rodillas al máximo.

A eso había venido. Quería que lo mirara, que se volviese hacia él y le mirara la cara... para que viese cómo la observaba y que no le importaba, y que además disfrutaba haciéndolo.

Montecristo observaba quieto y escuchaba, y no sentía más que sus propios latidos mientras veía los lametones, las manos busconas y el miembro erecto entre sus muslos dorados. Los músculos fláccidos del trasero de Morcerf se movieron cuando le puso las manos en los hombros...

—Espera —dijo poniendo una mano sobre Morcerf apartándolo con fuerza—. Tengo una idea mejor.

El hombre lo miró como si fuera a discutir, pero Montecristo lo dijo seriamente, y él se retiró de mala gana.

—Tú puedes tener esto —dijo haciendo un gesto de desprecio hacia Mercedes— en cualquier momento. La haré mía mientras miras.

Decidió que eso era lo mejor. Hacerla gemir y chillar delante de su marido.

Hacerla suplicar.

Capítulo 10

Batalla de voluntades

Más tarde esa misma noche
París

Cuando Fernand se apartó de entre sus piernas, Mercedes sintió una increíble sensación de alivio. No es que no la hubiera penetrado otras veces, evidentemente… pero prefería que no lo hiciera, si podía evitarlo.

Y lo último que quería era fingir que disfrutaba para contentar a su invitado.

Por un instante, pensó que había evaluado mal la mirada de Montecristo, y la irregularidad de su respiración, pues pensó que finalmente dejaría que eso ocurriera. Pero no lo hizo.

Y ahora… Fernand ya no estaba en su campo de visión, y Montecristo volvía a prestarle atención.

La expresión de su cara hizo que le recorriera un escalofrío por la columna, y por un momento tuvo miedo. Parecía oscuro y… en su estado de excitación, aunque estaba dispuesta a controlar la situación, la única palabra en la que podía pensar era «tortura». Parecía oscuro y torturado: sus mejillas parecían hundidas por culpa de las sombras, la boca apretada y firme, los ojos intensos y con los párpados caídos… aunque inexpresivos. Sin expresión a pesar de su intensidad.

O tal vez... dispuestos a torturarla.

Mercedes tragó saliva dificultosamente. Se le había evaporado de la garganta, y sus pulmones parecían apretados y comprimidos. El corazón le zarandeaba el cuerpo por la fuerza de sus latidos, y una punzada de aprensión y deseo se revolvía en su estómago.

A pesar de que tenía los brazos atados por encima de su cabeza, y estaban muy estirados, no estaba incómodas. Tampoco le apretaba la tira de seda. Sus piernas seguían libres, y por un momento pensó, mientras Montecristo se inclinaba hacia ella, que las había dejado así adrede... para darle una falsa sensación de libertad.

Le puso sus manos cálidas, grandes y seguras, a ambos lados del torso y se agachó hacia ella para sujetarle las caderas como si quisiera mantenerla quieta. Su cabeza oscura bloqueaba la luz de la lámpara que estaba detrás de él. Se movía muy lentamente, a conciencia, como si quisiera prolongar la espera, como si supiera que ella se estaría preguntando si la iba a violar en cualquier momento, o si lo que pretendía era engatusarla y engañarla como ya había hecho antes.

A diferencia de los otros besos que se habían dado esa noche, el de ahora era más suave y cariñoso. Sus labios casi veneraban los de ella, de una manera muy distinta... Ella olvidó lo que pensaba, y se entregó a la sensación de esos movimientos lentos y sensuales... sus bocas se acoplaron y se separaron, deslizándose hacia un lado con sutiles golpes de lengua. Respiraba en su boca, pegada a él, y sentía cómo sus dedos se apretaban en su carne. En respuesta su deseo crecía en su vientre, y rodaba hacia abajo hasta su sexo expectante.

—Le gusta así, ¿verdad? —le preguntó pegado a su boca. Sus cálidos labios la estaban dejando sin aliento—. Bien. Estoy deseando escucharle suplicar que quiere más.

Se apartó de golpe, a diferencia de la manera como se había acercado, y sus manos empezaron a moverse por su cuerpo completamente decididas.

Quería que suplicara.

Pero la primera vez que Mercedes verdaderamente había suplicado a un hombre había sido tan degradante, que nunca más lo había vuelto a hacer.

Había aprendido el infierno al que la podían llevar sus súplicas. El poder y el control que otorgaban.

No. Montecristo se iba a sentir muy decepcionado si pensaba que podía hacer que volviera a sufrir algo tan terrible.

Cuando sus manos llegaron suavemente hasta cubrirle los pechos, restregó su torso contra su piel, aunque todavía estaba tapado por la elegante camisa de lino. Mercedes simplemente cerró los ojos. Y con los labios entreabiertos sintió cómo su boca le daba placer a un pezón. Enseguida soltó una ligera exhalación que no era fingida.

Movió las caderas, y las rozó contra la pierna que estaba encima de ella. Él seguía chupándole suavemente el pezón, metiéndoselo profundamente en la boca incluida la aureola. Lo hacía de una manera tan caliente y sensual que le provocaba oleadas de placer que seguían el ritmo de sus movimientos. Largos, lentos y firmes… Sentía que se le aceleraba la respiración, y que el otro pezón se le endurecía bajo la yema de otro dedo.

Ese dedo iba haciendo círculos en pequeños movimientos, jugueteaba con su sensibilísima punta, y la aureola se encogía y apretaba. Las sensaciones duales de la lengua resbaladiza y el dedo juguetón hacían que su vientre se estremeciera, y que le bajaran unas agudas punzadas de deseo haciendo espirales hasta su sexo, sensible, lubricado y cada vez más ansioso. Montecristo entonces se apartó. La camisa blanca contrastaba con su piel morena y bronceada, y su cabello oscuro, sus labios carnosos y entreabiertos, y sus ojos audaces y penetrantes.

Clavado a su mirada, movió las manos… rozándole ligeramente su piel, sentía escalofríos que se dispersaban por la curva de abajo de su vientre… y más abajo hasta el nacimiento de su monte de Venus y su delicada mata de pelo rizado. La miraba, y ella no podía cerrar los ojos ni apartar su mirada. Muy dentro de él, más allá del muro inexpresivo de su mirada, por debajo de su oscuridad y su tormento, Mercedes veía a Edmond. Un vago recuerdo de él, del hombre que había conocido…

Montecristo deslizó los dedos por su sexo, tan sólo rozando las puntas de su vello rizado y sensible, lo que le produjo pequeños escalofríos por dentro de los muslos. Mientras le pasaba los dedos por su vello enredado, estirándolo y deslizándolo a través de la humedad que derramaba su vulva, ella dejó que se le cerraran los ojos.

—Abra los ojos —dijo suavemente metiéndole un dedo más profundamente.

Mercedes sintió un gran placer con ese repentino movimiento, y en respuesta levantó las caderas y abrió los ojos.

—Así… ahora… así.

La cara de Montecristo brillaba de satisfacción, y enseguida le volvió a meter los dedos más profunda e intensamente, rozándole el clítoris mientras lo hacía. Se arqueó suavemente apretándose contra él, y dejó que la sensación de placer se apoderara de su cuerpo.

Entonces apartó las manos y las bajó por sus piernas para abrírselas con un movimiento rápido. Ella dejó que las piernas le cayeran hacia los lados, y sintió cómo le sujetaba firmemente los muslos, justo por encima de las rodillas para ponerse entre ellas.

El primer toque de su lengua casi hizo que se cayera de la cama. Le lamía su clítoris turgente de una manera tan suave y vacilante, tan rápido y *necesitado*, que ella soltó un pequeño grito y sacudió las caderas contra su cara.

Dios mío.

El primer lametazo fue leve, pero enseguida la punta de su lengua volvió al ataque y jugueteó con ella dándole golpecitos, y otro más, y otro más… y entonces cuando ella ya empezaba a prepararse para el siguiente, para el que verdaderamente la haría estremecerse de placer… se apartó y se puso a darle besitos ligerísimos en los muslos, suaves toques con la lengua, y a chupárselos dulcemente.

Mercedes cerró los ojos, se le aceleró la respiración, y se le apretaron los pezones. Le palpitaba el clítoris, completamente expuesto e hinchado. Por supuesto. Quería pedirle más. Suplicarle.

Pero se dio cuenta de que Montecristo levantaba la cabeza. Entonces abrió los ojos para mirar los de él, justo más allá de la hermosa curva de su vientre. Sus miradas se encontraron, pero enseguida él volvió a enterrar su nariz entre la mata de pelo que rodeaba su sexo, y comenzó a darle mordisquitos en sus labios hinchados, mientras su mentón y su mandíbula se restregaban contra el clítoris.

Parecía estar calibrándola. Mercedes volvió a dejar que se le cerraran los ojos, y nuevamente comenzó a aumentar su sensación de placer, lentamente… inexorablemente… mientras se la comía, la chupaba, la lamía, y hacía serpentear la lengua muy profundamente, arrastrándola lenta e irregularmente por su sexo ansioso. Estaba a punto de sentir un orgasmo, y en ese momento él se contuvo, aunque enseguida le volvió a aumentar la sensación de placer y casi llega al clímax… pero cada vez que él percibía que su cuerpo se apretaba, que estaba listo y casi a punto de derramarse y aliviarse dulcemente, rompía el ritmo de sus caricias dejando que todo se quedara en un pequeño gemido ardiente.

Mercedes se movía nerviosa y chillaba, y él volvía a acariciarle las rodillas. Ella entonces concentraba todo su ser en lo que sentía entre sus piernas. Tenía la respiración ruidosa y enrabietada, y cada exhalación terminaba con pequeños suspiros… también oía y sentía los cambios de la respiración de él, siempre muy cerca de su sexo.

Quería poder mover las manos para tocar al hombre que estaba ante ella y sentir cómo respondía, y saber si estaba cerca y que también la deseaba… pero tenía las manos atadas, y sus dedos sólo se podían curvar inútilmente contra el poste de la cama. No se atrevía a decir nada, pues temía que sus palabras acabaran en una súplica… y tenía que luchar consigo misma, y contra su amante, decidida a que fuera él quien se quebrara primero. Que se llevara lo quería de ella antes de tener que rendirse desesperadamente ansiosa.

Entonces él se detuvo, se alejó y la dejó con las piernas abiertas y frías, con la vulva abierta, húmeda y dispuesta. Abrió los ojos cuando la cama se movió, a tiempo de ver que Montecristo se había desplazado justo al lado opuesto de donde tenía las manos atadas. Lo siguió con la mirada, pero se encontró con Fernand que seguía en ese lado, y se masturbaba furiosamente mirando el aire con la expresión vacía. Mercedes fijó su atención durante un momento en los repulsivos mofletes sueltos de su marido y sus ojos vidriosos para así olvidarse de la sensación de placer que la dominaba, menguante temporalmente, pero a la espera de ser reavivada.

Que era lo que seguramente pretendía hacer Montecristo de alguna otra manera.

Entonces el conde le estiró las piernas y las arrastró de modo que quedaron tangentes a la cama. Quedó con los brazos muy estirados, las caderas en el borde del colchón, y los pies casi completamente apoyados en el suelo. Él volvió a ponerse entre sus piernas, todavía vestido, en contraste con su desnudez, y comenzó a desabrocharse los pantalones.

Su cara era inescrutable como siempre, y aunque a Mercedes le tapaba un ojo un mechón de cabello oscuro, adivinaba que sus dedos abrían torpemente a tientas los lazos y botones de su cintura… Seguramente no se debería demorar tanto en hacerlo… y ella percibió más que oyó su alivio cuando liberó su embravecida erección púrpura de la zona oscura de sus pantalones. Sintió que se le disparaba en el sexo un repentino arranque de deseo, y soltó un pequeño gemido.

—Ah —dijo él con su tono bajo y conocido, aunque un poco salvaje y casi sin resuello.

Se movió entre sus piernas, le agarró las caderas, se las levantó y se quedó quieto en esa posición. Ella cerró los ojos lista, anhelante, sintiendo que su vulva chorreaba ansiosa.

Cuando se colocó sobre ella y se deslizó profundamente en su interior, Mercedes contuvo el aliento sobrecogida por la necesidad de placer y de recibir satisfacción, preparada para su arremetida… para alcanzar el clímax.

Pero no se movió. Simplemente se mantuvo así, agarrando sus caderas inmóviles con sus fuertes dedos, respirando pegado a ella, que estaba vibrante y llena. Su verga, jodidamente larga, ancha y conocida, estaba casi dentro de ella. Cerca de ella… pero no lo suficientemente cerca.

No lo suficientemente cerca.

Mercedes contuvo un sollozo, intentando moverse para que él se restregara contra ella, contra su doloroso hormigueo y que le permitiera gozar… pero él no se movía.

Abrió los ojos y vio que los de él estaban cerca, con la cara como una piedra. Las sombras de sus mejillas eran profundas y oscuras. No respiraba, y en ese momento, en medio del sorprendente silencio que imperaba en la habitación, oyó un profundo y expresivo gruñido a un lado.

Miró inmediatamente a Fernand justo a tiempo para ver su cabeza echada hacia atrás, y que de la punta de su pene que fustigaba despiadadamente con la mano, salía como un latigazo el líquido de su eyaculación.

Mercedes sintió que su propio cuerpo se apretaba como reacción a tal exhibición de placer, y se volvió a mover, con más urgencia. Más desesperada. *Por favor.*

Montecristo abrió los ojos, la miró y le sonrió con dureza y complicidad.

—¿Hay algo que desee, *madame la comtesse*?

Ella miró hacia un lado, parpadeó en dirección a Fernand, y sintió el pene dentro de ella al moverse… justo la punta… y todo su cuerpo se agarrotó preparándose… pero de pronto el conde se retiró. Y a pesar de todo, Mercedes se acordó de que había decidido quitarle el control.

—Tal vez si usted no quiere… terminar las cosas, mi marido pueda hacerse cargo.

Los dedos de Montecristo temblaban pegados ella, aunque siempre demasiado ligeramente, y manteniendo la expresión oscura y tranquila.

—Creo —dijo mirando a Fernand por encima del hombro que estaba colapsado en un sofá— que él ya ha terminado por esta noche. Pero… yo no tengo prisa.

Mercedes se apretó hacia él y observó cómo reaccionaba su cara. Poco, pero con cierta sorpresa.

—No es bueno que sienta la necesidad de mantenerme refrenada —dijo manteniendo la voz firme con gran esfuerzo. Sentía como si hubiera perdido el control, su objetivo, y por un momento, un instante, que también había perdido esa batalla—. ¿No confía en lo que pueden hacer mis manos?

Como respuesta, él se echó atrás y de pronto dio un salvaje empujón dentro de ella, lo que la hizo jadear por la maravilla que sintió.

Dios. Más, oh, Dios mío, por favor...

Se movió insistentemente y casi se soltó de sus ataduras. Sólo necesitaba uno, tal vez dos golpes así, y ya podría llegar... *Por favor.*

—No, usted no... —dijo jadeando, apretando sus caderas más firmemente contra el colchón sin dejarle espacio para moverse—. Pídamelo... suplíqueme.

—No —dijo rechinando los dientes, apretando su vagina en torno a su miembro, y doblando levemente sus nalgas para mover las caderas—. Cobarde.

Él se rió duramente un instante, y le dio otro empujón salvaje. Mercedes gritó y movió la cabeza hacia un lado mordiéndose un labio por lo que sentía dentro de ella. Pero no lo haría. Él no podría aguantar mucho tiempo más.

Arqueó la espalda, levantó el pecho ligeramente, y se centró en el latido que sentía entre las piernas. Él estaba cerca... ella sentía cómo llenaba su interior cada vez más.

—Hágame caso, *comtesse* —dijo con la voz tensa—. Suplíqueme.

—No —volvió a repetir.

Él de pronto respiró hondo y se lanzó contra ella, empujando más profundamente. Ella suspiró suave y eróticamente y lo miró. Nuevamente el deseo ardía en su cara, como si ya no pudiese controlarlo.

—Nunca le suplicaré por nada —dijo ella con la voz firme teniendo que controlarse mucho para hacerlo. Obligándose a apartar las sensaciones que latían dentro de ella, que se revolvían, se arremolinaban y prometían.

—¿Nunca? —dijo él y comenzó a moverse dándole pequeños golpes apenas perceptibles, pero sujetándola de manera que tuviera que acercarse, pero sin tocarle el clítoris. Jugando—. Oh, usted... lo hará... —le prometió casi suspirando.

—Oh... —gritó ella.

Nuevamente se había despertado su lujuria, crecía y ondeaba como una vela que se hincha con el viento. Mercedes lanzó su cabeza hacia un lado, y se volvió a morder el labio. Él se movía y la mantenía así, evitando que ella se acoplara a esa fantástica presión que la podría llevar al clímax. Ella se concentró, decidida a sentir todo lo que ocurría entre sus piernas, donde todo subía y subía, crecía y se levantaba, y...

—Oh... no... usted... no.... —dijo él jadeando y se apartó con un movimiento súbito y desesperado dejándola inflamada, apretada, con la piel brillante y ansiosa. Oh, Dios... necesitada de más placer. Gritó, volvió a morderse el labio para evitar dar rienda suelta a sus ruegos. Le saltaban lágrimas de los ojos pero giró la cara hacia un lado.

Por favor.

Él se puso a su lado con el pene oscuro, sonrosado, pegajoso, exuberante y untado con sus jugos. Mercedes se lamía los labios, contenía el aliento, y refrenaba su deseo tragando desesperadamente... aspiró aire firme y profundamente. Control.

—Acérquese, conde. Déjeme probarlo y que lo alivie.

Se volvió a lamer los labios secos y lanzó una mirada sugestiva a su hermoso pene.

Con un rugido de rabia, él se movió rápidamente, y agarró con una mano su duro y largo miembro, y con dos fuertes movimientos derramó su semen blanco y espeso encima del torso de Mercedes.

Jadeó algo mientras eyaculaba. Ella no consiguió entenderlo, en realidad no... pero era algo parecido a su nombre.

Mercedes.

Y la dejó así, atada a la cama, con el sexo brillante y excitado entre sus piernas abiertas, y con su pegajosa eyaculación pegada a la piel. Hizo que Fernand se marchara con él, y ella se quedó insatisfecha y excitada hasta que Charlotte la encontró a la mañana siguiente.

Pero aunque su cuerpo estaba agotado y toqueteado, y fue encontrada en una posición indecorosa, Mercedes estaba satisfecha de sí misma.

Montecristo no había conseguido satisfacer su sed de venganza. Pues al final, había sido él quien se había rendido.

Capítulo 11

Detrás de la puerta de hierro

Una semana más tarde
París

*L*os dedos de Maximilien Morrel se aferraron a la puerta de hierro mientras apretaba un ojo contra ella.

—Valentine, amor mío —murmuró deseando tener los dedos más largos para poder tocarle su suave cabellera rubia—. ¿Estás bien?

Ella, como siempre, estaba sentada en su banco favorito, que había colocado más cerca de la puerta la última vez en que se encontraron, pero aún seguía demasiado lejos como para que él llegara a tocarla. Sonrió encantada moviendo sus espesas pestañas y, como siempre, él se quedó conmovido con su sencilla belleza.

—Te he echado de menos, amor mío.

—Y yo a ti. Pero ¿dónde estabas? ¿Cómo está tu abuelo?

—Ha dado su bendición a nuestro matrimonio —dijo volviendo de pronto la cara ante la suya para que pudiera ver su hermosa sonrisa. Lo dejó sin aliento—. Dentro de dieciocho meses nos podremos casar con su bendición.

Maximilien nunca en toda su vida se había sentido tan pleno y feliz.

—¿Así es? ¡Oh, Valentine! ¡Soy el hombre más feliz de la tierra! ¿Y qué pasa con tu padre, *monsieur* Villefort?

Su expresión cambió y su felicidad disminuyó un poco.

—No está tan bien. No está enfermo, pero... claro, con tres muertes en nuestro hogar, y después la ruptura de mi compromiso con Franz d'Epinay..., pero seguro que ya te has enterado.

Maximilien asintió sintiendo el duro y frío hierro contra su frente, deseando con todas sus fuerzas que fuera su piel sedosa la que se apretara contra él, y no las barras que los separaban.

—Se ha dicho que hace muchos años durante la rebelión napoleónica tu *grandpère*, el señor Noirtier, mató al padre de d'Epinay en un duelo.

—Sí, es verdad. Y evidentemente d'Epinay no se iba a casar conmigo después de eso. Pero Maximilien, aunque lo lamento por él, en realidad agradezco a mi abuelo que lo haya dado a conocer. Pero mi padre está destrozado por haberse roto un matrimonio tan ventajoso.

Maximilien no pudo evitar sentir una punzada de inquietud, pues sabía que su matrimonio con Valentine no iba a ser tan rentable como su padre desearía. Pero ella era la heredera de *monsieur* Noirtier, y si le daba su permiso todo iría bien. ¡Todo iría bien! La iba a poder tener para él solo.

—He sabido que últimamente se ha roto otro compromiso —dijo con la esperanza de que su cara no estuviera triste—. Vamos, por favor, Valentine... Déjame tocarte, y te contaré que tu padre no es el único que ha tenido que dejar a un lado sus expectativas.

Para su alivio, ella volvió a sonreír, y sus rosados labios carnosos se curvaron delicadamente y de una manera tan deliciosa que se sintió abrumado por la necesidad de probarlos. Pero se tuvo que conformar con las yemas de sus dedos junto a las suyas a través de los pequeños agujeros de la puerta.

—Cuéntame, Maximilien. Me encanta oír tu voz, y esta última semana me ha sido muy difícil no poder escucharla. Todo es tan... extraño... en mi casa desde que se produjeron estas tres muertes. Yo... el doctor... la última vez que estuvo aquí me miraba de manera muy extraña. ¡Como si creyera que era yo quien había hecho algo tan horrible como matar a mis abuelos!

Sus últimas palabras las dijo sollozando, pero tragó saliva y lo miró a través de la puerta.

—Oh, querida Valentine... nadie que te conozca podría pensar que eres capaz de hacer daño a nadie, y menos a personas a la que quieres. Por favor no te preocupes de eso. Todo irá bien, y estaremos casados en menos de dos años, ¡y ya no nos separará esta horrible puerta!

—Gracias Maximilien... Ahora cuéntame ese rumor para poder tener otra cosa en la que pensar.

Él le dio en beso en la punta de uno de sus dulces dedos, y mientras lo mordisqueaba, incapaz de dejar que los retirara, habló:

—Mi querido amigo Albert de Morcerf pretendía casarse con Eugénie Danglars, la hija del barón banquero. Pero a comienzos de semana, Danglars le dijo a Morcerf que sus hijos no se casarían, y se negó a explicarle la razón. Albert, que en todo caso no quería casarse con Eugénie, me contó que lo único que le dijo Danglars a su padre fue: «Quédate contento con que me niegue a darte los motivos».

Le pasó la lengua suavemente entre los dedos y ella le respondió con un delicioso escalofrío.

—Maximilien —suspiró apoyándose contra la puerta de hierro, y algunas partes de su cuerpo y su vestido se asomaron entre los agujeros con forma de diamante. Maximilien también se apretó contra la puerta.

—Bésame querida... por favor —y encontró un agujero donde sus bocas quedaban a la misma altura.

—Maximilien —suspiró y se besaron en la medida en que pudieron.

Labios y lengua, con las frías barras de hierro entremedias, bailaron, retrocedieron y se volvieron a retorcer.

Maximilien se apoyaba contra la puerta con los dedos apretados contra ella hasta alcanzar el vestido de seda de Valentine en la zona de la cintura, y sentía... juraba que era así... la tersura de su suave piel por debajo.

—Oh, Valentine... —suspiraba junto a sus labios y el frío hierro intentando atraer el cuerpo de ella lo más cerca posible con las puntas de los dedos—. Eres tan dulce... tan dulce, eres...

Ella se separó y sus narices chocaron en un agujero en forma de diamante. Se miraron, y Maximilien sintió como si pudiera ahogarse en sus ojos azul profundo. Brillaban de amor y esperanza y, no por primera vez, deseó haber llevado una sierra para cortar las malditas barras que los separaban.

—Cuéntame más —susurró ella, y su dulce aliento tenía olor a menta.

Maximilien pasó algunos dedos de ambas manos por los sedosos hoyuelos de sus mejillas y dijo:

—Se ha dicho que Danglars actuó rápidamente y comprometió a Eugénie con un joven llamado Andrea Cavalcanti, un joven pobre que fue separado de su padre desde que nació, y al final descubrió que era un príncipe italiano. El conde de Montecristo fue quien hizo que se reencontrara con su padre.

—Qué amable fue el conde —dijo Valentine, pero por primera vez Maximilien percibió un pequeño tono de duda en su voz.

—Montecristo es un buen hombre —le dijo—. Ya me ha prometido que si necesitamos algún tipo de ayuda, removerá cielo y tierra para que estemos juntos.

Para su sorpresa, ella metió los dedos a través de las barras y le tocó la cara. Maximilien suspiró haciendo que su frente se apretara contra la puerta, y sintió su sensual caricia sobre las mejillas y la mandíbula. Después trasladó los dedos a otro agujero, y se los pasó por los labios, aún carnosos después de haberla besado.

—Es sólo que... parecía muy amistoso con mi madrastra Heloise —dijo, y enseguida jadeó levemente cuando él abrió la boca para que la muchacha deslizara sus dedos en ella—. Cuando... nos hizo una visita... hace varias semanas. Y... bueno, sé que ella no me quiere mucho, y que preferiría que mi padre prestara más atención a su hijo, y parece... —Se quedó sin respiración cuando él pasó su lengua alrededor y entre sus dos dedos, tal como soñaba hacer por su sexo.

Sólo pensarlo hizo que su pene se pusiera duro dentro de los pantalones, y casi no pudo seguir lo que le estaba contando.

—¿Parece...? —Reaccionó con una risilla—. Vamos... ¿te estoy distrayendo, amor mío?

—Oh... en realidad sí... —suspiró ella—, pero tienes que tener cuidado, o si no haré lo mismo contigo.

La voz de Valentine parecía traviesa, y a Maximilien le recorrió una ola de deseo y amor por el cuerpo. Hermosa, hechizante y desenfadada. ¿Qué más podía pedir un hombre a una esposa?

—Sólo que me parece que si son amigos, y aunque ella no me quiera... tienen algo en común. Sé que eres muy partidario del conde, pero...

—Lo respeto más de lo que puedas imaginar —contestó. Pero entonces ella retiró los dedos dejando a Maximilien con ganas de más... otra chupada, más profunda, larga y erótica. Pero se dio cuenta de lo que ella estaba haciendo y se mareó un poco—. ¡Valentine!

Ella estaba tirando de su corpiño, y se lo bajó por encima de un pecho de manera que... ¡*mon Dieu*!... le mostró su deliciosa curva... y después la parte de arriba de su aureola color rosado oscuro... Maximilien pensó que se iba a terminar de marear, pero ella se detuvo y le dijo:

—¿Te has distraído, amor mío? Por favor... continúa.

—Yo... él... el conde es un buen hombre, inteligente y cariñoso, y me tiene un gran aprecio. Estoy seguro de ello.

Sus palabras parecían salir forzadas de sus labios hinchados, y a través de una lengua que no se movía correctamente. De pronto el pezón apareció de un salto por encima del apretado corpiño, y ahí estaba: un pecho glorioso, hermoso, del tamaño de una ciruela, perlado y con venas azules. Ahí estaba. *Ahí*.

—Valentine —gruñó.

Llevó las manos a las barras de hierro intentando alcanzarlo, pero ella se mantuvo lo bastante alejada como para que sólo pudiera rozarle la punta del pezón. Esa breve caricia hizo que se quedara sin respiración y que se pusiera recta.

—Sigue —dijo.

Pero su voz era ronca y seductora. Cuando él la miró, vio que sus ojos estaban concentrados en su pecho que brillaba virginalmente blanco entre las sombras del muro y el follaje que los rodeaba.

—Y… no puedo recordar lo que estaba diciendo, Valentine. ¡Por favor! Ten piedad de mí…

Cayó de rodillas ante ella apoyando apenas los dedos en la puerta, de manera que su cara quedó a la misma altura que su pecho… y cuando ella acercó a la reja su dulce pezón sonrosado, y la mayor parte de su aureola se asomó a través de uno de los agujeros… Maximilien pensó que derramaría su semen en los pantalones allí mismo.

Y no esperó a que le dijera nada… Se estiró hasta meterse en la boca el voluptuoso pezón. Al principio, con cautela, como un primer beso, apretó sus labios sobre él, y después le pasó la lengua. Ella contuvo el aliento, tras lo cual jadeó y se apartó, y él casi pega un grito… pero enseguida, como si se hubiera dado cuenta de que estaba abortando su propio placer, volvió a apretarse incluso con más fuerza contra la puerta de hierro.

—Valentine —suspiró metiéndose el delicado pezón rosado en la boca como si fuera un bebé… suave, pero firmemente, encantado con los gemidos de ella, y un sorprendente sollozo… percibía como se endurecía a medida que lo chupaba, lamía y movía los labios sobre él.

La pasión de Maximilien se reflejaba en su miembro que se enfurecía contra los pantalones, que sentía un pequeño alivio gracias a la presión que ejercía contra las barras de hierro.

—Oh, Maximilien… —suspiró temblando contra la reja, cuyas bisagras y cadenas sonaban con cada golpe—. Por favor…

No tenía idea de qué es lo que le estaba pidiendo, pero Maximilien lo hacía.

—Ponte más cerca, amor —le susurró—. Acerca… las caderas…

Y metió un dedo por el agujero en forma de diamante donde debía estar su sexo, intentando presionar a través de las capas y capas de tela hasta encontrar el punto donde se le separaban las piernas. Ella lo ayudó separándolas de una manera impropia para una dama. Maximilien observó cómo se agarraba a la reja con sus deditos mientras le chupaba un pecho e intentaba encontrar el camino para llegar hasta su sexo. El gran peso de la falda sobre el miriñaque y la ropa interior impedía que sus dedos se pudieran mover, que además hacían palanca cuando se apoyaban contra el maldito agujero.

—Por favor... —volvió a susurrar Valentine, y la reja tintineó nuevamente cuando se apretó con más fuerza contra ella.

—Levántate las faldas —susurró Maximilien con la boca seca y la voz áspera.

Dios santo, estaban a plena luz del día, en el jardín trasero de los Villefort... El tejado de la casa se podía ver a cierta distancia por encima de los árboles... Podían ser descubiertos en cualquier momento... pero... oh Señor, no le importaba.

Valentine se levantó el pesado montón de tela, encajes, seda azul celeste, el rígido miriñaque y la camisa de tejido fino. Después lo apartó todo a un lado y se volvió a apretar contra la puerta, aunque esta vez hizo que se le asomara un pecho. Al fin Maximilien pudo deslizar los dedos a través de la reja y llegar hasta su vulva.

Mon Dieu.

¡Oh! Estaba tan caliente, suave y húmeda... ay Señor, además estaba turgente y goteaba. Maximilien cerró los ojos, se olvidó del dolor de su pene color púrpura, apretado y brillante, y deslizó los dedos a través de esos dulces pliegues secretos de la zona más profunda de su cuerpo... Ella se quedó sin aliento cuando esos dos dedos la penetraron, volvieron a salir, y así una y otra vez... Maximilien usaba el pulgar para encontrar su pequeña y dura perla; y aunque no podía verla, cuando se la restregó, junto a otro dedo, se la imaginó asomándose tímidamente bajo su pequeña capucha, y casi se le mojan los pantalones instantáneamente.

—Valentine... dulce... Valentine —dijo jugando suavemente con esa pequeña protuberancia con la yema del pulgar, deslizándola y apretando hasta sentir cómo se tensaba, y cómo ella dejaba de respirar como si esperara algo... Movía rápidamente los dedos en torno a la dura y resplandeciente perla, y ella jadeaba y se estremecía apretada contra las barras de hierro. Chillaba, temblaba y se reía...

La respiración de Maximilien era pesada y rápida, y en cuanto apartó la mano, se la llevó inmediatamente a la nariz... Tenía que olerla, saborearla... con olor a almizcle, dulce y femenina... Valentine... ¡oh, Valentine!

—Oh, Dios —dijo cayendo contra la puerta.

Seguía con los dedos húmedos en su nariz, aspirando su olor y luchando para controlar su insistente y rabiosa erección que se aplastaba contra las barras de hierro.

—Maximilien —dijo ella al fin. Su voz era un susurro ronco apenas audible que se perdía en el sonido de la brisa que movía los arbustos que tenían a su alrededor—. Yo... es que... te amo.

—Yo también te amo Valentine —dijo él manteniendo valientemente la voz fuerte y firme. Ya llegaría el día... el día que él también pudiera llegar al clímax... pero hoy le tocaba a ella—. Pero no podré sobrevivir dieciocho meses a que llegue el día en que nos podamos casar —añadió en un repentino estallido de desesperación—. Ruego a Dios que ocurra algo para que esto cambie.

Ella lo miró a través de la reja con sus ojos de color azul malva, tiernos y vidriosos.

—Yo también, amor mío. Yo también.

La noche en que Haydée conoció a la condesa de Morcerf en el teatro, volvió sola a su casa en el carruaje de Su Excelencia. No le sorprendió cuando desapareció un buen rato en el primer intermedio, y también en el segundo, después de lanzar unas miradas ardientes a la condesa desde el otro lado del escenario, ni que aceptara una invitación del conde de Morcerf en vez de regresar a su casa inmediatamente. Su Excelencia no regresó a su casa de los Champs-Élysées hasta el amanecer, y según Bertuccio lo hizo de muy mal humor.

De modo que Haydée tuvo que volver a su casa sola, aunque acompañada por Alí, quien decidió ponerse en la parte de fuera del vehículo junto al conductor, en vez de ir dentro con ella.

Tenía mucho miedo de que se quedaran a solas.

Los siguientes diez días siguió evitándola a toda costa. Y Haydée encontraba gracioso que cada vez que entraba en la habitación donde estaba ella, inmediatamente encontrara una excusa para marcharse.

O que si lo llamaba para que arreglara algo, siempre lo hacía acompañado de otro sirviente.

Pero después de un tiempo, ya cansada de sus malditas excusas honorables para impedir que lo tocara, se dispuso a tramar un plan para acabar con esa situación de una vez por todas.

Si seducirlo haciendo que la observara en la bañera junto a sus sirvientas, o meterse a hurtadillas en su cama por la noche, no había funcionado, Haydée pensó que debía recurrir a la última de las astucias femeninas: las lágrimas.

Y mientras lo pensaba, sucedió un acontecimiento inesperado que le dio una excusa perfecta para hacerlo: un hombre había entrado en la residencia de los Champs-Élysées una noche en la que el conde de Montecristo había trasladado a su servidumbre a su otra residencia de Auteuil. El intruso fue perseguido cuando escapaba, a pesar de que no había nadie en la casa salvo el propio conde, que aparentemente fue quien le dio caza... pero Haydée decidió usar el incidente en beneficio propio.

La noche después de esos hechos, que supo por Bertuccio y otros sirvientes, Haydée decidió preparar su trampa muy diligentemente. Sabía que Alí a menudo merodeaba por el jardín, tarde, mientras los otros sirvientes estaban ocupados preparando los planes nocturnos de Su Excelencia. Por eso se dirigió al pequeño cenador que se encontraba en el rincón más remoto del jardín.

Era un lugar perfecto para sus planes, pues la pequeña construcción estaba rodeada de un parra y además a su alrededor crecían unos espesos arbustos, y estaba un poco alejada de los caminitos de piedra. Pero para asegurarse de que no la interrumpieran, dio órdenes estrictas a Bertuccio y a Marie, el ama de llaves, para que nadie, excepto Alí, saliera a los jardines bajo ningún concepto.

De ese modo, cuando el sol estaba a punto de ponerse, cálido y amarillo pero ya dejaba de iluminar, Haydée se instaló en uno de los asientos, grandes y mullidos, que había en el cenador. En realidad no era normal que hubiera tales muebles en una glorieta de un jardín... pero tal vez ella no fuera la primera persona que usaba esa pequeña estructura como lugar de encuentro. Verdaderamente era perfecta para ello.

Lo revisó todo para asegurarse de que estuviera perfectamente dispuesto, incluido el anillo especial que se había puesto, y entonces se puso a llorar. Muy sonoramente. Acongojada, desgarrada y muy triste.

En vez de enterrar la cara entre los cojines, lanzaba sus gritos al aire concentrada en soltar lágrimas reales, y que la cara se le pusiera roja y se le llenara de manchas. Alí no era fácil de engañar.

Ésa era una de las cosas que le gustaban de él.

La otra era la fuerza con que se negaba, a diferencia de otros hombres, a que lo controlaran o que influyeran en sus decisiones. En este caso lo maldecía por ser tan insufriblemente honesto.

Poco después de comenzar a llorar y a sollozar, Haydée escuchó un ligero sonido de pisadas sobre las piedrecillas a muy poca distancia, y lanzó un quejido especialmente desgarrador. Después se puso las manos en la cara, asegurándose de que sus hombros temblaran convincentemente.

Cómo Alí no hablaba, siempre se aseguraba de hacer un sonido para anunciar su presencia, y esta vez no fue una excepción. Un gran pisotón sobre el polvoriento suelo de madera del cenador, junto a un golpecito por detrás del cuello de Haydée, le anunciaron que había caído en la trampa.

Ahora sólo era cosa de conseguir su objetivo.

Lo sintió detrás de ella, e imaginó que estaría indefenso e inseguro ante los sollozos de una mujer, abriendo y cerrando los dedos, sin saber si debía acercarse o alejarse de ella. Así, después de un rato, levantó la cabeza y lo miró de manera muy realista cuando vio que estaba delante de ella, tal como se había imaginado.

A Haydée se le secó la boca cuando lo miró, alto, rapado y negro, con grandes brazaletes dorados en las muñecas, imponente junto a su asiento. Guapísimo. Inhumanamente bello y poderoso, aunque parecía incómodo y fuera de lugar como si le estuvieran poniendo un corsé. E iba a ser suyo. Completamente suyo.

¿Qué te pasa?, le preguntó haciendo gestos con las manos.

Haydée valientemente contuvo otro sollozo, y se limpió los ojos con el borde de la manga de su túnica, una prenda suelta de una pieza que había elegido como atuendo para seducirlo. Se había recogido el pelo en una larga cola que le caía por la espalda, y puesto un simple cordón alrededor de la cabeza, del que colgaba una sencilla perla en la frente justo entre las cejas.

—N... no sabía que hubiera nadie por aquí —dijo bajando la cara como si estuviese avergonzada. Esperó hasta que la tocó ligeramente por encima de la cabeza. Suave y brevemente, y ella volvió a mirar hacia arriba.

¿Cuál es el problema?

Haydée sollozó temblorosa un poco más, y de pronto hizo como si recuperara el control y se sentó en el sofá. Haciendo un gesto hacia el otro sofá, el que había preparado especialmente para Alí, le dijo:

—Por favor, siéntate. Tú... es difícil hablar cuando estás tan por encima de mí.

Con aspecto avergonzado, pero con los ojos preocupados, se hundió en el sofá, con los pies apoyados en el suelo y los brazos en jarras sobre las rodillas.

¿Alguien te ha hecho daño?

Sus manos mostraban una furia sutil, como si esperara una terrible confirmación antes de reventar de rabia.

—No —contestó gimoteando un poco—. Sólo es que... la otra noche, ese hombre que entró en la casa... Se llamaba Caderousse, ¿verdad?

Alí asintió bruscamente, y ella advirtió que relajaba un poco sus grandes manos.

—Si hubiera entrado en la casa cuando estábamos aquí, podía haber… podía habernos matado a todos —dijo temerosa.

No. Yo…

Alí se detuvo y sus manos se movieron sin sentido durante un momento antes de recuperar el hilo de la conversación.

Su Excelencia, y todos los demás, no hubiéramos dejado que eso ocurriera. Aquí estás segura.

—¡Pero podía haber asesinado al conde! ¡Y eso —se volvió a limpiar los ojos— es lo que más temo! Que me lo arrebaten.

Observó que Alí se echaba hacia atrás ligeramente y se ponía recto.

Su Excelencia no es tonto. No es fácil asesinarlo, ni vencerlo. Ha sobrevivido a muchas más cosas de las que puedas imaginar.

—Pero es algo posible… ¿y si sucediera qué pasaría conmigo? ¿Adónde iría? ¿Qué podría hacer? Tengo miedo de quedarme sola.

Haydée volvió a ponerse a sollozar con fuerza, y se arqueó en su asiento de manera que se caería… si no la sujetaba.

Y lo hizo. Dulcemente, como si tuviera miedo de tocarla, la sujetó por los hombros con sus manos grandes y poderosas. Haydée no le dio opción a pensar o a retirarse; tranquilamente saltó de su asiento, se colocó sobre sus piernas y se hizo un ovillo poniendo la cara sobre la unión, con olor a almizcle, entre su cuello y sus hombros. Ah. Cerró los ojos y respiró profunda y amorosamente sobre el hombre al que deseaba más que a ningún otro.

Sollozó un poco más para camuflar sus inspiraciones, y su creciente sensación de consuelo y alegría. Evidentemente, con la cara enterrada en su piel, no podía ver los movimientos de sus manos, de modo que después de un rato se tuvo que mover y dejar esa posición tan agradable.

Entonces se sentó en su regazo, con las piernas recatadamente a un lado de los muslos de Alí, que la sujetaba cuidadosamente por la cintura sin apenas tocarla. El bulto de sus pantalones era para Haydée una fuente de satisfacción más que de sorpresa, pero se cuidó de mostrar que eso era así.

—Es como mi padre, Alí… No soporto la idea de perder a otro padre.

Si a Su Excelencia le pasa cualquier cosa, yo me haré cargo de ti.

A Haydée le recorrió el cuerpo una oleada de alegría al ver la verdad, y la gran emoción, que mostraban los ojos de Alí. Por más que intentara esconderlo, o negarlo, ella le importaba... más que como un cuerpo, al que percibía como algo prohibido.

—Alí —empezó a decir, pero él la detuvo con los vigorosos movimientos de sus manos.

Pero no le ocurrirá nada, Haydée. Le he visto disparar una bala en medio de un as de diamantes. Su Excelencia es muy capaz de cuidar de sí mismo.

Alí puso los ojos impasibles, como si quisiera oscurecer sus sentimientos, y Haydée se quedó en silencio ante su larga declaración. Nunca lo había visto «hablar» tanto... Debía pensar que era muy importante que lo entendiera.

Pero no le importó.

Se inclinó hacia él sin aviso y le cubrió sus labios encantadores y carnosos con los suyos, absorbiendo suave pero firmemente su sabor oscuro. Deslizó las manos alrededor de su cuello, y se levantó de su regazo para seguir besándolo..., pero enseguida volvió a sentarse sobre él antes de que pudiera apartarla.

Alí respiraba pesadamente, y sus ojos ya no estaban tan apagados e impasibles. La propia Haydée se quedó sin aliento... aunque insatisfecha. Pues era demasiado pronto para lanzarse a besarlo.

—No quiero que Su Excelencia se haga cargo de mí —dijo apoyada en él.

Y como esperaba, él se ladeó un poco para poner cierta distancia entre ellos, aunque con una pequeña embestida, ella le hizo perder el equilibrio para que volviera al sofá. Entonces, con un movimiento rápido giró su anillo y sacó de él una pequeña aguja. Enseguida volvió a aferrarse a su cuello, y le clavó la agujita en una de las venas de su cuello.

Alí se sobresaltó, pero un pequeño pinchazo como ése apenas era perceptible para un hombre como él, y ella hizo como si no hubiera pasado nada, pues había que esperar un momento hasta que la droga surtiera efecto.

Le sonrió, y le pasó las manos por el pecho. Él se echó hacia atrás, y vio un destello de sorpresa y deseo en sus ojos. Haydée se aprovechó enseguida de eso, y deslizó sus dedos delicadamente por sus enormes brazos y se subió encima de su cuerpo.

—Eres tan fuerte, Alí —le dijo muy cerca de su cara—. Quiero que seas tú quien se haga cargo de mí. Nunca estaría preocupada si lo hicieras.

Cuando Alí levantó las manos, ella le acarició la parte de debajo de los bíceps con la mano abierta, y siguió pasándola por sus enormes brazos, desde los hombros a los codos y a las muñecas, y volvió en sentido contrario hasta su cabeza. Nuevamente se inclinó para besarlo, y en ese momento se dio cuenta de que ya empezaba a relajarse bajo su cuerpo.

Alí movió la cabeza como si quisiera mantenerse despierto, pero era una batalla perdida. La droga que había usado era rápida y efectiva, incluso para un hombre de su tamaño, y Haydée sólo tuvo que esperar unas cuantas respiraciones para que cayera dormido sobre el sofá con los ojos cerrados y la respiración tranquila.

Entonces le fue fácil levantarle sus pesados brazos y atarle ambas muñecas por encima del sofá, y después los tobillos, uno en cada esquina del extremo del diván. Nunca lo hubiera conseguido si hubiese estado despierto y consciente, pensó mientras le ajustaba un cinturón a las caderas para evitar que se arqueara y se moviera demasiado violentamente.

Una vez que terminó de hacer eso, tuvo que esperar un rato hasta que los efectos de la droga desaparecieran. Para que fuese más rápido le puso un vial de eucaliptos y menta debajo de la nariz. Y diez minutos más tarde, o tal vez un cuarto de hora, comenzó a moverse.

Ella se sentó a observar, con una mezcla de inquietud y deseo, cómo la conciencia volvía a su cara. Cuando se dio cuenta de que estaba atado, ella tuvo que contener el aliento al ver cómo luchaba contra sus ataduras.

Los músculos se le hinchaban al tirar de las cuerdas de cuero, y Haydée tragaba saliva con fuerza... en parte por la furia que veía en su cara, y en parte por... santo cielo, porque era muy bello y aterradoramente poderoso.

—Lo siento Alí, pero tengo que hacer esto —dijo inclinándose hacia él para besarlo—. No quiero a Su Excelencia. Te quiero a ti. Sólo a ti. Para siempre. A ti.

Se movía con tanta fuerza, y de su boca sin voz salían unos gruñidos tan graves y guturales que durante un momento pensó que iba a dejar el sofá hecho añicos. Se sacudía y tambaleaba con mucha intensidad, y ella lo observaba bastante inquieta.

Si lograba liberarse ¿la mataría?

Debía haberlo atado a un asiento de hierro en vez de a ése. Pero estaba hecho de bambú, y sabía que era un material que se usaba en Oriente para construir casas y tejados… aunque crujía bastante con sus movimientos.

A Haydée le latía el corazón con fuerza y tragaba saliva mientras miraba sus ojos hinchados, oscuros y furiosos, y su boca apretada, que ya no era carnosa y sensual, y el enorme bulto de sus bíceps y sus pectorales, incluso el de su cuello, donde tenía los tendones tensos y vibrantes, justo en el lugar en el que estaba el pequeño punto rojo donde le había clavado la aguja. Durante un instante sintió una punzada de arrepentimiento, pero enseguida lo apartó. Tenía que hacer eso si quería que ese hombre fuera suyo para siempre.

Y eso era lo que quería.

—Por favor —dijo pasando sus pequeñas manos de piel olivácea sobre su brillante pecho de ébano—, déjame darte placer, Alí. Quiero tocarte. Quiero sentir tu piel contra la mía. Y sé que ésta… ésta es la única manera.

Y después, se sacó la túnica suelta con un solo movimiento y la lanzó al suelo. Quedó completamente desnuda con los pechos duros y elevados de deseo, con los pezones sobresalientes, y su sexo dispuesto y hormigueante.

No.

Su boca puso la forma de esa palabra; y casi se pudo escuchar cuando exhaló profunda y sinceramente. Su cabeza se golpeó contra el cojín que tenía por detrás, y terminó girando la cara mientras sus poderosas piernas daban sacudidas inútilmente.

Haydée todavía tenía la boca seca, y su corazón latía enloquecido. Lo deseaba. Y sabía que él también la deseaba, pero tenía miedo de poseerla si ella pertenecía a Montecristo.

Pero realmente no pertenecía a Montecristo; él no la quería. Quería a la condesa de Morcerf.

A pesar de lo que dijera, o cómo se comportara con esa mujer de piel dorada, Haydée sabía que ella era la única persona que tenía en su mente. Era la única mujer que podía aliviar la tensión que tenía en la cara, y el vacío que acechaba en sus ojos... la fragilidad de su cuerpo. Si dejaba que lo hiciera.

La noche que estuvieron en el teatro, Su Excelencia le había explicado que era libre para elegir el amante que quisiera. En realidad le había confiado que su elección para ella era Maximilien Morrel, pero también le había dejado claro que podía buscar un amante entre cualquiera de los hombres de París.

Por eso, ella alejó cualquier sentimiento de culpa que pudiera tener, y sin temer a las consecuencias, metió la mano por debajo de los pantalones sueltos de Alí y le sacó su enorme miembro de su rincón oscuro y cálido. Una vez libre, se elevó orgulloso, muy duro e hinchado, casi vibrando de deseo.

Haydée le lanzó una mirada. Todavía tenía la cara girada pero pudo ver que mantenía los ojos cerrados. Su respiración era fuerte pero firme, y percibió un pequeño movimiento en la mejilla, como si estuviera apretando los dientes.

Haydée le puso las manos sobre su ardiente pecho que latía con fuerza, salpicado de extraños rizos oscuros, que eran como pequeños círculos que se le esparcían por la parte superior del torso: hermosos, ásperos, encrespados y cálidos. Metió las uñas en ellos para levantárselos y experimentar. Después se acurrucó dulcemente encima de su cuerpo, que temblaba ligeramente bajo sus dedos, y enseguida se instaló justo por encima de su enorme pene rojo, negro y púrpura.

—Alí —dijo tocándose su húmedo sexo hasta que sus dedos quedaron empapados—, soy virgen, y quiero que tú seas el primero.

Alí volvió la cara hacia ella y abrió los ojos. Ella había arreglado el sofá y las almohadas perfectamente de modo que su cabeza quedase elevada y pudiera verla sin necesidad de levantarla.

No, negó con la cabeza. *No*.

Pero le agarró el pene con los dedos mojados y sintió cómo se movía al hacerlo; después se estremeció con violencia, aunque enseguida sólo temblaba ligeramente.

—Su Excelencia no está interesado en mi virginidad, y yo tampoco. Quiero quitármela de encima. Ahora.

Dio un tirón a su pene hacia abajo, que parecía una columna del ancho de una muñeca, y después hacia arriba, haciendo que se sacudiera y volviera a estremecerse. La boca se le llenó de saliva cuando pensó en lo que podría sentir si la penetraba deslizándose en ella profundamente...

Alí movía los ojos con furia, así como la cara, la cabeza y su boca silenciosa, e intentaba comunicarse desesperadamente. Pero no le hacía falta hablar, pues ella sabía lo que quería decirle.

—«*Es mi amo. Mi virginidad le pertenece... Tú no eres más que un esclavo...*» Sí, Alí, conozco tus argumentos —dijo con la voz dulce y seductora. Se levantó los pechos cubriéndolos con ambas manos y se los ofreció—. ¿Y qué ocurriría si cambia de opinión? —añadió mirando su pezón izquierdo mientras jugueteaba con él con el pulgar frente a su cara, haciendo que se apretara y arrugara—. Pero ya me ha dado permiso para que encuentre un hombre al que amar —dijo, y se agachó para besarle la punta húmeda y pegajosa de su miembro—. Y tú eres el hombre al que he elegido, Alí.

Él respiró profundamente y cerró los ojos.

—Me quieres, ¿verdad? —le preguntó inclinándose hacia él mientras su pene se apretaba contra un lado de su barriga y ella subía las manos hasta sus pechos.

Sintió en sus dedos que su corazón latía con fuerza, subió un poco el cuerpo levantando el trasero, y su miembro se elevó pegajoso hasta quedar justo delante de su sexo dulce y húmedo. Dio una sacudida y se detuvo en la unión de los muslos de Haydée, frente a los labios hinchados de su vulva, y después por detrás cuando ella se adelantó un poco para besarlo.

Alí apartó la cara, pero ella la siguió, y de pronto esos labios carnosos y encantadores se abrieron y devoraron los de ella... la besaron, chuparon, saborearon y se amoldaron a ella, que aprovechó la ocasión para meterle en la boca su lengua ardorosa.

Haydée gimió pegada a él cuando abrió la boca y se apoderó de la suya. Restregó su vulva resbaladiza y palpitante por su vientre, y le metió la lengua todo lo que pudo.

Sí. Oh, sí.

Movió las manos por los poderosos y abultados músculos de sus hombros, por su cuello terso, y por los cálidos agujeros de sus clavículas. Él era oscuro, sabía a especias y estaba a punto... Cuando bajó su cuerpo un poco y se acomodó sobre él, sintió el suave pinchazo de su miembro en la parte de atrás de sus nalgas. Y se mantuvo así un momento sintiendo que la cabeza de su pene apretaba los profundos pliegues de los labios de su vulva.

Alí volvió a cerrar los ojos con el cuello tenso, la boca entreabierta y su pecho subiendo y bajando como si acabara de correr varias leguas.

Haydée se volvió a meter los dedos profundamente en su sexo, y después restregó sus jugos lubricantes por el suave y sedoso prepucio de su pene. Enseguida se levantó, se puso en cuclillas e hizo que la penetrara, aunque sólo con la punta... sólo la punta de su enorme erección.

Él se paralizó, su pecho se detuvo, los agujeros de su nariz se ensancharon, volvió a abrirlos y se quedó mirando fijamente el techo del cenador. A ella le temblaban los pechos y el corazón le latía con una fuerza increíble... la boca se le hizo agua, y el clítoris se le hinchó cosquilleándole con fuerza.

Y entonces bajó de un golpe, tan fuerte y rápido como pudo.

Placer... oh, qué hermoso era ese placer que nunca había conocido... un dolor agudo... y después... realización. Plenitud. Placer profundo y ondulante muy dentro de ella.

La boca de Alí emitió un gruñido ronco y gutural. Y ella lo sintió en su interior, estremecedor y vibrante. Alí volvió a cerrar los ojos, apretó los dientes contra su labio inferior, se le ensancharon las fosas nasales, y la piel se le puso brillante de humedad.

Todavía le dolía un poco cuando estaba muy dentro de ella, pero esa plenitud… ese sentimiento de hacer lo correcto y ese cosquilleo de deseo hizo que se volviera a poner de rodillas, se levantó sobre él, y bajó deslizándose hasta tocarse los muslos.

Oh, cielos, pensaba que iba a gritar de placer… nuevamente… Subía y bajaba, subía y bajaba… Se golpeaba y vibraba, se golpeaba y vibraba… y el dolor terminó, y fue reemplazado por una sosegada lujuria cada vez más grande.

Sus ojos se llenaron de lágrimas, y sus dedos se agarraron a la piel de Alí moviéndose cada vez más rápido sobre él. Su clítoris estaba duro y redondo, y su interior apretado y resbaladizo, hasta que lo escuchó chillar, y sintió una sacudida de sus caderas, y un incontrolable estremecimiento y un temblor por dentro y por debajo de ella… el grave gemido de la llegada, a regañadientes, del éxtasis, la sensación de que se golpeaba contra ella, e incluso contra el cinturón que le había puesto en las caderas, la llevó al borde del abismo.

Estalló en un orgasmo como nunca había sentido. Ardiente, húmedo, largo y profundo… y colapsó sobre él acariciándole su pecho mojado. Haydée tenía el corazón desbandado, la boca abierta, y gemía y chillaba. Su clítoris palpitaba y ondulaba pegado a su pene.

Después de un buen rato le besó la garganta salada, levantó la cabeza y le miró la cara.

Estaba ensombrecida, sudorosa y con la expresión perdida. Desprovista de emoción, cerrada, vacía.

Se quedó helada, y los últimos vestigios de su sensación de placer se dispersaron como semillas al viento.

¿Qué había hecho?

Capítulo 12

El Insulto

Al día siguiente
París

Montecristo sintió una profunda satisfacción y un gran placer cuando miró la lista con los cuatro nombres claramente escritos, y el último garabateado y desigual.

> ~~Caderousse~~
> *Villefort*
> *Danglars*
> *Morcerf*
> ~~Mercedes~~.

Sólo uno estaba tachado con un línea limpia, pero su satisfacción radicaba en saber que la telaraña se estaba estrechando. En unos pocos días los mundos de Villefort, Danglars y Morcerf se iban a desintegrar y a caer como un castillo de naipes que cada uno había construido para esconder su avaricia y su falsedad.

Caderousse había sido muy imbécil al entrar en la residencia de Montecristo; evidentemente no podía saber que realmente era Edmond Dantès, el hombre al que había ayudado a traicionar hacía veinticuatro años al no intervenir cuando lo detuvieron. Pero el viejo ladrón había plantado las semillas de su propia destrucción: en cuanto supo que Montecristo era Dantès, y se dio cuenta de que había regresado para atormentarlo, Caderousse huyó de la casa… pero murió al caer desde una ventana del segundo piso.

No hubo necesidad de preocupar a la servidumbre con lo del intento de robo, pues él era completamente consciente de sus planes de robarle. De hecho, planeó a propósito, y dio a conocer que sus sirvientes iban a estar en Auteuil para que Caderousse tuviera la oportunidad de entrar en ella. Había sido como un pequeño desafío para ver si había dejado de ser deshonesto.

Y evidentemente Caderousse no había dejado de ser el mismo ladrón aprovechado que hacía muchos años había traicionado a Edmond Dantès, y por lo tanto su muerte fue justa.

Ni siquiera había tenido necesidad de levantar una mano con violencia o rabia contra Caderousse; como Danglars, Morcerf y Villefort, pues su tragedia fue el resultado de sus propias decisiones, sus secretos y su avaricia.

Uno de cinco. Eliminado de la lista.

Y pronto, se vengaría para siempre de los demás, de los que activamente se habían confabulado contra él. Una venganza duradera y más larga que un simple momento de ejecución, y más pública que el encarcelamiento.

Pero… entonces miró el nombre garrapateado al final de la lista y sintió que su satisfacción se transformaba en un golpe bajo de rabia. Una furia ardiente, muy profunda en su interior… una sequedad en la garganta… una vorágine de imágenes, sonidos, olores y texturas que siempre recordaba.

A diferencia de los demás, su plan para ella no se había materializado de la manera como había previsto.

Había tenido expectativas, imágenes de ella llorando y rogando comprensión, simpatía o clemencia… suplicando que la perdonara… gimiendo para que la liberara.

Su pene, el maldito traidor, se levantó un poco, y se hinchó dentro de sus pantalones cuando pensó en esas noches... los resultados inesperados, y su maldita debilidad. Se le humedecieron las manos y se le secó la boca.

Sabía que sólo era una reacción física, una necesidad del cuerpo, una simple función que le había hecho responder de esa manera... perder la cabeza, olvidar su objetivo y dejarse llevar ante la ocasión.

Pero ya no le importaba. En pocos días su Campaña de Venganzas habría acabado. Se iría de París con Haydée, la liberaría y permitiría que Alí abandonase su promesa, y nunca más pondría sus ojos en Mercedes Herrera de Morcerf.

Y a pesar de todo, no había conseguido llevar a cabo sus planes de dominarla físicamente, de quebrarla a través de la humillación y la traición de su propio cuerpo, de la misma manera que ella había traicionado a Edmond Dantès, el hombre al que había prometido amar para siempre. Pero aunque su plan no había resultado de la manera que esperaba... la había humillado y dominado.

Pero aún buscaba venganza.

Los pecados de un padre también los hereda su hijo.

Y también los de la madre.

Sí, Albert de Morcerf tenía que sentir también el aguijonazo de la venganza por las fechorías de sus padres. La ruptura de su posible compromiso con Eugénie Danglars era sólo parte de su estrategia para destruir al padre de Albert, dolor que también sufriría el joven.

Montecristo miró hacia la puerta, pues alguien llamaba, y dio permiso a Bertuccio para que entrara. Dobló bien su papel, lo volvió a meter en el gran broche granate, y su sirviente entró.

—Su Excelencia, todo está preparado para que salgamos a Normandía. Ya ha llegado *monsieur* Albert de Morcerf, está abajo, y le espera en el carruaje.

Montecristo asintió levemente, y sintió de nuevo una gran satisfacción que le proporcionó un sentimiento de bienestar y de objetivo cumplido. El hijo de Morcerf y él pronto iban a estar de vacaciones lejos de París cuando a Fernand se le removiese el mundo bajo los pies.

Habían pasado dos semanas desde que Mercedes había entretenido, a falta de una palabra mejor, al conde de Montecristo en su dormitorio, y para su alivio ni lo había vuelto a ver ni sabía nada de él. No estaba en París en esos momentos; lo sabía porque había invitado a Albert a otra de sus residencias, la de Normandía, y ya llevaban dos días fuera.

No sabía si debía pensar que la situación entre ellos había quedado aclarada. Cualquiera que hubiera sido el objetivo que perseguía, se debía sentir satisfecho, a pesar de que ella no se había entregado de la manera que le pedía. Al fin y al cabo la había dejado humillada e insatisfecha, para que cualquiera la encontrara de esa manera.

Milagrosamente, tampoco Fernand había hecho ninguna referencia a lo ocurrido esa noche. Y a ella, a pesar de que estaba perpleja por su silencio, no le molestaba que prefiriese ignorar lo que había pasado. Al principio, se había enfurecido por la humillación que le había hecho el barón Danglars al negarse a continuar con el compromiso entre Albert y Eugénie Danglars, a pesar de que ya había sido anunciado públicamente. Pero finalmente fue Danglars el que quedó como un imbécil, pues el hombre que había elegido para sustituir a Albert como cuñado había resultado ser nada menos que un simple ladrón disfrazado de príncipe. Y además lo descubrió, para su mayor vergüenza, durante la ceremonia del compromiso. Mercedes había escuchado que el príncipe había sido apadrinado por el conde de Montecristo. Considerando que un hombre como el conde había cometido ese error, confundiendo a un vulgar criminal con un príncipe de Italia, ¿podía considerar realmente una equivocación?

Las últimas semanas Mercedes se había empezado a preguntar sobre la amistad, o por lo menos relación, entre Montecristo y los tres hombres que habían formado parte de la vida de Edmond Dantès antes de su desaparición. Fernand había considerado a Dantès su rival para conseguir el afecto de Mercedes, y aunque ella siempre le había dicho que amaba sólo a Edmond, ambos hombres habían tenido una amistad incómoda. Danglars había sido sobrecargo del *Pharaon* junto con él. Y Villefort... Mercedes sintió un conocido retortijón en el estómago cuando pensó en

Villefort, y cómo había acudido a él solicitándole ayuda e información sobre Edmond.

Suplicando.

Cerró los ojos con fuerza, como si así pudiera eliminar sus recuerdos, y volvió su atención a lo que estaba pensando antes. Montecristo se había congraciado con esos tres hombres cuando regresó a París, y ahora… habían empezado a ocurrir cosas extrañas. Desgracias.

La esposa de Danglars había perdido una enorme suma de dinero en la Bolsa, y si eran ciertos los rumores, el propio barón había perdido aún más dinero.

Ella misma había sentido un gran alivio cuando el compromiso entre Eugénie Danglars y Albert se había roto. Pero no podía evitar preguntarse qué había ocurrido, especialmente al saber que Danglars había tenido un nuevo plan, y había comprometido a su hija con un hombre apadrinado por el conde de Montecristo, que había resultado ser un vulgar criminal. Más vergüenza y humillación para el barón.

Y en cuanto a *monsieur* Villefort… había rumores que decían que las tres muertes que se habían producido en su casa no habían sido accidentales, sino que en realidad habían sido asesinatos. Y el compromiso de su propia hija con un joven rico también se había roto de improviso.

Y todo eso en las últimas seis semanas desde que Montecristo había entrado en escena.

Y ahora Fernand parecía muy preocupado con una noticia de un periódico sobre Alí Pasha, a quien había ayudado a proteger cuando estaba con el ejército en Janina. De hecho, su marido se pasaba una cantidad de tiempo anormal en su oficina, y en la Cámara Alta del Parlamento, y últimamente lo veía muy poco.

Pero lo cierto es que a ella no le importaban mucho los problemas y preocupaciones de Fernand, y como había hecho desde hacía dos décadas, se mantenía alejada de él todo lo que podía, ocupándose de su jardín, y haciendo visitas a algunas amistades íntimas. Si Montecristo estaba implicado en esas desgracias, aunque le costaba creer que tuviera tanto poder y recursos, no era un asunto de su incumbencia.

Ella ya tenía su propia guerra con él.

Y como lo ocurrido aquella larga noche la llenaba de recuerdos que prefería olvidar, no se permitía pensar en ello, aunque no podía controlar sus sueños: ruidos, olores y sensaciones; piel contra piel, labios sobre labios, calor, frotamiento y humedad.

Se negaba a pensar en la manera en que la había dejado para que la encontrara Charlotte: con los brazos atados, las piernas abiertas, y los pechos apretados y fríos apuntando al techo. Charlotte, que esa mañana le demostró que sin lugar a dudas merecía el elevado salario que le pagaba, simplemente había desatado los entumecidos brazos de su señora, e inmediatamente ordenado que le prepararan un baño caliente.

De modo que las últimas dos semanas desde que su dormitorio había sido invadido por su esposo y su antiguo amante, Mercedes había apartado decididamente esos pensamientos, y se había concentrado en sus floridos jardines que tenían que ser podados y limpiados de flores marchitas. Aunque los jardineros hacían la mayor parte del trabajo, ella cosechaba algunas ramas de lavanda y admiraba las pequeñas flores amarillas de los macizos de tomates, lo que le hacía recordar sus sencillos días en Marsella cuando trabajaba a diario en su huerto, y se sentaba bajo los olivos con Edmond Dantès.

Y de ese modo, mientras se agachaba a podar las fragantes matas de romero, dejando muchas de sus ramas en su sitio para que el pájaro que pintaba no pareciera sucio, escuchó un fuerte golpe en la puerta, y...

¿Albert? ¿Era suya la voz que gritaba escandalizada con rabia? Pero se suponía que estaba en Normandía con Montecristo...

Mercedes se levantó, y el corazón le latió con fuerza sin razón aparente.

—¡Padre!

Entonces escuchó la voz de Albert en el piso de abajo, y después el sonido de sus pisadas que subían corriendo las escaleras. Había regresado anticipadamente.

Sin saber por qué de pronto se sintió mareada, y desconociendo el motivo por el cual de repente se le había secado la boca, se recogió las faldas de su vestido viejo y también el miriñaque para estar más cómoda, se sacudió la tierra del dobladillo que había estado apoyado en el suelo, y corrió hacia la casa. Sin importarle el barro que desperdigaban sus zapatillas, atravesó corriendo las puertas de vidrio del patio y entró al salón.

—¡Albert! —gritó advirtiendo que la casa parecía especialmente vacía y silenciosa, excepto las fuertes pisadas de su hijo.

—¡Calumnia! —Le escuchó gritar desde arriba— ¡Y libelo! ¡Cómo se atreve! ¡Padre!

Cuando bajó a saltos las escaleras, su hijo estaba solo.

—¿Dónde está papá? —dijo, y Mercedes vio que llevaba un periódico, y reconoció que era *L'Impartial*.

Era un periódico que Fernand se negaba a leer pues lo publicaba la oposición al gobierno.

La cara de Albert estaba enrojecida de furia, y su pelo despeinado le caía desordenado por la cara. Sus ojos estaban saltones, sus párpados llenos de venas azules y parecía como si llevara varios días viajando.

—No lo sé Albert, ¿qué ha pasado? —preguntó Mercedes sin saber si acusaba a Fernand de libelo y calumnia, o a otra persona.

—Sale aquí, en el periódico. Advertí a Beauchamp que si volvía a publicar algo así le pediría una satisfacción. Y lo ha hecho por segunda vez, y ahora con una acusación tremenda. —Escupía saliva porque hablaba con mucho enfado—. El último artículo ya había sido muy escandaloso, pues daba a entender que mi padre tenía algo que esconder, y que había hecho algo inmoral en Janina… ¡pero este! En este horrible artículo lo acusa directamente de ¡traicionar a Alí Pasha! El hombre al que se suponía que debía proteger. ¡Mi padre nunca hubiera hecho algo así, nunca!

Mercedes no sabía qué pensar o decir. Algo dentro de ella le daba vueltas y se sentía absurdamente mareada. ¿Qué había hecho Fernand? ¿Qué había hecho?

—Mamá —dijo Albert—, tú no sabías nada de estos artículos, ¿verdad? No los has visto. El primero apareció a comienzos de esta semana, y advertí a Beauchamp en el periódico… se lo dije. Y después me cuentan en Normandía que había aparecido este otro artículo... El conde como es lógico me permitió usar sus mejores caballos para que regresara inmediatamente. Mamá, siéntate y dime dónde está mi padre.

—Está trabajando, en la Cámara Alta, por supuesto —le dijo.

Su cerebro funcionaba lentamente. Cogió el periódico de las manos de Albert, y lo vio en la primera página: la historia de que Fernand de Morcerf había conseguido su título de conde traicionando y asesinado horriblemente al hombre al que había jurado proteger... y que había vendido como esclavas a su esposa y a su hija... y que todos habían creído que era un héroe cuando recibió su título de conde... cuando, en realidad, era un asesino.

—No es cierto, mamá —dijo Albert rabioso—. ¡No me mires así! No es verdad ¡y se tendrá que retractar! Voy ahora mismo al periódico, y después buscaré a mi padre. No me puedo imaginar cómo se lo tomará, pero no va a estar solo. Se dice en la calle que mañana habrá una audiencia en las cámaras. Es muy inminente, pero lo mejor es limpiar su nombre de inmediato.

Mercedes no lo pudo detener. Se agarró las colas de su chaqueta con faldón y salió a toda prisa de la habitación. Ella se quedó con el corazón destrozado.

No por Fernand, nunca lo tendría así por él. Nunca por ese hombre.

Tampoco por ella misma, ni por cómo podría cambiar su vida si esas acusaciones resultaran ser ciertas. Y no dudaba que lo eran, pues sabía el tipo de persona que era Fernand.

No, tenía el corazón roto por su hijo, que quería tanto a su padre, y que ya no estaría protegido de saber el tipo de hombre que era en realidad.

Haydée percibió cierta ansiedad en Su Excelencia cuando se instalaron en el carruaje para volver a asistir a la ópera.

Tenía la sensación de que, a diferencia de la última vez que estuvieron allí, los Morcerf no iban a estar esa noche. Justo el día anterior Haydée se había presentado en la Cámara Alta del Palacio de Luxemburgo para testificar que el conde de Morcerf había asesinado a su padre, y que la había vendido a ella y a su madre como esclavas.

El conde de Morcerf había sido condenado y humillado, y había salido del palacio completamente deshonrado. Por lo que sabía estaba confinado en una gran casa de algún lugar de París con su hermosa esposa, Mercedes.

Pero Su Excelencia, que estaba en el carruaje junto a ella, parecía como si esperara algo. Algo más. Había sido él quien, tras regresar muy temprano de Normandía, le había ordenado comparecer en la Cámara Alta, para que explicara la historia de lo que le había ocurrido a su familia. Y para que señalara al hombre que los había traicionado.

Montecristo tenía un aspecto especialmente formidable esa noche. Estaba guapo, oscuro y muy bien arreglado, aunque la dureza e intensidad que formaba parte de él desde que lo había conocido, que se había acentuado desde su llegada a París, más que nunca parecía estar a punto de aflorar a la superficie.

Haydée intuía que iba a ocurrir algo feo, y que él se limitaba a esperarlo.

—Espero que al fin sea feliz —le dijo de pronto en el carruaje apenas iluminado.

Montecristo giró su rostro anguloso hacia ella, y a pesar de la tenue luz pudo percibir la dureza de su mirada.

—¿A qué te refieres, Haydée?

No le tenía miedo, pese a la frialdad de su voz. Y desde que se había descargado delante de la Cámara Alta del Parlamento, se sentía más libre. Ahora todo el mundo conocía su tragedia.

Si Alí dejara de evitar su mirada cuando la tenía delante.

Si dejara de tener ese aspecto impasible y vacío en la cara.

Sus ojos de pronto se llenaron de lágrimas, pero enseguida apartó esa preocupación. No podía obsesionarse con eso ahora… aunque, Dios santo, sentía que su corazón se hacía pedazos cada vez que lo veía, aunque percibía que esa noche había algo más en juego en relación a su protector... algo más grande.

—Su Excelencia, me refiero —dijo cautelosa parpadeando rápidamente para deshacerse de sus lágrimas— a que lleva poniendo en marcha su plan de venganza tanto tiempo... tal vez por fin, ahora que ya ha terminado, pueda encontrar la felicidad.

Durante un largo rato los rodeó un silencio tenso. Haydée temía haber hablado inoportunamente. Al fin y al cabo era una esclava, a pesar de que no la trataba como tal.

—No creo que sepa lo que es la felicidad —dijo por fin, y en vez de ser dulce y reflexivo, sus palabras eran frías y desprovistas de emoción—. Pero quiero creer que después de llevar a cabo la voluntad de Dios como Su ángel vengador Él será bueno conmigo cuando ya no esté en la tierra.

Su momento de plenitud, de profunda pasión y enamoramiento, había sido tan leve... ahora no significaba absolutamente nada.

Haydée había comenzado a comprender el vacío que parecía dominar al conde de Montecristo.

Fuera lo que fuera lo que esperaba, no iba a ocurrir mientras se dirigían a su palco, que como siempre era el más importante del teatro. Montecristo saludaba cortésmente e incluso lo hizo con mucho cariño a Maximilien Morrel, a quien dio un beso en cada mejilla y un sentido abrazo.

Haydée observó que el rostro del conde se relajaba un poco cuando se encontró con *monsieur* Morrel. Le alegraba que el solitario conde tuviera por lo menos una persona que le importaba de verdad, y que mostraba el mismo afecto hacia él.

En el primer intermedio la puerta de su palco se abrió de golpe.

Haydée saltó y se volvió en su asiento, pero el conde simplemente estiró el cuello.

—Ah, Albert —dijo tranquilamente—, espero que mis caballos te hayan traído rápidamente y sin incidentes de Normandía. ¿Cuándo fue, hace dos días?

—No estoy aquí para intercambiar falsas cortesías o prolongar esta engañosa amistad —contestó el joven Morcerf—. He venido a pedir una explicación.

Haydée advirtió, cuando el hombre se puso majestuosamente en la puerta del palco, que estaba pálido y tembloroso. Su voz se podía oír más allá del palco, y los otros asistentes a la ópera miraban con curiosidad. Otros dos jóvenes, que también estaban muy serios, siguieron a Albert Morcerf cuando entró en el palco, y vio como Alí se movía para asegurarse de que los tenía a la vista.

—¿Una explicación? ¿En la ópera? —preguntó Montecristo.

—Como ha estado escondido, es el único lugar que he encontrado para pedirle una explicación por su perfidia —replicó Albert Morcerf todavía con la voz muy alta sin preocuparse de controlarla.

—He estado en mi casa todo el día —respondió Montecristo muy templado—. No creo que estar en el baño de tu propia casa sea «estar escondido». Ahora lo mejor es que te vayas tranquilo hasta que puedas controlar mejor tus facultades, tal vez…

—No haga juegos de palabras conmigo. Le haré salir de su casa, y le aseguro que bajo mis reglas —respondió Albert, y Haydée se fijó en que llevaba un guante blanco en la mano, y lo retorcía enfadado y nervioso. Pensó que eso escondía algún significado secreto, pues observó que el conde tenía puesta su atención en ese guante blanco—. Le pido una explicación por sus actos, por revelar esas *mentiras* sobre mi padre. Tiene que entender que yo…

—Y tú tienes que entender —lo interrumpió el conde suavemente—, que si quieres tener una discusión conmigo, la tendrás. Pero también te tengo que recordar que la verdad es la verdad, y abordar al portador de tales noticias no la cambiará. Y, déjame que te sugiera, *monsieur* Morcerf, que es una mala costumbre anunciar desafíos a los cuatro vientos de manera que todo el mundo lo pueda escuchar.

Haydée escuchó expresiones de sorpresa en la gente que estaba fuera del palco escuchando desde sus asientos. Era verdad: el nombre de Morcerf se había pronunciado en todas las casas el último día, desde que la caída del conde de Morcerf había sido de dominio público. Y ahora el conde de Montecristo había mostrado a toda la ciudad que había habido un altercado entre ellos.

Albert se movió de pronto, como si estuviese a punto de dar un paso hacia él blandiendo el guante en la mano, pero Maximilien de Morrel le agarró la muñeca en el aire. El guante blanco cayó al suelo, y en el teatro se produjo un silencio más intenso que el que había durante la representación. Montecristo se agachó y recogió el guante caído.

—*Monsieur* Morcerf —dijo el conde con la voz muy tranquila—. Considero que me has arrojado el guante. Te lo devolveré al alba. Ahora sal de aquí, o te tendré que expulsar.

Capítulo 13

La visita

Más tarde esa misma noche
París.

Más tarde esa misma noche, Haydée estaba sentada sola en la terraza trasera de la casa del número treinta de los Champs-Élysées.

Su Excelencia y ella habían regresado de la ópera hacía no más de una hora. Se habían marchado durante el segundo intermedio rodeados de las miradas y comentarios de los asistentes al espectáculo. No había señales de Albert de Morcerf, pero entre los murmullos, escuchó que susurraban su nombre mientras abandonaban el teatro.

El sofá de la terraza en el que se había sentado estaba formado por varias volutas de hierro forjado, y su frío reposabrazos estaba muy frío cuando apoyó los dedos en él. Aparte de eso, intentaba no sentir nada más, pues temía pensar en lo que había ocurrido... y lo que iba a suceder al día siguiente al alba... le producía sofocos.

Tenía apoyado en el regazo el documento que el conde le había entregado cuando regresaron... y la razón por la que había huido al rincón más apartado de la casa, pues necesitaba respirar el aire fresco de la noche. Era la única manera de evitar ponerse a llorar y a chillar.

No soportaría perder a otro padre.

Un pequeño ruido llamó su atención, y miró hacia una de las puertas abiertas del patio donde se encontraba, que estaba embaldosado con piedras planas.

Alí.

Le ardió el estómago al mirar el papel que tenía en las manos; estaba demasiado oscuro como para poder leer su contenido, pero sabía lo que decía.

Cuando le tocó un hombro, Haydée movió la cabeza deseando que la dejara tranquila. Pero no lo hizo, y cuando se lo apretó un poco más con sus fuertes dedos, dijo:

—Quiero estar sola. Alí, vete.

Él retiró la mano y, antes de que ella se diera cuenta de lo que ocurría, la levantó de su sofá, se la puso sobre las piernas, y se sentó con ella en un banco de piedra. Los brazos que la rodeaban era grandes, cálidos y fuertes, y ella percibió que algo se le removía por dentro… en lo más profundo de su vientre… pero enseguida se deshizo de esa sensación.

No podía dejar que borboteara, y de nuevo levantar las esperanzas.

Entonces se dio cuenta de que la luz que se filtraba de la casa llegaba hasta el banco en el que estaban sentados, e iluminaba la cara de Alí, y la suya propia. Él se volvió firmemente hacia ella para estar de frente, y que pudiera ver su rostro fuerte y compacto, el brillo de su cabeza de ébano, su barbilla y sus mejillas. Alí movió las manos con fuerza un instante.

No va a morir.

Haydée movió la cabeza y le volvieron a brotar las lágrimas.

—Siempre hay una posibilidad —dijo.

Él ha sido el desafiado, de modo que disparará primero. No se va a equivocar. Nunca se equivoca.

—Pero… ¿y si Albert Morcerf dispara antes de que le toque? No lo podría soportar, y, Alí… no es porque lo quiera como… —No podía terminar, así que respiró hondo y controló la voz—. Es como un padre para mí, y no lo quiero perder.

Te ha dado la libertad. Te ha protegido haciéndote libre.

Haydée miró el documento que todavía tenía en la mano. Sí, siempre le había dicho que la liberaría, y ahora que lo había hecho ¿qué pretendía hacer? Si siempre la había tratado como una hija, y ella no quería ir a ningún otro sitio, ni quería estar con nadie más…

Me contó lo que le pediste.

Haydée miró a Alí y se dio cuenta de que tenía la boca muy cerca de la suya… tan cerca que podía percibir su aliento cálido y dulce, con olor a menta y a carvi. Casi dio rienda suelta a sus deseos, y se acercó para saborear sus labios, pero no lo hizo. No, no podía volverse a hacer eso.

Le pediste que me liberara a mí también.

Sus brazos se estrecharon en torno a ella, y sintió que una de sus manos le acariciaba suavemente el cabello, todavía peinado y trenzado al estilo francés, por detrás de la cabeza.

Gracias.

—Pero no me escuchó —respondió, y le pasó el papel, pero él le empujó la mano encima de su propio regazo.

Hay cosas que no puedes entender. Cosas como el pacto de honor que se establece entre dos hombres.

—No me interesa el honor —dijo enfadada sintiendo de pronto que su aflicción y su miedo estaban a punto de estallar—. El honor hizo que mi padre muriera. Le hizo creer en un hombre que no lo tenía, y lo mató a sangre fría. El honor no es nada.

De pronto se puso a llorar a rienda suelta sobre la túnica de Alí con el cuerpo tembloroso, mientras él la apretaba con sus brazos. Olía tan bien, era tan fuerte y estaba tan caliente y cerca, que la débil sensación que se le arremolinaba en el vientre empezó a desatarse y a bullir lentamente. Pero contuvo la respiración y se obligó a apartarla.

Lo siguiente que supo fue que la estaba besando muy suave y sensualmente… de una manera que nunca se había producido entre ellos. Como si quisiera demostrarle lo cariñoso que era. Sus labios carnosos se amoldaban a los de ella mientras le acariciaba su estrecha espalda con las manos abiertas, haciendo que se apretara más a él.

Haydée sintió que su miembro se movía entre ellos, empujando a través de sus delgados pantalones de seda, y de pronto un brote de lujuria se disparó en su sexo al recordar cómo se sentía cuando la penetraba. Oh, qué maravilla.

Pero ella se separó. Quería estar con él. Lo deseaba tanto que sus dedos temblaban, sus pechos se habían apretado, y su vulva se despertaba... pero no de esa manera.

No porque él pensara que la poseía. No por su estúpido honor, y que creyera que le tenía que agradecer que hubiera pedido su libertad... por ofrecerse a cambio de eso.

Deseaba que la quisiera como un igual. Como la persona que amaba. Sin escrúpulos, ni remordimientos, ni nada oculto.

—No —dijo apartándose de él. Todavía tenía su sabor en los labios; le hormigueaban y latían, y sólo quería volver a hundir su boca contra la suya—. No, Alí, no... de esta manera —dijo.

Entonces, antes de que pudiera responder, un súbito altercado en la casa atrajo su atención.

—¡Debo verlo! —gritó una voz con urgencia.

Una voz de mujer.

Haydée se revolvió sobre el regazo de Alí con el corazón alterado. Gracias a Dios. Y se dirigió a la casa con el vestido aplastado, arrugado y descolocado. Al dar el primer paso se tropezó, pero enseguida se recogió las faldas.

—Lo siento señora, pero...

Haydée interrumpió a Bertuccio, que estaba apaciguándola, y entró a toda prisa en el recibidor, que estaba justo detrás del salón que se abría al patio.

—Su Excelencia la verá —anunció Haydée casi sin aliento, tal vez más debido a los besos que a su carrera.

Oyó que Alí venía detrás de ella.

—Pero, señorita Haydée....

Puso una mano sobre el brazo de Bertuccio, miró rápidamente de manera consoladora a la condesa de Morcerf, y apartó al mayordomo.

—Como recuerdas te ayudé atendiendo a su Excelencia cuando me lo pediste —dijo muy tranquila y con mucha más calma de la que sentía—. Te aseguro que el conde verá a la condesa de Morcerf.

—Ha dado instrucciones para que no lo molesten. Se pondrá furioso si no se obedecen sus órdenes.

—Lo asumiré como algo mío, Bertuccio. He sido yo la que envió un mensaje a la condesa notificándole el duelo del conde, y he sido yo quien la ha hecho venir. Si alguien ha de sufrir su enfado, seré yo. —Y después, con el corazón latiendo con fuerza y una tranquila certeza, se volvió hacia Mercedes—. Venga conmigo. La llevaré ante él.

—Gracias Haydée —contestó ella.

Para ser una mujer aterrorizada ante la perspectiva de que su hijo se batiera a duelo con el conde de Montecristo dentro de unas pocas horas, tenía un aspecto notablemente sereno. Excepto por la tensión de su boca, y el extraño brillo de sus ojos oscuros, su aspecto era igual de hermoso y elegante al que tenía cuando la conoció en el teatro.

Haydée comprendía perfectamente la razón por la que Su Excelencia no podía olvidar a esa mujer.

Con una rápida mirada a Alí, que se puso detrás de ella, cogió a Mercedes del brazo y la condujo a través de las escaleras. Iba muy consciente de las pesadas pisadas de Alí detrás de ella. Si había cualquier problema con el conde, Alí estaría allí para ayudarla.

Pero lo cierto es que no creía que Su Excelencia fuera a rechazar a la condesa de Morcerf.

En realidad no, pues esa confrontación llevaba largo tiempo produciéndose.

La casa del número treinta de los Champs-Élysées era aún más opulenta y exótica de lo que Mercedes podía imaginar. A pesar de su desesperación, y de saber que su mundo se estaba derrumbando, se fijó en el fino mobiliario, la elegante decoración, y los colores y texturas. Demostraban una gran riqueza y un gusto impecable. Todo con aspecto oriental. Parecía que le era más fácil dejar que su mente se entretuviera en esos detalles que en pensar en su futuro. Se fijó en las mesas negras lacadas, con dibujos de hierba dorada y pequeños pájaros rojos. Mesas bajas, muchos cojines, sillas planas y teteras. Caoba rica y lustrosa, y madera de olivo. Bambú y colgaduras de seda. Y también en algunos muebles más familiares, franceses y españoles, que hacían resaltar los estilos chinos e indios.

Evidentemente... Simbad irradiaba la misma aura del lejano Oriente. Debió haber vivido allí muchos años.

Mercedes respiró hondo para tranquilizar su pulso cuando Haydée abrió dos grandes puertas que llegaban hasta el techo al final de las escaleras, y con una pequeña inclinación le indicó que entrara.

Las puertas se cerraron silenciosamente detrás de ella, y se quedó sola en una enorme estancia. Su primera impresión fue un aroma agradable a especias que inundaba cálidamente el ambiente. Se alejó de la puerta y miró a su alrededor. La habitación estaba iluminada por la luz de la luna que perfilaba unas grandes ventanas, y por unas cuantas lámparas que daban un brillo amarillento, y teñían con un matiz dorado dos sillones bajos junto a una mesa de poca altura. Cerca había un escritorio, y en su suave superficie se apoyaban un tintero, plumas de escribir y una pequeña lámpara.

Vio una gran cama en el extremo opuesto de la habitación, con las cortinas abiertas, cuya cubierta de seda color azul brillaba con la luz, sobre la que se apilaban almohadas con borlas y suntuosos cojines. Mercedes se dio cuenta con un sobresalto que se debía encontrar en el dormitorio del conde.

Y entonces, cuando su mirada recorrió por completo la habitación, por primera vez advirtió los sofás que había junto a las altas ventanas. En una de ellas distinguió la silueta de un hombre sentado que miraba hacia el lugar donde debía comenzar a amanecer en cuestión de horas.

—¿Cómo has llegado hasta aquí? —le preguntó y rompió el silencio con la voz tranquila y profunda, a pesar de la rigidez con que cortaba las palabras.

—¿Eso importa? El hecho es que estoy aquí. —Mercedes se dirigió hacia él con el corazón acelerado y las palmas de las manos húmedas dentro de los guantes. Lo sintió… Era como si entre ellos se extendiera repentinamente una madeja de hilos tensos y vibrantes… pero finos y fácilmente rompibles como los de una telaraña—. ¿Por qué estás sentado en la oscuridad de esa manera?

Él se movió ligeramente en su asiento, pero no se volvió para mirarla, pues, aparentemente sólo estiró un brazo para estar más cómodo. Parecía que mantenía su atención centrada en la ventana que tenía delante.

—¿Está oscuro? Pues yo lo veo todo perfectamente. El miedo de tus ojos, y cómo tu barbilla se levanta con orgullo. Tu vestido es verde pálido. Me recuerda el fondo del mar poco profundo cerca de Singapur. Está cubierto con demasiados encajes, y… ¿Cómo se llaman esas pequeñas ondas que llevas por detrás?

—Volantes.

—Ah, volantes. Incluso puedo ver que están decorados con pequeñas flores rosadas, que la pasamanería es de color verde oscuro como las hojas de los olivos, y también el adorno azul claro del borde del cuello y las mangas. Lo veo todo muy claramente, hasta la textura de las pequeñas trenzas de tu cabello. Es que… cuando uno pasa catorce años en la oscuridad, día y noche, noche y día… te acostumbras a ver cuando todo está oscuro de manera tremendamente clara.

Mercedes ya estaba frente a él.

—¿Catorce años?

—Catorce años en el Château d'If. —La amargura de su voz hizo que a ella se le revolviera el estómago—. ¿Qué haces aquí?

—Estoy completamente segura de que sabes para qué he venido —contestó. Sabía que debía ponerse de rodillas, y suplicar e implorar… pero no podía hacerlo. No… todavía. No podía mientras esa extraña sensación, que hacía que se le pusieran los pelos de punta, y que se le sacudieran las entrañas y el corazón le latiera con fuerza, se mantuviera en el aire entre ellos. No podía hacerlo mientras él estuviera tan frío e insensible—. Si has sido tan listo como para descubrir aquello que mi marido tuvo tanto cuidado en esconder, y desenmarañarlo como obviamente has hecho... pública y teatralmente... no te hace falta preguntarme por qué he venido.

—Estás aquí para preguntarme por qué he destruido a tu marido. Y a pedirme que no me encuentre con tu hijo al amanecer con mis pistolas y mis padrinos detrás de mí.

Ella no podía distinguir los matices de su expresión, pero sonaba aburrido. Despreocupado.

Mercedes se acercó a la lámpara más próxima y la hizo brillar lo más que pudo. Entonces, cuando se dio la vuelta, le pudo ver la cara, su expresión cerrada, sus labios firmes, y la intensidad de su mirada.

—Fernand no me importa en absoluto. Y si gracias a ti su perfidia ha sido públicamente conocida, no te tengo ningún resentimiento. Y de hecho espero que se haga justicia. —Se fijó sorprendida en que él relajó la cara un instante—. He venido para rog... pedirte que perdones a mi hijo. Que no vayas a su encuentro mañana.

—Pero si fue tu hijo quien me insultó, señora.

—Pero lo matarás —dijo, y haciendo un esfuerzo evitó sollozar y se mantuvo firme y fuerte.

—Claro que lo haré.

Entonces se volvió hacia ella con la cara cálida y dorada por la luz de la lámpara, pero marcada por las sombras y su rabia. Y su dolor. El dolor acechaba en las profundidades de sus ojos. Pero no mostraban clemencia.

Mercedes sintió que su corazón se sacudía terriblemente. Realmente pretendía hacerlo.

—Pero... ¿por qué? ¿Qué te ha hecho Albert? Es muy joven y es completamente inocente de la inmoralidad de su padre.

—En la Santa Biblia está escrito que los pecados de los padres serán pagados por los hijos... durante tres generaciones. Y aparte de eso, tu marido sufrirá aún más con la pérdida de su hijo.

—Y yo —susurró repentinamente vacía—. Y yo. —Miró hacia él, y sus miradas se mantuvieron intensamente. Su oscura mirada mostraba determinación y un poco de burla, y ya no era tan plana y sin sentimientos como la tenía acostumbrada—. ¿Me arrebatarás a mi hijo?

La mirada del conde no vaciló.

—He esperado muchos años antes de hacer este viaje a París. Y nadie me disuadirá de hacer esto.

Los labios de Mercedes apenas se movieron pues estaban congelados. Y de pronto sintió como si todo su cuerpo hubiera sido arrojado a un mar helado y sus manos, que colgaban junto a su vestido, se pusieron a temblar.

—¿Edmond, qué te ha ocurrido como para que puedas llegar a hacer algo así? —Era consciente de que su voz sonaba como si fuera un gemido suave, grave y cargado de horror, pero no le importó—. ¿Qué te ha pasado, Edmond Dantès?

Él cerró los ojos un instante, cortando la incómoda conversación que mantenían.

—Edmond Dantès... ha pasado tanto tiempo desde que no escuchaba ese nombre. Pronunciado de viva voz. —Abrió los ojos, y le lanzó una mirada ardiente—. Edmond Dantès ha muerto. Murió hace décadas.

—No —dijo ella cayendo de rodillas junto a él. Levantó una mano, le agarró una muñeca que estaba apoyada sobre el brazo del sofá, y la apretó con fuerza—. No mientas, Edmond. Sé que eres tú. Sé que todavía estás aquí. Detrás de la máscara, de esa máscara amable aunque firme, falsa y cerrada. De una inescrutable amabilidad. Sé que estás aquí. Lo supe desde el momento en que te vi... y sabes quién soy yo, Mercedes. La mujer que siempre te ha amado.

—¿Que me ha amado? —le apartó la mano dándole un golpe tan fuerte que le hizo perder el equilibrio y que se tambaleara hacia el sofá—. ¿Cuánto esperaste antes de abrirte de piernas ante Morcerf? ¿Cuánto tiempo?

Mercedes se llenó de rabia. De rabia, horror y asco. Y de una profunda tristeza. Él no tenía ni idea de por lo que había pasado. Se puso de pie torpemente, se estiró el vestido, y le contestó:

—Sabes cuánto esperé hasta que me casé con Fernand, Edmond. Lo sabes por que te lo expliqué... Simbad.

—¿Simbad? —En su voz se podía percibir una pequeña nota de admiración—. ¿Hace cuánto que lo sabes?

—Lo suficiente como para preguntarme por qué, si volviste a Marsella hace diez años, no me dijiste que eras tú. No me lo dijiste, Edmond… No volviste a mí cuando pudiste hacerlo. —Entonces de pronto se puso a sollozar, y a temblar. Estiró ciegamente la mano y agarró el pesado brocado de las cortinas para mantenerse firme mientras lo miraba—. Me dejaste creer que estabas muerto. Durante veinticuatro años.

—Estabas casada con Fernand —respondió duramente—. ¿Qué iba a hacer? Apenas esperaste dieciocho meses al hombre al que habías prometido amar para siempre.

—Te esperé todo lo que pude… pero después no tuve otra elección —dijo suavemente todavía sujeta al pesado terciopelo con la mejilla pegada a él. No podía decirle la razón; era mejor que pensara que se había aburrido de esperarlo a que supiera la verdad de lo que le había pasado, las elecciones que había tomado, y el trato que tuvo que hacer—. No sabía nada de ti. Villefort no nos dijo nada ni a tu padre, ni a *monsieur* Morrel, ni a mí. Era como si te hubieras esfumado, Edmond. Desaparecido. Tu padre murió un año después con el corazón roto convencido de que habías muerto. Hubiera hecho cualquier cosa por encontrarte, Edmond. Cualquier cosa. Creía… —Su corazón se paralizó y se quedó sin palabras. Enseguida se recompuso y continuó—: Creía que si estabas vivo, hubieras contactado conmigo…

—Estaba en el Château d'If. No había manera de contactar con nadie. No había nada, Mercedes. Nada salvo oscuridad, ratas, pan agusanado y agua salobre. No había luz, ni voces, sólo muros de piedra y una manta raída. Ni esperanzas, ni palabras, ni vida. Nada. Nada más que el recuerdo de una mujer que había prometido amarme para siempre. Eso fue lo único que me mantuvo cuerdo los primeros cuatro años.

A Mercedes le temblaban tanto los labios que apenas podía hablar. El estómago le daba vueltas y le parecía que nunca se iba a volver a sentir bien. Oh, Dios. Qué horrores debió haber pasado.

—Pero ¿por qué, Edmond? ¿Cómo llegaste allí? ¿Y cómo... cómo conseguirte salir?

—Fue tu marido, en parte, quien me envió allí. Y también Danglars y Villefort.

Villefort. Le volvió a doler el estómago.

—¿Qué... cómo?

—No lo supe con seguridad mientras estuve allí, pero en cuanto escapé, pude confirmar las sospechas que me formé con la ayuda de un compañero de prisión, Abbé Faria. —Su voz tenía un toque de tristeza; pero después continuó con el tono plano que acostumbraba a usar—. Fernand y Danglars conspiraron contra mí. Fernand porque evidentemente te quería a ti, aunque no puedo entender la razón, pues prefería a los hombres; y Danglars porque pensaba que así conseguiría la capitanía del *Pharaon*. Avaricia y celos, Mercedes. La avaricia y los celos enviaron a un hombre inocente a la más oscura y cerrada de las prisiones durante catorce años.

»El capitán del *Pharaon*, que murió cuando estábamos en nuestro último viaje, me dio una carta para que se la entregara a un hombre en París cuyo nombre era *monsieur* Noirtier. Puede que lo conozcas pues es el abuelo de Valentine Villefort, y el padre de *monsieur* Villefort. Como sabes, yo no sabía leer, y no tenía manera de enterarme de que la carta contenía información para los simpatizantes de Bonaparte que estaban ayudando a Napoleón a escapar de Elba. Pero de algún modo, Danglars y Fernand descubrieron que yo tenía esa carta, y escribieron una nota anónima informando de ello al fiscal de la corona, que era, evidentemente, Villefort.

»Villefort me llamó. Fue cuando los oficiales me sacaron de la fiesta de compromiso. Me preguntó sobre la carta, e inmediatamente se la entregué y le expliqué que desconocía su contenido. Me tenía que haber liberado. Y de hecho, ya lo había hecho, pero cuando estaba saliendo por la puerta, abrió la carta y vio escrito el nombre de su padre. Y como lo incriminaba como simpatizante de Bonaparte, Villefort entendió que nunca debía salir a la luz pública su contenido pues arruinaría su posición de fiscal de la corona, y su carrera como leal al rey. Por eso, como yo era la única otra persona que posiblemente conocía la información de la carta, me envió a la prisión en secreto.

»Nunca hubo un juicio. Ni tampoco vi nunca a nadie a quien pudiera explicar mi caso… y durante mucho tiempo pensé que se había producido un error que tendría que ser corregido. Pero eso no se produjo.

En ese momento, Mercedes ya había soltado las cortinas. Se agachó y se sentó en el suelo sobre sus faldas y el miriñaque, y miró fijamente al hombre que había amado, horrorizada e incrédula. Sus mejillas y su corpiño se habían empapado de lágrimas, y de pronto sintió que también se le habían mojado las manos a través de los guantes.

—Dios mío, Dios mío, Edmond…

Él parecía no escucharla, pues seguía hablando como si nada le fuera a impedir que contara su historia.

—Pude escapar gracias a un compañero de prisión, Abbé Faria. Agradezco a Dios haberlo conocido, pues fue él quien evitó que cayera en la locura, impidiendo que me suicidara, cuando llegó accidentalmente a mi celda a través de un túnel. Pensaba que era la salida, pero estaba terriblemente, aunque afortunadamente, equivocado. —Nuevamente su voz sonó diferente, un poco irónica, pero enseguida volvió a su tono habitual.

—Durante diez años nos visitamos en nuestras celdas en secreto. En ese tiempo me proporcionó una educación completa, y me contó la historia del tesoro secreto enterrado en la isla de Montecristo. Cuando el abad murió, pude reemplazar su cuerpo por el mío en la mortaja, de manera que cuando los carceleros vinieron a buscar su cadáver, realmente me llevaban a mí. Pensaba que pretendían enterrarlo, pero en cambio, enrollaron unas cadenas en mis piernas y me arrojaron desde un acantilado, sin saber que estaban lanzando a un hombre vivo. Milagrosamente conseguí soltar las cadenas y escapar, y entonces me di cuenta de que Dios me quería vivo.

»Y que mi objetivo era vengar el mal que me habían hecho… y devolver el favor a quienes se habían portado bien conmigo.

—Por eso entregaste la bolsa de dinero, y el diamante, a los Morrel para salvar su compañía naviera —dijo Mercedes tranquilamente—. Disfrazado de Simbad, y de lord Wilmore.

Asintió rápidamente.

—Sí. Y de ese modo... ahora... estamos aquí.

—Viniste a París a destruir a los hombres que te enviaron a la cárcel. Y... a mí.

Montecristo, pues incluso entonces no estaba segura de que pudiera pensar en él como Edmond de nuevo, la miró firmemente.

—El castillo de naipes de Danglars, que estaba construido con el mismo dinero prestado, y vuelto a prestar una y otra vez, está a punto de caerse encima de él. Dentro de dos días estará acabado y completamente destruido. Y todo por culpa de su avaricia y su deshonestidad.

»La hija de Villefort es sospechosa de haber envenenado a varias personas; y tal vez en pocos días, un joven dará un paso más: debes haber escuchado algo de él, pues se ha comprometido para casarse con Eugénie Danglars. Se supone que es un príncipe, pero, por desgracia, no es más que un delincuente común. Y dará un paso adelante, probablemente mañana, para anunciar que es hijo ilegítimo de Villefort y la baronesa Danglars, nacido en secreto y enterrado vivo. Fue *abandonado para que muriese* hace unos veintidós años. Sólo faltan unos pocos días para que Villefort esté acabado.

Mercedes no pudo evitar dar un grito sofocado de horror. ¿Dejado morir? ¿Enterrado vivo?

—Y tu marido... ha perdido su trabajo y su posición, y enseguida tampoco tendrá salud. Y su impetuoso hijo pronto habrá aprendido la lección...

—¡Edmond! —Dio un bandazo hacia él desde el suelo y le agarró un brazo—. ¿De verdad que lo vas a hacer? ¿A mi hijo? Por favor, Edmond, por favor. Te lo ruego... te... lo suplico.

Las lágrimas le caían con fuerza, y escuchó que su voz sonaba igual de desesperada que cuando había suplicado ante Villefort hacía ya tantos años, rogándole y pidiéndole que le diera noticias, o alguna información, sobre Edmond. Algo.

Sintió que los músculos del conde se tensaban bajo sus dedos, se movían y temblaban ligeramente. Entonces, de pronto, dejó de estar tenso. La miró con la cara oscura y firme, aunque contemplativa. Pero repentinamente, se volvió maliciosa y pagada de sí misma.

—No le voy a disparar. Pero me tienes que dar algo a cambio.

—Lo que quieras. Pídemelo, Edmond. Cualquiera que sea la venganza que me tengas que hacer, estoy dispuesta a dártela a cambio de la vida de mi hijo.

—Dieciocho meses me esperaste… y quiero dieciocho meses de tu vida… —Su voz sonó suave y elegante, como si fuera una serpiente enrollada—. Y que seas mi esclava. Mi esclava complaciente, servil y arrastrada. Dieciocho meses cumpliendo todas mis órdenes, y dando satisfacción a todos mis caprichos.

La miraba quemándola con los ojos, y ella sintió un profundo estremecimiento. Las palmas de sus manos se volvieron a humedecer, se le secó la boca y se le cerró la garganta.

Así era. Al fin lo tendría. La tendría de la manera como deseaba para vengarse. Teniéndola bajo su control. Pero para salvar la vida de su hijo no dudaba que lo haría.

—Lo haré —le dijo sin dudarlo y sin miedo.

Pues nada podía ser peor que lo que había pasado en manos de Villefort. Nada.

Él pareció relajarse aún más, liberado del último resto de tensión. Miró a través de la ventana, y vio el leve color del alba sobre los bajos edificios color crema.

—Volverás esta noche a las ocho. No necesitarás ropa, sólo un vestido, y tal vez un camisón. Tampoco necesitaras una doncella. Saluda de mi parte a tu marido.

Ella se levantó, y apoyó sobre sus pies sus piernas dormidas, que habían estado muy incómodas por el peso y el volumen de las faldas. Él no hizo ni un movimiento para ayudarla.

Capítulo 14

Aceptación y arrepentimiento

Temprano la mañana siguiente
París

Cuando se acercaba el amanecer planeó morir.

Vestía una chaqueta negra sobre una camisa almidonada. Un sencillo pañuelo apagado de color rojo sangre muy apropiado, y un chaleco marrón oscuro. Pantalones marrones elegantes y botas de cuero muy suaves color carbón.

Nadie podría decir que el conde de Montecristo iba a presentarse a la muerte menos elegante de lo que estaba en vida.

Se acercó al sillón en el que había estado sentado hacía sólo unas horas, cuando Mercedes le había suplicado por la vida de su hijo, y volvió a mirar una vez más la ciudad que se extendía ante él. No podía evitar recordar el día en que llegó a París y había observado ante las mismas ventanas el sol que acababa de salir.

Cuántas cosas había conseguido en esos dos meses. Casi todo lo que había planeado había llegado a buen término... o pronto lo haría. Caderousse estaba muerto, aunque no por culpa de Montecristo. Y Danglars, Villefort y Morcerf en pocos días, tal vez horas, estarían completamente arruinados.

Y lo mejor de todo ello era saber que esos hombres habían provocado sus propias caídas después de años de engaños, deshonestidad, avaricia y celos; incluso más allá de lo que habían hecho al pobre Edmond Dantès.

Montecristo se había limitado a exponer los puntos sucios y vulnerables de las vidas que habían elegido vivir.

Sólo lamentaba que no iba a vivir lo suficiente para ver cómo se desencadenaba todo, y que nunca sabrían quién había expuesto sus verdaderas identidades. Que Edmond Dantès había regresado para vengarse.

Aunque tal vez eso era lo mejor. Que su vida terminara en manos de Albert de Morcerf. Pasó los dedos por encima del respaldo del sillón, dejó que una mano cayera por la suntuosa madera de la curva del reposabrazos, y se dispuso a sentarse en él una vez más.

Recapitulando, no podía creerse que hubiera dado su palabra a Mercedes, después de todo lo que había hecho, y todos los años de planes y tramas, quemándose con el calor de la venganza, y se hubiera ablandado, retrocedido y cambiado el final que había planeado. Moriría en vez del hijo de Morcerf, y acabaría con su vida vacía.

Como era él quien había sido retado, Montecristo tendría el honor de efectuar el primer disparo. Apuntaría al aire y dispararía a los árboles sin hacerle ningún daño. Entonces Albert, que era buen tirador, apuntaría y dispararía una bala a su corazón, terminando con la destrucción que había comenzado su madre hacía un montón de años.

Y sin embargo... por primera vez desde que alcanzaba a recordar, se sintió... relajado. Más ligero. Sólo un poco, pero lo suficiente como para notar que se le aflojaba la tensión en el pecho, y se le relajaba el cuello y la mandíbula. Era algo parecido a la serenidad.

Y no tendría sangre en las manos.

Miró hacia donde apoyaba la muñeca en el reposabrazos de caoba, deslizó los dedos hacia abajo, y recordó cuando Mercedes se había agarrado a sus manos hacía muy poco rato. Sus faldas de color verde claro estaban desplegadas desordenadamente en el suelo alrededor de ella, y su cara ovalada estaba llena de lágrimas aunque aún así mostraba decisión.

Su cabello abundante y espeso todavía estaba entrelazado y trenzado formando un peinado imposible... del que sólo algunos mechones se habían atrevido a soltarse. Sus ojos oscuros y apesadumbrados lo perforaban... observándolo.

Viendo... ¿qué?

Un pequeño estremecimiento le recorrió los hombros, y se dio cuenta de que estaba temblando. Vio esos labios exuberantes y rojos, siempre tan rojos, carnosos y atractivos. Su barbilla respingona, su colmillo ligeramente torcido, esa suave piel dorada... sintió sus cálidas curvas bajo sus manos. Y recordaba el delicado aroma de sus flores favoritas.

Montecristo tragó saliva, recompuso sus pensamientos, recordó... y sintió que el ardor de su rabia reemplazaba la sensación de lujuria, y que los recuerdos se estaban apoderando de él. Intentando suavizarlo.

Ella era una pieza de su plan que quedaría sin cumplirse, una parte de su venganza no llevada a cabo... y tal vez la que le pesaba más hondo. De todos ellos, Caderousse, Danglars, Morcerf, Villefort, Mercedes era quien más lo atormentaba y le hacía sentir ridículo. La que perturbaba sus sueños más intensamente.

Todos habían sido abyectos. Pero Mercedes...

Montecristo temblaba en su sillón mientras amanecía por el horizonte.

Debía haber hecho lo que quería hacer: lo que cada tendón y músculo, y cada centímetro de conciencia, le impulsaban a hacer. Tenía que haberla arrastrado a sus brazos y besar sus labios burlones, hasta hacerla gritar, suspirar y suplicar. Y haberla llevado a la cama y enterrarse en ella hasta poder olvidarse. Hasta que estuviera seguro de que ella nunca lo haría.

Entonces tal vez podría morir satisfecho.

Se levantó decididamente, se acercó al escritorio y recogió la caja donde guardaba sus pistolas de duelo.

Si, por la gracia de Dios, regresaba vivo, sabría que su venganza no había terminado.

Y que Dios se apiadara de ella si eso llegara a ocurrir.

Capítulo 15

El castigo

Esa misma tarde
París

*S*u Excelencia ha regresado.

Mercedes miró hacia arriba, y los latidos de su corazón se volvieron bruscos y dolorosos. Había vuelto a la casa del conde como le había pedido, más bien requerido, hacía unas horas bien pasado el amanecer, y se había dirigido a sus aposentos una vez más, pero estaban vacíos. Todavía permanecía su olor, y aún vibraba su presencia... aunque ausente.

Se las tenía que arreglar sola. Daba unos pasos, se sentaba y volvía caminar... Abrió las ventanas y la gran puerta que daba al balcón, y se paseó por ahí un rato disfrutando del aire del verano mientras observaba el espumoso río Sena salpicado de barcos... y después regresó a la exuberante habitación preguntándose qué iba a ocurrir allí mismo esa noche.

Y todas las noches de los siguientes dieciocho meses.

Cuando había salido de la casa de su marido esa mañana para ir a la de Montecristo, le había dicho a Fernand que nunca regresaría. Albert y ella, después de volver de su encuentro con Montecristo, habían empacado las pocas cosas que deseaban conservar de sus vidas como Morcerfs, y habían abandonado aquella falsedad y superficialidad. Albert ingresaría en el ejército, y ella… cumpliría sus dieciocho meses de condena con Montecristo. Después regresaría a Marsella a llevar la vida sencilla que siempre había querido tener. La que se suponía que iba a vivir.

De pronto la puerta se abrió sin que nadie llamara, la primera señal de que Montecristo verdaderamente la iba a tratar como a una sirvienta, más que como a una invitada, y entró Bertuccio para darle un mensaje. Lo seguía una joven vestida de sirvienta que llevaba un vestido de seda color rojo cereza doblado.

—No está herido —dijo el mayordomo después de un rato. Tal vez esperaba que ella le hiciera una pregunta… pero a Mercedes no le hacía falta. Ya sabía que había regresado vivo por Albert, aunque no sabía más detalles de lo que había ocurrido—. No está herido, y espera que lo atienda enseguida. Galya la asistirá.

Mercedes inclinó la cabeza en señal de reconocimiento, conservó su rostro impasible, y se mantuvo mayestática hasta que Bertuccio cerró la puerta y se marchó dejándola sola con la doncella. No hacía falta que le diera más instrucciones, pues era evidente que la doncella la iba a ayudar a ponerse lo que parecía un sencillo vestido rojo, poco más que una camisa larga masculina, sin ninguna forma salvo el delgado cinturón que se le ataba a la cintura. La cubría desde el cuello a los pies.

Tal vez diez minutos después de que la doncella se marchara, la puerta se volvió a abrir. Mercedes la oyó aunque estaba de espaldas; pero no se volvió y se quedó mirando la vista de la ciudad que se extendía ante ella. Montecristo podía esperar que cumpliera todas sus órdenes, pero no iba a correr a atenderlo. No mientras estuviera pagando con su propia esclavitud en recompensa por la vida de su hijo.

—Se lo contaste todo.

No se esperaba en absoluto esa declaración de perplejidad algo enfadada. Insegura de cómo responderle permaneció en silencio y siguió mirando fijamente las calles, las casas de más abajo y las de enfrente, el brillo del río, los vendedores y los carros de comida… mientras tanto sus dedos se deslizaban nerviosamente por encima de su túnica de seda. Le picaba por detrás del cuello, y percibía como él se movía por la habitación, hacia ella... pero manteniendo la distancia.

—Cuando saliste de aquí anoche fuiste a ver a Albert y le contaste lo que le hicieron a... Dantès. Lo que hizo su padre. Sabías que suspendería el duelo.

—¿Es lo que ocurrió? —preguntó ella al fin, todavía observando los veleros del río. Había uno con la vela blanca y una banda azul que zigzagueaba de una playa a la otra a una velocidad sorprendente—. ¿Lo hizo?

Albert no le había dado detalles, sólo le había dicho que Montecristo no estaba herido.

—No quiso disparar. Se disculpó y me pidió que lo perdonara.

—De modo que *lo* perdonaste de los pecados de sus *padres*. Qué clemente has sido.

—Lo perdoné de haberme insultado.

Sus palabras eran cortas y duras.

Mercedes no dijo nada y se mantuvo firme mirando hacia un lado todavía a la espera. Esperando una orden, o que la tocara, algo. Él se volvió a mover, más cerca, y ella oyó el sonido de su ropa rozándose, y después una pequeña sacudida como si alguien se hubiera dejado caer, posiblemente, en un sofá.

—Pero no estás sorprendida. Sabías que yo volvería, sano y salvo, y aún así has regresado.

—Para cumplir con mi parte del trato. Para cumplir con mi sentencia y satisfacer tu sed de venganza. Para completar tu plan.

Entonces se volvió hacia él, consciente de que sus ojos estaban cargados de rabia a pesar de mantenerse en calma y tranquila. No le iba a dejar ver lo acelerada que corría su sangre por sus venas, ni que su estómago se retorcía con una mezcla de miedo y deseo, y cómo en ese momento, la visión del hombre que ya no era Edmond Dantès, aunque lo era, todavía conseguía conmoverla. Hacía que se le secara la boca, que le latiera el corazón con fuerza, y que le picaran los dedos de ganas de tocar su cálida piel.

Él estaba media habitación más allá, pero era como si se estuviese apretando contra ella. Sus ojos se le clavaban, oscuros e intensos, como si intentara comprender por qué no se acobardaba ante él. Se sacó la chaqueta y el pañuelo, y sólo se dejó los pantalones oscuros, la camisa blanca, las botas y el chaleco. El cabello le caía alborotado en largos y rectos mechones que le llegaban a las mejillas y la mandíbula dándole un aspecto un poco animal. Sus labios eran sensuales, el de arriba recto y estrecho, y el de abajo carnoso, como si se lo acabase de morder. Mercedes apartó la mirada, observó sus manos que estaban abriendo los botones del chaleco, y enderezó la columna. No podía permitir ninguna muestra de tristeza exteriormente... o la destruiría.

—¿Dónde quiere que me ponga, Su Excelencia? ¿A cuatro patas, o tendida en la cama? —dijo fríamente levantando una mano para sacarse las agujas del pelo.

Montecristo dejó de mover los dedos, y después continuó haciéndolo mientras le hacía un breve gesto.

—Sácate eso.

—Como quieras. —Lo miró de manera audaz y desafiante, se desató el estrecho cinturón y lo dejó caer al suelo—. Me parece que debimos haber eliminado este paso, y haber hecho que la doncella se marchara después de sacarme la ropa, en vez de que me pusiera este vestido.

Le temblaban los dedos, pero sujetó el cuello de la túnica firmemente y se la sacó por la cabeza. El movimiento de la seda hizo que sintiera una pequeña corriente de aire, se le apretaron los pezones y tuvo un escalofrío en la piel.

Montecristo la miró de arriba abajo, y se sacó el chaleco.

—Una excelente sugerencia. Te haré caso en el futuro.

Se sentó en la cama y se sacó una de sus botas, una tarea para cual siempre requería la ayuda de un sirviente. Mercedes, porfiadamente no hizo nada para ayudarlo.

En cuanto la primera bota cayó al suelo la miró con sus ojos oscuros.

—Y en cuanto al futuro también tengo otras expectativas: asistirás conmigo a mis compromisos sociales. Del brazo y ante la mirada de toda la sociedad, y sin equívocos será evidente para todo el mundo la naturaleza de nuestra relación.

—¿Y cómo me vestiré para tales ocasiones? ¿Así? —preguntó señalando su desnudez—. Podría provocar un cierto revuelo.

Montecristo tiró de su otra bota y la dejó caer al suelo haciendo más ruido que con la anterior, pero no le respondió.

Mercedes sintió la necesidad de provocarlo un poco más; quería esa tensión, esa espera, pararlo, que hiciera algo diferente y que dejara de mirarla con ese aspecto impasible y desapasionado. Sabía que algo más acechaba entre ellos, y por Dios, quería abrirlo y que se mostrara abiertamente. Ya fuera pasión, ira o tristeza, quería algo de él... algo que le permitiera saber cómo se debía sentir.

—¿Y también invitarás a tus amigos para que se unan a nosotros? El conde de Pleiurs podría estar interesado, eso creo. Y *monsieur* Hardegree, antes de que regrese a Londres.

Él se puso repentinamente de pie, y ella vio cómo apretaba los dedos contra las palmas de las manos. Después se relajaron y contestó:

—Siento decepcionarte, pero eso nunca ocurrirá. Ven aquí.

—¿Tengo que hacer de ayuda de cámara para usted, mi amo? —preguntó Mercedes dirigiéndose hacia él con el corazón latiendo enloquecido.

Pero cuando se acercó a tocarle los botones de los pantalones, él lanzó una mano y le apretó con fuerza la muñeca. Le dio un tirón, y ella se chocó ruborizada contra él. Le soltó la muñeca, le pasó la mano por detrás del cuello, con la otra le abrazó la cintura, y acercó su cara, enfadada y dura, a la de ella.

Le clavó los dedos en la suave piel de la nuca, y mantuvo la boca igual de dura y firme. Ni juego ni clemencia, sólo un fuerte e intenso ataque que la dejó sin aliento y temblorosa. Tiró hacia atrás, igual de bruscamente, y la soltó sin decir nada ni cambiar de expresión. Se comenzó a abrir los botones de los pantalones. Sus labios, carnosos de color rojo oscuro estaban ligeramente entreabiertos. Seguía mirándola, y ella se dio cuenta de que su respiración se agitaba mientras sus dedos abrían a tientas los botones de sus pantalones.

Mercedes se lamió los labios que de pronto estaban secos, pero abultados y cálidos después del beso. No podía saber qué pensaba, pero por Dios, ese beso la había hecho desear más.

Terminó de abrirse los pantalones con varios movimientos bruscos, y desde sus delgadas caderas los deslizó hacia abajo, así como los calzones. Entonces su miembro púrpura y rojo se levantó de sus profundidades embravecido, y rápidamente quedó ante ella, entre ellos.

No le hizo falta que le dijera lo que quería... Se puso de rodillas sobre la espesa alfombra, levantó las manos, le tocó sus apretados testículos cubiertos de vellos oscuros, y cerró los dedos alrededor de la exigente erección que se levantaba encima de ellos. Él suspiraba tranquilamente, mientras el cuerpo de ella temblaba ligeramente, como si se sorprendiera, o aliviara, de que lo estuviera tocando.

Su pene estaba pesado y caliente bajo sus manos. Mercedes apretó los dedos sobre él, y movió lentamente su prepucio hacía atrás y hacia adelante... lo justo como para que mostrara la corona de su cabeza. Cuando se inclinó hacia adelante para meterse su punta redonda en la boca, tuvo la sensación de que Montecristo se tensaba pegado a ella como si esperara... algo. La iba a detener, a apartar, y a burlarse de ella ¿Como había hecho otras veces?

Pero entonces se olvidó de los juegos, saboreó la gota salada con la lengua, sintió la calidez de su carne que estiraba sus labios, y cuando él soltó un gemido grave y desesperado, ella se dio cuenta de que también estaba tremendamente excitada. Montecristo estaba apretado y tenso, su miembro se seguía hinchando, y volvía a suspirar cada vez que ella se hundía y se levantaba lamiéndole la verga. El conde empujaba y retiraba sus caderas en un ritmo lento y ágil mientras temblaba pegado a la cara de Mercedes. Su olor almizclado a macho, tremendamente conocido y excitante llenaba las fosas nasales de Mercedes, y también recibía en la boca el fuerte sabor salado que salía de la cabeza aterciopelada de su verga.

El conde de pronto gritó, soltó una pequeña exclamación, y le enterró el miembro hasta el fondo de la boca. El pene palpitaba pegado a su lengua, labios y dientes. Mercedes jadeaba cuando sintió el disparo del chorro de su semen en la garganta.

Cuando su eyaculación terminó, le soltó los hombros bruscamente, y se dio la vuelta antes de que ella pudiera hablar. Entonces ella se puso de pie a pesar de que le temblaban las rodillas, con su sabor salado y pegajoso todavía en la boca, completamente consciente de que sus pezones se habían tensado y que su sexo estaba completamente húmedo.

—Sobre la cama —dijo él secamente todavía sin mirarla.

Mientras se acercaba a la cama, con el estómago revuelto y con el corazón palpitando con fuerza, oyó que algo se rozaba detrás de ella, y supo que se estaba quitando la camisa. Le siguió el sonido del roce de los pantalones, lo que hizo que se le erizara el cabello de la nuca. Él estaba tan desnudo como ella.

—¿Qué pasa? —preguntó mirando a la cama mientras se deslizaba entre la desordenada pila de cojines y almohadas—. ¿No veo ataduras? ¿Qué sorprendente?

Ella rodó sobre su espalda, se apoyó en los codos, dobló una rodilla y dejó la otra pierna completamente estirada frente a un lateral de la cama.

Él se puso más cerca y por fin lo pudo ver completamente desnudo a plena luz por primera vez en casi un cuarto de siglo. De pronto se atragantó; se le apretó la garganta y sintió que su lengua estaba como si fuera un trapo: torpe y seca. Si Edmond Dantès a los diecinueve años había sido alto, delgado y fibroso, tenía los brazos y la uve del pecho bronceados, su escaso vello le formaba una línea a lo largo de la barriga... y prometía convertirse en un hombre completamente maduro... el conde de Montecristo había más que satisfecho esa promesa.

Aunque aún tenía el torso y las caderas delgados, ahora su vello era más oscuro, le cubría por completo la parte de arriba del pecho y se convertía en una fina línea hasta convertirse en una rizada mata que acogía a su pene y sus testículos. Sus hombros eran fornidos y cuadrados, sus brazos se habían fortalecido, llenos de curvas de músculos, y sus muslos… poderosos y amplios, sobresalían desde el filo de sus caderas y su vientre plano y velludo. Con una piel privilegiada, no había ni un palmo de grasa ni de panza en su cuerpo; estaba delgado y su piel era dorada y tersa como la de una estatua. Más firme que la de todos los hombres que había visto desnudos.

—Date la vuelta —dijo. Su voz sonaba desigual, y sus ojos no se encontraron con los de ella.

A Mercedes se le sobresaltó el corazón por los nervios, pero hizo lo que le ordenó, rodó sobre su vientre y se quedó con la cabeza a un lado de la cama, y los pies frente a él. La pila de cojines quedó a su izquierda, junto a la cabecera.

—Extiende las piernas. Y los brazos.

La presión contra su sexo palpitante fue un alivio, y se movió para ladear las caderas y apretarse con más fuerza contra la cama. Extendió las piernas hasta formar un uve, y estiró los brazos por encima de su cabeza hasta que sus dedos se aferraron al borde del colchón dejándola plana. Volvió la cara a un lado, se apoyó en la mejilla e intentó verlo… pero él estaba junto a sus pies, fuera de su vista.

Durante un largo rato estuvieron en silencio, y su miedo y tensión aumentó al darse cuenta de que él no se movía para tocarla. Le picaba la piel de la espalda, y sentía pequeñas sacudidas anticipando lo que le haría. ¿Enterraría de pronto su verga en su sexo desde atrás? ¿La penetraría por el culo? ¿La azotaría con un látigo?

El corazón le latía aún más rápido, y sentía que cada vez temblaba más, aunque luchaba para que no se lo notara. Nada de todo aquello era nuevo para ella… Ya lo había hecho antes.

Y había sobrevivido. Y sobreviviría a esto, fuese lo que fuese.

El silencio se hizo más pesado, y ella se preguntó si Montecristo se había marchado sigilosamente de la habitación y la había dejado esperando preocupada. Pero justo cuando se disponía a levantar la cabeza, habló. Su voz era dura y áspera.

—No te muevas.

Se volvió a hundir en la cama, y se agarró a ella con fuerza, todavía luchando contra los temblores que amenazaban con hacerla estallar... aún consciente de su clítoris turgente, su sexo húmedo, y sus pezones en punta... todas esas partes de su cuerpo latían con fuerza mientras esperaba.

Esperaba.

Cuando finalmente la tocó, se sobresaltó y soltó un pequeño grito. Le apretó la nuca como si quisiera sujetarla en esa posición, aunque no con dureza, ni lo suficientemente fuerte como para dejarla paralizada y que sintiera que debía luchar para defender su vida. Pero sí con la suficiente intención como para dejarle claro que no se tenía que mover. Entonces su otra mano le tocó la columna, y la acarició lánguidamente hasta las nalgas, haciendo que su carne vibrara allí por donde pasaba las manos. Mercedes siguió temblando cuando esa mano hizo el recorrido de vuelta más lentamente. Le cosquilleaba el trasero y sentía estertores en su pequeño clítoris que seguía hinchado pegado a la cama. Abrió las piernas aún más intentando aumentar la presión en la zona para encontrar un poco de alivio... El conde volvió a mover las manos por el otro lado, lentamente, juguteando y haciéndole cosquillas. Pero esta vez deslizó los dedos entre la uve de sus nalgas y bajó hasta su sexo cálido y resbaloso. Ella gimió y se movió intentando hacer que esos dedos buscones entraran más profundamente.

Pero sólo le apretó un poco la nuca y retiró sus dedos de su vulva.

—Quédate quieta.

Con un pequeño gemido ella se mordió los labios y cerró los ojos.

Montecristo sacó sus manos de la nuca, y ella se acomodó... La cama se hundió y percibió que él se estaba poniendo sobre ella con las piernas entre la suyas que seguían muy abiertas. De pronto sintió que su pene se apretaba contra la hendidura de su trasero, sus caderas se apretaban contra sus nalgas, y deslizaba las manos alrededor de sus pechos.

Entonces puso la boca sobre sus hombros, y ella casi volvió a soltar un gemido al sentir el suave y ligero cosquilleo de sus labios y su lengua en la piel sensible de la curva de su cuello. La sensación estalló por su cuerpo, y él le apretó los pezones con los dedos, también pegados a la cama. Ella movió las caderas y sintió que su miembro se deslizaba un poco más, y ya estaba más cerca del lugar en que quería que estuviera.

El conde movió la boca por un lado de su cuello, con las manos aferradas a sus pechos haciendo que levantara los hombros, y ella arqueó suavemente su espalda hacia él, lo que hizo que nuevamente se le apretara el sexo contra la cama. La excitación se estaba volviendo insoportable; Mercedes se mordió los labios y apretó los ojos mientras él le besaba y chupaba tranquilamente ese punto... ese punto debajo de la oreja... el que hacía que su cuerpo agitara y se retorciera, se estremeciera y temblara de deseo.

¿Y si en ese momento suplicaba? ¿Acabaría con ese juego? ¿Haría que sus siguientes dieciocho meses fuesen más fáciles? ¿La poseería sin hacerle jugarretas? ¿La satisfaría al fin?

¿Tenía ella alguna razón para esperar a hacerlo? Si ya se había rendido.

Justo cuando iba a abrir la boca para pedírselo, para rogárselo y gritar para que la liberara, él se movió rápidamente haciendo que ella rodara y se diera la vuelta. Lo último que supo es que tenía sus labios sobre los de ella, duros y firmes, interrumpiendo cualquier cosa que le fuera a decir, mientras le apretaba la cabeza contra la pila de cojines.

Era como si quisiera devorarla, metérsela entera en la boca. Le apretó las muñecas, se las puso detrás de los hombros aplastándolas contra los cojines, y siguió comiéndole los labios. Ella levantaba la cabeza para devolverle el beso, dejar que le metiera la lengua hasta la garganta, y aspirar su sabor, olor y tacto.

Arqueó el torso sobre el de ella apoyando las piernas y las caderas sobre la cama entre sus muslos abiertos, y al fin le liberó los brazos. A ella le dolían las muñecas por la postura en que la tenía, pero movió las manos para tocarle el cabello. Su suave y larga cabellera que le caía desgreñada sobre la cara. Montecristo se separó de su boca con un ruido largo y sonoro, y ella pudo ver su cara durante un instante antes de que se hundiera en sus pechos para meterse un pezón en la boca y tirar de él con fuerza como si quisiera devorarlo.

Pero la fugaz expresión que le alcanzó a ver hizo que sintiera un escalofrío en medio de las punzadas de lujuria que se arremolinaban en su vientre. Dura y áspera, y no tanto de deseo como de determinación y dolor.

Cuando se volvió a ver atrapada en las sensaciones que le provocaba que le estirara los pezones, los dedos del conde se deslizaron por su vientre tembloroso y bajaron hasta su sexo para jugar con su humedad palpitante. Ella movió las manos desde la parte de atrás de su cabeza hasta sus hombros amplios y cálidos, y después trazó las angulosas curvas de sus brazos que se hinchaban mientras se apoyaba en la cama sobre ella.

Lo siguiente que ella supo es que sus cuerpos estaban aplastados el uno contra el otro, entrelazados y calientes, y él se puso sobre ella atrapándola entre sus brazos levantando la cara para besarle el cuello. Su verga se aplastaba contra ella, que levantó las caderas hasta sentir que se movía por su vulva haciendo que su cuerpo tuviera unos gemidos rápidos y fuertes.

Por favor. Ahora.

Como si le hubiera leído la mente, él se movió de pronto, se levantó por encima de su torso, se puso en cuclillas, le agarró las caderas, e hizo que se deslizaran hacia arriba junto con sus muslos. Miró hacia abajo, sus dedos se apretaron contra la tierna piel de la espalda de Mercedes, se movió y su miembro largo y orgulloso, enrabietado entre ellos, la penetró al fin.

Mercedes gritó de placer, y aunque la penetraba muy profundamente, se aferró con fuerza a él para que no se retirara burlándose de ella, y volviera a repetir el juego que ya conocía.

Pero él se sujetó a sus caderas, y empujó hacia dentro y hacia fuera, tan profunda y fuertemente que todo el cuerpo de ella se sacudía contra los cojines que cayeron sobre ella amortiguando sus gritos y empapándose de las lágrimas que comenzaban a salir de sus ojos. Cada vez aumentaba más su deseo, se apretaba y se agarraba a su cuerpo, y él se golpeaba y se mecía sobre ella… Mercedes sentía sus dedos aferrados a su piel con tanta fuerza que sabía que le dejarían marcas, pero se movía, le seguía el ritmo y enterraba sus propios dedos en el cobertor con brocados que tenía por debajo, hasta que al fin… al fin… con un suave gemido llegó al clímax. La había penetrado hasta satisfacerla, y se hundió en una vorágine de placer profundo y gemidos ondulantes de dentro a afuera y al revés. Se le curvaban los dedos de los pies debajo de él, se aferraba al cobertor y enterraba la cara entre flecos y cojines.

Y entonces oyó un gruñido profundo y enfadado, el conde lanzó sus caderas una última vez, golpeó hacia ella con fuerza, como si quisiera enterrarse en su vientre, y sintió las pulsaciones de su orgasmo que se tensaban en su interior. Montecristo se volvió a poner en cuclillas, y jadeó como si llevara corriendo muchas leguas… o tal vez años…

—Mer… ce… des… —susurró con la voz hueca y desesperada—. ¿Por qué?

Sobrecogida y horrorizada, vio una fila de lágrimas que brillaban en su cara antes de que se volviera, se apartara de ella y saliera a trompicones de la cama.

Capítulo 16

El rechazo

Más tarde ese mismo día
París

*E*dmond? —Mercedes se sentó en la cama y dijo su nombre con cautela.

—Vete.

—Pero...

—Ya no tengo estómago... pero primero debes decirme algo.

Parecía estar recomponiéndose. Su voz todavía era cortante, aunque no tan desesperada y agónica como hacía un momento.

Se movió para ponerse de pie, todavía desnudo, y se dirigió al que parecía ser su rincón favorito: cerca de la luz junto a la ventana. Algo que todavía anhelaba después de haber pasado catorce años en la oscuridad. El sol se había desplazado sobre la casa y pronto habría bajado dejando el cielo de la noche. Ya comenzaba a tocar los tejados marrones de los edificios en la distancia si se miraba hacia el oeste.

—Morcerf no es el padre de Albert.

Mercedes contuvo el aliento.

—No.

Nunca había revelado a Albert su verdadero parentesco hasta la noche anterior cuando le explicó todo, o casi todo, sobre Fernand, Villefort y Danglars, y lo que había ocurrido con Edmond Dantès.

—No sólo traicionaste a… Dantès… —Su voz se apagó al decir esa palabra, como si apenas pudiera reconocer que ese nombre, esa persona, le pertenecía— con Morcerf, ¿sino con otro también? ¿Cuánto esperaste antes de abrirte de piernas? *¿Cuánto tiempo?*

Ella lo miró. Su visión era húmeda y borrosa, pero habló claramente.

—Nunca traicioné a Edmond Dantès. Todo lo que hice fue porque te amaba… pero me quieres aplicar el mismo rasero que a los hombres que te querían ver muerto. Así que sigamos con esto. Tu venganza. Dentro de dieciocho meses podré irme y lavarme las manos de cualquier cosa y cualquier persona asociada con Edmond Dantès.

—¿Quién fue?

No tenía sentido ocultárselo.

—Villefort.

Arrancó un grito agónico desde el fondo de su garganta, y cuando se volvió para mirarla su cara estaba estragada. Tan demacrada, oscura y angulosa que le dio miedo.

—Dios mío… entre todos… —Se contuvo, se puso firme y recuperó su infame control. Pero su voz seguía temblorosa—. Tenía que liberarme… dejarme salir… Mi maldita mano ya estaba apoyada en el picaporte… en el picaporte… cuando abrió la carta y la leyó. Y entonces… llamó a los guardias… pensé que me iban a llevar a casa… para estar contigo… pero en cambio me subieron a un barco. Pensé que era un error… que sería rectificado… un error… Pero el barco me llevó a If…

Le temblaban los hombros, sus manos se abrían y cerraban, y sus ojos húmedos ardían de odio.

—¿Y entonces te lo follaste? Los meses y años que pasé en If ¿te acostabas con el hombre que me había enviado allí? ¿Le dabas placer con el mismo cuerpo al que amé? ¿El que no podía olvidar?

A Mercedes le corrían las lágrimas por la cara, y se acercó a él.

—No Edmond... no fue así. Yo... fui a verlo. A suplicarle que me diera información sobre ti... cualquier noticia. Él...

—Déjame. Tienes que irte ahora, Mercedes —dijo con una voz terrorífica—. O no te puedo garantizar tu seguridad. No puedo... ¡Sal de aquí! Si lo hubiera sabido... si hubiera sabido que era ese hijo del diablo... ¡*Vete*!

La última palabra fue un grito. Mercedes nunca se había asustado de él. Ni como Edmond Dantès, ni como Simbad, ni siquiera como el conde Montecristo más amenazante. Pero ahora... parecía un homicida, y su cara estaba demasiado dura, oscura y enfurecida.

Pero tenía que intentarlo, y hacerle comprender.

—Edmond, por favor —dijo acercándose a él con las manos extendidas—. Me obligó. Para darme información me hizo...

—Vete —gritó apartándola con la mano—. ¡Sal de mi vista!

Pasó junto a ella tan cerca que pudo percibir el roce del aire. Cuando salió desolado de la habitación le temblaba todo el cuerpo. Dio un portazo tan fuerte que hizo eco, y después todo quedó en silencio.

Con las manos temblorosas Mercedes se puso la túnica y miró la puerta astillada. ¿Debía esperar? Tal vez... pero recordar su cara oscura, torturada y violenta, la aterrorizó. Edmond nunca hubiera levantado una mano contra ella. Pero... ya no estaba segura de si conocía al hombre en que se había convertido.

Tenía que contárselo... si lo entendería o la perdonaría, o siquiera si la creía... no estaba segura... pero tenía que hacerle entender. De algún modo.

Abrió la puerta y salió al pasillo. Allí oyó que se acercaban unas pisadas desde abajo, y apareció Bertuccio. Su cara estaba muy seria, y lo primero que pensó es que se mostraba así porque había oído el altercado y había escuchado a Montecristo ordenarle que se fuera.

Pero la expresión de su cara le decía que estaba sorprendido de verla en deshabillé en el pasillo, aunque no tanto como para no poder comunicarle el mensaje que le traía.

—Perdóneme, señora condesa, pero acabo de recibir una noticia muy desagradable. Lamento… informarle que el conde de Morcerf ha… muerto… en su casa. Se ha pegado un tiro.

—No estoy seguro de que Su Excelencia pueda verlo —dijo Bertuccio al joven que estaba en la puerta.

Haydée reconoció que el visitante era *monsieur* Maximilien Morrel, el amigo especial del conde. El único que parecía capaz de hacer que la luz de los ojos de Su Excelencia fuese relajada, y que en apariencia le provocaba un afecto sincero.

—Es un asunto muy importante —contestó Morrel, arrugando sus elegantes guantes de gamuza con los dedos inquietos. No llevaba sombrero en la cabeza, ni tampoco en las manos, lo que daba a entender que había llegado a toda prisa—. Le agradeceré que le anuncie que estoy aquí, y que necesito verlo desesperadamente. Es un asunto de vida o muerte.

Haydée se acercó y dijo a Bertuccio:

—Creo que Su Excelencia verá a *monsieur* Morrel encantado. ¿Me acompañas? —añadió haciendo un gesto al joven para que la acompañara.

El mayordomo parecía estar preparado para discutir, pero la verdad ¿qué podía decir? El conde llevaba incomunicado de toda su servidumbre desde que la condesa de Morcerf se había marchado el día anterior. Sólo Haydée había sido admitida en sus aposentos poco tiempo después, para informarle del suicidio de Morcerf. Había encontrado a Montecristo en su sillón favorito mirando fijamente la ciudad sumido en sus pensamientos.

La miró, y dio la espalda al sol de la mañana con la cara profundamente marcada por la tristeza y el arrepentimiento.

—Creo que me he equivocado, Haydée —dijo tranquilamente con la voz desprovista de emoción—. Todo este tiempo pensé… pensé que Dios me había enviado para vengarme de todos ellos. Aunque fue ella, Mercedes, la que me recordó lo que significa el honor y el desinterés… la que me recordó que Él también es misericordioso.

—Me contó lo que hizo... por mí. Lo que entregó y cuánto sufrió. Sus palabras siguen haciendo eco en estos aposentos desde ayer, y sólo ahora las he escuchado de verdad. Y comprendí lo que significa la misericordia. Y el honor y el desinterés. Qué equivocadamente la juzgué por sus elecciones y las difíciles decisiones que tuvo que tomar.

—Y que no es cosa mía juzgar ni condenar a *nadie*... especialmente a aquellos que son inocentes. —Exhaló un gran suspiro y volvió a mirar la vista de la ciudad—. Sí... no me puedo imaginar una vida sin que la necesidad de vengarme arda dentro de mí. ¿Qué queda para mí ahora?

Pero cuando ella intentó hablar, para consolarlo, le pidió que se fuera, con firmeza pero cordialmente.

—Necesito un poco más de tiempo, Haydée... para imaginarme cómo vivir. Y qué puedo hacer.

Y por eso ahora, con la excelente excusa de la visita del capitán Maximilien Morrel, Haydée agradeció la oportunidad de volver a ver cómo estaba Su Excelencia. Tal vez este joven, a quien el conde parecía profesar un afecto genuino, podría hacerlo volver a la vida.

Nadie intentó detenerla cuando fue a interrumpir a su amo. Ahora que era una mujer libre, los demás sirvientes parecían aceptarla como la señora de la casa.

Todos excepto Alí, que estaba apostado en la puerta de los aposentos privados del conde desde el día anterior por la tarde cuando la condesa se marchó. Parecía casi fuera de sus cabales igual que el conde, y no contactaba visualmente con Haydée cuando estaba en su presencia. Y no era porque ella intentara hablar o interactuar con él... no lo hacía desde la noche anterior al duelo cuando se la encontró llorando, esta vez de verdad, en la terraza, e intentó besarla.

Sencillamente estaba demasiado confundida sobre qué hacer en relación al hombre que amaba ahora que era libre y él seguía siendo esclavo. Había aprendido que lo último que quería era un hombre poco dispuesto, o que tuviera que darle órdenes, o engañarlo para que la amara. Ya no estaba segura de la diferencia entre lo que él deseaba, y lo que ella creía que pensaba... o quería que hiciera.

Mientras conducía a *monsieur* Morrel por las grandes escaleras desde la planta baja al primer piso, no pudo evitar preguntarse nuevamente por qué la condesa de Morcerf había sido expulsada en menos de un día. A ella le habían dicho que se quedaría durante bastante tiempo, y ella, por lo menos, esperaba que Su Excelencia fuera a estar de mucho mejor humor si contaba con su compañía.

De hecho estaba segura de que resolverían lo que hubiera entre ellos. Si no lo hacían después de ese duelo sin sangre, por lo menos lo harían después de pasar varias horas follando concentradamente. Lo último que se esperaba era que él cortara la relación con la mujer hacia la que obviamente tenía grandes sentimientos... ni que la expulsara.

En lo alto de las escaleras, Alí seguía de guardia, y su enorme cuerpo estaba instalado en una silla apostada junto a la puerta que parecía tremendamente incómoda.

—He traído a *monsieur* Morrel ante Su Excelencia por un asunto que ha descrito como de vida o muerte —explicó Haydée a Alí con un tono frío y formal.

Pasó junto a él y agarró el picaporte de una de las puertas de vidrio sin esperar su respuesta.

Alí se puso elegantemente de pie, siempre oscuro, suave y fuerte, y su enorme sombra cayó sobre ella y la puerta. Cerró los dedos en torno a su brazo, sin apretar, pero lo suficiente como para captar su atención, pues ella apenas lo miró, y no había permitido que sus ojos se encontraran. No podía... por ahora no.

Con un fuerte tirón se soltó y volvió a agarrar el picaporte mientras levantaba la otra mano para llamar a la puerta.

—Por favor, espere aquí, *monsieur* —dijo a Morrel levantando su delgada mano.

Alí no intentaba detenerla; tal vez no era ése su propósito. A pesar de que ella sintió su mano caliente y extraña. Volvió a llamar, un poco más fuerte, tratando no sólo atraer la atención del conde, sino también quitarse el hormigueo de la piel.

Al fin escuchó el perentorio, «pase», desde adentro.

Abrió la puerta y miró tranquilamente. El conde estaba de pie junto a la ventana, en el que parecía ser su rincón favorito de la habitación.

—Su Excelencia, *monsieur* Morrel ha venido. Desea hablar con usted de un asunto de gran urgencia.

Montecristo pareció salir de una profunda meditación y se volvió hacia ella. La luz del atardecer brillaba detrás de él atravesando la ventana y filtrándose por su espesa cabellera revuelta. Sólo llevaba una sencilla camisa blanca y los pantalones. Tenía los puños de la camisa sin cerrar, y colgaban sobre sus manos oscuras. Incluso estaba descalzo, y llevaba desabotonados los tres botones del cuello de la camisa.

—¿Maximilien? —Cualquiera que fuera la carga que arrastraba pareció aligerarse un poco, y los surcos de su cara se le relajaron—. Será bueno verlo. Se lo contaré todo para descargar mi corazón. Sí, hazle entrar. Y… creo que tal vez coma algo, Haydée.

Ella se inclinó y moviéndose hacia la puerta de la habitación hizo un gesto a Morrel para que entrara. El joven lo hizo con tanta velocidad y presteza que ella se preguntó cómo había aguantado tanto.

—Dios mío, Montecristo, ¿estás enfermo? —oyó que le decía antes de cerrar la puerta.

Esta vez Haydée no tuvo que quitarse de encima la sensación que le produjo Alí al tocarla, sino que se quedó allí, cerca de la puerta, mirándose las zapatillas y esperando.

Dos grandes pies negros, con bandas de oro en los tobillos, aparecieron en su campo de visión junto a los suyos, estrechos y cubiertos con unas zapatillas de seda azul. Se acercaron a ella, y le atraparon los pies con sus enormes dedos y las elegantes plantas de los que surgían.

—Lo siento Alí —le dijo en voz baja todavía mirando hacia abajo. Sus pantalones color crema, y los bajos bordados con diseños dorados, en los que no había reparado antes, eran pálidos y simples comparados con su piel oscura y el azul cerúleo del vestido de ella—. Nunca debí… me equivoqué al comportarme de esa manera.

Alí le había sujetado un hombro, y entonces la agarró con ambas manos. Pero aún así, ella no le miraba a la cara. No podía.

Él la sacudió suavemente, lo justo como para captar su atención, y al fin ella levantó la vista y lo miró. Sus ojos mostraban recelo, estaban entrecerrados... aunque había algo más. Tal vez esperanza. O una pregunta.

La soltó para poder gesticular.

Me marcharé muy pronto.

Sintió como si le hubieran dado una patada en el estómago, y apretó el vestido con fuerza.

—¿Adónde vas?

A casa. De vuelta a mi casa.

Se le secó la boca, y se le revolvió tanto el estómago que pensó que iba a vomitar ahí mismo. Creía que tenía más tiempo... más tiempo con él, para verlo, hablarle, olerlo... para darle otra oportunidad. Y tener ella otra oportunidad.

¿Vendrás conmigo?

—¿Irme... contigo?

Apenas podía creérselo; le ardían todo tipo de cosas en la mente.

Pero antes de que pudiera responder, las puertas del dormitorio se abrieron y salió el conde de Montecristo. Vestido, peinado, con botas y muy decidido. Maximilien Morrel lo seguía con el rostro mucho más relajado que cuando entró.

—¿Estás seguro? —decía Montecristo—. ¿Alguien está intentando envenenar a Valentine Villefort?

—No lo dudo. Ha habido otras tres personas fallecidas por envenenamiento en su casa —contestó el joven mientras se detenían en el descansillo—. Valentine y yo hemos mantenido nuestro amor en secreto tanto tiempo porque su padre nunca nos permitiría estar juntos, pero sé que puedo confiar en que tú lo sepas. Sabía que nos ayudarías. Y ahora que me has contado que eres Edmond Dantès, y también lord Wilmore y Simbad el Marino, los hombres que salvaron a mi padre de la ruina y de la muerte, estoy completamente seguro de que no me equivoqué al acudir a ti.

—Es verdad. He sido tan... estúpido —contestó Montecristo aunque la última palabra la dijo tan bajo que Haydée estaba segura de que fue la única en escucharla—. Es posible que yo mismo sea el causante de su muerte —murmuró para sí mismo mientras el joven regresaba a sus aposentos para recuperar sus guantes, aunque ninguno de los dos parecía fijarse en ella y en Alí.

—Los pecados de los padres serán pagados por los hijos... Cómo pude haber creído en eso... ¿creer en la destrucción de vidas inocentes? No he sido mejor que los propios Morcerf y Villefort. Gracias a Dios Mercedes me ha ayudado a ver... qué estúpido he sido... Y ahora... sí, salvaré a Valentine —dijo esto último con la voz más alta dirigiéndose a su amigo que había reaparecido con los guantes—. Ésta es, entonces, una buena razón para vivir. El amor.

Morrel se disponía a bajar las escaleras, pero Montecristo lo detuvo.

—La salvaré. Te lo prometo. Pero debes confiar en mí. ¿Lo harás?

—Igual que si fueras mi padre —le dijo Morrel cogiendo el brazo del conde.

—Ahora iré yo mismo a ver a Valentine, pues evidentemente tú no puedes ir allí si tienes que mantener tu amor en secreto. Pero no temas. Todo saldrá bien al final.

Montecristo asintió; parecía como si hablara para sí mismo.

—Todo saldrá bien. —Entonces miró directamente a Haydée y a Alí por primera vez y dijo—: Alí, te tengo que pedir un último trabajo. ¿Lo harás, amigo mío?

Alí inclinó la cabeza en señal de estar dispuesto y se separó de Haydée para seguir a su amo. Y mientras ella observaba cómo el conde se alejaba por las escaleras, sintió un gran alivio al verlo nuevamente con un objetivo. Aunque... a su perspicaz mirada no le pasaron desapercibidas las marcas de tristeza y cansancio que se habían agudizado el último día, así como el destello de rabia que todavía marcaba sus ojos.

Su Excelencia había encontrado un nuevo objetivo, aunque todavía lo reconcomían ciertas molestias.

Pero ese desagradable cometido no era nada en comparación con el hecho de que Alí quería llevársela a su casa con él. De cualquier manera quería que lo acompañara.

Por primera vez en semanas, Haydée se sintió viva. Se pasó el resto del día con una sonrisa gloriosa en la cara y con el corazón contento. Esa noche se metió en la cama sabiendo que al día siguiente Alí regresaría, y le podría decir lo feliz que era de poder irse a su casa con él. No le costó mucho dormirse, pues ya no le preocupaba lo que le deparara el futuro.

Pero de pronto se despertó.

La luz de la luna brillaba detrás de la ventana, tiñendo su dormitorio de sombras grises, azules y plateadas. Alguien estaba allí... grande, elegante y silencioso. Con olor a especias y muy apetecible.

El corazón le dio un salto y se le removió el estómago cuando los bajos cojines que formaban su cama se hundieron a un lado, y él se acomodó junto a ella.

—Alí —murmuró cuando acercó su cabeza que relucía bajo la luz de la luna. El anillo dorado de su oreja brillaba a medida que se aproximaba, y ella le abrazó ansiosa su musculado cuello—. Has vuelto.

Se había sentido un poco incómoda el día anterior después de que Alí se hubiera ido con Montecristo, por haber sido incapaz de aceptar inmediatamente su invitación para que se fuera a su casa con él. No le importaba dónde estuviera, o cómo fuera, simplemente quería estar con él. Pero le habían pedido que saliera mientras ella aún estaba boquiabierta, repitiéndose estúpidamente lo que le había sugerido... y lo había dejado preguntándose si realmente estaba sorprendida u horrorizada, más que encantada. Oh, definitivamente, estaba encantada.

Y ahora se acababa de dar cuenta de que sus labios suaves y carnosos habían encontrado uno de sus duros pezones que llevaban largo tiempo olvidados. Lo chupaba firme y mágicamente, revoloteaba con su lengua alrededor de él, y jugueteaba con las arrugas de su aureola metiéndose casi todo el pecho en su amplia y cálida boca. Haydée temblaba y se estremecía. Enseguida sus dedos se deslizaron por la pequeña curva de su vientre, después subieron un poco por la suave elevación del pubis y bajaron hasta el calor húmedo de su sexo.

No había nada… nada… como el placer, la sabiduría de la caricia de un hombre, pensó turbada, mientras él deslizaba sus dedos expertos en torno a los pliegues de su vulva, extendiendo sus espesos jugos por su carne hinchada, lenta y tortuosamente. Como si tuviera todo el tiempo del mundo. Tenía el clítoris duro y turgente cuando lo encontró bajo su pequeña capucha. El placer que le daban las yemas de sus dedos, sacudiéndolo y jugueteando con él era perfecto, y hacía que se retorciera y jadeara con la cara pegada a la piel con olor a almizcle de su mandíbula.

Percibió una sonrisa en su cara cuando se inclinó para volverla a besar y se metió un párpado en la boca mientras sus dedos seguían jugando entre sus piernas. Lenta y dulcemente sentía que le llegaba un orgasmo que se hacía cada vez más fuerte, y le serpenteaba por todo el cuerpo mientras abría las piernas, enterraba las uñas en su brazo, y abría la boca jadeante.

Oh, Dios… oh. Sus caderas se movían contra su mano, desesperadas y ansiosas. Y entonces oyó su grave risilla masculina junto a su cara.

—Alí —dijo jadeando y mordiéndose el labio para no chillar.

En respuesta, apartó los dedos de ella y se movió rápida y suavemente hasta enterrar la cara entre sus piernas. No esperó, ni le permitió relajarse, sino que la devoró metiendo su boca carnosa y ágil entre los pliegues hinchados de su sexo, chupando, mordisqueando y lamiendo… Oh, maravilla, lo empujaba suavemente, y se deslizaba y jugueteaba con él sin pausa como si estuviera saciando su hambre para siempre. Haydée soltó un pequeño chillido cuando llegó a su perla, turgente y a punto de estallar, y le dio un tironcito largo y ondulante, haciéndola vibrar entre sus labios carnosos y su lengua juguetona. Ella sentía cada parte de su cuerpo en absoluta plenitud, y nuevamente explotó cayendo desplomada entre dulces y largos gemidos.

Se le habían resecado la boca y los labios de tanto jadear, y abrirlos al máximo para poder respirar. Se pasó la lengua para humedecerlos, y de pronto él nuevamente se situó encima de ella saboreándola con su boca húmeda y con sabor a almizcle. Le mordía los labios, y le metía la lengua suave e intensamente. Y a la vez la agarraba de las caderas, que ella levantó para deslizar su mano entre ellos y sujetar su enorme pene, caliente y pesado.

Enseguida lo guió hacia ella, lo soltó, y con un largo y suave empujón la penetró. Se le saltaron las lágrimas de sentir algo tan bello, de ser una con él, unidos tan profunda y completamente… y entonces Alí se empezó a mover, y ella también. Respiraban jadeantes agarrados a sus cuerpos. Los músculos de los brazos de Alí eran como rocas bajo los dedos de Haydée, y empujaban hacia adelante y hacia atrás, deslizándose cómodamente en ella profunda y dulcemente.

Él se movió más rápido y ella también. Le hundió las uñas en los brazos intentando estar más cerca suyo, aferrada a su cuerpo duro y deseable, con olor a especias y almizcle, suave y poderoso… dentro y fuera, arriba y abajo hasta que sus movimientos se hicieron frenéticos y enloquecidos, y el único sonido que se oía era el de sus cuerpos golpeándose, y los suaves ruidos de los jugos de ella restregándose contra él.

Haydée sintió que Alí llegaba al clímax y se derramaba con fuerza en su interior, y ella comenzó a sentir que también llegaba al orgasmo, y con un último empujón de sus caderas contra él, y un largo jadeo, cayó sobre los cojines. Su cuerpo había quedado dominado intensamente por el vacío que dejaba la sensación de placer.

Él se mantuvo apoyado en sus fuertes brazos un poco más de tiempo. Y entonces también se hundió en ella con la piel temblorosa, y rodó hacia un lado arrastrándola consigo.

—Te amo, Haydée.

Durante un momento, ella no lo registró por la confusión que le produjo su sensación de placer saciado… pero enseguida… Se habría levantado de un golpe si no hubiese sido por esas manos imposiblemente poderosas que la sujetaban contra su musculoso pecho.

—¿Puedes hablar?

Sintió cómo le hacía un gesto asintiendo, pero sus brazos se aferraron a ella cuando intentó volver a sentarse para mirarlo.

—Éstas son las primeras palabras que digo en más de tres años.

Haydée tenía las manos apoyadas en su cálido pecho con la piel húmeda por el esfuerzo, oyendo el profundo retumbar de sus latidos debajo de su oreja.

—¿Por qué... por qué no has hablado en tres años? ¿Lo sabe Su Excelencia?

—Sí, lo sabe. —Haydée se distrajo un momento con la riqueza de su voz, que tenía un acento exótico que hacía que sus palabras fueran cortas al comerse las terminaciones, aunque sonaban hondas y roncas. Su voz era pesada y oscura, y le iba perfectamente—. Soy de Nubia, como sabes, pero lo que ignoras es que soy lo que en este país se podría llamar un príncipe, o un duque. Mi familia es rica y poderosa, y hace poco más de tres años nosotros, mi padre, mi madre y mis hermanos, viajábamos por el océano Índico, y nuestro barco fue destruido por una gran tormenta. Yo usaba la palabra «barco» —añadió con su voz formal y cortante acompañado de una ligera risa—, pero Su Excelencia me desengañó cuando vio los restos de nuestra embarcación. Era poco más que una barcaza en realidad, incapaz de soportar un gran temporal en el mar. Montecristo nos salvó a todos y, como recompensa, como soy el mayor de los hermanos, y como es la costumbre en mi país, me comprometí a servirle durante diez años.

—Al principio quería liberarme de mi obligación, pero insistí en pagar la deuda, pues era un asunto de orgullo y honor. Es lo que hubiera esperado cualquiera en mi país. Y durante tanto tiempo se debía a que no sólo me había salvado a mí, sino a toda mi familia. Cuando vio que yo estaba decidido a hacerlo, al final aceptó, pero con alguna modificación, pues me pidió que sólo le sirviera como guardia personal hasta que terminara con sus asuntos en París. Como es la costumbre de mi pueblo, hice voto de silencio mientras estuviera a su servicio, y así es como he llegado hasta aquí. Me llevó un tiempo hasta que pude comunicarme fácilmente haciendo gestos, pero como Su Excelencia no hablaba fluidamente mi idioma nativo, ni yo el suyo, comenzamos nuestra relación gesticulando con las manos.

Haydée apenas podía acoplar los detalles de la historia.

—¿Y ahora?

—Ahora —dijo moviendo sus suaves labios carnosos contra sus delicadas sienes—. Me ha liberado de mi servicio, y quería que las primeras palabras que pronunciara fueran las que te acabo de decir para expresarte lo que sentía.

—Y nunca… en todo este tiempo, nunca hablaste. Ni siquiera cuando… ni siquiera… —Su voz se apagó al recordarlo atado al sillón del cenador, y cómo luchaba. Y aún así no dijo una palabra. Aunque podía haberlo hecho.

Un hombre que puede mantener su voto ante tanta coacción… Se estremeció al recordar cómo lo había engañado y debilitado.

—Casi lo hice —dijo moviendo los labios contra su piel y ella percibió que nuevamente sonreía—. Pero me concentré en pensar en el día en que pudiera decírtelo todo, y entonces yo… —Se detuvo y le besó la mejillas—. Casi me destruiste, Haydée. No te podía hacer entender que por mi honor tenía que servir a Montecristo… No le podía fallar. No hubiera podido soportarlo si lo hubiese hecho.

—Lamento haberte forzado —dijo ella—. Lo lamenté en el momento mismo en que acabó todo.

—Lo sé. Pude verlo en tu cara, pero estaba furioso, y quería que supieras que me habías hecho daño. Pero nunca dejé de amarte.

—Y ahora… ¿eres libre para marcharte?

—Sí. Su Excelencia me ha liberado. Tengo que volver con mi gente, o quedarme y trabajar con él. No como su sirviente, sino como un igual.

—Entonces ya ha terminado con sus asuntos en París —dijo Haydée acariciándole el pecho, y haciéndole cosquillas en los negros pelillos que lo cubrían.

—Sí. Mañana, dice, hará lo último que tiene que hacer, y después podrá marcharse.

—¿Adónde se irá?

Alí se encogió de hombros pegado a ella y sus brazos la apretaron un poco.

—No lo sé, y no estoy seguro de que él lo sepa tampoco.

—Lo conozco hace casi una década, y nunca lo he visto inseguro o indeciso sobre nada —dijo con tristeza, pues ahora que había encontrado la plenitud, era más consciente de las carencias de su amo—. Pero creo que tienes razón. Ha vivido demasiado tiempo sin nada más que sus ganas de vengarse. No creo que sepa lo que es vivir de otra forma. Es un hombre muy desdichado. Y creo que la única persona que podría hacerlo feliz...

—¿La condesa de Morcerf? —dijo Alí pasándole la mano por la cadera—. Sí, tal vez... aunque no creo que esté preparado para ser feliz todavía. Por lo menos como lo soy yo. —Deslizó sus dedos hasta encontrar la caliente unión de sus piernas—. No, es cierto. Siento un gran placer de poder compartir todos esos tesoros que me has entregado valiente y libremente hasta casi llevarme a la perdición. Te amo, Haydée.

—Yo también te amo, Alí.

Capítulo 17

Enfrentamiento en el jardín

Una semana más tarde
Marsella

Mercedes estaba agachada en el jardín cortando las tenaces malezas que se habían apoderado del lugar durante la última década, pues había estado abandonado. En junio era demasiado tarde para cultivar muchas de las plantas que le gustaban, pero todavía estaba a tiempo de sembrar estragón y salvia, que crecían muy rápido, y quería despejar una zona soleada en el jardín cercado. La mayor parte estaba ensombrecido por olivos y robles, o por la casa que se encontraba a un lado, y la alta valla de tablones de madera que impedía que entraran ciervos y conejos a darse un festín con los almácigos.

Pero enseguida se dio cuenta que una nueva sombra caía sobre esa rica tierra marsellesa. Mercedes se dio la vuelta apoyada en los talones, y tuvo que protegerse la cara del sol para poder ver.

No era Albert, pues hacía dos días que se había alistado en el ejército, negándose a aceptar la fortuna que había recibido tras la muerte de Fernand. Como Mercedes, prefería sacar adelante su vida por su cuenta, antes que usar nada de ese hombre. Incluso había rechazado su apellido paterno, y había optado por usar Herrera, el de ella, como si fuera el suyo.

No, no era Albert el que estaba frente a ella. A pesar de que los brillantes rayos del sol ensombrecieran los detalles de su cara, conocía bien esas espaldas, y este porte altivo. Su corazón se paralizó un instante y se le revolvió el estómago.

—Edmond.

Sus botas, rozadas y gastadas, pisaban el camino de piedra que estaba detrás de ella, y estaban separadas como si les hiciese falta estabilidad y energía para mantenerse en esa posición.

—Mercedes —dijo su nombre como si llevara sin decirlo durante mucho tiempo y de pronto necesitara sentirlo en su lengua. Suave y cautelosamente.

La sorpresa y el miedo hicieron que se le secara la boca y tuviera que tragar con fuerza. Ciertamente esperaba alguna respuesta de él en relación a la carta que le había enviado después de que la expulsara de su residencia en París… una cita que, tal vez, debía ignorar… pero no había pensado que el distante y poderoso conde de Montecristo fuera a viajar para verla. A la pobre granja de Marsella, que a pesar de que en un tiempo había pertenecido a su propio padre, se la había legado a ella después de morir.

Como el sol la enceguecíó cuando lo miró, se le hizo más fácil mantenerse fría y poco afectada. No le quería ver la cara, ni recordar los ángulos de sus mejillas, la carnosidad de sus hermosos labios y la profundidad de su ardiente mirada. La hacía sentirse demasiado débil y susceptible.

—Recibiste mi carta —dijo en respuesta mientras agarraba una terca achicoria para arrancarla de la tierra. Sus flores eran buenas para convertirse en café, y también para los dolores de estómago… pero no estaban creciendo donde ella quería, pues eran muy avariciosas y podían apoderarse de todo jardín.

—Sí. —Su voz sonó temerosa, como si tuviera miedo de expresar demasiado—. Mercedes. —Esta vez era una súplica, una suave llamada—. Yo… —Se rompió y agitó su cabeza para aclararse.

Entonces se acercó a ella, y se agachó para ponerla de pie, con su vestido lleno de tierra, los dedos embarrados y la planta de achicoria.

—Mercedes —dijo como si nunca se fuera a cansar de decir su nombre... y, oh Dios, ella se lo permitió.

Ignoró su sentido común, su cabeza, su lógica, su pena y su rabia... y dejó que la sujetara para darle un intenso abrazo.

Tenía las piernas agarrotadas y cansadas de estar agachada, pero él la apoyó en su fuerte cuerpo, y ella enseguida se sintió atraída por su olor: a cardamomo, canela y almizcle, y, débilmente el de Edmond, a limonero y sal marina.

O tal vez eso era lo que recordaba de él.

Cerró los ojos y su boca encontró la suya, consciente de que su labio superior estaba salado y húmedo por el sudor de estar bajo el sol. Sabía que sus manos y la tierra que colgaba de las raíces de la achicoria ensuciarían su chaqueta a medida de lana, pero no estaba dispuesta a evitarlo... en ese momento.

Pero después, se tendría que enfrentar a la verdad, y a su futuro.

Sin embargo, por ahora... ahora era nuevamente Edmond, con su boca firme y hambrienta pegada a sus labios ansiosos. Cerró los ojos en dirección al ardiente sol, y vio los restos de su brillo transformados en puntos azules en el interior de sus párpados, mientras esas fuertes manos la aplastaban contra su cuerpo alto y poderoso. El que la había obsesionado, la había dominado y desafiado, y había jugado con ella.

Edmond.

No podía decir su nombre en voz alta, no podía permitirse tal intimidad. Pero le devolvió el beso, aceptó su lengua que se movía con fuerza, y hundida profundamente en su boca, bailó con la suya hasta que él la comenzó a soltar. Mercedes le tocó el pelo y deslizó sus manos por él con los dedos calientes por el sol. Al tocarlo se admiró de la elegancia de su cráneo.

Pero antes de que se diera cuenta, el sol cegador dio paso a las sombras. La áspera corteza del árbol que tenía detrás de ella le atrapó su cabellera trenzada y enrollada en su nuca. El mundo de las semillas, la tierra y el sol se había transformado en el del calor pegajoso y el deseo, el de unos dedos que hurgaban a tientas por detrás de su vestido, que le acariciaban intensamente la piel de su espalda, y el de una gran presión entre sus muslos.

Se inclinó hacia él, enterró su nariz en la calidez de su cuello, lo atrajo hacia ella una vez más, y saboreó su piel salada mientras le abría la parte de atrás de su vestido. Sus pechos estaban apretados y ansiosos cuando sus manos la rodearon para tocárselos metiéndose por el corsé que ya usaba más suelto, ya no tenía a nadie a quien impresionar. Se los levantó y restregó los pulgares contra sus rígidos pezones. El vestido le cayó hasta las caderas y al mismo tiempo sintió unos fuertes tirones por detrás de las ballenas del corsé hasta que se soltaron y se abrieron. Entonces se quedó sólo con su ropa interior... Estaba en su jardín privado de la granja de Marsella y besaba a Edmond... Montecristo... Simbad... despojándolo de su ropa.

Enseguida estuvieron sobre el suelo debajo del árbol, revolcándose entre sus raíces picudas. Sus bocas chocaban y sus manos buscaban, y su piel se pegaba a la suya, desde las piernas musculosas y velludas hasta sus hombros suaves y redondos. Esta vez no había nada que los refrenara, ni juegos ni pullas... Ella gimió cuando llegó con la boca a sus pechos, y chupó suave y eróticamente uno de sus pezones, y deslizó su fuerte lengua por alrededor de él mientras con la otra mano trazaba la curva de su trasero. Él se seguía moviendo empujándola suavemente contra el suelo irregular, y ella sintió la fría hierba bajo la piel mientras restregaba la cabeza contra la base del árbol.

Le acariciaba con las manos desde los pechos hasta las caderas, y su boca se deleitaba suavemente con su vientre que temblaba delicadamente gracias su delicado masaje. El calor de su respiración le calentaba la piel. Cuando se acercó a su sexo, ella se arqueó levantándolo hacia él, a su aliento pesado y urgente. Miraba hacia arriba, y veía las hojas y las pequeñas manzanas verdes del árbol.

Comprendía que la manera como la estaba tocando era una forma de disculpa como evidenciaban la ternura de sus dedos y los decididos besos mientras sus labios se movían por el interior de sus muslos chupando dulcemente y saboreando la calidez de su piel. Se retorcía y suspiraba con sus caricias, temblaba y se excitaba húmeda y preparada. Tan preparada. A punto e hinchada... y cuando su lengua llegó hasta su duro clítoris y revoloteó con fuerza sobre él, ella se agarró a sus hombros y volvió a levantar su sexo contra su boca.

Chupaba su pequeña perla, deslizaba su lengua por ella, la empujaba hacia arriba y hacia abajo, y también hacia los lados, haciendo que se volviera loca con la sensación de placer que se arremolinaba y concentraba en esa pequeña zona llena de deseo. Ella se retorcía y chillaba. La encantadora y dulce espiral de lujuria se agudizaba y desplegaba hasta convertirse en una enorme sensación de placer que crecía y crecía hasta que le hizo una última caricia larga y profunda que la llevó hasta el precipicio, y al fin se desbordó por completo chillando, temblando y gimiendo gracias a él.

—Mercedes —dijo jadeando, y se levantó para cubrir su cuerpo con el suyo, deslizó su boca húmeda y con sabor a sexo por su barbilla y sus labios, y la besó y saboreó mientras acoplaba sus caderas con las de ella.

Jadeando desesperado pegado a su boca, ella bajó las manos para agarrarle la verga. La acarició y pasó su cabeza por su vulva sintiendo como se tensaba y temblaba sobre ella completamente húmedo de contenerse. Fuerte, pesado, duro y áspero en contraste con la suave piel de ella.

Podía haber levantado las caderas y hacer que la penetrara, pero él de pronto se apartó dejándola fría y excitada. Por un instante se sintió confundida... pero entonces la levantó entre sus brazos y se apoyó en su fornido pecho mientras se dirigía hacia la pequeña casa de la granja.

Una vez dentro, caminó tranquilamente hasta la habitación donde ella dormía y la depositó sobre la camita de manera que sus caderas quedaron en el borde y sus pies en el suelo. De pie frente ella, estiró sus piernas hacia atrás y deslizó las manos por debajo de su trasero para levantarle las caderas de la cama. Tenía un aspecto magnífico, alto, delgado, con los músculos del pecho salpicados de vello oscuro, y las suaves curvas de sus hombros, bíceps y antebrazos ensombrecidas por la luz del final de la tarde. Su caderas eran estrechas comparadas con sus hombros y su vientre plano. La verga sobresalía entre su mata de vello oscuro mientras la miraba con los ojos brillantes de excitación. Sus labios estaban carnosos y húmedos.

Mercedes movió las caderas que estaban apoyadas en sus manos, y sintió la suave presión de sus dedos. De pronto se movió para penetrarla, y ella tuvo que cerrar los ojos de la intensidad del pacer que sintió. Él gimió suave y desesperadamente mientras se acomodaba, y se mantuvo así... simplemente respirando, con sus manos por debajo de ella sintiendo que su verga se contraía muy profundamente dentro de ella.

Entonces Mercedes abrió los ojos, vio su cara cansada y tensa, su boca demacrada y plana, y sus ojos... *Dios*, sus ojos estaban tan hundidos, parecían oscuros y atormentados. La asustaron.

Y entonces comenzó a moverse, lentamente al principio, muy cuidadosamente, disfrutando, y ella cerró los ojos sintiendo que una gran sensación de placer se liberaba dentro de su cuerpo mientras sus dedos acariciaban la piel cálida y tersa de su espalda. Lenta y relajadamente se echó para atrás, y después la volvió a penetrar con mucha fuerza. Ella soltó un pequeño grito cuando volvió a entrar en su interior, y sintió los gemidos de él retumbando por la parte de atrás de sus pulmones.

Y de ese modo, tranquila y relajadamente se balanceaba sobre ella, que a su vez se levantaba para acoplarse a su ritmo. La sensación de placer hizo que los ojos de Mercedes se llenaran de lágrimas, pero las dejó correr hasta que mojaron la colcha que tenía por debajo. Era algo agridulcemente conocido, y a la vez extraño sentirlo sobre ella, dentro de ella, llenándola y satisfaciéndola con un ritmo suave y lento. Cada vez respiraban con más fuerza y más enrabietadamente... la piel de ella estaba roja y caliente, y los músculos de él se apretaban cuando se los tocaba... No era suficiente... Ella quería más...

De pronto, fue como si se rompiera una cuerda que los liberaba... él se levantó sobre la cama, llevando a Mercedes con él para separarla del borde y volvió a caer encima de ella. Los pies de ella se golpearon contra el blando colchón, y enseguida estaban revolcándose unidos, aplastándose salvajemente cuerpo contra cuerpo, cadera contra cadera, agarrándose, arañándose, espoleándose y cabalgándose hasta que él gritó, y ella gimió, y cayeron uno sobre el otro, saciados y sin fuerzas, sudorosos y con olor a almizcle.

Mercedes volvió en sí misma cuando sintió un dulce beso a un lado de su cuello, y una ligerísima caricia por la curva de su espalda. Se dio cuenta de lo que había hecho, y había permitido que ocurriera… y cómo todo se disipaba a favor de la nostalgia y los recuerdos.

Montecristo levantó la cara, y ella vio que una fila húmeda le corría por las mejillas. No sabía si eran lágrimas o transpiración, pero no le importaba.

No dejaría que le importara.

Antes de que pudiera hablar, se inclinó hacia ella y le dio un beso tierno en la boca. La dejó sin aliento y nuevamente se le desató en el vientre un remolino de placer, pero simplemente cerró los ojos. Le pasó una mano por la cara, y ella olió los restos del aroma de la achicoria y de su sexo. Enseguida se apartó y se deslizó a su lado sobre la cama con un suave y sincero suspiro.

Mercedes se quedó quieta escuchando su respiración durante un buen rato mientras miraba el techo de escayola, las manchas ligeramente marrones de las filtraciones, las grietas de los muros, memorizando el momento y retrotrayéndose a veinticuatro años atrás cuando solía acostarse con Edmond Dantès.

Finalmente él habló rompiendo el silencio que se había vuelto muy pesado. Había sido una larga espera para poder explicar todo lo que necesitaba decir.

—Te violó.

Sintió un escalofrío en la nuca al escuchar esas palabras duras pero ciertas, pero no permitió que penetraran más en su conciencia. Así no era cómo, ni cuándo, imaginaba que iba a comenzar esa conversación, pero ya era demasiado tarde.

Se endureció contra la realidad de esa declaración pues no quería revivir aquellos días y meses en manos de Villefort; se había esforzado demasiado en construir un muro alrededor de esos recuerdos para impedir que se apoderaran de sus sueños. Había sido la única manera de soportarlos, y más tarde, de hacer su vida en París, interactuando con el hombre al que todo el mundo admiraba y perseguía, siendo que ella conocía lo tremenda que era su maldad.

Pero no era el único hombre que le había mostrado su lado más feo. Fernand. Villefort. Incluso el propio Montecristo.

—Te violó y aún así volviste a verlo. —No había una acusación en su voz, sólo incredulidad, y dolor, y tristeza. Se apoyó en los codos y la miró—. Tu carta, pensaba que te había entendido después de que me lo dijeras, pero… tu carta. —Respiró hondo y cerró los ojos un instante—. Volviste a verlo una y otra vez… y abusaba de ti y te violaba. Pudiste haberte alejado. Podías haberlo revelado y decírselo a alguien, Mercedes.

Al final, ya no podía dar vuelta atrás. Se sentó bruscamente, y se apartó para ponerse al borde de la cama, con la mitad de su cuerpo hacia él, y la otra hacia la ventana que dejaba entrar la luz del verano.

—Y entonces no hubiera tenido la menor posibilidad de saber algo de ti, Edmond. Soporté el dolor, la humillación y la degradación, durante más de un año porque me hizo creer que podía ayudarme. Que me daría noticias, que te encontraría y te traería de vuelta a mí. Entonces yo no era más que una pobre muchacha catalana, ignorante e ingenua, y usó eso contra mí. Pero se lo permití porque todavía tenía esperanzas. Pensaba que incluso si no me decía nada, podría descubrir algo estando en su oficina… rebuscando entre sus archivos y papeles cuando él no estuviera. Cuando me dejaba magullada y llena de dolores, incluso de sangre, en el almacén trasero de su despacho, para salir a encontrarse con sus colegas, aprovechaba la oportunidad para buscar algo.

Se dio cuenta de que le temblaban las manos mientras estiraba la colcha. Respiró hondo con rabia, tragó saliva y cerró los ojos para contener las lágrimas que amenazaban con escaparse. Había pasado mucho tiempo. Lo único bueno que había salido de eso había sido Albert. Sí, el hijo del hombre al que odiaba, que sin embargo era su propio hijo. Absoluta, maravillosa y hermosamente suyo. Que además le había demostrado su valía y su personalidad rechazando todo lo que Fernand le había dejado.

—¿Lo sabía Fernand?

—Sabía que yo estaba embarazada, y que ésa era la única razón por la que acepté casarme con él. Sabía que posiblemente nunca podría tener un hijo propio. Estoy segura que en tus investigaciones descubriste que prefería a los hombres. O por lo menos mantener con ellos episodios muy estimulantes. Y yo tenía miedo… miedo de que Villefort supiera que iba a tener un hijo suyo y que hiciera algo horrible.

—Como hizo con el hijo que tuvo con la señora Danglars poco después. Lo enterró vivo para mantener el secreto, y fue Bertuccio, el hombre que más tarde se convertiría en mi mayordomo, quien encontró al bebé y lo crió. Más adelante, después de que el niño creciera y huyera para buscar su fortuna, lo encontré y lo traje de vuelta a París para que revelara el secreto él mismo.

Mercedes asintió, pues había sabido la historia por Maximilien Morrel y su hermana Julie.

—Y la carrera de Villefort ha quedado destruida cuando el hijo que creía haber asesinado volvió a la vida y reveló lo ocurrido. Y, además, tras la muerte de su querida hija, Valentine, y el suicidio de su segunda esposa ha enloquecido irrevocablemente. Danglars ha sufrido una bancarrota y ha huido a Italia. Y Fernand está muerto; se ha suicidado… Aunque la huella de tus manos es evidente en todos estos casos.

Entonces se puso torpemente de pie, con las rodillas débiles y temblorosas, y lo miró mientras se sentaba sobre la cama.

—¿Y ahora has venido aquí para terminar tu venganza conmigo? ¿La última de quienes te engañaron? Ah, claro… también te quedan nuestros hijos. Pues ellos también deben llevar el peso de nuestros pecados.

—No, Mercedes, no. —Su voz era tensa—. No, he terminado… he terminado con esto. Estaba equivocado. Y sólo he venido a verte. A decirte que te quiero. ¿No lo ves? ¿No lo has sentido?

—Ah, sí… al fin has permitido que los dos recibamos placer.

Mercedes hizo una mueca con los labios al recordarse en lo que se había convertido.

—Mercedes, he venido a suplicarte que me perdones.

—Te perdono por lo que me hiciste, y por lo que pensaste sobre mí. Sí, te puedo perdonar eso ¿Cómo podías haber sabido que hice de puta por ti? No lo podías saber, y después de todo lo que te hicieron Danglars, Fernand y Villefort, por lo menos comprendo por qué lo pensaste.

»Pero no tienes mi perdón por haber planeado matar a mi hijo. Ni tampoco por dejar que Valentine muriera. Eran personas inocentes. Inocentes de la perfidia de sus padres, y aún así planeaste acabar con sus vidas sin pensártelo dos veces. Y tu amigo Maximilien Morrel, que confiaba en ti... que fue a pedirte ayuda, y lo traicionaste haciéndole creer que salvarías a Valentine. Y todo por vengarte. —Dio un paso atrás, y se alejó de su cara demacrada, pero siguió mirándolo—. Yo amaba a Edmond Dantès. Pero no amo al hombre en que se ha convertido. Quemado por la venganza, despiadado y destructivo. Frío, calculador e insensible. No eres mejor que Fernand o Villefort.

Él salió de la cama, alto, oscuro y duro, y se acercó a ella.

—Mercedes, no. He venido a terminar con todo esto. Ya acabó. Tú... y tu carta... me ayudó a darme cuenta de lo equivocado que estaba.

Ella se apartó antes de que la tocara.

—Sí. Así es. Ya ha acabado, Su Excelencia. Ya ha terminado y ahora sientes la culpa, la compasión y el arrepentimiento. —Sintió que las lágrimas le quemaban los ojos pero contuvo su emoción—. Pero es demasiado tarde. Nada cambiará el hecho de que hubieras asesinado a mi hijo, simplemente por llevar la sangre del hombre, y la mujer, que te traicionaron. Y que no hicieras nada para impedir que muriera Valentine, para destruir aún más la vida de su padre.

—Pero lo peor, Su Excelencia, es que traicionaste a Maximilien. Le dejaste creer que ibas a salvar a su amada, y no lo hiciste. Confió en ti porque salvaste a su familia anteriormente, y lo traicionaste. Igual que tú cuando fuiste traicionado por confiar en Villefort. De modo que sí, ya ha acabado. Y yo he terminado.

La cara de él era una máscara de piedra.

—No entiendes. He...

Ella estaba junto a la puerta de la habitación, consciente de que sus últimas palabras habían sido dichas por dos personas que se encontraban desnudas.

—No, Su Excelencia, no entiendo. Y no deseo hacerlo. Amé y perdí a Edmond Dantès... y volví a amarlo y a perderlo. No quiero más. Edmond Dantès está muerto, y el conde de Montecristo me parece aborrecible. Ahora déjame. Déjame para que recoja los trozos de mi vida una vez más y encuentre una manera sencilla de vivir que valga la pena.

Salió y cerró la puerta.

Mercedes estaba sentada en una sencilla silla de la pequeña zona para cocinar cuando él salió completamente vestido. Cuando se dio cuenta de que contenía el aliento antes de hablar, levantó una mano y lo detuvo.

—No.

—Mercedes —dijo con la voz fuerte y dura—. Te quiero pedir que hagas una última cosa por mí... no, no por mí. Por Edmond Dantès. Por el hombre que amaste.

Esperó, pero ella no le contestó. ¡Estaba demasiado agotada y abatida!

Como no habló, él siguió con su voz dura e insistente.

—He hecho un acuerdo con Maximilien Morrel para que venga a verme dentro de tres semanas, exactamente un mes después de la muerte de Valentine Villefort. Quería dispararse una bala en la cabeza en cuanto supo que había muerto, pero le hice prometer que esperaría hasta que nos volviéramos a encontrar un mes más tarde... y entonces si sigue queriendo acabar con todo, yo mismo lo ayudaré para que sea menos doloroso.

»Pues hubo una vez... muchas veces... en que yo mismo desee encontrar el sueño de la muerte. Y puedo entender que uno se sienta tentado a hacerlo.

—No tienes que temer que yo desee acabar con mi vida —le contestó fríamente deseando que se marchara. Que se fuera antes de que se volviera a ablandar, y se aferrara a su cuerpo para suplicarle que nunca más la volviera a dejar… Edmond, Simbad, Montecristo—. El conde de Montecristo no tiene demasiada influencia sobre mí.

—No —dijo duramente, y ella sintió más que vio que se estremecía mientras pensaba si debía acercársele… pero enseguida evidentemente lo pensó mejor—. No es eso a lo que me refiero. Pero mi última petición es que acompañes a Morrel cuando venga a verme. Y entonces… te prometo que nunca más volveré a oscurecer tu puerta. ¿Lo harás? ¿Vendrás con él?

Mercedes levantó los hombros y suspiró profundamente.

—Lo haré, pero únicamente por Maximilien. No por ti. Nunca lo haría por ti.

Capítulo 18

La revelación

Tres semanas más tarde
La isla de Montecristo

*M*ercedes recibió una oleada de recuerdos al ver la escarpada roca que conformaba la isla. Estaba en la cubierta del *Némesis*, el mismo que la había llevado a ese lugar nueve meses antes. El mismo marinero, Jacopo, capitaneaba la pequeña embarcación.

Mercedes le había hecho prometer que llevaría con ella de vuelta a Marsella el cadáver de Maximilien Morrel después de reunirse con Montecristo. Era consciente de que Jacopo estaba al servicio del conde, pero creía que mantendría su palabra.

Junto a ella, en la pequeña cubierta, estaba Maximilien, que apretaba con fuerza la barandilla. Llevaba mirando más allá del horizonte desde el momento en que subieron al yate en Marsella dos días antes, y sólo había bajado muy pocas veces a dormir, cuando sus rodillas no le permitían seguir de pie. Su cara estaba roja y atacada por el sol, su cabello se había convertido en una maraña de rizos que volaban al viento, y sus mejillas demacradas evidenciaban su tristeza y su melancolía.

A pesar de que a Mercedes le aterrorizaba el encuentro con Montecristo, Maximilien anhelaba hacerlo. Sólo la promesa que había hecho a su amigo lo mantenía vivo. Y aunque Montecristo había fallado a Valentine, Maximilien lo seguía queriendo y respetando por lo que había hecho por su familia en el pasado cuando salvó a Morrel y Compañía del desastre, y a su padre del suicidio. El joven había contado a Mercedes que fue algo que nunca olvidaría, y que aún ahora seguía sintiendo un gran aprecio por Montecristo.

Cuando el barco rozó las rocas sobresalientes, Jacopo lo ancló, y como ya había hecho antes, ayudó a Mercedes para que cruzara el agua hasta llegar a la playa. Maximilien lo siguió ansioso, dando grandes zancadas, y algunos saltos, hasta llegar a la orilla.

—¿Dónde está? —preguntó observando el pequeño acantilado rocoso que había por encima de ellos—. ¿Dónde está Montecristo?

Esta vez Jacopo no les tapó los ojos a sus visitantes; en cambio, los llevó por el camino sonriendo y en silencio, a través de un pasadizo de rocas erosionadas por el viento y el mar, hasta que tuvieron que descender en una esquina. Allí se encontraron con una puerta hecha de rocas muy escondida; y cuando se abrió, Jacopo les hizo un gesto para que entraran.

Maximilien recordó su educación, y se inclinó ante Mercedes ante la apertura, pero ella se detuvo y le pasó una mano por el brazo para sentirse más cómoda. Aunque no estaba segura de qué tipo de comodidad se iba a encontrar.

Dentro, bajaron por un pasillo inclinado, y finalmente se encontraron en la misma estancia, con grandes tapices en los muros y con una gran mesa llena de comida donde había estado con Simbad.

Montecristo estaba allí esperando.

A pesar de sus grandes esfuerzos por no afectarse, se le apretó el estómago, y sus ojos se alegraron de verlo: tan alto e imponente, vestido como si estuviera a punto de ser investido por la *Académie Française*. Tenía el pelo un poco más corto, peinado elegantemente hacia atrás desde su alta frente, por encima de sus arqueadas cejas negras. Su cara estaba bien afeitada y suave. Inmediatamente la recorrió con la mirada; y ella sintió que la estaba analizando para asegurarse de que estaba tal como la había dejado.

No era así. Pero no le iba a permitir que supiera todo lo que había sufrido. Ya había sido suficientemente duro perder a Edmond Dantès una vez... pero volverlo a perder por su sed de venganza era más de lo que podía soportar.

—Espero que hayáis tenido un viaje cómodo —dijo dejando de fijarse en Mercedes y volviéndose hacia Maximilien—. Estoy muy contento de que hayáis venido.

Dio unos pasos hacia adelante para darle un abrazo tan poco habitual en el conde de Montecristo que Mercedes se quedó boquiabierta.

Maximilien le devolvió el gesto de afecto, a pesar de que la tristeza todavía marcaba sus expresiones.

—No hay otro rostro, salvo uno, que quisiera ver antes de morir —dijo mirando al conde.

—Por favor, sentaos —los invitó Montecristo, y Mercedes se quedó convencida de que vio un destello de lágrimas en sus ojos. Pero endureció su corazón para que no verse afectada por las emociones del conde. Era demasiado tarde—. ¿Os apetece un refresco?

Mercedes miró la mesa cargada de frutas exóticas y quesos, pero se abstuvo de comer.

—Montecristo, he venido. He venido tal como me pediste, y ahora te pido que me dejes hacer lo que debo... y he querido hacer desde que vi la cara marmórea de mi amada Valentine. Por favor... déjame irme con ella.

—Harás lo que desees hacer —contestó el conde cuya mirada nuevamente estaba analizando a Mercedes—. Pero primero debo preguntarte... ¿cómo te sientes?

—Pero, si evidentemente ¡sabes cómo me siento! —explotó Maximilien—. Siento la tristeza y la infelicidad más profunda, dura e implacable que uno se puede imaginar. Como si nunca más fuera a salir el sol para mí. Como si mis pulmones ya nunca más fueran a poder respirar. Como si mi corazón no fuera a poder soportar otro latido más. Sólo deseo que todo acabe.

Le corrían lágrimas por las mejillas, y Mercedes, que estaba cansada del juego de Montecristo, se puso de pie.

—Edmond, ¡basta ya! —gritó mientras unas lágrimas amenazaban por escaparse de sus ojos—. Cualquiera que sea el juego que te traigas entre manos, no lo alargues más. Estamos aquí, tal como nos pediste… y es evidente que Maximilien se encuentra completamente acabado… ¿Por qué prolongarlo más? No te haces ni a ti, ni a él, ningún favor haciéndolo.

Los ojos de Montecristo la miraron rápidamente cuando lo llamó por su nombre, y sus labios formaron una sonrisa sin gracia.

—De modo que nuevamente soy Edmond —dijo—. ¿Es una idea estúpida pensar que esto significa que tu amor hacia él todavía pueda resucitar?

—Es más inútil que esperar que Valentine Villefort entre caminando en esta habitación —dijo Mercedes enfurecida.

Y en ese momento, ocurrió algo absolutamente sorprendente. La cara del conde perdió un poco de su dureza granítica a pesar de que nunca parecía que fuera a perder la compostura, y su breve sonrisa fue genuina.

—Como quieras, señora.

Y en ese momento, el pesado tapiz que mostraba a la Santa Madre sujetando un bastón y un pequeño globo se hizo a un lado y apareció la delgada figura de una joven.

Maximilien tardó un momento en entender lo que veían sus ojos, y en una fracción de segundo se lanzó hacia ella gritando su nombre hasta atraparla en sus brazos, y enseguida estaba riéndose junto a su cara mientras le corrían lágrimas.

Mercedes se volvió para mirar a Montecristo, con la boca abierta, los ojos hinchados, y una gran ligereza en el corazón. Él observaba cómo se reencontraban los jóvenes amantes, y verdaderamente sus ojos tenían un destello de las lágrimas.

Y cuando se volvió para mirarla, al fin se le derramó una, que dejó un hilillo húmedo en su mejilla.

—Edmond —dijo ella apenas consciente de que había vuelto a pronunciar su nombre—. No entiendo.

—Sabía quién pensaba envenenar a mademoiselle Valentine... era su madrastra, la segunda esposa de Villefort... la que dio muerte a todos los otros desafortunados en su casa. Quería que su propio hijo, y no Valentine, heredara la fortuna de Villefort, y quería estar segura... pero debía asegurarse primero de que los abuelos de Valentine murieran, y le dejaran su dinero a ella.

Entonces, Valentine y Maximilien, que estaban abrazados en un sofá lleno de cojines, sin dejar un centímetro de separación entre ellos, se dispusieron a escuchar la historia que contaba Montecristo.

—Hablé con Valentine en secreto la noche en que viniste a verme, Maximilien, y la observé en su cama. Tenía un vaso de agua junto a ella. Cuando entró la madrastra y reemplazó el líquido por veneno, lo retiré y di a Valentine un preparado distinto... uno que la haría dormir profundamente y ralentizaría tanto su corazón que iba a parecer que estaba muerta.

—Me pidió que confiara en él, y que no me asustara, y eso hice —dijo Valentine lanzando una sonrisa radiante al conde que hizo que Mercedes se ablandara aún más—. Me prometió que todo iría bien, y que Maximilien y yo podríamos estar juntos para siempre... después de asegurarse de que mi padre no nos encontraría. —Miró a su amante nuevamente—. Y de ese modo el conde de Montecristo salvó dos vidas... dos personas que hubieran acabado muriendo si no hubiese intervenido.

—Pero... —comenzó a hablar Maximilien, pero cualquier cosa que estuviera a punto de decir fue interrumpido por una sonrisa tan alegre que Mercedes sintió que su propia felicidad renacía muy profundamente.

—¿Por qué no se lo dijiste? —preguntó Mercedes empezando a entender que las cosas habían cambiado—. ¿Por qué le permitiste vivir una agonía durante tres semanas?

Montecristo, Edmond, la miró fijamente. Sus ojos estaban cansados y envejecidos.

—He aprendido que la única manera de comprender, y conocer de verdad, la felicidad, sin importar la clase social o la posición en la vida, es experimentar una tristeza inconmensurable. Perder por completo la esperanza. Sufrir una desolación y una pena espantosa. Sólo entonces uno sabe lo que es de verdad la felicidad, y la puede encontrar, sin que importe dónde o cómo uno viva. Pues la felicidad o la infelicidad realmente no existen, sólo conocemos comparaciones entre los dos estados.

Sus ojos se encontraron y se quedaron mirándose el uno al otro hasta que ella sintió que en su interior se soltaban sus últimas ataduras.

—Mercedes —dijo acercándose a ella y se puso de rodillas a sus pies—. Yo he sentido esa tristeza enorme, y una pena inconmensurable. He pasado los últimos diez años viviendo y respirando la furia de la venganza alimentado por la ira y el odio... pero he aprendido... tú me enseñaste. —Su voz se quebró. Tragó saliva, y le tomó las manos mirándoselas—. Tú me hiciste darme cuenta de que estaba muy equivocado siendo tan vengativo... aunque me llevó algún tiempo dejar de pelearme. ¿Me perdonas, Mercedes? ¿Por todo lo que hice?

Observando su cabeza elegante y oscura, se inclinó hacia él y acercó su cara a la suya. Le cubrió los labios dándole un beso de perdón, y cerró los ojos.

Edmond Dantès había regresado.

www.titania.org

Visite nuestro sitio web y descubra cómo ganar
premios leyendo fabulosas historias.

Además, sin salir de su casa, podrá conocer
las últimas novedades de
Susan King, Jo Beverley o Mary Jo Putney,
entre otras excelentes escritoras.

Escoja, sin compromiso y con tranquilidad,
la historia que más le seduzca
leyendo el primer capítulo de cualquier libro
de Titania.

Vote por su libro preferido y envíe su opinión
para informar a otros lectores.

Y mucho más...